Sofia Velin

NOTFALL – WG

Facetten der Liebe

Autobiografischer Roman

Notfall–WG

Facetten der Liebe

1.Auflage Mai 2018
©Alle Rechte vorbehalten.

Umschlaggestaltung
Ralf Zahn, Baden-Baden

Herstellung und Verlag
BoD-Books on Demand, Norderstedt

ISBN 9783752831924

Bibliografische Information der Deutschen Nationalbibliothek:
Die Deutsche Nationalbibliothek verzeichnet diese Publikation in der
Deutschen Nationalbibliografie; detaillierte bibliografische Daten
sind im Internet über http://dnb.dnb.de abrufbar.

Liebe Leserin, lieber Leser,

Im eigenen Zuhause fremde Menschen aufzunehmen, die
schräge Biographien haben und die verzweifelt eine Bleibe
suchen, ist nicht jedermanns Sache. Marietta, die Hauptper-
son des Romans, und ich, die Autorin, haben es gewagt.
Ich habe in meiner WG viele Menschen näher kennengelernt und bin mit ihnen auch durch Abgründe gegangen.
Meine Erfahrungen haben mich inspiriert, Marietta, eine Art
Alter Ego von mir, zu kreieren und sie ebenfalls eine
Wohngemeinschaft unter gleichen Vorzeichen gründen zu
lassen. Die Figuren sind erfunden. Ihre Verhaltensweisen
spiegeln jedoch Begebenheiten wider, die ich teilweise wie
Marietta erlebt habe. Die Gedanken und Handlungen dieser
Menschen sind gar nicht so ungewöhnlich, wie es auf den
ersten Blick scheint. Ich habe diese in unterschiedlichen
Ausprägungen in der sogenannten normalen Gesellschaft
und auch bei mir gefunden.
Die Räumlichkeiten und deren Nutzung stimmen mit
denen in meinem Zuhause überein. Die erwähnten Zimmer
vermiete ich nach wie vor. Mit dem Roman lade ich auch
Dich ein, mein Haus zu betreten und Teil der Geschichte zu
werden.
Fühle mit den Figuren, denke mit, fiebere mit. Tauche
ein in die Fantasien, Hoffnungen, Spinnereien und Nöte –
aber auch in die Liebe – von Marietta und den Menschen,
denen sie begegnet. Manchmal wird am Ende alles gut, auf
jeden Fall aber bleiben immer die Hoffnung und der Glaube
an das Glück.

Sofia Velin

1. Kapitel

Albert
Bedingungslos zu lieben, was war das nun genau? Das fragte sie sich regelmäßig, nachdem sie das fünfzigste Lebensjahr überschritten hatte. Marietta lag noch im Bett und erwartete, dass der ungeliebte Duft von Marihuana ihr in die Nase stieg von Albert, der, wie so oft, an die Wand des Hauses gelehnt frühmorgens seinen ersten Joint rauchte. Sie fühlte sich lausig und hätte am liebsten ihre Verzweiflung laut aus dem Fenster geschrien, aber sie lebte in einem kleinen Haus in einer Wohnsiedlung, Haus an Haus mit anderen Nachbarn. Die Nachbarin, die gerne zu jeder Tageszeit im Garten etwas arbeitete oder inspizierte, könnte sie hören und für übergeschnappt halten.

Laut schreien – das ging schlecht. Stattdessen biss sie die Zähne zusammen, krallte die Hände in die Bettdecke und stand nach einer Weile seufzend auf. Erleichtert, dass sie immer noch nichts Ungewöhnliches roch, öffnete sie das Fenster jetzt weiter auf und atmete ein paar Mal tief durch. Sie sah den Wolken nach, die vorbeizogen, und schaute sich deren Formen an. Das tat sie sehr gerne, denn dann sah sie Herzen, Gesichter, Tiere. Heute waren es zu ihrer Freude unzählige Wellen aus kleinen Wolken, die an die Tapete ihres Schlafzimmers erinnerten, denn sie liebte Wasser und den bewegten Himmel.

Auf welcher Welle schwamm sie? War es eine Welle der echten Besorgnis? Oder war es eine Welle, die etwas davontrug? Hatte sie etwa Angst? Davor, dass ihr Leben jetzt, wo die Kinder ausgezogen waren, öde würde? Davor, dass die Zeit für eine neue Partnerschaft nun endgültig vorbei war? Sie wusste, dass niemand ihr Alter auf 50 Jahre schätzte. Alle sagten, sie sähe jünger aus. Sie fühlte sich noch nicht reif für die Insel. Marietta fand sich selbst nicht sonderlich schön, aber mit den Jahren hatte sie ihr Aussehen akzeptiert, bedingungslos lieben konnte sie sich selbst aber nicht.

Sie war keine großgewachsene Frau mit schönen langen Beinen, keine Blondine, welche die Blicke auf sich zog, doch ihre Freundlichkeit sprach Menschen an und ihre Energie drückte eine Präsenz aus, die viele Menschen dazu brachte, ihr zu vertrauen. Sie hatte einen gewissen Charme, das war nicht zu leugnen, und er diente ihr oft in ihren Kursen. Mariettas Gesicht war ebenmäßig, ihre Lippen voll und das braune Haar fiel ihr bis auf die Schultern und umrahmte ein Gesicht, das mütterlich-weiche Züge hatte. Ihre ausdrucksvollen grünen-braunen Augen, die manchmal hell blitzen konnten, wenn sie lachte, dann wieder, je nach Lichteinfall, dunkler bis fast nur braun schienen, waren offen in die Welt gerichtet.

Nicht nur die Wolken, auch Landschaften, Menschen und Bilder, die sie ansah, verwandelten sich in ihr in ein Gefühl, und so konnten heute die vorbeiziehenden Wolken ihre Gefühle besänftigen. Marietta nahm vieles über die Sinne auf. Wenn sie wütend war, erwachte ihr Temperament, das jedoch mit den Jahren und ihrer Arbeit als Therapeutin und Meditationslehrerin milder geworden war. Manchmal konnten die Augen streng blicken, und man musste sich fragen, ob man etwas angestellt hatte. Es gab aber auch Momente, da wirkte sie abwesend. Das war immer dann, wenn sie in ihr Innerstes hineinhorchte. Das verunsicherte andere oft, weil sie weit weg zu sein schien. Die Scheidung nach so vielen Jahren Ehe und danach dieses Zusammenleben mit Albert hatten den Versuch, bedingungslos zu lieben, schwer gemacht. Bisweilen tauchte deswegen auch eine Traurigkeit in ihren Augen auf. Und ihre Kinder? Liebte sie diese bedingungslos? Sie hatte sich oft durchsetzen müssen, weil deren Vater sich wenig bis gar nicht um sie kümmerte. Wenn sie ihre Kinder beschützte und versuchte, auf deren Eigenheiten einzugehen, war das Liebe, aber nicht gänzlich bedingungslos, nur nahe dran.

Die Drei waren inzwischen flügge und hatten ihr eigenes Leben. Und Marietta? Sie wollte ihre Fähigkeit zu lieben ausdehnen.

Marietta hatte Albert in einem Forum für spirituelles Leben kennengelernt. Sie staunte, wie tief er sich mit spirituellen Themen auskannte und fragte, ob man sich auch privat austauschen könne. Sofort sandte er ihr seine E-Mail-Adresse. Seine Zeilen zeigten Interesse an ihrem Leben und er erzählte gerne, wie und wo er zu seinem Wissen gelangt war; das faszinierte sie. Er hatte sich intensiv mit der Kultur der Länder befasst, in denen er sich aus beruflichen Gründen als Ingenieur aufgehalten hatte. Sie erfuhr viel über seine Herkunftsfamilie, aber von seinem derzeitigen Leben schrieb er wenig. Nebenbei erwähnte er, dass er alleine lebte, geschieden war und sich eine Veränderung wünschte. Manchmal klangen seine Zeilen sehr liebevoll und das berührte sie. Nach Monaten des Austausches per Mail beschlossen sie, sich zu treffen.

Als sie Albert zum ersten Mal sah, war sie angenehm überrascht. Seine Erscheinung war athletisch und er maß bestimmt 1 Meter 90. Seine Bewegungen waren fließend und leicht, als er auf sie zuschritt.

In dem Gartenrestaurant an der Reuss waren zu dieser Zeit wenige Gäste. Es war ruhig und friedlich, bis auf einige vorbeifahrende Autos, die störten, wenn ein Fahrer seiner Power im Fuß nachgab. Der Fluss war breit an dieser Stelle und floss dunkelgrün dahin, umsäumt von wunderschönen Bäumen. Unter den Bäumen, nah am Wasser, befand sich das Restaurant. Etwas weiter unten wurde der Fluss zu einem reißenden Gewässer, das Richtung Aare zog. Am Ufer lagen drei Kanus, mit denen man im Sommer, leider nur an schönen Wochenenden, ohne Motor oder Ruder auf die andere Seite gelangen konnte. Das Kanu wurde jeweils an einem Seil angedockt, das zum anderen Ufer führte, und wurde durch die Strömung hinüber transportiert. Jetzt lagen die Boote still und gaben ein malerisches Bild ab.

Marietta fühlte sich beschwingt in dieser leicht pulsierenden Natur mit dem Geruch von Fluss und Sommerflor. Um den Lavendel, die Rosen und Margeriten flatterten Schmetterlinge. Es war warm, aber nicht zu heiß, also ideal, um für ein längeres Gespräch draußen zu sitzen, fast ein wenig romantisch. Marietta passte in diese Landschaft. Sie sah zum Verlieben aus in ihrem schönen Sommerkleid, dessen zartes Blumenmuster aus Spitze mit einem pinkfarbenen Stoff unterlegt war. Ihr Hals wirkte zart und war gemeinsam mit dem Ausschnitt, der ihren Busenansatz zeigte, eine kleine Augenweide. Er, ebenfalls sommerlich gekleidet, trug ein Hemd mit kurzen Ärmeln, blau-orange gemustert, und dazu khakifarbene Bermudas.

Er kam lächelnd auf sie zu:

»Hallo Marietta, wie schön, dich endlich live zu sehen.« Sie stand auf, ließ sich umarmen und blieb noch einen Moment stehen, um ihn besser mustern zu können. Seine Augen schimmerten in einem unergründlichen graublau. Ihr schien, als spiegelten sie die Tiefe des Meeres, die Weite des Himmels wider. Etwas verträumt wirkten sie. Dann gab sie sich einen Ruck und setzte sich wieder.

»Grüß dich, Albert. Ich war sehr gespannt, dich endlich zu sehen.«

Er nahm ihr gegenüber Platz und holte seine Sonnenbrille hervor. Nachdem Marietta eine Schorle und er einen Kaffee bestellt hatten, den er tatsächlich mit fünf Stückchen Zucker süßte, wollte er wissen, ob sie weit weg von hier wohne.

»Ich wohne fast um die Ecke. Aber von Ravensburg hierher ist es doch ein ganzes Stück Weg für dich gewesen. Ich fühle mich fast ein wenig geehrt, dass du die lange Fahrt auf dich genommen hast«, meinte sie lächelnd.

»Oh, ich bin es gewohnt, weite Strecken zu fahren. Das ist doch ein Klacks. Und um dich zu sehen, ist es das wert, das weiß ich jetzt erst recht.«

Charmant war er also auch noch.

»Und wie geht es dir?«, wollte er wissen.

»Übers Ganze gesehen geht es mir gut, aber man findet ja immer etwas, wenn man sich Sorgen machen will.«

Er lehnte sich lässig zurück und schien ganz Ohr zu sein. Marietta wartete einen Augenblick. Sie hatte nicht unbedingt Lust, über ihr emotionales Befinden zu sprechen. Also sagte sie eher unverbindlich: »Na ja, ich finde mein Leben sehr gewöhnlich, und was meine drei Kinder machen, weißt du ja. Aber du bist viel in der Welt herumgekommen. Erzähl mir mehr davon.«

»Wie du weißt, bin ich Ingenieur im Brückenbau und war weltweit unterwegs. Ob Afrika oder im Fernen Osten, auch in Europa, es gab immer viel zu tun, wenn es um neue Technologien für Bauten oder Sanierungen ging. Ich liebte diese Herausforderung und vor allem die Schönheit von Stahlbrücken. Ich will dich nicht mit technischen Details langweilen, aber, wenn du magst, zeige ich dir gerne irgendwann ein paar Fotos.«

Marietta nickte und stellte sich vor, wie es wäre, an so vielen unterschiedlichen Orten zu leben. Ihr wäre das bestimmt schwergefallen. Albert hatte seine Sonnenbrille wieder abgenommen, die ihn ein wenig wie 007 hatte aussehen lassen. Allerdings hatte er einen Millimeterschnitt und keine Frisur, die nach jeder Bewegung immer noch saß, als wäre sie eingefroren.

Er fuhr fort: »Ich habe meist in Hotels gewohnt, manchmal bin ich privat untergekommen. Wenn ein Auftrag beendet war, fuhr ich nach Hause oder gleich zum nächsten Auftraggeber. Ich war im Grunde genommen ständig auf Achse. Es blieb mir selten viel freie Zeit, auch nicht, wenn ich zuhause war, denn dann musste ich weiter planen und viele Besprechungen führen.«

Da wäre er wohl besser Junggeselle geblieben, schoss ihr durch den Kopf.

Bisher hatte sie noch nicht viel Privates von ihm erfahren und freute sich, mehr zu hören. Er fuhr auch schon fort:

»Mein Einkommen erlaubte meiner Frau und den Kindern ein gut situiertes Leben. Wegen meiner ständigen Abwesenheit ist jedoch in meiner Ehe viel schiefgelaufen, was ich zu spät erkannt habe. Ich weiß nicht, ob und was ich geändert hätte, wäre es mir früher klar geworden.«

Er seufzte, schien immer noch darunter zu leiden und machte eine längere Pause, ehe er fortfuhr:

»Die Scheidung ging ruck, zuck über die Bühne und hat mir den Boden unter den Füßen weggezogen. Seltsam, nicht wahr? – Obwohl ich ständig unterwegs war, fühlte sich das Daheim wie eine Art Anker an, und ich liebe meine Kinder. Stell dir vor, ich habe sie seit drei Jahren nicht mehr gesehen.« Er spielte jetzt nervös mit seiner Kaffeetasse.

»Meine Exfrau ist in die Nähe ihrer Eltern gezogen und wenn ich dorthin fuhr, tat sie alles, damit mir und den Kindern sehr wenig gemeinsame Zeit blieb. Ich hatte nach dem Hausverkauf einige Zeit keinen festen Wohnsitz mehr, was das Ganze erschwerte. Irgendwann war ich emotional so am Ende, dass ich den Kontakt abgebrochen habe.«

Marietta nickte voller Mitgefühl. Zum ersten Mal hatte er sich ihr gegenüber geöffnet.

»Ich denke nicht gerne an die Zeit nach der Scheidung zurück. Ich bin in ein tiefes Loch gefallen, war nicht mehr kontaktfähig und musste in psychiatrische Behandlung und konnte deswegen auch nicht mehr reisen. Die Firma hat mir einen Bürojob angeboten, aber das liegt mir wirklich nicht. In gegenseitigem Einvernehmen habe ich die Firma verlassen und erhielt eine Abfindung.«

Er trank den letzten Schluck und verzog etwas das Gesicht. Der Kaffee war wohl schon kalt geworden:

»Der Arzt hatte mir Arbeitsunfähigkeit attestiert, doch das ändert sich jetzt langsam wieder.«

Er stellte die Tasse bedächtig wieder vor sich auf den Tisch. Überhaupt liefen gewisse Bewegungen wie im Zeitlupentempo vor ihr ab.

»Aber erzähl doch mal von dir, was hast du für Pläne?«

Marietta war beeindruckt von seiner Geschichte. Sie schluckte und wusste nicht, womit sie beginnen sollte. Sie zögerte auch, damit herauszurücken, dass sie gerne jemanden im Haus hätte, um nicht nur finanzielle, sondern auch etwas praktische Hilfe zu haben. In seinen Mails klang er stark, aber jetzt wirkte er fast ein wenig zerbrechlich, wenn er von seiner persönlichen Geschichte sprach.

Letztendlich gestand sie ihm ihr Dilemma: »Im Großen und Ganzen geht es mir gut, nur ist mein Haus sehr leer. Seit ich alleine wohne und keine Alimente mehr bekomme, wird das Geld knapp, und ich bin nicht sicher, ob ich da wohnen bleiben kann. Ich würde gerne mehr arbeiten, doch auf meinem Gebiet als Energietherapeutin und Kursleiterin für Meditation fehlt mir das richtige Marketing und die Konkurrenz wird immer größer. Es reicht gerade so, um den Alltag zu finanzieren. Also bin ich auf der Suche nach anderen Lösungen.«

Albert schien sofort interessiert zu sein:

»Oh, das könnten wir doch gemeinsam hinkriegen, wenn du willst. Ich könnte dir helfen.« Er setzte er sich kerzengerade auf. »Ich kann mir gut vorstellen, zusammen mit dir dein Kurswesen auf Vordermann zu bringen. Während einiger Kurse könnte ich von meinen Reiseerlebnissen berichten, deine Meditationen würden die Menschen dann auf die Orte einstimmen. Für die Werbung müssten wir deine Homepage umgestalten und neue Texte redigieren.« Er hatte natürlich jeweils im Anhang der Mails die Adresse ihrer Website gesehen und, wie es schien, auch reingeschaut.

Er hielt kurz inne.

»Ich bin auf Jobsuche, also habe ich jede Menge Zeit. Bald hören nämlich die Überbrückungszahlungen auf, dann müsste ich mich arbeitslos melden. Bis dahin kann ja noch viel geschehen.«

Der Nachmittag ging in den Abend über und sie plauderten nun noch über alltägliche Dinge. Was Marietta interessierte, waren seine Freizeitbeschäftigungen. Sie erzählte von ihrem Garten und er davon, dass er früher Leguane in einem Terrarium gehalten hatte und später Schlangen. Und er erzählte, dass er das Trommeln gelernt habe. Sie fand das interessant und er wurde ihr immer sympathischer.

»Lass uns bezahlen und noch ein paar Schritte gehen«, schlug sie vor. »Wenn du Lust hast, können wir danach zu mir nach Hause fahren, und ich mache uns ein kleines Nachtessen.«

Er fand die Idee gut, und nachdem sie bezahlt hatten, spazierten sie am Ufer entlang. Bevor sie fuhren, bat er darum, dass sie sich am Flussufer hinsetzen sollten. Sie fanden einen großen Stein, auf den Marietta sich setzte, während er sich anlehnte. Zu ihrem Erstaunen rollte er sich einen Joint. Der ihr damals noch fremde Geruch von Marihuana erfüllte die Luft, umgab ihn und stieg zu ihr auf, dass sie am liebsten von ihm abgerückt wäre. Als er fragte: »Stört es dich, wenn ich rauche?«, schüttelte sie jedoch den Kopf. Hätte sie damals gewusst, was für ein starker Kiffer er war, wäre sie wohl innerlich wieder auf Distanz gegangen.

Daheim
Sie fuhren mit ihren beiden Autos los, sie in ihrem R5 und er mit seinem alten Mercedes hinterher. Die Heimfahrt durch die ländliche Gegend dauerte keine 20 Minuten. Sie näherten sich ihrem Dorf, fuhren am Friedhof vorbei bis zu ihrem bescheidenen Haus, das von außen wie angeklebt an das Nachbarhaus wirkte. Schön daran waren das Rosenportal und der hochstehende grüne Farn, der sich sanft in der lauen Luft wiegte. Den Garten hatte Marietta nicht verändert. Das Haus aber hatte sie nach der Scheidung innen vollkommen neu gestaltet und so war es immer mehr zu ihrem Reich geworden. Eine Freundin hatte dazu bemerkt: »Der Unterschied zu vorher ist umwerfend. Jedes Objekt hat jetzt seinen Platz und dadurch wird eine Harmonie fühlbar! Das Haus drückt deine Wärme und Seele aus!« Ähnlich äußerten sich auch andere Freunde.

Als sie eintraten, nickte Albert anerkennend, während er die Schuhe auszog. Begrüßt wurde er vom Kater des Hauses, der seine Beine umschmeichelte und gestreichelt werden wollte. Er war immer neugierig auf Besucher und entschied sofort, ob ihm jemand sympathisch war oder nicht. »Das ist Sirius, denn er fiel vom Himmel direkt in meine Arme«, erklärte sie schmunzelnd.

»Hallo Sirius, du bist ja ein wunderschöner Kater.«

Ja, Mariettas Chocolate-Kater mit seinem schönen dunkelbraunen Fell war wirklich ein speziell schöner Perser, brauchte aber viel Pflege, doch das machte sie gerne. Mit Albert schien er sich auf Anhieb gut zu verstehen und ließ sich schnurrend streicheln.

Danach folgten beide ihr durch den Wohnraum. Sie war vorausgegangen und öffnete die Schiebetüre in den Garten, wo die Abendsonne alles in ein sanftes Licht tauchte. Er trat hinter sie und genoss den Ausblick. Sie wartete, was wohl folgen würde. Er zog sie sanft am Ellbogen zu sich heran und legte einen Arm um sie, indem er sagte: »Das ist wirklich ein kleines Paradies, das du hier hast und ich finde es sehr schön, dass der Garten nicht herausgeputzt, sondern natürlich wirkt. Dieser große Buddha passt perfekt hierher! Schön, wie er den Garten bereichert!« Was sie gerne bestätigte, denn diese Figur schien einen Ruhepol zu bilden, bei all dem Herumgeflatter der Schmetterlinge, Libellen, Vögel und was sonst noch so alles brummte und summte. Albert so nahe zu fühlen, jagte einen kurzen Schauer durch Mariettas Körper, der sich in eine wärmende Zärtlichkeit verwandelte und sie beglückte. Sie wagte nicht, sich diesem Gefühl hinzugeben und sich noch mehr an ihn zu lehnen, sagte daher fast ein wenig atemlos:

»Jetzt verstehst du, warum ich nicht wegziehen will.« Nun ließ er sie los und drehte sich langsam wieder Richtung Innenraum.

»Und dieses Zimmer ist eine Erweiterung von dir? Hell, freundlich und vermutlich fühlt sich jedermann hier sofort wohl!« Das klang fast wie eine kleine Liebeserklärung. Er schaute sich um und was er sah, gefiel ihm, das merkte man. An den Wänden hingen Aquarelle, die in ihren fließenden, mal satten, mal sanften Farben schöne Farbtupfer gaben. Die Bilder zeugten vom New Age, das sich dadurch auszeichnet, dass eine Gegenständlichkeit nur noch in einem Gesicht, einer Treppe oder durch Umrisse gegeben war. Vieles musste man selbst darin erahnen. Der gesamte Raum wirkte modern und luftig durch den hellen Laminatboden, der kaum mit Teppichen bedeckt war. Das große Ecksofa war bequem genug, um darauf zu liegen. Wegen der Katzen – es gab noch zwei andere, die sich jedoch nicht sehen ließen – war es aus pflegeleichtem grauen Alcantara. Außerdem gab es noch einen Schaukelstuhl, der erstaunlich oft von den Katzen belegt wurde, da sie ihn offensichtlich dem Katzenbaum vorzogen. Marietta hatte viele Stunden darin verbracht, als sie die Kinder stillte. Später folgten viele gemütliche Lesestunden alleine, bis die Katzen ihr den Sessel streitig machten.

Im Wohnzimmer waren kleine und große Buddhas, Kristalle und schöne Halbedelsteine verteilt. Albert betrachtete alles aufmerksam und schaute sich besonders die Buddhas ziemlich genau an. Er wusste sogar, woher sie stammen. »Ah, der ist aus Burma, dem heutigen Myanmar, das merke ich an seiner Kopfform, und dieser wunderschöne schlanke ist ein Bodhisattwa, oh, wie edel.«

Ja, er war gebildet, das gefiel Marietta.

»Komm, ich zeig dir den Rest des Hauses.«

Marietta führte ihn die Treppe hoch in den oberen Stock, wo die Schlafzimmer, ein Badezimmer und ein Büro lagen. Früher hatten ihre zwei Töchter Sabine und Mirjam sich das eine Zimmer geteilt, während ihr Sohn Nick das kleinere für sich hatte.

»Siehst du, die sind jetzt ziemlich unbenutzt. Eines dient als Gästezimmer, das andere von Nick betrete ich kaum.«

16

Marietta zeigte in Richtung einer geschlossenen Türe: »Dort ist mein Schlafzimmer«, und steuerte aber direkt auf den Raum daneben und ließ ihn dort eintreten.

»Hier arbeite ich, darum die vielen Bücher, der große Schreibtisch und der Computer.« Fragend schaute Albert zuerst ihre Bücher und dann sie an. »Darf ich?« Sie nickte. »Oh, das eine oder andere kenne ich, das I Ging habe ich aus meiner Zeit in Asien. Und du hast ein Lexikon der magischen Künste, das ist ja spannend.«

Sie bemerkte, dass er Bücher liebte. »Ich leihe es dir gerne mal aus, wenn du willst«, bot sie ihm an. »Hier am iMac habe ich dir jeweils die Mails geschrieben. Ich verbringe viel Zeit in diesem kleinen Zimmer. Man hat hier einen herrlichen Weitblick in die Berge. Komm, ich zeige dir noch das Untergeschoss.« Sie gingen wieder hinunter, durch das Wohnzimmer, und nahmen die Treppe in das Kellergeschoss. Der Raum war groß und diente früher als Bastelraum. Da er mit Holz isoliert war, wirkte er gemütlich.

»In diesem Zimmer hat Sabine, die ältere der beiden Töchter, als sie mit 16 Jahren mehr Freiraum wollte, gewohnt. Hier war sie ungestört, wenn sie Freunde einlud. Wir haben den Raum wohnlicher gestaltet, den Betonboden mit Laminat ausgelegt und die Wände mit einer Holztäfelung verkleidet, weil dieser Raum, eingebettet ins Erdreich, sonst zu kühl gewesen wäre. Hier unten haben wir ebenfalls eine Dusche eingebaut. Wenn fünf Personen in einem Haushalt wohnen und es alle gleichzeitig eilig haben, ist diese Dusche Gold wert.«

Albert sah sich um: »Das könnte als Kursraum dienen, dann hättest du keine Extraausgaben und kannst auch Steuern sparen.«

Das klang doch sehr vernünftig.

Später saßen sie gemeinsam am runden Esstisch. Marietta hatte ein einfaches Nachtessen mit Curryreis und gebratener Banane gezaubert. Sie ließen es sich schmecken und genossen das Zusammensein. Jeder hing seinen Gedanken nach. Gegen 22 Uhr bedankte er sich für den schönen Nachmittag und Abend und verließ sie mit einer leichten, unaufdringlichen Umarmung. Sie fand das sehr angenehm und liebevoll.

Sie begab sich nach oben in ihr Schlafzimmer. Müde und gleichzeitig ein wenig aufgekratzt setzte sie sich auf ihr Meditationskissen mit Blick auf ihren kleinen Altar und ließ die Erlebnisse mit ihm Revue passieren.

2. Kapitel

Fast eine WG

Nach zwei Monaten regelmäßigen E-Mail-Austausches und Telefonaten sowie zwei weiteren Treffen schlug Marietta vor, dass Albert zu ihr ziehen solle. Er könne schließlich, anstatt die Miete einer fremden Person zu zahlen, diese auch ihr geben, sagte er mal so nebenbei. Das Argument hatte sie sofort überzeugt. Sie mochten sich und verstanden sich gut, mehr war da nicht. Für ein gemeinsames Wohnen genügte es und genügend Platz hatte sie ja

Marietta bereitete das Mädchenzimmer im Obergeschoss für ihn vor und war gespannt, was er alles mitbringen würde. Es waren so wenige Sachen, dass sie ihn später fragen wollte, warum. Er hatte sie nie zu sich eingeladen, so dass sie nicht genau wusste, wie er vorher gelebt hatte. Musste sie sich eine Ein-Zimmer-Bude vorstellen oder hatte er gar in einem Hotel gewohnt? Es schien für ihn irrelevant zu sein. Was er mitbrachte, waren hauptsächlich Bücher, seine Trommel, zwei Koffer mit Kleidern und ein großer Teppich. Einiges war an diesem Mann geheimnisvoll.

Kaum hatte er sich etwas eingelebt, wurde er lethargischer, zog sich oft zurück, um am PC zu arbeiten, wie er sagte. Natürlich wollte sie ihm mehr Zeit geben, um sich einzugewöhnen. Die Gespräche während der gemeinsamen Essen waren angenehm, denn er hatte viel erlebt und wenn er davon erzählte, taute er richtiggehend auf. Marietta lauschte solchen Erzählungen immer sehr aufmerksam und lernte ihn dadurch besser kennen. Es gab Augenblicke, da hätte sie sich ihm gerne angenähert, doch etwas, was sie nicht benennen konnte, hinderte sie daran und sie beschloss, abzuwarten. Meistens kochte sie für beide. Manchmal war Albert heißhungrig, an anderen Tagen aß er fast nichts. Er schrieb tatsächlich Texte für ihre Flyer und optimierte ihre Homepage. Das sah überzeugend aus und sie fragte, ob er sich nicht auch einbringen wolle. »Vielleicht, wenn ich einige Zeit an deinen Kursen teilgenommen habe«, war seine hinhaltende Antwort.

Er verbrachte aber viel Zeit damit, ihr seine Visionen für gemeinsame Projekte zu erklären: »Wir könnten zusammen Reisen an die Orte planen, an denen ich gearbeitet habe, dort meditieren und die feinstofflichen Informationen auf uns wirken lassen.«

Er gefiel ihr nach wie vor, wenn er begeistert seine Ideen darlegte.

»Wir müssen ein gewisses Werbebudget einplanen, denn unter sechs Personen lohnt sich eine Reise nicht. Sie sollte sich selbst finanzieren und für uns muss ja auch etwas rausspringen.«

Sobald es aber um die konkrete Finanzierung ging, wurde er ausweichend. Er hätte ja auch Reiserouten und Hotels suchen und anschreiben müssen, das tat er aber nicht. Marietta begann zu zweifeln. Vielleicht prahlte er ja nur. Sie wusste inzwischen nicht mehr, was sie ihm alles glauben konnte.

Und immer wieder wirkte er so unnahbar. Ihr Sofa war bequem, doch selten saßen sie dort zusammen. Er half ihr in der Küche und dann verschwand er nach draußen, um zu rauchen oder ging in sein Zimmer. Er machte kaum Anstalten, sich ihr zu nähern, was sie irgendwie bedauerte. Manchmal umarmte er sie kurz freundschaftlich, das war's dann leider schon. Marietta fand Albert als Mann immer noch sehr anziehend und dachte, dass er bestimmt auch im Bett ein sehr zärtlicher Mann wäre, da er nichts Draufgängerisches an sich hatte. Er wirkte oft so verletzlich. Kam er ihr nahe, prickelte es in ihr. Sie wünschte sich immer öfter körperliche Nähe zu ihm, vielleicht sogar Sex.

An einem Tag bot sie ihm an, gemeinsam in ihrem Schlafzimmer zu meditieren. Sie saßen einander gegenüber auf der Yogamatte, neben ihnen der kleine Altar, und tatsächlich baute sich eine Energie auf, die sie in der Herzgegend spürte. Am Ende der Meditation umfasste er ihre Schultern mit den Händen, zog sie jedoch nicht zu sich heran, sondern schloss wieder die Augen. Danach sagte er, es habe sich sehr gut angefühlt und so zog sie ihn bei einer der nächsten Gelegenheiten, nachdem sie meditiert hatten, auf ihr Bett. Er schien darauf anzusprechen, legte sich neben sie und berührte sie überall zärtlich, doch es war keine Leidenschaft dabei. Marietta schien es, als sei es für ihn eher die Pflicht, ihr eine Freude zu bereiten. Doch sie wollte nicht so schnell aufgeben, begann ihn zu streicheln und aktivierte seine Männlichkeit, die dann doch reagierte. Sie wollte wissen, wie es sich anfühlte, mit ihm zu schlafen. Er ging darauf ein. Sie gab sich ihm hin und fand es sehr schön und erlebte es fast so, wie sie es erwartet hatte und realisierte dann, dass doch irgendetwas fehlte. Bei ihm war auch während des Aktes kaum Intensität zu spüren, so als sei er nur auf ihre Bedürfnisse eingestimmt und seine wären außen vor. Seltsam war es schon und erst später verstand sie, warum.

Pläne

Als Partner, der bei ihr wohnte, war er hilfsbereit und liebevoll. Mal half er im Haushalt etwas mit, dann im Garten, kaufte mit ihr ein, aber er schien sich nicht allzu stark um seine eigene Zukunft zu kümmern. Da er viel Zeit in seinem Zimmer verbrachte, klopfte sie eines Morgens an seine Türe und trat ein. Er saß vor seinem PC und war, wie es schien, damit beschäftigt, Mails zu beantworten.

»Und, hast du dich beworben?«, fragte sie ihn, denn immerhin wohnte er bereits einen Monat bei ihr. Er nahm aus der Schublade ein Mäppchen und zeigte ihr sein Bewerbungsdossier. Fein säuberlich eingeordnet waren auch einige Briefe. Das waren wohl die Absagen.

»Es ist alles bereit, ich muss Geduld haben. Vielleicht tut sich etwas Anderes auf.«

Mit so wenig Elan, wie er das äußerte, war es fast klar, dass seine Jobsuche erfolglos bleiben musste. Marietta nahm auch wahr, dass er ein wenig schuldbewusst wirkte, doch das wollte sie nicht einfach so durchgehen lassen.

»Vielleicht? Was denn?«

»Ich bin mit Freunden im Gespräch, wart's ab.«

Sie gab sich damit zufrieden, begann jedoch sein Verhalten noch genauer zu beobachten und bemerkte, dass er oftmals in seine Zigaretten, die er selbst drehte, auch Haschisch hineingab. Sie wusste ja, dass er kiffte, doch bisher dachte sie, es sei mal ein Joint zwischendurch, so wie sie auch gerne mal ein Schnäpschen nach einem Essen trank.

Sie bot ihm an, seine Freunde einzuladen, damit sie diese kennenlernen konnte. Das befreundete Paar wohnte einige Dörfer weiter und kam ein paar Tage später zu Besuch. Bisher war Albert, um sie zu sehen, zu ihnen gefahren. Es war ein freundlicher Tag, als die beiden aufkreuzten. Der Mann war mager, doch nicht ausgemergelt, eher klein, in seinem Gesicht prangte zwischen zwei klugen Augen eine klar geformte Nase, wohingegen seine Freundin unauffällig wirkte: eine Frau mit aschblondem, halblangem Haar und einem etwas unschuldigen Gesicht. Beide machten einen netten Eindruck. Wie sie kurz vorher von Albert erfahren hatte, war die inoffizielle Hauptbeschäftigung dieses Mannes, Hanf anzubauen und zu verkaufen. Noch ahnte sie nicht, worauf das Ganze hinauslief und war gespannt, wie Albert die beiden kennengelernt hatte. Sie begrüßte diese herzlich und bat sie herein. Nachdem sich die Gäste an den Tisch gesetzt hatten, bot Albert Getränke an und Roman, so hieß der Freund, begann auf ihre Frage hin zu erzählen.

»Wir haben uns auf einem Festival kennengelernt. Albert gehörte dort zum Organisationsteam und Carol hat Getränke an einem Stand ausgeschenkt. Es war eine tolle Zeit im Norden Deutschlands, ist aber schon eine gute Weile her. Wir haben den Kontakt aufrechterhalten und uns bei Partys wiedergetroffen. Als Albert uns erzählte, er wolle umziehen, haben wir uns für ihn umgeschaut, doch dann war er dir begegnet. Wie wir anschließend vernahmen, durfte er bei dir einziehen und wie man sehen kann, hat er es gut getroffen.« Nun begann auch Albert zu erzählen und sie erfuhr, dass er zwischenzeitlich in ganz anderen Kreisen verkehrt hatte. Carol saß schweigend daneben. Marietta wollte sie ins Gespräch einbeziehen und da sie wusste, dass die beiden Vegetarier waren, wurde dieses Thema ausgiebig erörtert. Sie hatte einen Nudelauflauf mit Gemüse gekocht und es gab dazu Blattsalat. Es schien allen zu schmecken. Nach dem Essen drehte sich Carol einen Joint, der dann zwischen Albert und ihr hin- und herging. Roman fasste den Joint nicht an und rauchte auch nicht, was Marietta verwunderte: »Du bist Nichtraucher?«

Er nickte. »Erst seit einigen Jahren, früher habe ich viel gepafft.«

»Das verstehe ich nicht ganz, du hörst auf und deine Freundin kifft?« Marietta hatte beschlossen, das Thema offen auf den Tisch zu bringen, denn sie hatte in ihrem bisherigen Leben niemanden gekannt, der Hasch rauchte. Roman erklärte ihr, dass er für den Handel mit dem Hanf sehr vorsichtig sein musste, weil sowohl Anbau als auch Verkauf verboten seien. Um sich oder seine Freundin nicht in Gefahr zu bringen, rauche er deshalb überhaupt nicht mehr. Es sei einfacher gewesen, ganz aufzuhören, als noch zu rauchen und nicht zu kiffen. Er müsse einen klaren Kopf behalten, denn das Geschäft garantiere ihm ein supergutes Einkommen. Als Albert sich einmal außer Hörweite befand, berichtete das Pärchen nur Gutes von ihm und lobte seine Hilfsbereitschaft an diversen Anlässen und dass er dort sogar einmal ein tolles Trommelsolo hingelegt habe. »Er ist ein Künstler und ganz Lieber und hilft wirklich, wo er kann. Wenn es für euch finanziell eng wird, was es ja für Albert schon ist, helfen wir euch.«

Nun ahnte Marietta, worauf das hinauslaufen könnte, sagte jedoch nichts dazu. Das Thema wurde danach auch nicht weiter erörtert. Bald verabschiedeten sich die beiden von ihr. Vor der Haustüre unterhielten sie sich noch länger mit Albert, während Marietta schon damit beschäftigt war, die Küche aufzuräumen. Sie dachte darüber nach, was sie erfahren hatte. Mit Roman und Carol war sie nicht warm geworden. Immerhin, sie hatte sich bemüht, Alberts Freundeskreis kennenzulernen.

Da Marietta sich finanzielle Unterstützung durch ihn nicht nur erhofft, sondern er das ursprünglich auch angeboten hatte, sprach sie ihn darauf an, als er wieder hereinkam und drängte auf eine Lösung. Wenn sie schon nicht zusammen etwas verändern konnten, dann eben jeder für sich.

Sie setzte ihn in der Folge ein wenig unter Druck und dachte, dass das vielleicht etwas bringen würde. Das Resultat war nicht unbedingt nach ihrem Geschmack. Sie hatte gehofft, dass er auf dem Gebiet als Planer oder Begutachter von Bauten etwas suchte und dann erfuhr Marietta eine Woche später, dass seine Freunde ihm besten Stoff in Kommission gegeben hatten, den er gewinnbringend verkaufen sollte.

Er strahlte über das ganze Gesicht: »Du wirst sehen, jetzt werde ich so richtig gut Geld verdienen.«

Hätte er sie vorher gefragt, wäre sie strikt dagegen gewesen. Sie wollte nicht als Mitläuferin gelten, wenn das herauskäme. Außerdem behagte ihr der Gedanke nicht, dass von nun an Deals in ihrem Haus stattfinden würden. War das schon länger so geplant gewesen? Fast schien es so. Marietta war auch sehr skeptisch, ob er erfolgreich sein würde, denn er wirkte oft unkonzentriert und war vielleicht ein guter Planer, aber kein Kaufmann. Es fehlte nur noch, dass er in ihrem Haus Marihuana anbauen wollte und dann kämen sie in Teufels Küche. So hatte sie sich eine Veränderung wirklich nicht vorgestellt. Für sie selbst waren Drogen tabu. Dass er rauchte, darüber hätte sie großzügig hinwegsehen können, wäre sie nicht die Leidtragende gewesen, die das Wohnen und Essen finanzieren musste. Da er nun im Besitz einer größeren Menge Marihuanas war, stellte sie fest, dass er noch öfter haschte. Marietta wusste nicht, ob und wie dieser Teufelskreis zu durchbrechen wäre und so versuchte sie ihn an seine Versprechen zu erinnern, dass er den Stoff bekommen hatte, um ihn zu verkaufen.

Eines Tages läutete Carlos, ein junger Bursche von 19 Jahren, Sohn ihrer Kollegin Petra, die ebenfalls Kurse gab, an der Tür und verlangte nach Albert. Sie kannte ihn flüchtig, hatte ihn nur einmal gesehen. Er wirkte auf sie gepflegt und wie so mancher junge Mann unauffällig, sodass Marietta sich wunderte, dass er kiffte. Wie die beiden in Kontakt gekommen waren, wusste sie nicht, doch unter Kiffern schien man sich zu kennen.

Ob seine Mutter das weiß, fragte sie sich, bevor sie ihn einließ.

Albert lud ihn auf die Gartenseite des Hauses ein. Der Junge setzte sich wichtigtuerisch an den Gartentisch und sie sah, wie Albert ein Päckchen hervorholte und Carlos daran schnüffelte. Marietta ging ins Wohnzimmer und wollte nicht Teil der Unterhaltung sein. Sie tat so, als würde sie Staub wischen und fühlte sich sehr unwohl, wenn sie aus dem Fenster zu den beiden hinüberschaute. Als der Jüngling nach einer halben Stunde wieder weg war, ließ es ihr keine Ruhe und sie fragte Albert, wie es abgelaufen war. Er erklärte ihr, er habe eine Anzahlung erhalten, den Rest des geschuldeten Betrages bekäme er in einer Woche.

»Hast du dir per Unterschrift bestätigen lassen, dass er die Ware bekommen hat?«, fragte sie.

»Er ist ein netter Kerl und das Geld kommt dann schon. Sei doch nicht so misstrauisch.«

»Und, hast du ihm eine Quittung für seine Anzahlung gegeben?«

»Nein, warum auch? Das klappt schon.«

Auch wenn es illegale Geschäfte waren, man hätte sich untereinander gegenseitig verpflichtet, bis das Geschäft erledigt war. So zumindest sah es Marietta, auch wenn sie sich eingestand, nichts davon zu verstehen. Sie fand soviel Gutmütigkeit nachlässig, denn sie glaubte nicht, dass Carlos zuverlässig war. Sie sollte recht behalten, denn der Junge behauptete später, dass er alles bezahlt habe. So unverfroren und frech, wirklich schamlos, fand sie dieses Verhalten. Weil das alles ohne Quittung geschehen war, konnte Albert ihm nicht nachweisen, dass seine Aussage nicht stimmte. So war das also ein erstes Verlustgeschäft.

Bei einer zufälligen Begegnung sprach Marietta Petra darauf an, ob sie wisse, dass ihr Sohn kiffe? Sie bestätigte, dass er rauchte und dass sie vermutete, dass er auch ab und zu kiffte.

»Jetzt weiß ich, warum er mir hundert Franken aus meinem Portmonee gestohlen hat. Leider macht er das öfters. Er verdient ja als Auszubildender noch nicht so viel und Kiffen kostet.«

Marietta war schockiert. Deshalb sagte sie nur beiläufig: »Er kam mal vorbei und hat etwas mit Albert verhandelt. Vielleicht solltest du ihn mal darauf ansprechen? Dass er dich beklaut, kannst du doch nicht einfach akzeptieren?«

»Ich weiß, aber vielleicht ist er ja schon so süchtig, dass es ihm nicht einmal mehr etwas ausmacht, zu stehlen?«

»Dann wäre es höchste Zeit, es zu deinem und seinem Wohl mal zu thematisieren. Das geht doch nicht, dass er die eigene Mutter beklaut, ganz abgesehen davon, dass es auch sonst nicht in Ordnung ist, zu stehlen.«

»Ich habe deswegen nie mehr viel Bargeld im Portmonee, aber wenn gerade jemand einen Kurs bar bezahlt hat, ist es halt da. Ich werde mit ihm reden, denn Geld für seinen Stoff bekäme er von mir nicht. Da er volljährig ist, kann ich ihm das Kiffen natürlich nicht verbieten.«

Marietta wollte ihre Bekannte nicht noch mehr belasten und beließ es dabei. Es ging sie im Grunde nichts an, das war eine Sache zwischen Albert und Carlos.

Alberts Freund Roman, das wusste sie inzwischen, hatte ihm diese größere Ration ohne viele Bedingungen übergeben. Er sollte dafür erst bezahlen, wenn alles verkauft sei. Für jemanden wie Albert war das einfacher, aber vielleicht auch ein falscher Ansatz. Das nahm ihn nicht sonderlich in die Pflicht, was vielleicht schon ein Fehler war. Denn, was machte der Mann? Weil die Geschäfte nicht liefen, rauchte er das Zeug weiterhin selber und war deswegen dauerbekifft und somit oft nicht ansprechbar. Kaum war die Wirkung eines Joints etwas verpufft, folgte der nächste. Es gab Tage, da rauchte Albert andauernd und wenn er mit ihr sprach, lallte er fast, als wäre er betrunken. Jede zweite Stunde stand er vor der Haustür oder im Garten und rauchte wie ein Schlot. Hätte er im Haus rauchen dürfen, wären die Aschenbecher dort schnell übergelaufen. So füllten sie sich vor und hinter dem Haus, doch dafür war Marietta nicht zuständig.

Wer so außerhalb seines Körpers und nur im Kopf und in seinen Delirien lebt, verliert den Bezug zu dieser Realität und sieht alles in bunten, herrlichen Farben, die er ihr beschrieben hatte. Diese Gehirnorgasmen schienen ihm Freude zu machen. Das erklärte ihr nun auch, warum er kein Interesse oder Bedürfnis nach körperlicher Nähe oder Sex hatte. Es hätte ihm genügt, neben ihr zu liegen und seinen Joint zu rauchen. Vieles passte nicht in ihr Leben und es gab immer weniger Gemeinsamkeiten.

Ganz unbuddhistisch, voller Emotionen, packte Marietta mehrfach die Wut. Manchmal schmiss sie Kissen, die schönen bunten, herum oder knallte Türen, als könnte sie ihn endlich aufwecken oder sich damit beruhigen. Sie hätte ihn schütteln mögen. Je länger er bei ihr war, desto weniger Dynamik entfaltete er und kam ihr mit immer mehr Ausreden. Sie erkannte, dass sie zu langmütig, auch zu gutmütig war, und das begann sich zu rächen. Ihre Mittel schwanden. Da er nichts mehr zum Haushalt beisteuerte, wurde sie immer frustrierter. Ein Jahr dauerte das nun schon. Sie fand, es sei genug des Wartens und Hoffens, dass etwas sich veränderte. Und so entschied sie, ihren Ärger nicht einfach vorbeizie-

hen zu lassen, sondern mit ihm Tacheles zu reden. Sie wuss-
te, dass sie jetzt und möglichst schnell etwas ändern wollte.
Sie hatte Albert zu lange vertraut, damit war jetzt Schluss.
Mit diesem Gedanken schlief sie an jenem Abend ein.

Am nächsten Morgen ging sie in die Küche, bereitete
sich ihr Frühstück und als er hereinkam, um sich seinen
Nescafé mit löffelweise Zucker zu brauen, begrüßte sie ihn
nur mit einem kurzen schweizerischen »Hoi«, sonst nichts.
Als ahnte er, dass etwas im Busch war, schlich er sich wortlos aus der Küche wie ein geschlagener Hund. Marietta
musste sich ihre Worte noch zurechtlegen, bevor sie Klartext sprechen wollte. Am Nachmittag, als Albert wieder
einmal unterwegs zu seinem nächsten Joint war, hielt sie ihn
auf.

»Albert, ich muss mit dir reden, komm, setz dich.« Er
setzte sich zu ihr und schaute sie an. »So geht das nicht weiter. Gemeinsam kommen wir auf keinen grünen Zweig und
ich finde das Leben sehr anstrengend, wenn ich zuschauen
muss, wie du immer mehr abdriftest.« Da er wieder einmal
nicht reagierte, begann es in ihr zu kochen. Sie erhob sich,
baute sich vor ihm auf und zischte: »Echt, mir reicht's jetzt!
Ich habe lange zugesehen und so geht das nicht weiter. Ich
muss dich bitten, zu gehen, je schneller, desto besser.«

Als ob er es vorausgeahnt hätte, dass das mal kommen
musste, erhob er sich wortlos. Er schaute sie an und sah,
wie ihr Mund zu einem harten Strich geworden war und die
Augen ihn wütend anfunkelten. »Vielleicht hätte ich es ja
doch noch geschafft, aber wenn du keine Geduld mehr hast,
verstehe ich das.« Damit ging er in sein Zimmer, leichtfüßig
wie bei der ersten Begegnung, wo ihr das noch gefallen hatte. Heute würde sie es als total ungeerdet bezeichnen.

Das Abhauen hat er schon intus, dachte sie und *Es ist ja nicht
das erste Mal*. Das wusste sie nun fast mit Bestimmtheit. Im
Laufe der Zeit hatte sie von ihm erfahren, dass seine letzte
Freundin ihn verklagt hatte. Er habe sie geschlagen, was
Marietta sich nicht vorstellen konnte. Albert erklärte ihr, er

habe gegen sie die Hand erhoben, aber nicht zugeschlagen. Warum er ausgerastet war, erklärte er ihr nicht. Nach diesem Vorfall bekam er Hausverbot und musste ausziehen. Deswegen war er zu Freunden geflüchtet. Als sie ihre Anzeige später zurückgezogen hatte, war natürlich das Vertrauen in der Beziehung dahin und er hatte sich später nur noch seine eigenen Sachen geholt. Sie bestand darauf, die Wohnungseinrichtung zu behalten. Er wollte sich nicht mit der Situation auseinandersetzen und blieb bei seinen Freunden wohnen, bis er zu ihr kam. Während der Zeit, als er bei Marietta wohnte, hatte er diese Frau noch einmal besucht und sie hatten sich ausgesöhnt. Immerhin etwas, das gelungen war.

Nun musste er also wieder gehen, aus einem anderen Grund, oder etwa doch aus demselben? Sie wusste nicht mehr, was sie ihm glauben konnte und was nicht, aber das war jetzt eh egal. Sie hatte sich in der Zwischenzeit aufs Sofa gesetzt, die Knie angezogen und wartete wie erstarrt. Sie hörte, wie Albert seinen Rucksack packte. Als er die Treppe herunterkam, stand er einen Moment lang schuldbewusst herum.

»Das ist wohl das Ende«, sagte er mehr zu sich selbst und zu ihr gewandt: »Die restlichen Sachen hole ich, wenn ich weiß, wo ich bleiben kann.« Er schob hinterher: »Es tut mir leid.« Denn er wusste genau, was er alles verbockt hatte, und dass sie keine Kraft mehr hatte, es zu ertragen und ihn weiterhin durchzufüttern. Langsam erwachte sie aus ihrer Erstarrung, blieb aber sitzen und sagte nur:

»Ja, melde dich, tschüss.«

Er legte beim Hinausgehen den Hausschlüssel auf den Tisch und sie hörte, wie die Türe hinter ihm ins Schloss fiel.

Irgendwann richtete sich das bedingungslos lieben zu wollen zu sehr gegen einen selbst und dem hatte sie Einhalt geboten.

3. Kapitel

Neue Wege
Seit drei Wochen lebte Marietta wieder alleine und konnte
endlich die Fenster offen lassen, ohne dass Rauch oder der
Duft von Marihuana sich zu ihr schlich. Vor allem kein Kif-
ferdrama mehr. Doch all das wirkte in ihr nach. Es war ein
ungutes Gefühl, das es zu verdauen galt, nicht weil er weg
war, sondern weil sie sich fragte, wie es weitergehen konnte
und was als nächstes kommen würde.

Selbst schuld, sagte sie sich zum x-ten Mal beim Aufwa-
chen, beim Frühstück und jeden Tag warf sie sich vor, dass
sie nicht aufmerksamer gewesen war. Gleichzeitig war es ein
Aufatmen: *Tempi passati. – Es war vorbei.*

Sie fühlte manchmal im Bauch ein Kribbeln und eine Art
Loch, eine Angst, die sich ausbreitete und den Körper
hochkroch. Die Angst pulsierte in ihr, Herz und Kreislauf
beschleunigten sich, doch der Körper fühlte sich gleichzeitig
an wie gelähmt. Da war eine Leere, weil sie überhaupt keinen Rückhalt fühlte und Marietta realisierte, dass sie nun
wirklich alleine, sehr alleine war. Gleichzeitig wusste sie aber
auch, dass sie schon ganz andere Sachen gemeistert hatte.
Sie beschloss, das Ritual der morgendlichen Meditationen
wieder aufzunehmen und wurde dadurch fühlbar ruhiger.
Bis zum nächsten Morgen, dann begann beim Erwachen
das Ganze von vorne.

Sie machte es zum Ritual und zog sich täglich, nachdem
sie geduscht hatte, bequem an und setzte sich auf das schöne Sitzkissen, das handgenäht auf ihrer Yogamatte im
Schlafzimmer lag und groß genug war, um sich bequem nie-
derlassen zu können. In der nachfolgenden Stille, die an
diesem Tag nur durch den prasselnden Regen begleitet war,
wuchs Mariettas Überzeugung wieder, dass man an das Gute im Menschen glauben sollte, auch wenn es nicht offensichtlich war. Sie begann eines der komplexeren Mantren zu
chanten. Die tiefen Atemzüge taten ihr gut. Wenn sie ihre

Entspannungskurse gab, konnte sie sehr gut weitergeben, was hilfreich war, und nun halfen diese Techniken ihr, manches Panikgefühl aufzuweichen. In Beratungen hatte sie schon vielen Menschen geholfen, das Leben aus einer gewissen Distanz zu betrachten und neu anzupacken. Das übte sie jetzt intensiv und suchte mittels Meditation Antworten aus dem Inneren. Manchmal erlebte sie dabei ausgesprochene Hochgefühle. Die Betreuung von Haus und Garten erdete sie aber auch wieder und verband sie mit der Natur. Aus der Überzeugung heraus, dass Materie zweitrangig, ein mitfühlendes Wesen aber erstrangig für ein sinnerfülltes Leben war, begleitete sie der Wunsch weiterhin, möglichst bedingungslos lieben und handeln zu können. Den Weg der Güte wollte Marietta immer noch gehen, aber nicht mehr auf ihre Kosten. Nach einer weiteren Woche war sie schon fast wieder die Alte.

Telefonat mit Hamburg
Sie hatte länger nichts von Sabine gehört und rief ihre Tochter in Hamburg an:»Hallo, meine Große, wie geht es euch?«

»Danke, wir sind zufrieden und viel beschäftigt. Bei uns ist alles beim Alten. Im Geschäft helfe ich zusätzlich mit, die Online-Präsenz zu durchleuchten und zu optimieren und hoffe, den Absatz der Produkte dadurch zu verstärken. Das könnte ich später auch von zuhause aus machen und vielleicht nur noch Teilzeit arbeiten, d.h. andere Bereiche abgeben. Privates kommt gerade ein wenig zu kurz.«

»So wie ich das sehe, hast du zu viel Stress, manchmal habe ich mir Sorgen gemacht. Es wäre gut, wenn du das reduzierst.«

»Ja, ich hoffe, mein Chef hat Gehör dafür. – Aber du, was läuft bei dir? Wie geht's? Wohnt Albert noch bei dir?«

»Mir geht es wieder besser nach dieser eher bedrückenden Zeit mit Albert. Nein, er wohnt nicht mehr hier. Vor ein paar Wochen hatte ich die Nase voll. Ich brauchte dann etwas länger, um zu verdauen, dass ich mich so in einem

Menschen getäuscht habe. Gleichzeitig habe ich verstanden, dass ich mich von seinem Auftreten habe blenden lassen und nicht wirklich auf mein Gefühl gehört habe. Hätte ich nicht jeden Morgen meditiert, wäre mein Ärger unerträglich gewesen. So kann ich mich immer wieder in meine Mitte bringen. Ich mache das jetzt noch intensiver, auch mein bewährtes Yogaprogramm habe ich wieder eingebaut. So hat doch alles sein Gutes.«

»Oh, das klingt gut und wie recht du hattest. Ich dachte schon länger, dass da was nicht rundläuft. Vielleicht wäre es auch gut, dir selbst mal wieder eine Behandlung zu gönnen und nicht immer nur anderen helfen zu wollen? Solltest du finanzielle Unterstützung benötigen, melde dich. Wir helfen dir gerne aus.«

»Das ist wirklich lieb, vielen Dank. Es entlastet mich ein wenig, das zu wissen.«

Nach einer kurzen, nachdenklichen Pause bestätigte sie: »Es wird mir wohl guttun, wieder einmal zu meiner früheren Supervisorin zu gehen und mir eine Behandlung und ein Gespräch zu gönnen.«

»Stimmt, die hat dir doch immer wieder Impulse geben können und dir gutgetan.«

Dann wollte sie hören, wie es den Geschwistern ginge. Nachdem sie noch über dieses und jenes geplaudert hatten, beendete Marietta mit einem sehr guten Gefühl das Telefonat.

Besuch

Es war an einem Sonntag, Anfang Oktober. Obwohl schon herbstlich, war es doch noch angenehm warm. Marietta erwartete ihre jüngere Tochter zu Besuch. Mirjam war eine aufgeweckte junge Frau, die die gleichen wunderbar ausdrucksstarken Augen wie ihre Mutter hatte. Sie war kein Modepüppchen, sondern vielmehr naturverbunden und daher meistens ungeschminkt, mit langen Haaren, die sie oft zu einem Pferdeschwanz band. Auch charakterlich hatte sie viel Ähnlichkeit mit ihrer Mutter und war nach den üblichen Pubertätskrisen nun fast wie eine Freundin für sie.

»Hi, Mama, schön, mal wieder hier zu sein.«

Beide umarmten sich innig und gingen ins Esszimmer, wo der Tisch sonntäglich mit allerlei Leckereien gedeckt war: Saft, frisches Zopfbrot, hausgemachte Aprikosenkonfitüre, Käse, eine kleine Fleischplatte.

»Wir können gleich essen, außer du willst noch ein Ei.«

»Ja, gerne.« Mirjam machte es sich bequem.

»Drei Minuten?«

»Oh bitte. – Soll ich schon mal Kaffee einschenken?«

Kurz darauf wollten beide Frauen ihr ausgiebiges Frühstück genießen, d.h. sie wollten essen und wurden sogleich gestört. Der Kater schien mitbekommen zu haben, dass es auf dem Tisch leckeres Essen gab. Er setzte sich zwischen die beiden und schaute mit großen Augen Mirjam bittend an. Als sie zuerst nicht reagierte, miaute er mehrfach und sie musste lachen. »Du hast dich kein bisschen verändert und weißt genau, wie du es machen musst.« Er wollte wie üblich sein Butterstückchen, das Mirjam ihm dann auch bereitwillig gab: »Du bist und bleibst unser Schleckmäulchen«, sagte sie zu Sirius und streichelte ihm noch kurz über den Kopf. Das eine Stück schien ihm noch nicht zu genügen und er hatte – wie sie sich denken konnte – den Schinken gewittert. Auch da ließ sie sich erweichen und reichte ihm einen Schnipsel Schinken herunter.

»Jetzt ist es aber genug.« Er kapierte, denn er kannte den bestimmenden Klang ihrer Stimme sofort und verzog sich schmollend, legte sich aber in Reichweite wieder hin. Man konnte ja nie wissen.

Die beiden Frauen begannen nun in Ruhe zu essen und nachdem sie den ersten Hunger gestillt hatten, stellte Mirjam fest: »Du siehst besser aus als beim letzten Mal, als wir uns sahen. Ich glaube, dein Mitbewohner hat dir doch ziemlich zugesetzt.«

»Das siehst du richtig, ich war in einem großen Dilemma und mit der Zeit stieß mich der Geruch vom Hasch richtig ab, weil er fast dauernd durch die Ritzen zu schleichen schien.«

Marietta bestätigte, wie viel entspannter sie sich fühlte, nachdem sie wieder alleine wohnte und dass sie es richtig genoss, sie zu Besuch zu haben. Dann erzählte sie auch der jüngeren Tochter, wie gut ihr die intensiv aufgenommene Meditation tat und sie so endlich in Frieden mit dem Erlebten gekommen war, aber auch, dass sie sich Sorgen um ihre Zukunft mache.

»Ich habe das Gefühl, ich brauche mal dringend eine Abwechslung, um auch wieder eine neue Perspektive zu bekommen.«

Mirjam riet ihr, eine kleine Auszeit zu nehmen: »Fahr doch mal weg. Manchmal muss man einfach mal raus aus den eigenen vier Wänden.«

»Da hast du wohl recht. Ich habe nur noch keine Ahnung, wohin ich verreisen sollte. Ans Meer, in die Berge, mal schauen. Ich denke, ich kann dann auf dich zählen wegen den Katzen, jetzt wo hier kein anderer mehr wohnt.«

Ihre Tochter nickte. Dann erzählte sie von sich, dass sie sich überlege, eine Zusatzausbildung zu machen, um einen Vorschulkindergarten leiten zu können. Ihre Stirn legte sich in Falten, wenn sie intensiv nachdachte und sie schien noch nicht überzeugt. Ihrer Mutter gefiel die Idee.

»Das gibt doch neue Impulse und mehr Verantwortung, ich denke, das würde gut zu dir passen. Mach das.«

Nachdem sie den Tisch abgeräumt hatten, beschlossen sie, einen kleinen Spaziergang durch das Quartier zu machen. Die adretten Gärten waren so typisch schweizerisch, sehr gepflegt, jeder Halm war an seinem Ort und Marietta hatte manchmal fast ein wenig Hemmungen, weil sie in vielem der Natur den Vorrang ließ. Sie zog etwas Natürlichkeit einem parkähnlichen Garten vor und sagte sich, dass sie eh aus der Reihe tanzte mit ihrem Job und ihren Ideen. Bei ihr durfte so vieles einfach wachsen und oft schenkte ihr die Natur überfliegende Samen, ein Kraut oder sogar einen Strauch, den andere im Gartencenter kauften. Sie liebte diese Fülle. Es begegneten ihnen ein paar Leute mit ihren Hunden, sonst schien alles ziemlich ausgestorben zu sein. Es war angenehm warm. Wieder zuhause angekommen, setzten sie sich in die Gartenlaube. Die Traubenstöcke, welche die Holzwand entlang wuchsen, hatten große Dolden. Diese waren reif und leuchteten verlockend in der Sonne, in einer geschützten Ecke des Gartens glänzten noch ein paar kleine Tomaten um die Wette. Nun strichen alle drei Katzen um sie herum. Eines der Weibchen hüpfte auf den danebenstehenden Stuhl, der Kater lag darunter. Die andere schlich schnurrend um Mirjams Beine, um sich streicheln zu lassen. Sie hob sie auf ihren Schoß und kraulte sie gedankenverloren. Es war unglaublich friedlich und Marietta erinnerte sich daran, wie sie an manchem Sonntag lesend im Garten gelegen hatte und die Kinder ebenfalls draußen am Tisch ihre Hausaufgaben lösten, um dann später mit ihren Freunden losziehen zu können.

Vergangenes
Sie hing ihren Gedanken an frühere Zeiten nach, ließ Revue passieren, wie ihre Kinder sich entwickelt hatten. Mirjam hatte ihren Gemeinschaftssinn früh entdeckt: Sie war schon als kleines Mädchen bei den Pfadfindern, wurde dann Gruppenleiterin und später sogar Leiterin eines ganzen Stammes. Ja, sie konnte wirklich gut mit Kindern umgehen. Nach der Schule fand sie eine Stelle in einem Kinderhort, in dem sie ihre Ausbildung machte. Bald leitete sie selbst eine Betreuungsstätte der Stadt. Und jetzt wollte sie sogar noch mehr erreichen, denn ein Kindergarten war schon eine Vorbereitung für die nachfolgende Schulzeit. Marietta war wirklich stolz auf ihre Jüngste.
Als Albert einzog, hatte es Mirjam auch nichts ausgemacht, ihr ehemaliges Zimmer an ihn abzutreten. Lange war es un-

verändert geblieben, darum hatte sie kurz vorher alles, was an ein Mädchenzimmer erinnerte, liquidiert oder in ihrer eigenen Wohnung untergebracht. Nick bewohnte den Raum nebenan. Sein Bett stand noch darin und auf dem Nachttisch hatte er Figuren aus irgendeinem Science-Fiction-Film aufgestellt. Außerdem lagen haufenweise Bücher und CD-ROMs im Zimmer, die er irgendwann holen wollte. Marietta hatte befunden, dass es Zeit war, dass Nick nach Beendigung seiner Ausbildung und mit eigenem Einkommen endlich ausziehen müsse. Er glaubte nämlich, dass Putzen so ziemlich überflüssig sei. Darin unterschied er sich vollkommen von seinen Schwestern. Dass es da Streit gab, war vorprogrammiert. Da er ihr auch nicht mehr so viel wie früher von sich anvertraute, war Marietta sich nicht sicher, ob er eine Freundin hatte. Er verbrachte seine gesamte Freizeit vor dem Computer. Da er das Programmieren zu seinem Beruf gemacht hatte, passte es so und sie vertraute darauf, dass er seinen Weg gehen würde.

Das Glockengeläut der nahegelegenen Kirche – der Gottesdienst war wohl jetzt aus – holte Marietta zurück ins Hier und Jetzt. Sie liebte den Klang der Glocken, doch Marietta konnte sich nicht einmal daran erinnern, wann sie das letzte Mal in der Kirche gewesen war.

Und so schweiften ihre Gedanken wieder ab in die Zeit, als Mirjam, damals 15 Jahre alt, hätte konfirmiert werden sollen. Sie blickte zu ihrer Tochter hinüber. Die Katze war davongehüpft und ins Haus gegangen. »Möchtest du ein Glas Weißwein? Ich fände das jetzt erfrischend.«

»Ja, gerne, vielleicht lege ich mich später noch in den Liegestuhl für ein Nickerchen.«

Marietta holte aus dem Kühlschrank einen trockenen Weißwein und nachdem sie daran genippt hatte und befand, dass er schmeckte, brachte sie auch gleich noch Nüsse zum Knabbern mit nach draußen. Sie goss beide Gläser voll und sie stießen an auf alles, was sich demnächst entwickeln würde: »Ich habe vorhin beim Kirchengeläut daran gedacht, wie du schon als Jugendliche keinen Sinn in der Zugehörigkeit zu einer bestimmten Religion gesehen hast und dich im Religionsunterricht gelangweilt hast.«

»Oh ja, damals fand ich allerdings schon, dass bei den Katholiken einiges mehr los war als bei uns Reformierten. Nur das Beichten und den Rosenkranz herunterbeten, um von den Sünden erlöst zu werden, damit bin ich auch heute noch nicht einverstanden.«

»Ich war ganz schön beeindruckt, wie viele Gedanken du dir damals schon gemacht hast über das Leben und Gott.«

Marietta hatte früher mit den Kindern immer gebetet, doch je älter diese wurden, desto weniger übernahm sie die Führung für deren Religiosität.

»Du warst schon damals kritisch, wenn es um Religion ging. Ich höre dich heute noch, wie du mir erklärt hast: ›Ach Gott, der ist schon o.k., irgendwo da draußen. Er gibt mir ja auch das Gefühl, mich zu hören. Aber dass er die Welt in sieben Tagen erschaffen haben soll, das ist ja nun wirklich unglaubwürdig.‹«

Mirjam nickte: »Besonders unglaubwürdig fand ich immer, dass Gott nur zwei Menschen ins Paradies gesetzt haben soll, das lässt einen ja schon zweifeln, ob das so richtig ist. Das muss ja elend langweilig gewesen sein!«

Mutter und Tochter lachten bei der Erinnerung daran. Inzwischen hatten sie sich einen anderen Wissensstand erarbeitet, der von gesetzmäßigen Zusammenhängen handelte und davon, wie Energien sich formieren. Und beide waren überzeugt davon, dass so, wie Ebbe und Flut vom Mond gesteuert werden, auch die Sonne und die Planetenstellungen das Geschick der Menschen beeinflussten. Und dass es in ihnen eine Instanz gab, die sich mit etwas Höherem verbinden konnte, daran zweifelte keine. Marietta erinnerte sich noch genau, wie das damals gewesen war und sah alles wieder vor sich, als wäre es gestern gewesen. Sie hatte den Pfarrer eingeladen, damit er sich davon überzeugen konnte, dass Mirjam sich ernsthaft Gedanken gemacht hatte. Nach dem eindringlichen Gespräch über den Glauben und im Einverständnis mit dem Pfarrer entschieden Mutter und Tochter, auf den kirchlichen Akt der Konfirmation zu verzichten. Ein paar Monate später erzählte Mirjam, dass sie ein Buch über ein tibetisches Mädchen gelesen hatte, und dass sie interessant fand, was die tibetischen Mönche alles auf sich nahmen, um zu überleben und wie sie den Glauben praktizierten. Marietta wusste, dass es ein buddhistisches Kloster in Rikon gab, damals das einzige und erste in der Schweiz, welches Kurse und Führungen für Interessierte anbot, und das man das ja mal besuchen könne. Bei einer der nächsten Gelegenheiten, die sich bot, schlug Marietta vor, diesen Tag mit Mirjams Patenonkel und dessen Frau sowie der Familie zu feiern. Obwohl der Vater zuerst dagegen war, ließ er sich umstimmen und kam ebenfalls zum nachfolgenden Essen. Während der Besichtigung, die eineinhalb Stunden dauerte, würden sie stattdessen schon einen Aperitif genießen.

So wurde geplant, dass nur Marietta mit Mirjam an der Führung teilnehmen würde. Für sie war es die erste konkrete Begegnung mit dem Buddhismus, über den sie vorher viel gelesen hatte.

Das Kloster
Die Fahrt führte durch eine ländliche Gegend hin zum Waldrand, wo das imposante, moderne, klösterliche Tibet-Institut stand. Es wurde 1963 für geflüchtete Tibeterfamilien erbaut und 1967 zu einer Stiftung umfunktioniert, die sich die Vermittlung von tibetischen Traditionen, die Unterstützung von Tibetern sowie gemeinsame Feierlichkeiten auszurichten zur Aufgabe gemacht hatte. Ein Ort, nicht nur für Tibeter, sondern er hieß auch Nichttibeter, die sich für die Traditionen interessierten, willkommen. Es wurden seit jeher auch karitative Aufgaben übernommen und an diesem Tag fand eine kleine Einführung in den Buddhismus statt. Das ganze Gebäude, in klarem Weiß gehalten, strahlte eine

Ruhe und Einfachheit aus, innen dagegen war vieles bunt und wirkte lebendig.

Direkt nach der Ankunft durften sie zunächst ungestört im Naturgarten herumspazieren und sahen die vielen bunten Gebetsfahnen, die für die Buddhisten typisch sind. Beim Eintreten in das Haus erhielten sie alle einen weißen Glücksschal. Die Mönche, einfach gekleidet, waren sehr freundlich und sprachen gebrochen Deutsch. Sie baten die etwa 20 Personen, Platz zu nehmen. Wer wollte, durfte sich auf die Stühle setzen, die anderen in einer Reihe davor, wie die Tibeter, es sich auf großen, am Boden liegenden Kissen bequem machen. Der leitende Mönch begrüßte noch einmal alle und wandte sich dann der riesigen Schrankwand mit kleinen Kästchen zu, indem er erzählte, dass sich darin echte Aufzeichnungen befanden, die früher in Lasha waren. Er stand auf und holte eine Sammlung handbeschriebener Palmblätter heraus, auf welchen vor über hundert Jahren medizinische Ratschläge und Erfahrungen eingeritzt worden waren, Tinkturen und die richtige Ernährung beschrieben wurden. Ebenso wurden astrologische Deutungen damit gemacht. Nach dieser Einführung zeigte er ihnen ein Fingermudra, das den Geist beruhigen sollte und bat alle, die Hände in der gezeigten Position stillzuhalten und einen Moment zu warten. Sie würden jetzt eine kurze Meditation machen. Wer wolle, konnte die Augen senken, schließen oder auch offenhalten. Marietta beobachtete erfreut, wie konzentriert ihre Tochter mitmachte und schloss wie diese ebenfalls die Augen. Nach ungefähr fünf Minuten erklang ein Gong. Langsam richteten die Leute ihre Aufmerksamkeit wieder nach außen. Alle blickten erwartungsvoll, was als Nächstes kam. Nun wurde ihnen erklärt, dass es mehrere Techniken gab, um zu meditieren, er wollte jedoch wissen, ob jemand sich zum soeben Erlebten äußern wollte. Jemand stellte eine Frage, wie lange denn normalerweise eine Meditation daure. »Das ist ganz unterschiedlich, das kann von 20 Minuten bis zu einer Stunde am Stück dauern, während der wir stillsitzen«, meinte er lächelnd. Einige fanden, dass schon fünf Minuten recht lang seien. Zur Meditation gehöre auch das Singen von eintönigen Gebetsgesängen, das würde den Geist ebenfalls beschäftigen. Usus sei auch das alles umfassende Mantra AUM und sang es vor. Als Kehllaut wurde es dann eher zu einem Ohm. Er bot an, dieses mitzusingen, um die Wirkung des heiligen Lautes zu erfahren. Nun wurde noch drei Minuten gesummt, gebrummt und immer länger und mutiger erklangen die Aaums und Ohms. Danach war die Einführung beendet, denn schon war diese Stunde um. Es gab für alle eine Tasse Tee und dann verabschiedete sich der Mönch. Mirjam, die sonst nur so sprudelte, war still und als ihre Mutter sie fragte, ob sie zufrieden sei, nickte sie. Es schien, als müsse sie das Erlebte verdauen, das so ganz anders war als das Beten in der reformierten Kirche.

Es war nicht weit bis zum Restaurant, wo der Vater, die Geschwister und der Patenonkel mit seiner Frau warteten. Nach einem herzlichen Willkommen an die Adresse der beiden setzte man sich an den mit einem weißen Tischtuch gedeckten Tisch und Getränke wurden bestellt. Natürlich wollten alle wissen, wie es gewesen war. Mirjam sagte, sie fände das Ganze hochspannend und ihr gefalle es, dass die Mönche sehr zugänglich seien, obwohl sie ja einer anderen Religion angehören würden. »Vielleicht nehme ich einmal an einer Zeremonie teil. Ich finde die Atmosphäre wunderbar.« Marietta erzählte etwas über den Ablauf und schloss mit den Worten: »Es ist schade, dass ihr nicht dabei wart. Vermutlich hätte es euch auch gefallen.« Danach durfte Mirjam offiziell zum ersten Mal innerhalb der Familie Alkohol trinken und man stieß auf ihre Zukunft an.

Der Patenonkel fragte nach: »Und – willst du nun Buddhistin werden?«

»Nein, ich glaube nicht, doch das eine schließt das andere nicht aus. Ich kann Christin sein und gewisse buddhistische Rituale pflegen, das finde ich schön. Jetzt weiß ich ja genauer, dass der Buddhismus keine eigentliche Religion ist, denn die haben keinen Gott, zu welchem sie beten.«

Das schien einige der Anwesenden zu beruhigen, denn sie nickten zustimmend. Nach dem Essen folgte der Kaffee und dann überreichte der Patenonkel Mirjam feierlich eine wertvolle Uhr. Marietta sagte zu ihrer Tochter:»Wenn es dir Freude macht, kaufe ich gelegentlich mit dir ein schönes Ohm-Zeichen, das du um den Hals tragen kannst oder was du dir aussuchen magst.« Der Vater, der an diesem Tag nicht viel gesagt hatte, meinte dazu:»Ich schenke dir die passende Kette dazu.« Es war feierlich gewesen und nach einem kleinen Verdauungsspaziergang verabschiedeten sie sich voneinander.

Tja, das war schon eine ganze Weile her und seither hatte Marietta ihre eigene Meditationspraxis intensiviert. Sie schaute zu ihrer Tochter hin, die es sich inzwischen auf dem Liegestuhl bequem gemacht hatte, und eingedöst war. Als hätte diese den Blick gespürt, schaute sie zu ihrer Mutter hin. Diese fragte nun unvermittelt:

»Weißt du noch, wie das Buch hieß, das dir Tibet und die besondere Lebenseinstellung der Menschen dort nähergebracht hat?«

»Ich weiß noch, dass ich sehr beeindruckt davon war, wie dieses tibetische Mädchen in der Schweiz bei ihren Pflegeeltern versucht hat, heimisch zu werden. Es muss von Frederica de Cesco gewesen sein, vielleicht habe ich es ja noch irgendwo. – Ob ich jemals Tibet besuchen werde? Ich finde das Land immer noch total faszinierend«, sinnierte sie.

»Dass du regelmäßig meditierst, finde ich übrigens toll, Mama. Das möchte ich auch können. Daran dachte ich kürzlich, als ich so im Stress war. Aerobic macht ja sehr viel Spaß, ist aber nicht das, was mir Ruhe schenkt.«

»Das ist gar nicht so schwer, wenn du dich zeitlich nicht überforderst. Du kannst zu Beginn doch einfach nur üben, drei Minuten täglich einfach nur still zu sitzen.« Marietta kam sichtlich in Fahrt, als sie weiterredete:»Und dann steigerst du das bis zu 20 Minuten täglich. Wenn du magst, können wir eine Atemtechnik üben, die dir nützen kann. Es gibt CDs dazu und schöne Musik.«

Marietta war aufgesprungen und ins Haus gelaufen. Sie hatte eine ganze Schublade voll davon und kramte nun zwei CDs heraus, die sie Mirjam gab. Nachdem sie ihr noch zwei unterschiedliche Atemsequenzen vorgemacht hatte und Mirjam diese ohne Mühe nachahmte, stellte sie fest:

»Du hast mich auf die Idee gebracht. Ich könnte eine Woche in ein Meditations-Retreat gehen. In Begleitung und mit anderen zu meditieren ist immer eine sehr schöne Erfahrung. Wäre das auch etwas für dich?«

»Vielleicht. Du kannst mir ja sagen, wenn du etwas gefunden hast und es dir zusagt und dann kann ich später auch mal hingehen.«

»Sehr gut. Ich schau mich mal um.«

4. Kapitel

Im Retreat

Sehr bald hatte Marietta das Geeignete gefunden. Sie hatte schon von diesem Haus während einer ihrer Weiterbildungen gehört und zeitlich passte es auch gut. Die Nachbarin hatte sich wie üblich sofort bereit erklärt, sich um die Katzen zu kümmern und ihre Tochter würde, falls notwendig, einspringen. So freute sich Marietta auf eine Woche am Bodensee. Dort würde sie in einem von einer buddhistischen Nonne geführten Meditations-Retreat ihre Zeit verbringen. Vor der Reise brachte sie ihr Haus auf Vordermann – sie konnte es nicht ausstehen, in ein unordentliches Haus zurückzukommen. Schnell war der Koffer gepackt, denn sie würde ohnehin hauptsächlich bequeme Kleider brauchen. Nachdem sie die Blumen nochmals gegossen und sich abgesichert hatte, dass für ihre Katzen noch genügend Futter im Vorrat war, verabschiedete sie sich von der Nachbarin.

Sie stieg in ihren kleinen Renault und fuhr zielstrebig auf der Autobahn in Richtung der schweizerisch-deutschen Grenze. In Lindau machte sie Halt und genoss ein kleines Mittagessen. Nach einem kurzen Bummel durch die Gassen ging es auf kleinen Straßen durch malerische grüne Hügel, noch eine ganze Weile durch einen Wald hindurch, als sie auch schon von Weitem das gelbe Haus mit dem Schindeldach sah. Vor dem Eingangstor – einem Halbrund aus groben Steinen, das fast wie ein Zeichen wirkte, eine andere Welt zu betreten – parkte sie ihr Auto, stieg aus und ging bedacht und neugierig in das Haus. Begrüßt wurde sie von einer buddhistischen Nonne. Sie trug ein braunrotes Mönchskleid, der Kopf war rasiert und ihr Blick durchdringend und doch liebevoll. Sie war eine der wenigen Nonnen, die den Status einer vollordinierten Nonne erreicht hatte, was viele Jahre nicht möglich gewesen war. Das Haus gehörte einer Stiftung, welche buddhistische Lehrer einlud, und deshalb verbrachte sie einige Monate pro Jahr dort, um westlichen Besuchern aus ihrem Leben zu erzählen und sie vor allem Achtsamkeit zu lehren und ihnen Meditationspraktiken nahezubringen.

Die Nonne gab ihr nicht die Hand, sondern verbeugte sich leicht: »Willkommen, ich bin Rita.«

»Ich bin Marietta. Darf ich auch Du sagen?«, fragte sie, und als die Nonne nickte, ergänzte sie: »Ich freue mich sehr, hier zu sein.«

Als die Anmeldeformalitäten erledigt waren, nahm Marietta ihr Köfferchen und folgte der Nonne in den oberen Stock. Die Nonne ließ sie eintreten, indem sie noch einmal einen Blick rundherum warf, um zu sehen, ob alles in Ordnung war. Dann zog sie sich zurück, nachdem sie noch mitgeteilt hatte, dass man sich im unteren Bereich des Hauses stets mit Tee bedienen konnte und vorgesehen war, dass heute alle um 18 Uhr dort erscheinen sollten. Eine halbe Stunde später würde das Nachtessen folgen.

Das Zimmer war sehr einfach eingerichtet, so, wie Marietta sich eine Klosterzelle in etwa vorgestellt hatte. Dusche und WC befanden sich im Korridor. Alles war sehr gepflegt und sauber. Der Raum hatte nur ein Bett, einen Stuhl, einen Tisch, einen kleinen Schrank und ein kleines Waschbecken. Auf dem Tisch standen in einer Vase eine voll erblühte Rose und daneben eine Kerze. Es roch nach frischer Bettwäsche, das mochte sie.

Spartanisch, aber doch gemütlich und durch den knarrenden Holzboden irgendwie urtümlich, dachte Marietta. Sie schaute aus dem Fenster und sah in der sich verabschiedenden Nachmittagssonne den gepflegten Garten, in dem noch ein paar Herbstblumen blühten und das bunte Laub einer Birke am Boden hübsche Farbtupfer hinterließ. Nachdem sie den Koffer geleert und sich ein wenig eingerichtet hatte, machte sie sich auf die Suche nach den anderen, deren Stimmen sie bereits gehört hatte.

Sie ging hinunter in den Eingangsbereich und schaute sich am Anschlagbrett die Liste der Kursteilnehmer an. Die Gruppe bestand aus sechs Personen, vier Frauen und zwei Männern. Plötzlich fiel Marietta auf, dass ihr ein Name bekannt vorkam: Karin Abderhalden. Wie schön! Das war bestimmt die Kollegin, die sie von Fortbildungen her kannte. Wenn, dann freute sich Marietta ehrlich, sie wiederzusehen und hielt direkt Ausschau nach ihr. Einer der Teilnehmer hieß Luis Portmann und dann war da noch ein Robert Rüegger aufgeführt.

Mittlerweile waren alle Teilnehmer angekommen und untergebracht. Man traf sich also zum vorgeschriebenen Zeitpunkt im Vorraum beim Esszimmer zum Teetrinken und jeder grüßte die anderen per Handschlag und nannte seinen Vornamen. Nachdem Marietta die vier bereits Anwesenden begrüßt hatte, wandte sich dem Tisch zu, wo die Getränke sehr ordentlich aufgebaut waren und goss sich eine Tasse Tee ein. Es war ein leichter Grüntee, den sie genüsslich trank, während sie die übrigen Teilnehmer etwas amüsiert beobachtete: Alle standen mit ihren Gläsern oder Tassen herum und taten so, als würden sie Bilder, das Mobiliar oder irgendetwas anderes intensiv begutachten. Soeben betrat Karin den Raum. Marietta ging sofort auf sie zu:

»Grüß dich, Karin, dachte ich mir doch, dass du das bist. Freut mich, dich zu sehen.«

»Hallo Marietta, das ist aber nett, dann kenne ich bereits jemanden. Ich hatte schon lange vor, dieses Retreat zu besuchen. Seit unserem letzten Weiterbildungskurs ist doch schon eine Weile vergangen.«

Dann begrüßte sie auch die anderen und wandte sich wieder Marietta zu. Diese fragte sofort nach:

»Und, wie geht es dir?«

»Es läuft immer viel bei mir und meine Familie soll auch wieder einmal ohne mich auskommen. Die Kids können manchmal recht anstrengend sein. Und bei dir, gibt es Neuigkeiten?«

»Das kann ich mir sehr gut vorstellen, bei deinen lebhaften Kindern. Oh ich, hatte eine etwas anstrengende Zeit. Gerne erzähle ich dir später davon. Der Aufenthalt hier wird uns beiden guttun.«

Diese nickte mit einem Gesichtsausdruck, der volle Bestätigung zeigte. Den Eindruck, dass jemand anderer das Retreat dringend benötigte, hatte sie übrigens auch von Robert, einem blonden Hünen, der gestresst wirkte, weil er ständig mit einem Fuß wippte. Der zweite Mann, Luis, ein eher südländisch aussehender Typ, wirkte etwas distanziert und in sich gekehrt. Marietta betrachtete ihn. Etwas an ihm zog sie an, sie konnte aber nicht einmal genau sagen, was es war. Zwei so unterschiedliche Männer in der Gruppe zu haben, dürfte interessant werden, vor allem, wenn man dann erfuhr, warum sie hierher gefunden hatten. Üblicherweise besuchten doch eher Frauen solche Seminare, wusste Marietta aus Erfahrung. Manchmal bot eine Firma ein Managerseminar dieser Art an, aber dann meistens mit irgendeiner bekannten Seminarleitung.

Marietta hatte das Glück gehabt, ein Arrangement buchen zu können, dass es ihr ermöglichte, durch ein wenig Mithilfe in der Küche nicht den vollen Preis bezahlen zu müssen. Sie würde sich nachher erkundigen, wann und wie sie zum Einsatz kommen würde. Das Haus hatte eine Angestellte, welche die Zimmer und Räume sauber hielt, sowie eine Köchin, das hatte sie der Beschreibung im Internet entnommen. In der Küche brauchte man manchmal für die Zubereitung der großen Mahlzeiten eine zusätzliche helfende Hand und sie hatte sich dafür gemeldet.

Kurz darauf erklang der Gong. Es war Zeit zum Nachtessen und so fand sich die Gruppe im Esszimmer an einem langen Holztisch ein. Es gab freie Sitzwahl und als alle sich gesetzt hatten, gesellte sich Rita dazu. Sie grüßte mit einem Nicken und freundlichem Lächeln nochmals alle in der

Runde und bat, man solle sich doch mit Brot und Wasser bedienen, das Essen käme gleich.

Als das Essen, ein Couscous mit Gemüse, aufgetischt war und alle bedient waren, lockerte sich die Stimmung ein wenig auf und es begannen hier und dort Gespräche. Marietta saß neben Karin und einer anderen Frau, die sich als Klara vorstellte, und diese erklärte, dass für sie das alles hier sehr neu sei. Daraufhin beruhigte sie Marietta:

»Du bist bestimmt nicht die einzige, die zum ersten Mal so etwas macht, und sich in einer Meditation einfinden, muss man jedes Mal erneut, sogar, wenn man es schon oft gemacht hat. Du wirst mit der Zeit merken, dass es guttut, mal abzuschalten und zu versuchen, den Geist zu beruhigen. Es ist anfangs auch fast einfacher in einer Gruppe.«

Klara nickte und wandte sich wieder ihrem Essen zu.

Mit einem Ohr hörte Marietta, dass auch die Manner sich gerade darüber austauschten, wie es wohl wäre, richtig zu meditieren. Also kannten die beiden das auch nicht.

Nun richtete Nonne Rita das Wort an die Gruppe: »Ich möchte, dass wir uns nach dem Essen alle im Meditationsraum treffen.«

Rita selbst aß abends nichts, sondern leistete den Kursteilnehmern lediglich mit einem Getränk vor sich Gesellschaft. Sie trank heißes Wasser und erklärte auf Nachfrage, dass sie sich daran gewöhnt habe, wenig und nur tagsüber zu essen. Sie trinke sehr viel heißes Wasser, das sei bei den Tibetern so üblich und Askese gehöre zu ihrem Leben, darum verzichte sie auf jegliche Üppigkeit.

Achtsamkeit

Eine Stunde später saßen sie zu siebt im großen Raum unter dem Dach, dessen Holzbalken zu sehen waren, jeder auf einem Kissen im Kreis. Rita bat alle, sich einen Moment in der Stille zu sammeln und ließ eine Klangschale ertönen. Danach begann sie, mit einem Blick in die Runde, zu sprechen, langsam, als müssten die Worte wie Tee, Schluck für Schluck, getrunken werden:

»Wir möchten uns schon ein wenig kennenlernen, doch wir machen das auf eine meditative Art und Weise. Euer Ich und eure Geschichte sind nicht das Wichtigste. Ihr sollt bewusst den Alltag hinter euch lassen und Achtsamkeit üben. Das beginnt beim Aufstehen und mit der ersten Meditation. Ankommen in der frühen Morgenstunde, im Hier und Jetzt, offen für den neuen Tag sein, der wie ein weißes Blatt vor euch liegt, das der Tag langsam vollschreiben wird. So füllt das Leben sich wie ein Buch des eigenen Schicksals. Keine Seite bleibt weiß, neue Kapitel bekommen den Platz, der ihnen gebührt. Und jeden Tag kann man das Alte hinter sich lassen.«

Nach einem Moment des Schweigens fuhr Rita fort: »Ganz konkret beginnen wir mit folgender Übung:

Jeder und jede soll seinen Vornamen und Namen nennen, auch wenn wir uns alle duzen werden. Die anderen werden dem Klang der Stimme folgen – beobachten, was bei euch ankommt, und möglichst ohne Wertung wahrnehmen, einfach hinhorchen und schauen. Das wird nicht einfach sein, wie ihr bemerken werdet. Also seid so aufmerksam wie möglich und neutralisiert eure Meinung, wenn sich sofort eine Bewertung bildet. Hört bewusst zu, nehmt Kontakt mit der Person auf, ohne daran zu denken, was ihr sagen werdet. Wir werden der Reihe nach reden. Nach jedem Namen folgt eine Pause und mit dem Ton der Klangschale bitte ich die nächste Person, ihren Namen zu nennen.«

Marietta horchte auf die Stimme der Teilnehmer und es war interessant, zu hören, dass einige sagten: »Ich bin die Soundso«, andere: »Ich heiße Soundso.«

Die Männer sagten kurz und bündig einfach den Namen. Sie erinnerte sich an eine frühere Übung, wo es geheißen hatte: 'Du bist nicht dein Name'. Marietta beschloss, sich nicht ablenken zu lassen und senkte dann ab und zu die Augen, um nachzufühlen. Manchmal erschien ein Bild vor ihrem inneren Auge, manchmal kamen tatsächlich bewertende Gedanken wie: *Die sieht aber müde aus.* Oder: *Der sitzt ganz offensichtlich nicht bequem.* Es fiel ihr echt schwer, nicht sofort einen Gedanken zu haben, zu dem sie etwas wahrnahm. Das war normal, das wusste sie, ebenso, dass das sehr schnell in Bewertungen führen konnte. Die Klangschale gab den Rhythmus vor, wann der nächste Teilnehmer zu Wort kam. Mit den sieben Namen hatte das Ritual ungefähr 15 Minuten lang gedauert. Ein wenig ungeduldig war Marietta dann schon geworden. Sie entschuldigte es vor sich selbst mit der Müdigkeit, die sie begann, wahrzunehmen. Und sie war, wie die anderen auch, noch nicht in der Ruhe des Ortes angekommen. Einigen schien außerdem das Stillsitzen noch schwerzufallen, das aber war für Marietta kein Problem, darin hatte sie Übung.

»Ihr habt bestimmt gemerkt, wie schnell bei uns ein Film abläuft, wenn wir etwas sehen oder hören und das können wir nicht unterbinden«, unterbrach Ritas Stimme die Stille.

»Wir können lernen, uns nicht länger als notwendig mit Oberflächlichem zu beschäftigen, denn automatisch bildet man sich nicht nur über das Aussehen, sondern auch über den Namen und die Stimme und natürlich die Kleidung eine Meinung. Etwas anderes ist es, wenn wir feststellen, dass das Aussehen die Aufmerksamkeit auf etwas richtet, das wir ansprechen möchten. Manches, was wir wahrnehmen, ist ein Hinweis aus der Intuition und diese trifft immer einen Kern Wahrheit, doch das ist selten bewertend. Bewertung erfolgt meistens aus dem Verstand und dem, was wir an Glaubenssätzen über das Leben haben.«

Die eigenen Glaubenssätze zu durchschauen, war gar nicht immer so einfach, das wusste Marietta aus Erfahrung.

Rita sprach weiter: »Wer jetzt noch etwas mehr von sich mitteilen will, zum Beispiel, warum ihr hergekommen seid, kann das gerne jetzt tun.«

Robert, der Hüne, begann:»Ich brauche Abstand vom Job, will versuchen, zur Ruhe zu kommen und denke, dass mir das hier guttun wird.«

Karin meldete sich als nächste zu Wort:»Für mich ist es schon erholsam, mal keine zwei Buben um mich herum zu haben und mir Zeit zum Meditieren zu nehmen. Meine Mutter kümmert sich, also kann ich hier beruhigt die Zeit für mich genießen.«

Marietta erklärte:»Ich hatte meine Hoffnungen in eine Beziehung und einer damit verbundenen Zusammenarbeit gesetzt, die sich dann ganz anders entwickelt hat. Deshalb habe ich eine ziemlich anstrengende Zeit hinter mir. Jetzt weiß ich nicht, wie es in meinem Leben weitergehen soll. Ich brauche eine gewisse Distanz und vielleicht finde ich hier Antworten.«

Luis war relativ kurz angebunden:»Es geht mir momentan nicht gut. Der Aufenthalt hier wurde mir durch meinen Psychologen empfohlen und ich bitte um Verständnis, wenn ich nicht über die Gründe reden mag. Ich versuche, mich zu sammeln und innerlich zur Ruhe zu kommen.«

Das machte natürlich neugierig, doch es gab keinen Grund, nicht zu respektieren, dass er nicht reden wollte.

Die beiden anderen Frauen, Susi und Klara, sagten beide, sie wollten gerne schnuppern, wie sich so ein Retreat abspielt und sie wollten lernen, zu meditieren.

Nonne Rita bedankte sich bei allen und ergänzte noch eine Regel des Kurses:»Es ist wichtig, dass während der Hauptmahlzeiten nicht oder nur sehr wenig gesprochen wird. Ihr werdet merken, wie beredt eine Stille sein kann.«

Dann wünschte sie allen Teilnehmern eine gute Nacht. »Wir sehen uns morgen um 7 Uhr hier im Raum wieder.«

Eine gute Wahl

Als Marietta im Bett lag, war sie so richtig zufrieden: Ein Kurs mit wenigen Teilnehmern in einer so schönen Umgebung war genau das, was sie sich gewünscht hatte. Insgeheim bewunderte sie die Nonne und wie klar diese war. Es würde interessant sein, noch mehr von ihr zu erfahren. Mit einem letzten Gedanken der Vorfreude, die nächsten Tage hier verbringen zu können, programmierte sie ihre innere Weckzeit auf 6.30 Uhr morgens. Das funktionierte bei ihr jeweils fast auf die Minute genau. Trotzdem stellte sie den Wecker am Handy, zur Sicherheit, zusätzlich. Fast traumlos verging so ihre erste Nacht. Als sie um 6 Uhr das erste Mal erwachte, weil sie in der Küche Töpfe scheppern hörte, erinnerte sie sich daran, dass sie nach dem Frühstück die Küche aufsuchen wollte. Als dann der Wecker klingelte, war sie schon hellwach und stand auf. Noch war es stockfinster draußen. Das war nicht gerade ihre Lieblingszeit zum Aufstehen. Sie wusch sich das Gesicht mit kaltem Wasser, trank zwei Gläser warmes Wasser und nachdem sie sich die Zähne geputzt hatte, ging sie in den Meditationsraum.

Langsam trudelten auch die anderen mit teilweise etwas verschlafenen Gesichtern ein. Nach einer kurzen Begrüßung bat Rita die Teilnehmer, aufzustehen, sich zu strecken, die Arme und Beine zu lockern. Sie zeigte ihnen eine Übung im Stehen, indem sie ihre Arme, locker herunterhängend, mit einer Hüftbewegung um den Oberkörper schwingen sollten. Danach ging es darum, sich kniend vornüberzubeugen, um den Rücken zu dehnen und das Gehirn besser zu durchbluten und dabei zu entspannen. Das alles hatte etwa fünf Minuten gedauert. Nun lud Rita zur Meditation ein. Wer wolle, könne sich auch einen Meditationshocker nehmen, um die Knie zu schonen. 20 Minuten im Schneidersitz am Boden zu sitzen, konnte für Anfänger ganz schön lang sein. Es galt, immer wieder die Aufmerksamkeit auf die Sitzhaltung und den Atem zu richten.

Als jeder seinen Platz eingenommen hatte, zündete sie eine Kerze an und eröffnete die Meditation mit einem Gongschlag. Marietta saß auf einem Kissen, wie sie es von zuhause gewohnt war und richtete ihre Aufmerksamkeit zuerst auf die Körperhaltung und dann auf den Atem und schloss die Augen. Sie musste aufpassen, nicht wieder einzudösen. So früh, das war einfach nicht ihre Zeit. Es kostete auch sie an diesem Morgen einige Mühe, konzentriert zu bleiben. Wenn sie ganz ehrlich war, sehnte sie sich geradezu nach einer Tasse Kaffee. Ein Seufzer entrang sich ihr. Dann schalt sie sich selbst und erinnerte sich daran, wofür sie hier saß.

Diese halbe Stunde am frühen Morgen würde in den ersten Tagen für die meisten anstrengend sein. Das hatte Rita schon angekündigt. Auch Marietta, die an Meditationen gewohnt war, brauchte etwas Eingewöhnung an den neuen Tagesrhythmus und begnügte sich mit einer Katzenwäsche, um rechtzeitig zu erscheinen. Dann freuten sich wohl die meisten auf eine Tasse Kaffee, um richtig wach zu werden. Vor der Meditation gab es für die Teilnehmer lediglich heißes Wasser oder Kräutertee. Außerdem verlangte die Konzentration auf die Haltung und die gedankliche Disziplin jedem viel ab. Die Stille beendete Rita mit einem hellen Zimbelklang, der jede Körperzelle zum Vibrieren brachte und ganz anders als die Klangschale wirkte und klang. Sobald dieser verklungen war, verlas Rita den Segensspruch »Übergib dich ganz dem Augenblick.« Dann stand sie auf und beendete damit diese Morgenritual.

Langsam reckten und streckten sich die Teilnehmer, manche gähnten verstohlen, andere offen, und gemeinsam begab man sich zum Frühstück, bei dem sehr wenige Worte fielen. Es gab Porridge, der innerlich für einen guten Boden sorgte. In asiatischen Ländern aß man morgens warm. Wer das gar nicht mochte, konnte sich ein Müsli mischen. Der Fruchtsalat war frisch und bunt. Zu trinken gab es Tee. Wer unbedingt Kaffee haben wollte, konnte sich diesen bestellen, doch Rita empfahl, den Konsum, wenn möglich, zu reduzieren. Gleich nach dem Frühstück begab sich Marietta in die Küche. Die Köchin war am Vorabend nicht mehr hier gewesen und kam jetzt auf Marietta zu. Die beiden Frauen begrüßten sich freundlich.

»Du bist meine Hilfe während dieser Woche?«, fragte sie.

Marietta nickte.

»Ich bin die Ida«, teilte sie ihr mit und da sie mit den Händen gerade irgendwelche Bällchen formte, bot sie ihr den Ellenbogen an.

»Ich bereite vieles schon vor, bin jedoch froh, wenn du mir um 11 Uhr noch hilfst, Salate und Gemüse zu rüsten, dann ist es zum Essen noch frisch.«

»Das mache ich gerne und auch sonst, wenn es etwas gibt, das ich dir abnehmen kann.« Sie schaute sich noch in der Küche um, die wirklich nicht groß, und doch hell und freundlich war. Hier wurde mit Gas gekocht, aber sonst schien alles modern und neu zu sein. Ida zeigte ihr noch, welche Messer sie wofür nutzte und wo der Rüstabfall für den Kompost hinkam. Nachdem sie ihr noch das Menü von heute verraten hatte, musste Marietta wieder los.

Um 9.30 Uhr begann die zweite Übungszeit. Für zehn Minuten wurden Atemübungen praktiziert, danach hieß es, zehn Minuten stillzusitzen. Es folgten zehn Minuten meditatives Gehen im Kreis. Das bedeutete, achtsam und ohne Schuhwerk den Boden wahrzunehmen und die Bewegung des Körpers zu spüren. Das wiederholte sich mit teilweise gesteigerten Zeiten dreimal und die Schritte sollten mit dem Atem kombiniert werden. Am Ende setzten sich die Teilnehmer noch einmal in einen Kreis und erzählten, wie sie diese Vormittagseinheit erlebt hatten. In der Runde tauchten Fragen auf, ob man so etwas denn zuhause alleine machen solle, worauf Rita erklärte, dass es darum ginge, immer wieder bewusst das Gehen zu beobachten, als würde man sich zuschauen. Das könne man auch bei einem Spaziergang machen, um die Natur und das eigene Befinden wahrzunehmen und mit jedem Schritt, und besonders mit einem gründlichen Ausatmen, immer mehr Leichtigkeit zu erlangen.

Marietta bestätigte, dass sie nach ihrer letzten Krise jeden Morgen mittels Atemübungen und ruhigem Sitzen immer wieder eine gewisse Leichtigkeit gespürt habe. Doch so viel Disziplin beim Gehen wie hier bringe sie zuhause nicht hin.

Susi erzählte, es sei ihr jetzt aufgefallen, dass sie immer irgendwohin renne, möglichst schnell, und sich dabei oft anstoße und blaue Flecken hole.

»Dann hoffen wir mal, die blauen Flecken verschwinden und kommen nicht wieder«, kommentierte Rita und fuhr fort: »Ihr habt nun eine Ahnung davon, wie wir jeden Morgen üben werden. – Danke für eure Aufmerksamkeit.«

Und dann stand sie auf und die anderen ebenfalls. Die meisten gingen sofort hinaus. Luis blieb jedoch noch kurz bei Rita stehen, um etwas zu fragen, wie Marietta aus dem Augenwinkel sah. Aber sie musste sich ja sputen, da sie bald in der Küche erwartet wurde und sich noch vorher umziehen wollte. Die anderen Teilnehmer hatten Zeit zur freien Verfügung.

Um 11 Uhr ging Marietta in die Küche, um zu helfen. Als sie auch den Tisch gedeckt hatte, blieb ihr vor dem Essen kein Freiraum mehr für sich, denn sofort trugen sie das Essen auf.

Nach dem Mittagessen hatten alle nochmals zwei Stunden Pause. Rita hatte ihnen empfohlen, ein bisschen an die frische Luft zu gehen und darauf hingewiesen, dass es im Garten schöne Ecken gab, die darauf warteten, Besucher zu erfreuen. An diesem Tag war Marietta jedoch so erledigt, dass sie sich für einen Mittagsschlaf hinlegte.

Der Nachmittag verging dann wieder mit einer zweistündigen Sitz- und Gehmeditation. Doch dieses Mal sollten die Teilnehmer während der Meditation die Augen offen behalten oder nur kurze Zeit schließen. Während der Endrunde äußerten sich die einen erstaunt darüber, dass die Augen zu tränen begonnen hatten. Andere meinten, sie hätten gar nicht gewusst, wohin sie schauen sollten und wollten den Grund wissen. Rita erklärte, das verhindere das Eindösen und man brauche sich nicht anzustrengen, etwas sehen zu wollen, sondern solle einfach vor sich auf den Boden schauen. Außerdem würden sie bemerken, dass sie mit der Zeit vor ihren Augen Dinge wahrnehmen würden. Was es genau war, wollte sie nicht sagen, sondern erklärte, das sei sehr individuell. Bald verließen alle Kursteilnehmer den Raum und Marietta ging in die Küche, um noch letzte Handreichungen zu machen.

Während des Essens hörte man nur die Löffel klappern. Es gab eine Gemüsesuppe und frisches Brot dazu, das so lecker war, dass man fast nicht genug davon kriegen konnte. Sobald fertig gegessen war, setzte ein eifriges Plaudern ein.

Karin und Marietta blieben noch am Tisch sitzen, als die anderen schon gegangen waren und Karin wollte nun wissen, was denn bei Marietta so Unangenehmes gelaufen sei. Marietta erzählte zuerst stockend und dann immer flüssiger von ihren Enttäuschungen mit Albert und dass sie nun Erfahrungen darin habe, wie Marihuana die Menschen verändere und wie es wirke. Karin hörte erstaunt zu und fand Marietta ganz schön mutig, einen fast Unbekannten ins Haus aufzunehmen. Dann erzählte sie, dass sie begonnen hatte, Russisch zu lernen, denn sie wollte unbedingt mal mit der Transsibirischen Eisenbahn eine dreiwöchige Reise machen und ihr gefalle die russische Sprache. Vielleicht könne sie später auch die großen Schriftsteller wie Tolstoi und andere im Original lesen. Marietta bekam große Augen: »Ich wusste gar nicht, dass du so sprachbegabt bist.«

»Ach, ich muss einfach neben den Kindern und dem Haushalt etwas haben, das mich geistig fordert. Meine eigenen Kurse gebe ich inzwischen nicht mehr, es wurde mir zu viel Aufwand. Dafür sind wir im Sprachkurs eine ganz tolle Gruppe.«

»Ja und sonst, alles gut bei dir?«

»Tatsächlich läuft, außer dass die Buben lieber am Computer sitzen, als im Haushalt etwas mitzuhelfen oder ihre Hausaufgaben zu erledigen, alles rund. Manchmal wünschte ich, die wären schon aus dem Gröbsten raus.«

»Glaub mir, das kommt schnell genug. Es gibt schon Zeiten, da vermisse ich meine Bande.« Und nach einer gedanklichen Pause:

»Was hältst du eigentlich von den Männern hier im Kurs?«

»Also Robert tut sich echt schwer mit Stillsitzen und leider stört mich das etwas, wenn ich neben ihm sitze, aber sonst scheint er ganz nett. Ich habe vor dem Mittagessen mit ihm ein paar Worte gewechselt und er erzählte mir, dass er daran denke, aus seinem Job auszusteigen und das mache ihn erst recht nervös. Luis scheint unnahbar. Was der wohl hat?«

Sie rätselten noch eine Weile und hofften, dass er vielleicht doch einmal damit herausrücken würde und dass es nichts Kriminelles sei, das es zu verheimlichen galt.

Beide entschieden, sich bald in ihre Zimmer zu verziehen, da man ja am Morgen früh fit sein müsse, um während der Morgenmeditation nicht einzuschlafen.

Marietta las noch ein wenig in ihrem Buch von Osho, das sie von zuhause mitgenommen hatte: *Das Buch der Geheimnisse* mit dem Untertitel *112 Meditations-Techniken zur Entdeckung der inneren Wahrheit* war doch genau das Richtige. Osho hielt unzählige Vorträge und die Fragen, bzw. seine Antworten, waren in diesem Buch zu lesen. Es war ein sehr dickes und – wie sie fand – auch anspruchsvolles Buch, jedoch perfekt für ein Retreat. Sie schlug es einfach mal auf einer Seite auf. Es war das Kapitel: 'Das 3. *Auge sehend machen*'. Dort wurde erklärt, obwohl man das 3. Auge physisch nicht sehen könne, fließt dieselbe Energie hindurch wie durch die beiden anderen, doch die Energie müsse umgelenkt werden, um nur noch durch das dritte schauen zu können. Dafür müssten die beiden anderen Augen vollkommen unbeweglich, also statisch werden.'

War das nicht genau das, was Rita heute beschrieben hatte? Nun wollte Marietta ganz bewusst während der nächsten Meditation die physischen Augen ganz stillhalten. Des Weiteren las sie, dass man durch das feinstoffliche Auge auch den feinstofflichen Körper, die Aura, sehen könne und viele Dinge, die sonst unsichtbar sind und trotzdem präsent. Denn die unsichtbare Welt sei schon da, nur nicht für jeden offenbar. Das wusste Marietta bereits, doch sie selbst hatte das noch nicht soweit verfeinert, um hellsichtig zu sein. Das war doch die Gelegenheit, das zu üben und sie staunte, dass sie genau die Seite über die Augen im Buch geöffnet hatte, wovon am Morgen die Rede gewesen war. Das waren kleine Hinweise, die man aufmerksam wahrnehmen und für sich nutzen konnte. Man nennt das auch Synchronizität, wenn sehr ähnliche Dinge gleichzeitig geschehen oder sehr kurz aufeinander folgen, das wusste sie. Marietta war schon immer fasziniert von den herausfordernden Gedankengängen und der Weisheit, die sich in sämtlichen Büchern und Beschreibungen von Osho befanden. Er hatte z.b. die dynamische Meditation für Westler erfunden, weil sie für Menschen, die sehr mental funktionierten, eine der besten Varianten war, um abzuschalten. Marietta zog die buddhistische Meditation in der Ruhe vor. Erfüllt von dem, was sie gelesen hatte, fielen ihr nach diesem ersten, intensiven Tag die Augen fast zu und sie beschloss, nun zu schlafen.

Der zweite Tag verlief ähnlich wie der erste, mit dem Unterschied, dass Marietta entschieden hatte, vor der Morgenmeditation zu duschen und nicht erst nach dem Frühstück. Das weckte den Geist und sie duschte dann noch kalt nach. Brr – aber wach war sie jetzt, hellwach. Da es auch um die Bewusstwerdung von Alltäglichem ging, hatte Rita erwähnt, dass man die Duschzeit nicht nur für Sauberkeit nutzen könne, sondern auch, um Sparsamkeit zu üben. Wasser sei ein kostbares Gut und da sie oft in Ländern unterwegs war, wo ein Europäer sich mit der dortigen Wasserqualität schwertat, hätte sie die Qualität des Wassers hier sehr schätzen gelernt. Sogar das Abtrocknen und das Eincremen des Körpers könne zum Ritual werden, wenn es langsam und konzentriert erfolge. Marietta stellte fest, dass sie eine vertiefte Wahrnehmung ihrer eigenen Haut bekam, für ihre Struktur, und sie wunderte sich über deren Sanftheit.

Ihre eigenen Meditationskurse bestanden bisher vor allem aus Entspannungstechniken und geführten Meditationen. Dabei leitete sie ihre Teilnehmer entweder zu Gedankenreisen in andere Sphären oder zu sich selbst an. Viele geführte Meditationen im Westen werden geübt, um positiver zu denken und Ziele zu erreichen, um Traumata hochzuholen und zu heilen. Die Meditationen hier im Retreat unterschieden sich grundlegend davon. Es ging um das Leerwerden und nicht um das kleine ICH, das vom Ego gesteuert Wünsche und Ziele hat. Buddhisten glauben, alles hier auf Erden sei eine Illusion. Also warum daran festhalten? Mit dieser Vorstellung konnte sich Marietta nicht anfreunden, denn zu intensiv waren gewisse Erfahrungen. Doch die Ruhe der Meditationen hier relativierte erstaunlicherweise viele Besorgnisse.

Frohgemut machte sie sich auf zur Morgenmeditation. Sie übte nun fleißig, die Augen offenzuhalten und nicht zu blinzeln. Heute lautete der Tagesspruch Atme Lebendigkeit ein und Ruhe aus.

Manchmal waren die Sprüche wie ein Kōan, also überhaupt nicht logisch. Aber je mehr man sie wirken ließ, desto klarer spürte man den Sinn dahinter.

Das Mittagessen bestand wie am Vortag aus Reis, biologisch angebautem Gemüse und Salaten. Abends gab es wieder eine Gemüsesuppe und für die Hungrigen zur Nachspeise Nüsse oder Reiswaffeln. Bewusstes Kauen, bewusstes Riechen, bewusstes Schmecken – in Dankbarkeit –, das war eines der Ziele des Retreats.

Marietta war entgegen ihrem Naturell oft sehr still. Ihr Tag war mit den Meditationen und der Küchenarbeit voll ausgefüllt. Einzig nach dem Mittagessen hatte sie etwas Zeit für sich und auch an diesem zweiten Abend fiel sie todmüde ins Bett. Nicht einmal mehr lesen mochte sie.

Am dritten Tag beginnt vieles, was man tut, zu wirken. Das wusste Marietta aus Erfahrung und spürte es jetzt. Sie kannte das vom Fasten, auch da war der dritte Tag immer am anstrengendsten. Rita, die das ebenfalls wusste, hatte empfohlen, während der freien Zeit nicht per Auto in ein Nachbardorf zu fahren, sondern in der Umgebung zu bleiben, viel zu laufen, viel zu trinken, um wirklich vom Retreat zu profitieren. Wenn jemand das Bedürfnis hatte, seine Gedanken aufzuschreiben, könne er diese danach auch in einer privaten Sitzung mit Rita besprechen. Natürlich war alles freiwillig.

Marietta nutzte die freie Zeit an diesem Nachmittag, um einen Spaziergang zu machen. Schreiten, Einatmen, Schritte zählen, Ausatmen, Schritte zählen – sie versuchte, sich darauf zu konzentrieren. Ihr Atem vertiefte sich und plötzlich hielt er an. Sie kannte das von den Meditationen, aber beim Gehen? Erstaunt blieb sie stehen und sofort setzte der Atem wieder ein. Manchmal konnte diese unbewusste Atempause bis zu 30 Sekunden dauern, wusste sie aus Cranio-Behandlungen. Dann richtete sie die Aufmerksamkeit auf das Hören. Es war sehr ruhig, nur vereinzelt hörte sie einen Vogel, der im Laub raschelte, oder war es der Wind? Marietta begann, wieder zu gehen und lauschte auf ihre Schritte. Manchmal knackte ein kleiner Ast unter ihren Füßen oder Steine knirschten. Und sie begann, während des Einatmens die kalte Luft intensiver zu riechen. Es roch frisch und auch nach der Feuchtigkeit der Erde. Sie fand es herrlich, ihre Lunge mit dieser Luft, die sie verstärkt wahrnahm, zu füllen. Sie entspannte immer mehr und fühlte sich einfach nur glücklich, hier zu sein. In einer Lichtung fiel ihr auf, wie sich der Herbst durchgesetzt hatte, fast alle Bäume hatten sich schon verfärbt. Der Wind zupfte an Mariettas offenen Haaren und als sie stehen blieb, breitete sie die Arme aus, atmete tief ein und aus und fühlte sich heil und eins mit der Natur. Wer ihr jetzt begegnet wäre, hätte eine ruhige, zufriedene Ausstrahlung wahrgenommen.

Zufriedenheit

Es wurde Zeit, für den Kurs umzukehren. Als sie sich auf ihr Meditationskissen niederließ, war sie umgeben von einem erfrischenden Hauch von Herbst und Glück.

Sie schaute sich um und stellte fest, dass sich einige Gesichter ebenfalls verändert hatten. Das Retreat tat bereits seine Wirkung.

Robert hatte beim Austausch darüber, wie es den Teilnehmern gerade ging, zugegeben, dass er am Abend vorher doch ins Dorf gefahren war, um sich ein Bier zu gönnen, dann aber bald gemerkt hatte, dass die Umgebung nicht zu seiner Befindlichkeit passte und war gerne wieder zurückgekommen Er wirkte um einiges entspannter und plante, in sein Managerleben zurückzukehren und hoffte, mit dieser neuen Lebenseinstellung wäre alles leichter zu ertragen; man werde sehen. Rita erklärte, dass Hopfen eine beruhigende Wirkung hätte und das Meditieren unterstützen könne und ein Bier dem Ganzen keinen Abbruch tat.

Luis hatte sich bisher über sein Leben ausgeschwiegen, erzählte nun jedoch, er habe zuerst mit ins Dorf gehen wollen. Dann aber habe er sich anders entschieden, denn es mache keinen Sinn, weil ihm ein einziges Bier nicht genügt hätte. Vielleicht hätte er auch etwas Stärkeres gebraucht. Sobald er daran denke, dass er wieder nach Hause müsse, bekäme er Widerstände, doch er wollte sich nicht betrinken. Er erwähnte, seine Probleme hätten mit seiner Ehe zu tun. Seine Frau habe ihn plötzlich verlassen und er habe nichts weiter tun können, als das zu akzeptieren. Das bedaure er zutiefst. Das Meditieren aber täte ihm gut.

Rita anerkannte ihn für seine Öffnung gegenüber der Gruppe und bot ihm noch einmal ein privates Gespräch an, falls er es wünschte.

Susi und Klara hatten sich, wie es schien, ein wenig angefreundet, denn sie hockten immer beieinander. Karin hingegen schien es sehr zu genießen, viel Zeit für sich zu haben und lernte, wie es schien, auch Vokabeln. Sie erwähnte es etwas beschämt, aber Rita beruhigte sie. Auch Mönche würden Texte studieren oder schreiben.

Marietta begab sich nach den gemeinsamen Sequenzen beschwingt in die Küche, um zu arbeiten und summte ein Lied dazu. Die Köchin lächelte.

Bis zum Abend des dritten Tages hatte sich tatsächlich einiges in der Wahrnehmung der Teilnehmer verändert.

Nach dem Essen saß Marietta noch lange mit Karin zusammen, die dann doch fand, sie sei nicht nur zum Büffeln hergekommen. Die Köchin hatte ihr verraten, dass es durchaus möglich war, auch Wein oder Bier zu bekommen und sie beschlossen, sich in die Bibliothek zurückzuziehen und bei einem Glas Wein noch ein wenig zu plaudern. Karin sagte, sie beneide Marietta um ihre Freiheit und sie solle die doch genießen. Einmütig stellten sie fest, dass es irgendwie immer so schien, dass es andere leichter oder besser hätten als man selbst, egal in welcher Situation man war. Marietta lachte, als Karin sagte, sie wünsche sich, sie könnte mit ihr tauschen.

»Also, ich weiß, wie es mit drei Kindern ist und ehrlich gesagt, bin ich ganz froh, dass die schon groß sind. Aber du hast doch einen Mann, der dir hilft, und eine Mutter, die einspringt. Nein, so wie mein Leben früher war, hättest du nicht mit mir tauschen wollen.«

Da musste ihr Karin wieder recht geben, sie hatte tatsächlich Unterstützung von ihrem Mann.

Nun gestand Marietta, dass sie versuchte, ihr drittes Auge zu aktivieren, wie sie es bei Osho gelesen hatte. Sie erzählte Karin, dass man dadurch vieles sofort wahrnehmen und erkennen könne, was sonst verborgen zu sein scheint.

»Das heißt, man sieht anders und bekommt Informationen, die man bräuchte, einfach so?«

»Ja, das geschieht dann automatisch. Hellsicht, Empathie, erhöhte Konzentration, ein starkes Gedächtnis, das Erkennen von Lügen, Visualisierungsfähigkeit und es gibt die

Kraft, göttliche Energien und geistige Helfer anzuzapfen. Da kommt mir in den Sinn, dass ich vor Jahren die *Autobiographie eines Yogi* gelesen habe. Yogananda erhielt den Auftrag seines Meisters, nach Amerika zu reisen. Er wurde auf der langen Seereise angefragt, ob er einen Vortrag halten wolle. Es gelang ihm aber kaum diesen vorzubereiten, weil ihm die englische Sprache und die Grammatik extrem Mühe machte. Im Vertrauen auf die geistige Unterstützung seines Meisters wollte er ihn trotzdem halten. Er stand an besagtem Abend zunächst 10 Minuten hilflos vor einer Gruppe von Zuhörern und brachte kein Wort heraus. Alle lachten, weil sie bemerkten was mit ihm los war. Er sandte seinem Meister einen entrüsteten, stillen Hilferuf und plötzlich floss ihm Satz für Satz zu und es war ihm möglich, einen dreiviertelstündigen Vortrag in einwandfreiem Englisch zu halten. Er konnte sich danach an nichts erinnern aber offensichtlich hatte er einen hervorragenden Vortrag gehalten, wie man ihm später mitteilte. – Das wär' doch super, wenn du auf diese Weise russisch sprechen könntest!«

Karin lachte:»Krass! Und hast du schon etwas vom dritten Auge gemerkt?«

»Ich bin nicht sicher, aber ich glaube, etwas davon hatte ich schon vorher, weil ich manchmal gewisse Dinge plötzlich weiß und keine Ahnung habe, woher. Es gibt ja außer dem Hellsehen auch das Hellwissen oder Hellhören. Zum Beispiel, wenn ich meine Kurse gebe, stelle ich Fragen die wie aus heiterem Himmel kommen oder gebe Antworten so spontan, über die ich selbst erstaunt bin, und immer scheint es genau zu passen. Ich bin daheim im Alltag wohl noch zu sehr abgelenkt, aber ich will das weiter üben und obwohl Rita nicht darauf besteht, dass wir die Augen starr offenhalten, versuche ich es immer wieder.«

Karin erinnerte sich, dass weibliche Intuition, besonders, wenn man Mutter ist, wohl in eine ähnliche Richtung gehe, aber ein wenig mehr Hellsichtigkeit wäre bestimmt nicht schlecht. So fabulierten beide, was alles möglich wäre, wenn das dritte Auge vollkommen aktiviert ist. Bis sie zu Bett gingen, war schon fast Mitternacht.

Am vierten Tag machte Marietta nach dem Mittagessen einen langen Spaziergang durch den Wald, als sie wieder zu der Lichtung gelangte, die sie schon kannte. Sie war alleine unterwegs. So dachte sie zumindest. Mit einer Hand berührte sie eine schöne Buche, dann legte sie wie in einer leichten Umarmung beide Hände seitlich an den Stamm und schloss die Augen. Sie hörte wieder Vögel im Laub herumhüpfen und lauschte dem kaum vernehmbaren Fallen der Blätter. Nach einer Weile hörte sie Schritte, die näherkamen. Sie beschloss, sich nicht stören zu lassen und konzentrierte sich auf den Kontakt ihrer Hände mit dem Baum. Die Rinde fühlte sich lebendig an und etwas rau. Marietta streckte ihren Rücken und stellte sich vor, dass die Kraft aus dem Baum über ihre Hände in ihre Arme Richtung Wirbelsäule und von dort über die Beine in den Boden floss und sie ihre eigenen Wurzeln dadurch spüren konnte. Unwillkürlich straffte sich ihr Körper, als würde er innerlich gestärkt. Es waren etwa zwei bis drei Minuten vergangen. Nun war es wieder vollkommen still und noch immer hielt sie ihre Augen geschlossen. Sie spürte eine Präsenz hinter sich und ahnte, dass es der Mensch sein musste, dessen Schritte sie vernommen hatte. Manchmal nahm sie auch Energien um sich herum wahr, die spürbar und unsichtbar für das Auge sind. So, als ob jemand anderer im Raum stünde, doch diesmal hatte sie die Schritte ganz klar gehört. Dass jemand in der Nähe war, fühlte sich wohltuend und überhaupt nicht bedrohlich an. Zuerst bedankte sie sich bei dem Baum für das, was er ihr geschenkt hatte, und langsam ließ sie die Arme sinken, öffnete die Augen, wandte sich um – und sah Luis. Er war auf der anderen Seite des Weges stehen geblieben und trat nun einen Schritt näher. Sie schauten sich direkt in die Augen, wortlos und mit einem Lächeln. Plötzlich fühlte es sich an, als würden ihre Aura und seine Aura einander berühren, dann wurde das Gefühl immer stärker und überwältigte sie fast. Er stand einfach da, als würde er auf etwas warten. Keiner wagte, die Stimmung zu zerstören. Sie fühlte kurz einen undefinierbaren Schmerz, einen regelrechten Stich in ihrem Herzen, atmete tief ein und blies die Luft durch ihre leicht wie zu einem Kuss geöffneten Lippen wieder aus. Es klang wie ein Seufzer, doch ihre Augen waren voller Hingabe auf ihn gerichtet. Der Schmerz verschwand und eine Innigkeit erfüllte sie, sodass sie Luis am liebsten umarmt hätte, wagte es natürlich nicht

»Du gabst ein so friedliches Bild ab, zusammen mit dem Baum, eine schöne Einheit. Hoffentlich habe ich dich nicht gestört?«

Marietta lächelte: »Aber nein, du hast mich überhaupt nicht gestört. Ich habe sehr wohl gemerkt, dass jemand hinter mir war und es fühlte sich gut an«, beruhigte sie ihn.

»Da bin ich aber froh, denn ich habe momentan den Eindruck, überall fehl am Platz zu sein.«

»Hilft dir denn das Meditieren nicht?«

»Doch, schon. Ich kann mich wieder besser auf mich konzentrieren, anstatt das Gefühl zu haben, vor mir selbst wegrennen zu müssen.«

»Das ist doch schon mal ein Anfang. Du wirst schon sehen, das wird immer besser werden«, munterte sie ihn auf. Sie merkte, dass er nicht weiter darüber sprechen wollte, denn er sagte:

»Ich glaube, wir müssen langsam zurück, es ist Zeit für den Kursnachmittag.«

Schweigend gingen sie nebeneinander her. Jeder hing seinen Gedanken nach.

Berührt
Unspektakulär, was den Kurs anbelangte, ging dieser Tag für Marietta zu Ende. Das Erlebnis, Luis' Schmerz, aber auch seine Präsenz so gut gespürt zu haben, beschäftigte sie und sie fragte sich immer wieder, ob er diesen Schmerz auch so fühlte, wie sie ihn wahrgenommen hatte. Die Arbeit

in der Küche half ihr, im Tun Achtsamkeit zu üben und sich von Luis abzulenken, aber auch davon, nicht zu viel über ihre eigene Situation nachzudenken, für die sich einfach keine Lösung abzuzeichnen schien. Zwischendurch ergab sich auch ein netter Schwatz mit Ida.

An nächsten Tag regnete es nur leicht, als sie sich zu ihrem Spaziergang aufmachte. Marietta beschloss, ohne Schirm nach draußen zu gehen. Sie hatte Ausschau nach Luis gehalten, doch der war nirgends zu sehen. Sie war kaum zehn Minuten gegangen, als es begann, wie aus Kübeln zu gießen. Bald triefte ihre wollene Jacke und ihr T-Shirt schmiegte sich klitschnass an die Form ihres Körpers. Die Tropfen im Gesicht blieben an den Wimpern hängen, flossen dann über die Nasenspitze und fühlten sich an wie reinigende Tränen. Sie beschleunigte ihren Gang und ging im Laufschritt zurück, damit sie sich nicht verkühlte. Als sie sich umgezogen hatte, traf sie auf die anderen, die sich ebenso an einem dampfenden Tee labten. Der Zitronenmelissentee war wohltuend wärmend und zugleich erfrischend. Sie genoss den Duft des Tees und fühlte sich leicht und beschwingt.

In dieser Nacht hatte Marietta das Gefühl, sie spüre ihren Körper und jede einzelne Pore. Wieder fühlte es sich lebendig und sinnlich an. Sie stellte sich die Regentropfen noch einmal vor, wie sie abgeperlt waren und eine Spur auf ihrer Haut hinterlassen hatten. Plötzlich schob sich das Bild und Erlebnis vom Vortag mit Luis dazwischen. Eine Hitzewelle stieg ihre Wangen hoch. Je mehr sie sich darauf einließ, desto mehr war ihr, als näherte sich ihr eine Energieformation, ganz so als sei jemand im Raum, ganz nah. War er wohl telepathisch bei ihr? Sie konnte förmlich spüren, wie ein Hauch, so zart wie eine Feder, über ihr Gesicht hinwegstrich. Ein leichtes Kribbeln bahnte sich einen Weg über ihren Hals, ihre Brust, in die Arme, bis in die Fingerspitzen. Sie kreuzte beide Hände bei den Handgelenken über ihrer Brust und fuhr höher, als wollte sie sich umarmen. Und alles in ihr schien in Liebe zu baden. Ein wohltuendes Gefühl von gleichzeitiger Geborgenheit und Wärme breitete sich in ihr aus und sie fiel in einen tiefen Schlaf. Als sie am Morgen aufwachte, dachte sie, geträumt zu haben.

Nach dem Frühstück versuchte sie, mit Luis ins Gespräch zu kommen. Da sie aber das Gefühl bekam, dass er ihr aus dem Weg ging, beschloss sie, das, was sie erlebt hatte, als einmalige Erfahrung so stehen zu lassen und die restlichen zwei Tage noch voll und möglichst sorglos auszukosten. Er konnte ja auch auf sie zukommen, falls er das Bedürfnis hatte. Viele Gedanken an zuhause waren ebenfalls in weite Ferne gerückt, fast konnte sie sich vorstellen, hier zu bleiben, mitzuarbeiten in dieser wunderbar friedlichen Atmosphäre.

Viel zu schnell war der letzte Tag gekommen. Rita hatte sich bald zurückgezogen, nachdem sie in der letzten Kurssequenz am frühen Morgen allen eine gute Heimreise gewünscht hatte. Die Teilnehmer packten ihre Sachen und tranken dann noch eine letzte Tasse Tee miteinander. Sie tauschten ihre Adressen aus mit der Absicht, voneinander hören zu lassen. Robert war alsbald abgefahren und Luis verabschiedete sich von allen herzlich und gab den Frauen Küsschen rechts, links, rechts, wie das gute Kollegen machen und stapfte dann davon. Marietta sah ihm nach und streifte kurz mit der einen Hand über ihre Stirn, als wollte sie traurige aufkommende Gedanken, dass hier alles zu Ende war, wegwischen. Karin wirkte sehr zufrieden und schulterte gerade ihren Rucksack, als Marietta ihr anbot: »Wenn du mal nach Zürich kommst, lass es mich wissen. Überhaupt, ich könnte dich auch nach Hause fahren.«

»Das ist sehr lieb von dir. Ich möchte lieber mit dem Zug fahren, das lässt mir noch ein wenig Zeit für mich. Bis St. Gallen ist es nicht weit aber für dich wäre es die mühsamere Strecke mit einigen Staus. Wenn du mich nach Lindau zum Bahnhof fährst, wäre das super.«

Wieder alleine

Marietta bemerkte, dass sie das Nachhausekommen auch lieber hinausgezögert hätte. Aber sie musste sich endlich wieder ihrem Leben und dem Alltag stellen.

Kaum angekommen, war sie jedoch glücklich, ihre Katzen gesund anzutreffen. Sie wurde eifrig umschmeichelt und natürlich erhielten ihre Lieblinge gleich ein Leckerli. Nachdem sie die Post durchgeschaut und den kleinen Koffer ausgepackt hatte, ließ sie sich aufs Sofa fallen und schaute sich um. Irgendetwas fehlte. Es war so menschenleer. Da war keiner, der in der Küche darauf wartete, dass sie helfen kam, da war niemand, der mit ihr noch eine Tasse Tee trinken wollte. Naja, so schlimm war es ja auch wieder nicht. Sie ging zur Nachbarin und klingelte an deren Türe. Diese ließ sie eintreten und bot ihr sogleich eine Tasse Tee, oder doch lieber ein Gläschen Wein, an? Marietta schmunzelte innerlich, ja, die liebe Rose kannte sie doch ziemlich gut. Ein Gläschen Weißwein, das wäre jetzt angenehm. Rose, die eigentlich Roswitha hieß, war neugierig, wie es gelaufen war und bald saßen sie vor einem Glas Weißwein und ein paar Crackern zusammen.

»Es war sehr erholsam, die Leute waren supernett und von mir aus hätte der Aufenthalt noch länger dauern können. Man lernt auch beim Meditieren immer wieder dazu, beginnt gewisse Dinge zu verstehen und ich habe verstanden, dass ich mir manchmal zu viele Sorgen mache, wenn etwas nicht gleich auf Anhieb gelingt, aber auch, dass ich die Erlebnisse mit Albert ad acta legen soll. Es war wohl eine wichtige Erfahrung und ist mit seinem Weggang erledigt.«

»Ich verstehe ja nichts davon, aber Hauptsache, es hat dir gefallen und gutgetan. Wirst du jetzt noch zusätzliche Kurse, im Stil des Retreats anbieten?«

»Nein, vermutlich nicht, ich werde nur gelegentlich Inputs geben.«

Marietta hatte nämlich vor dem Retreat noch eine Mail verschickt und frühere Kursteilnehmer angeschrieben mit

der Mitteilung, sie werde ab Januar wieder Entspannungskurse anbieten mit Übungen und Meditation. Sie machte
sich keine großen Hoffnungen, aber schließlich war es einen
Versuch wert und sie hatte die Flyer von Albert verwenden
können, die sie einfach mit neuen Daten versah. Wenn das
lief, dann war es immerhin ein Tropfen auf den heißen
Stein.

»Ich habe auch neue Reisgerichte kennengelernt. Ich lade
dich dann mal dazu ein.«

»Da sage ich nicht Nein und freue mich darauf. Hier ist
alles ganz normal verlaufen. Mit den Katzen habe ich wenig
zu tun gehabt, alles ist wie immer gewesen. Ich hatte den
Besuch von meiner Tochter mit den Enkeln, aber sonst war
es hier sehr ruhig ohne dich.«

Nun merkte Marietta doch, dass ihr das bisschen Wein
den Rest gegeben hatte und verabschiedete sich eine halbe
Stunde später mit einer kurzen Umarmung. Sie freute sich
auf ihr eigenes Bett.

Am darauffolgenden Morgen wurde sie um halb sieben
wach, drehte sich zufrieden auf die andere Seite und schlief
weiter. Beim Frühstück fehlte ihr eindeutig die Gesellschaft
der anderen. Sie rief Mirjam an, um sich zurückzumelden
und lud sie ein, doch bald wieder mal vorbeizukommen, sie
könne ihr dann auch mehr über das Retreat erzählen. Das
Gespräch dauerte nur kurz, denn die Tochter musste zur
Arbeit. Der Morgen schlich dahin mit Wäsche waschen,
Mails lesen und beantworten. Noch hatte sie keine Anmel-
dungen für ihren Kurs erhalten, aber es war ja noch Zeit.
Draußen war es kalt und grau, trotzdem musste sie raus und
einkaufen gehen. Das Klima am Bodensee war viel milder
als hier und überhaupt, es war so schön gewesen und sie
war froh über diese Auszeit. Sie würde es auf alle Fälle weiterempfehlen und wieder einmal hinfahren. Nach ihren
Einkäufen, nachdem alles eingeräumt war, braute sie sich
einen Kräutertee. Sie würde es sich heute gemütlich machen.

Die Idee

Es wurde früh dunkel und nachdem sie eher lustlos durch die Fernsehkanäle gezappt hatte, schnappte sie sich wieder das Buch von Osho und las diesmal das im Retreat begonnene Kapitel fertig. Das alles klang doch noch komplizierter, als sie geglaubt hatte. Sie blätterte zu einem anderen Kapitel und las dort weiter.

Der Fragesteller: *'Du hast gesagt, wenn man wirklich lieben kann, dann genügt Liebe, und die 112 Meditationsmethoden sind unnötig ... Ich kann mir nicht vorstellen, wie ich ohne Meditation auskommen könnte. Erkläre bitte näher, wie Liebe alleine ohne Meditation genug sein kann?'*

Es begann eine ausführliche Antwort und als Quintessenz: *'Wenn du wirklich liebst, stellst du überhaupt nicht die Frage nach Meditation. Denn Liebe ist eine totale Erfüllung. Erst wenn du das Gefühl hast, dass etwas mehr nötig ist, klafft die Lücke. Wenn du das Gefühl hast, dass etwas mehr getan werden muss, erfahren werden kann, dann ist deine Liebe nur ein Gefühl und keine Wirklichkeit.'*

Das ist mal wieder typisch Osho, dachte Marietta. Er schreibt 1289 Seiten über Meditation und sagt gleichzeitig, dass man sie nicht braucht, wenn man in Liebe ist.

Es folgte noch ein längerer Exkurs darüber, was wahre Liebe ist und dass die Menschen weltliche Liebe verwechseln mit der göttlichen, die jegliche Trennung und auch Wünsche an die geliebte Person auflöse. Osho nannte das Wort *bedingungslos* nicht, aber er sprach von Ehrfurcht vor dem Göttlichen im Geliebten und dass diese Liebe ein Tor sei. Wenn man hindurchgehe, sei alles möglich, aber nichts notwendig. Alles, was man tue, werde zu einer Meditation, auch die Sexualität und sehr schön beschrieb er: *'Sei absolut natürlich, dann wirst du eine tiefe Musik im Körper wahrnehmen.'*

Das klang sehr anspruchsvoll und dann wurde Marietta klar, dass Menschen oft in entweder/oder-Kategorien denken. Neugierig las sie weiter: *'Darum sage ich, dass die Liebe selbst eine Meditation ist. Denke also nicht in Gegensätzen — ob du nun lieben oder meditieren sollst. So hatte ich es nicht gemeint. Versuche nicht zu wählen, ob du lieben oder meditieren sollst. Liebe meditativ. Oder meditiere liebevoll.'*

Marietta verstand, dass Disziplin nicht nur Strenge bedeutete, sondern diese auch durchdrungen werden konnte von einer liebevollen Haltung.

Sie las und las und ihr wurde bewusst, dass sie ihr Leben und die Liebe nicht planen konnte. Es war kein Tun, es war eine Art zu sein mit sich und auch mit jemand anderem. Diese Erkenntnis rundete die Erlebnisse vom Meditations-Retreat doch ganz gut ab, fand Marietta und legte das Buch beiseite.

Am folgenden Morgen, nachdem sie sich zum Aufstehen Zeit gelassen hatte, geduscht und wie üblich das lauwarme Wasser getrunken hatte, setzte sie sich auf ihr Meditationskissen, kontrollierte noch ihre aufrechte Sitzhaltung und entspannte sich. Sie fühlte sich gut bei sich. Da waren keine Zweifel, keine Fragen und in diese Leere hinein floss ihr folgende Idee zu:

Eine Wohngemeinschaft! Ich gründe eine Wohngemeinschaft! Ich werde mit fremden Leuten zusammenwohnen.

Das Gefühl, eine Lösung für die Zukunft gefunden zu haben, beruhigte Marietta ungemein.

Sie hatte die Klarheit auch dank der Stille im Retreat gewonnen. Nach dem Frühstück begann sie, den großen Schritt gleich zu planen. Sie brauchte also das Zimmer, in dem Albert gewohnt hatte. Wenn sie Albert jedoch nicht unter Druck setzte, würde er den Rest seiner Sachen nie abholen. Ohne zu zögern rief sie ihn auf seinem Handy an und er war erstaunlicherweise sofort dran:

»Hallo Marietta, was für eine Überraschung!«

»Albert, ich rufe an, weil ich eine Bitte habe: Ich wäre froh, wenn du vorbeikämst, um alles, was dir gehört, mitzunehmen.«

»Selbstverständlich, ich komme sobald wie möglich.«

So kam es, dass Albert mit einer kurzen SMS seinen Besuch ankündigte und zwei Tage später mit dem Auto, das er sich von einem Freund ausgeliehen hatte, vorfuhr.

Er läutete an der Haustüre und umarmte sie, als sie ihn eintreten ließ:

»Hi, Marietta. Ich will nicht lange stören.«

Da stand er, hatte sich einen Bart wachsen lassen, trug das Haar zu einem Pferdeschwanz zusammengebunden.

Ein wenig wild, dachte sie, *ob er wohl ganz abgesackt ist?*

Aber sie freute sich darüber, dass er nicht böse zu sein schien.

»Du störst nicht, komm herein. Wir können, wenn du willst, eine Tasse Tee zusammen trinken. Komm, setz dich.«

Sirius war ebenfalls sofort zur Stelle. Die beiden hatten sich gemocht und manchmal schien ihr, als hätte der Kater Albert besser verstanden als sie.

»Gerne, ich bleib nicht lange, mache danach noch eine Runde bei meinen Freunden in der Gegend.«

Sie setzte Wasser auf, richtet die Teekanne mit dem Grüntee und holte die große Zuckerdose hervor. Sie sah, dass er ein paar Kekse aus dem Rucksack holte. »Hast noch nichts zu Mittag gegessen?«

»Doch, aber ich mag Süßes, wie du weißt, und ich glaube, diese mit gehackten Nüssen magst du auch.«

Das war wieder der liebenswerte Mann, den sie kannte. Vielleicht kiffte er weniger? Er hatte wegen der Drogen vor der Zeit bei ihr ein halbes Jahr seinen Führerschein abgeben müssen, das hatte er ihr mal in vertraulichem Ton gesagt. Bei einer erneuten Urinkontrolle riskierte er, wieder bestraft zu werden. Als der Tee auf dem Tisch stand und er wie gewohnt Zucker hineinschaufelte, fragte sie nach: »Geht es dir denn gut, wo du bist?«

»Ich wohne in einer WG mit Freunden. Wir sind drei Männer und es ist ein wenig chaotisch. Sie sind aber total nett. Ich schlafe im Wohnzimmer auf dem Sofa, schaue mich jedoch nach einem eigenen Zimmer um. Es muss möbliert sein.«

»Du hast noch einen großen Teppich hier, vergiss den nicht.«

»Den kannst du behalten, ich denke, du hast eher Platz dafür.«

Sie schlug ihm vor, den Teppich abzuholen, wenn er wusste, wo er wohnen würde. Sie beschlossen, ihn vorerst in die Garage zu tragen. Sie würde ihn irgendwann entsorgen, wenn er nach einem Jahr noch herumlag.

Nach einer halben Stunde ging er nach oben und räumte alles, was ihm gehörte, in das Auto. Als er fertig war, stand er ein wenig unschlüssig vor ihr. »Na, dann mach ich mich wieder vom Acker.«

»Pass auf dich auf und alles Gute.«

Sie umarmten sich noch einmal und dann schloss sie aufatmend die Türe hinter ihm.

Das war dann also das Ende dieser Episode.

5. Kapitel

Gabriela

Am nächsten Tag rief sie gleich ihre beste Freundin Evelyn an, doch die war skeptisch: »Ein vollkommen Fremder, der alles mitbenutzt, Küche, Bad, Ess- und Wohnzimmer? Nie bist du alleine und wenn der stiehlt, Dinge kaputt macht, dein schönes Heim vielleicht verunstaltet, noch mehr Fremde anschleppt? Das würde ich mir gut überlegen.«

»Du bist aber wirklich sehr pessimistisch! Das läuft doch in der Familie ähnlich und ist oft komplizierter, eben weil es Familie ist. Ich mach mir da nicht so viele Sorgen im Voraus. Ich gehe sogar noch einen Schritt weiter, ich könnte Leute aufnehmen, die in einer Krise stecken. Wozu bin ich Therapeutin und kann psychische Probleme durchschauen und mit ihnen umgehen?«

»Und wie willst du das anstellen?«, fragte Evelyn nach.

»Ich habe kürzlich in der Tageszeitung von einem Projekt gelesen, in dem man Menschen, die nach einem Klinikaufenthalt weiterhin psychiatrisch betreut werden, in geeigneten privaten Familien unterbringen will, damit sie im Leben langsam wieder Fuß fassen und so zurück zur Arbeit und wieder in die eigene Familie finden. Das hat mich auf die Idee gebracht.«

Evelyn blieb skeptisch.

»Du kannst es ja versuchen, aber ich weiß ja nicht … überleg dir das gut.«

Auch Sabine, ihre in Hamburg lebende Tochter, riet ihrer Mutter zunächst ab: »Mama, du gibst deine ganze schöne Unabhängigkeit auf und bist nicht mehr für dich!«

Letztlich aber wusste sie, dass ihre Mutter immer machte, was sie sich in den Kopf gesetzt hatte und so wünschte sie ihr viel Erfolg.

Marietta war sich in der Tat sicher, dass das einen Versuch wert war. Und so rief sie umgehend bei der in der Zeitung erwähnten Organisation an, um sich für das Projekt zu bewerben. Auf ihre Anfrage hin erfuhr sie, dass eine der Bedingungen eine intakte Familie sei und sie daher nicht in Frage käme. Als sie erwähnte, dass sie eine entsprechende Ausbildung hatte, half das leider auch nichts. Die Frau versprach ihr, sich ihre Adresse zu notieren und wenn sich etwas ändere, würde sie sich bei ihr melden. Das war also mal nichts, aber sie wollte sich nicht unterkriegen lassen und überlegte, wie und wo sie eine Anzeige aufgeben konnte. Im Internet gab es mehrere Seiten für Wohnungs- und Zimmeranbieter. Also suchte sie sich eine dieser Online-Plattformen aus, welche Zimmersuchende wie -anbieter aufführte. Sie vertraute darauf, dass die passenden Leute sich melden würden, ohne dass sie explizit erwähnen musste, was sie im Hinterkopf hatte. Marietta dachte sich schon mal aus, was alles im Mietvertrag stehen sollte und würde es möglichst einfach halten. Dann meldete sie sich bei den Plattformen an und entwarf ihre Anzeige:

WG-Zimmer per sofort an ruhige, gepflegte Person zu vermieten, Alter mind. 30 Jahre, NR, die ein wenig Geselligkeit schätzt, jedoch kein Partyfreak ist. Vermieterin, 51 Jahre, umgänglich, liebt die Natur, gutes Essen und freut sich, den Garten und ab und an ein Essen mit dir genießen zu können.

Sie drückte auf *enter* und atmete tief durch. Kurz darauf erhielt sie die Bestätigung, dass das Inserat offiziell aufgeschaltet sei.

Bereits eine Stunde später meldete sich eine junge Frau mit einer freundlichen Stimme, etwas später noch ein Mann per E-Mail. Das war aber schnell gegangen. Marietta lud die Frau ein, sich das Zimmer anzusehen und sie verabredeten sich für den nächsten Tag.

Sie erschein pünktlich und begrüßte Marietta mit einem Vertrauen erweckenden Lächeln und offenem Blick. »Hallo, ich bin Gabriela.«

»Komm herein, ich bin Marietta.« Gabriela trat ein und Marietta führte sie zum antiken Esstisch.

»Wenn es in Ordnung ist, möchte ich mich zuerst ein wenig unterhalten. Danach zeige ich dir die Zimmer.« Sie setzten sich.

Gabriela schaute sich um und Marietta fügte hinzu: »Der Tisch hat schon viel erlebt, was man ihm ansieht. Der hat schon so manche unterschiedliche Tischrunde erlebt – und nun zu dir, Gabriela.«

Gabriela begann, von sich zu erzählen. Sie habe nach einem Burnout wieder ein Praktikum in einer großen Firma angenommen. Ein wenig Angst hatte sie vor dem Wiedereinstieg schon gehabt. Sie hatte deshalb zurzeit kein so großes Einkommen wie früher, doch das genügte ihr vorerst und war eine Möglichkeit, sich wieder in den Arbeitsalltag einzugewöhnen.

»Wäre es in Ordnung, wenn ich höchstens während des Praktikums hier wohnen würde?« Sie schaute Marietta an und fuhr fort: »Danach verdiene ich genug für eine eigene Wohnung.«

Marietta: »Das lässt sich schon machen.«

»Ich weiß, dass ich mich hier wohlfühlen kann, auch wenn ich das Zimmer noch gar nicht gesehen habe. Das Haus gefällt mir schon jetzt gut.«

»Na, dann holen wir das schnell nach, dann hast du ein Gesamtbild.«

Tatsächlich wurden sie sich sehr schnell einig. Marietta zeigte ihr den simplen Mietvertrag und Gabriela war sofort mit den Bedingungen einverstanden. Als sie weg war, staunte Marietta, wie schnell das gegangen war, stellte das Inserat wieder zurück für das nächste Mal und sagte allen anderen, die sich in der Zwischenzeit noch gemeldet hatten, ab.

Gabriela bezahlte sofort die Miete und zog Mitte Januar ein. Sie stellte einiges im Zimmer um, hängte eigene Bilder auf und gestaltete es wohnlich mit vielen bunten Kissen und einer zusätzlichen Kleiderstange für Hosenanzüge und elegante Kostüme, da sie für Repräsentationszwecke gut angezogen sein musste und ihr der Kleiderschrank zu wenig

Platz bot. Sie war eine sehr angenehme Mitbewohnerin, eine ruhige Person, sauber, ordentlich. Als sportliche junge Frau war sie in der Freizeit mit Joggen und Training für die Handballwettkämpfe beschäftigt. Gabriela fuhr jedes Wochenende nach Hause. Im Geschäft hatte sie schnell nette Kollegen gefunden, mit denen sie ab und zu ausging, ohne sie aber ins Haus einzuladen. Darüber hatte sich Marietta gar keine Gedanken gemacht, dass ein Mitbewohner selbst auch ein soziales Umfeld pflegte. Gabriela war wegen dem Handball fast jedes Wochenende weg und Marietta hatte sturmfrei. Wenn sie während der Woche Besuch hatte, verzog Gabriela sich meistens in ihr Zimmer.

Ein- bis zweimal pro Woche aßen sie zusammen. Gabriela kochte ein traumhaft gutes Thaicurry und schien auch sonst gerne zu kochen und lud Marietta immer mal ein, mitzuessen. Marietta revanchierte sich mit Polenta-Gratin mit Gemüse, einer Spezialität des Hauses, oder auch Pasta. Es kam oft vor, dass sie einfach noch ein Glas Wein zusammen tranken und über dies und das plauderten.

Marietta war sehr zufrieden. Das lief ja wirklich gut an. Und gegen den finanziellen Zustupf war ja auch nichts einzuwenden.

Die drei Monate von Gabrielas Praktikum waren schnell vorbei und alles war so ideal gelaufen, wie man es sich nur wünschen konnte. Marietta klopfte sich selbst auf die Schulter und startete frohgemut erneut das vorherige Inserat. Dieses Mal schrieben ihr innerhalb von zwei Tagen sechs Personen per Mail und zwei riefen an. Ein Deutscher meldete sich, der ein Zimmer als Wochenaufenthalter suchte. Das passte gut. An den Wochenenden würde er regelmäßig nach Stuttgart zu seiner Familie heimfahren. Er machte am Telefon einen seriösen Eindruck.

Max
Die Mail von Max Müller klang ebenfalls nach einem zuverlässigen Mann, der obendrein sehr nett schrieb und ihr

76

schon einige Eckdaten mitteilte. Er war im besten Alter von 56 Jahren, genauso empfand sich auch Marietta, im besten Alter. Er hatte einen festen Job in der Nachbargemeinde und war Familienvater. Er kam nach der Arbeit am selben Tag vorbei. Sie hörte sein Auto vorfahren und sah ihn aussteigen. Aufmerksam blickte er um sich und taxierte das Haus von außen, bis er kurz danach klingelte. Seine Erscheinung war gepflegt, die Haut schimmerte fahl und er schien fast ein wenig ausgemergelt zu sein. Er trug gut sitzende Jeans, dazu einen offenen Blazer, ein unifarbenes Hemd in einem freundlichen Lindengrün, das die oberen Knöpfe offen hatte, sodass man den schmalen Halsansatz und ein paar vorwitzige Brusthaare sah. Er schien nicht in bester Verfassung zu sein, denn er lächelte gequält und wirkte bedrückt. Marietta bat Max Müller herein.

»Grüezi, schön, dass Sie so schnell kommen konnten.«

»Danke, ich bin auch froh, obwohl der Umstand, ein Zimmer suchen zu müssen, für mich alles andere als erfreulich ist.«

Marietta führte ihn ins Wohnzimmer, steuerte am Esstisch vorbei, um der Begegnung eine persönlichere Note zu geben, und ging zum Sofa. Dort würden sie bequemer sitzen. Nachdem auch er sich gesetzt hatte, schaute er sich ruhig um. »Es ist sehr gemütlich bei Ihnen und so lichtdurchflutet, richtig schön.«

Marietta bestätigte, dass auch sie das sehr schätze und fragte ihn, was er denn beruflich mache.

»Ich arbeite als Buchhalter in einer Firma für Technologie.«

Das passt zum Namen, seriös und sicher schweizerisch zuverlässig, dachte sie, *ansonsten wirkt er eher sportlich und gar nicht langweilig wie ein steifer Zahlenmensch, der nur am Pult sitzt.*

»Ich bin Vater von zwei erwachsenen Kindern und gehe bald in Pension«, erzählte er weiter, »genau genommen in drei Jahren. Ich hoffte, nun begänne ein geruhsames Leben als Paar und plötzlich blockt meine Frau alles ab und jetzt schmeißt sie mich sogar raus.«

»Oh, wie schrecklich!« Marietta war ehrlich betroffen.

»Bis wann sollen Sie denn ausziehen?«

»Na, so schnell wie möglich.«

Er wrang seine Hände, bis die Knöchel weiß hervortraten. Zuerst wirkte er sehr traurig und verzweifelt und dann geriet er, je mehr er redete, umso mehr in Rage und seine anfangs leise Stimme wurde immer lauter: »Meine Frau ist doch unfähig, im Leben ohne mich zurechtzukommen. Ich bin derjenige, der alles regelt und bezahlt. Sie kann ihrem Beruf nicht mehr nachgehen, weil sie sich nicht genügend weitergebildet hat. Als die Kinder noch klein waren, hat sie sich voll auf Haushalt und Kind konzentriert. Ich habe ihr schon früher gesagt, dass sie erst wieder unten anfangen müsse, weil heute alle mit Computer arbeiten. Irgendwie hatte sie dann nicht den Mumm dazu und jetzt will sie alleine leben?« Er schüttelte den Kopf, schöpfte Atem und fuhr fort: »Unser Versuch, die Ehe neu zu beleben, ist nach dem Auszug unserer Kinder misslungen und anstatt dass wir mehr Zeit miteinander verbringen, schottet sie sich hinter ihren Büchern ab und ... Ich glaube sie merkt gar nicht, wie gut sie es mit mir hat.«

Marietta nutzte seine erneute Atempause, ihn zu unterbrechen.

»Entschuldigung, Sie müssen mir keine Details aus Ihrem Eheleben erzählen. Ich möchte lieber mehr über Sie wissen, z.B. womit Sie Ihre Freizeit verbringen, ob Sie ständig hier sein werden, wie lange Sie glauben, bei mir in der WG wohnen zu wollen? Muss ich damit rechnen, dass Sie in einem Monat schon wieder draußen sind?«

Max Müller hatte sich wieder etwas gefasst.

»Das wäre natürlich schön, wenn ich schon in einem Monat wieder zuhause leben dürfte, so wie es aussieht, dauert es aber bestimmt länger.«

»Ich möchte jemanden, der mindestens drei bis fünf Monate hier wohnen bleibt. Mein Haus ist kein Hotel und keine Absteige für kurze Zeit. Außer natürlich, es klappt dann mit dem Zusammenleben für einen von uns irgendwie gar nicht ...«

»Das kann ich verstehen. Im Notfall würde ich länger Miete bezahlen.«

Immerhin, Marietta konnte sich nun vorstellen, ihn als Mieter aufzunehmen.

»Kommen Sie, ich zeige Ihnen das Haus.«

Sie lotste ihn die Treppe hinauf und zeigte ihm das Zimmer, das schon Gabriela bewohnt hatte. Die Lampe aus Muschelplatten und die indische Patchworkdecke gaben dem Zimmer ein etwas exotisches Flair. Der weiße Tisch war ein schöner Kontrast dazu mit einem bequemen Stuhl und der Spiegelschrank sowie ein schmales Bett mit Nachttisch gaben dem Raum ein gemütliches und gleichzeitig praktisches Ambiente. Der Boden war aus hellem Laminat und pflegeleicht. Mieter sollten ihr Zimmer selbst sauber halten, so stand es im Vertrag.

»Sie können selbstverständlich alles umstellen. Ganz nach Ihrem Geschmack«, sagte Marietta und fügte noch hinzu, dass er bei Bedarf Bilder aus ihrem Fundus auswählen dürfe oder auch eigene aufhängen könne. Nachdem er ihr versichert hatte, dass ihm das Zimmer so, wie es war, gefalle und er nicht viel Platz benötige, entschieden sie, alles noch einmal zu überdenken.

»Ich melde mich spätestens übermorgen bei Ihnen, Herr Müller.«

Er verabschiedete sich, indem er ihre Hand drei Sekunden länger als notwendig hielt, fast so, als wolle er sich ein wenig an ihr festhalten. Als er wieder draußen war, blieb ein leichter Duft von angenehmer Männlichkeit zurück.

Marietta verlangte fast ein wenig blauäugig weder Referenzen noch sonstige Papiere von den Anwärtern. Als er gegangen war, überlegte sie, ob sie ein Risiko als Frau einginge, ihn aufzunehmen. Was konnte schon passieren, er schien ein angenehmer Mensch zu sein, vielleicht etwas ambitionslos und er brauchte offensichtlich moralische Unterstützung. Marietta fragte sich, ob es Mitleid war, das sie empfand? Eine Verbesserung seiner Situation würde sich nicht so schnell einstellen, davon war sie nach seinen Erzählungen überzeugt. Eine schlaflose Nacht hatte sie zum Glück seinetwegen nicht gehabt, sondern fand, dass sie ihm eine Chance geben konnte. Am folgenden Morgen rief sie ihn an und teilte sie ihm ihre Entscheidung mit, denn er wartete bestimmt darauf. Bei der Gelegenheit bot sie ihm das Du an. »Das ist viel einfacher, wenn wir schon unter demselben Dach wohnen werden.«

»Vielen Dank! Ist es in Ordnung, wenn ich gleich morgen bei dir einziehe, auch wenn Sonntag ist?«

»Ich freue mich und erwarte dich also morgen Nachmittag. Per Mail sende ich dir heute den Mietvertrag, welchen du mir dann bitte noch unterschrieben mitbringen könntest.«

Das ging ja jetzt wieder sehr schnell mit der Weitervermietung. Sie war da scheinbar auf eine Marktlücke gestoßen. Marietta rannte nach oben, um das Zimmer noch einmal zu begutachten. Ja, alles war in Ordnung, nur noch einmal gründlich durchlüften und es war bereit.

Sie rief den anderen Interessenten aus Stuttgart, Herbert Klingemann, an und erklärte, dass das eine Zimmer vermietet sei, das andere noch geräumt werden müsse. Wenn er wolle, könne er es sich aber schon einmal anschauen. Er kam am selben Abend, denn er arbeitete bereits in Zürich, wohnte aber noch im Hotel. Sie wurden sich schnell einig: Wenn er wolle, könne er in zwei Wochen einziehen. Und somit war auch das geregelt.

Als Max Müller am Sonntagnachmittag eintraf, hatte er einen großen Koffer, einen Sack mit Schuhen und sein Laptop mit, das war's. Marietta war klar, dass er hoffte, bald wieder zuhause wohnen zu dürfen und wenn er wenig mitnahm gab ihm das natürlich die Gelegenheit immer wieder zuhause aufzukreuzen.

Als er die wenigen Klamotten und Papiere verstaut und sich seinen Badezimmerschrank eingerichtet hatte, tranken sie zusammen Tee. Er erzählte ein wenig erstaunt, dass seine Frau kaum reagiert habe, als er packte. »Ich habe keine Ahnung, was sie denkt. Ob sie jetzt froh ist oder verwundert, dass es so schnell ging. Sie weiß jedenfalls, dass ich zu einer Frau in die WG ziehe und du bist eine sehr nette Frau, das habe ich ihr aber nicht gesagt.«

Nun erzählte Marietta von ihren Kindern und dass deren zwei in der Nähe wohnten und er sie bestimmt mal kennenlernen würde. Als sie nachfragte, ob er abends mit ihr essen wolle, druckste er ein bisschen rum und fragte dann geradeheraus: «Soll ich heute Abend für uns kochen?«

»... Jaaa, warum eigentlich nicht? ... Vielen Dank für das Angebot. Ich habe natürlich nicht für Gäste vorgesorgt, aber was im Kühlschrank ist, reicht für uns beide. Komm, ich zeig dir, was wo ist.« Er stand auf und folgte ihr in die Küche. Dann inspizierte er mit fachmännischem Blick Mariettas Vorräte.

»Da lässt sich was draus kochen«, meinte er schmunzelnd, als er bemerkte, dass sie ein wenig skeptisch dreinschaute.

Plötzlich war er gar nicht mehr der etwas unsicher wirkende Mann. Marietta war erfreut. Das schien ein guter Anfang zu sein. Sie war überrascht von diesem Angebot und gleichzeitig ein wenig amüsiert. Ein Mann im Hause, der ein ganzes Nachtessen kochen wird? Das kannte sie gar nicht. Wie würde die Küche wohl nachher aussehen?

Er fragte dann nach der Internet-Nutzung im Hause und nachdem sie ihm das WLAN-Passwort verraten hatte, zog er sich in sein Zimmer zurück, um das Internet einzurichten. Marietta wollte es sich zuerst auf dem Sofa mit einem Roman bequem machen. Dann fühlte sie sich aber doch ein wenig gehemmt, falls er herunterkommen würde und wagte nicht, sich locker hinzulegen, wie sie es gewöhnlich tat. Der Schaukelstuhl vor dem Kamin war ja auch nicht übel. Nach einer Weile legte sie das Pad in den Schoss und dachte darüber nach, wann das letzte Mal ein Mann freiwillig für sie gekocht hatte. Ihr Ex-Mann war lieber auswärts essen gegangen, ihr Sohn hatte am Sonntag höchstens mal Kaffee und ein Dreiminuten-Ei zubereitet. Der Kiffer hatte sein Essen meistens für sich selbst zubereitet. Auf seine lieblosen Eintopfgerichte hatte sie keine Lust. Doch, einmal hatte er einen leckeren Fleischkuchen gebacken, daran konnte sie sich erinnern. Wenn er klar war, hatte er sich auch sonst nützlich gemacht. Sie hatte selten für ihn gekocht, weil sie nie wusste, in welcher Verfassung er war. Warum sollte sie ihn durchfüttern oder gar verhätscheln, sie war ihm gegenüber zu nichts verpflichtet gewesen. Dann kehrten ihre Gedanken zurück zu Max: *Ein Buchhalter, der kochen kann, ist doch mal eine schöne Überraschung. Na, ich bin gespannt auf das Resultat.*

Marietta entschied dann bald, weil sie sich eh nicht auf ihr Buch konzentrieren konnte, nach draußen zu gehen und die herrlich laue Maienluft zu genießen. Als sie von ihrem Spaziergang zurückkam, hörte sie Max in der Küche werkeln.

»Soll ich dir etwas helfen?« Neugierig schaute sie ihm über die Schulter.

»Nein, danke, ich komme klar.«

Marietta machte es sich wieder auf ihrem Schaukelstuhl bequem.

»Hast du etwas Cognac im Haus?«, rief er plötzlich.

»Natürlich!« Sie sprang auf, um ihm das Gewünschte zu bringen, während sie gleichzeitig hoffte, dass er das nicht als Aufmunterung während des Kochens brauchte. Sie schalt sich aber gleich wieder wegen ihres Pessimismus und sagte nichts weiter. Er nickte anerkennend, als sie ihm die Flasche brachte.

Da sie sich immer noch nicht auf ihren Roman konzentrieren konnte, rief Marietta Mirjam an, um ihr die Neuigkeiten zu erzählen: »Du, ich habe einen kochenden Mann in der Küche, seit heute!«

»Kochend? Bin ich eingeladen?«

Marietta lachte: »Vielleicht ein anderes Mal. – Stell dir vor, er ist erst seit heute da, der neue Untermieter, und ich hätte mir im Traum nicht vorgestellt, dass ein Mann hier reinkommt und mich sofort bekocht. Er scheint auch sonst nett zu sein. Jedenfalls wollte ich dir Bescheid sagen, dass ich wieder jemanden im Haus habe.«

Mirjam fand, das sei doch fast zu schnell gegangen und dann noch ein Mann, fragte aber nicht weiter und sagte nur: »Na dann warten wir mal ab, ob das ein schräger Vogel oder ein normaler Mann ist. Pass auf dich auf, Mama.«

»Das ist noch nicht alles, in zwei Wochen zieht ein weiterer Mann ein. Ein Deutscher aus Stuttgart, der jedoch nur während der Woche hier wohnen wird.«

»Waaas … Gleich zwei fremde Männer im Haus? Na, du traust dich echt was!«

»Ja, zuerst schien mir das auch ein bisschen gewagt, aber beide brauchten dringend eine Bleibe und ich dachte, ein Versuch ist es wert. Keine Bange, ich pass schon auf mich auf.«

Mirjam erzählt dann noch, wie es im Kinderhort lief. Da kam Marietta in den Sinn, dass die Kinder von Max ungefähr im selben Alter wie ihre Kinder sein mussten. Sie würde ihn fragen, was diese so im Leben machten.

In der Küche hörte sie Töpfe klirren und es begann, betörend gut zu riechen. »Du, ich glaube, das Essen ist bald fertig. Ich sollte aufhören«, und verabschiedete sich von Mirjam und stand auf um den Tisch zu decken. Sie musste an sich halten, nicht in die Töpfe zu schauen, rief jedoch: »Das riecht ja echt fein.« Sie holte ein paar dekorative bunte Blumen aus dem Garten, passend zur Farbe der Servietten. Einen guten Tropfen Wein wollte sie auch kredenzen und fragte:

»Magst du Rotwein und passt der zu deinem Essen?«

»Natürlich mag ich Wein«, kam die prompte Antwort und er fügte hinzu:»Wein rundet doch das Essen erst richtig ab. Es darf ruhig ein etwas intensiver Wein, z.b. ein Spanier oder wenn du lieber willst ein leichter Schweizer sein.« Also holte sie aus dem Keller einen sehr guten Rioja mit dem Attribut Riserva. Schließlich war Sonntag und sie würden auf ein gutes Zusammenwohnen anstoßen.

Dann bat Max auch schon zu Tisch und brachte die Vorspeise. Den grünen Salat hatte er sehr schön angeordnet und darüber feine Streifen aus Karotten gelegt, ein paar Sonnenblumenkerne darauf gestreut und dazu eine sehr gute Joghurtsauce mit einem Schuss Orangensaft und ein wenig Honig und Kräutern zubereitet. Das ließ sich ja gut an.

Als er dann die Hauptspeise servierte, blieb ihr einen Moment lang der Mund offenstehen. Die kleinen Kalbsschnitzel hatte er mit einer selbstgemachten Rahmsauce mit Pilzen – aus der Dose – angerichtet. Dazu gab es feine Nudeln und grüne Bohnen, die einen frischer Farbtupfer auf den Teller zauberten. Und auch der Geschmack war äußerst delikat. Als sie das Fleisch probierte, war es ganz zart, den Cognac schmeckte sie dezent heraus.

Wie in einem guten Restaurant, dachte Marietta. Das hatte sie echt nicht erwartet.

Ihre Augen wurden größer und größer vor Staunen. Er bemerkte ihre Überraschung mit Freude und lachte zum ersten Mal am heutigen Tag, vielleicht darüber, weil er sie damit ein wenig überrumpelt hatte oder weil er mit sich zufrieden war. Sie konnte es nicht lassen, ihn mit Komplimenten zu überhäufen. Endlich rückte er damit heraus, dass er in einem sehr guten Hotel als Koch gearbeitet hatte. Er habe sich weitergebildet, um vielleicht einmal selbst ein Hotel zu führen, doch das sei dann nur Stress gewesen:»Immer arbeiten, wenn andere frei haben! Da hast du eine Siebentagewoche. Menüs entwerfen, täglich auf den Markt gehen für frische Lebensmittel, Werbung machen, Gäste nicht vernachlässigen, sich mit Servicepersonal herumärgern, das ist mehr als ein Fulltime-Job. Nein, das war nicht, was ich wollte. Ich brauchte mehr Zeit für mich und meine Familie. Also habe ich noch ein Jahr mein Wissen in punkto Buchhaltung vertieft und dann schnell eine Stelle bei der jetzigen Firma gefunden.« Des Weiteren erzählte er, als er sich eingearbeitet hatte, wurde er gefördert, durfte einige Weiterbildungen besuchen und wurde Buchhaltungschef. Dann endlich standen ihm seine Abende und Wochenenden zur freien Verfügung und er genoss die Zeit mit Familie, Haus, Garten und Sport.

Dann gab es Probleme mit der einen Tochter und es war gut, dass er sich darum kümmern konnte, aber das sei ein ganz anderes Thema.

Das alles klang in Mariettas Ohren, als wäre er ein idealer Ehemann.

Sie stießen auf eine schöne und gute gemeinsame Zeit an. Nach diesem wirklich hervorragenden Essen bot sie ihm zum Espresso noch ein Gläschen Vieille Prune an, einen edlen Tropfen, den sie sich bei besonderen Gelegenheiten gönnte. Er wusste um die Qualität dieses im Glas goldenen schimmernden Fruchtbrandes und schnell wurden aus einem zwei, dann drei und er wurde immer redseliger.

»Es ist wirklich gemütlich mit dir.« Er seufzte. »Wäre meine ganze Situation nicht so verzwickt, könnte ich mir gut vorstellen, hier glücklich zu sein.« Und er fuhr fort: »Es ist so vieles unklar. – Je länger ich versuche, meiner Frau näherzukommen, desto mehr verschließt sie sich. Warum sie mich aus heiterem Himmel und so plötzlich rausgeschmissen hat, und das nach 29 Jahren Ehe, kann ich nur zum Teil nachvollziehen.«

Marietta fiel auf, dass er von seiner Frau sprach, als sei sie ihm fremd. *Das hört sich ja an, als hätten sie nie miteinander gesprochen.* Doch sie wollte nicht überheblich sein und sagte nichts dazu. Schließlich war das zwischen ihrem Mann und ihr auch nicht ideal gelaufen. Also hörte sie nur aufmerksam zu, als er weiter ausholte:

»Du bist doch Therapeutin, vielleicht kannst du, was ich dir erzähle, besser einordnen. Ich will dir ganz ehrlich sagen, dass an Sex seit Jahren nicht mehr zu denken war. Wenn ich nur den Versuch wagte, merkte ich, dass es ihr keinen Spaß mehr machte. Wir haben es dann sein lassen und nach drei Jahren mit einer Paartherapie versucht, das Problem zu lösen. Doch das hat nichts gebracht. Da ich ein Mann mit Bedürfnissen und nicht mehr der Allerjüngste bin, wusste ich nicht, wie lang ich noch potent bin, wenn das so weiterginge. Ich erklärte, ich wolle Sex noch genießen. Sie wiederum meinte ganz knapp, ich könne den Sex mit ihr vergessen. Zuerst hoffte ich, es wäre bloß eine Laune, die wieder vergeht. Wir hatten es doch gut miteinander. Es gab gemeinsame Interessen, die Kinder die uns auf Trab hielten, ja, und früher hatten wir auch guten Sex.« Etwas verschämt sagte er:»Als wir jünger waren, haben wir es wie Karnickel getrieben, es war einfach nie genug. Vielleicht hat es bei ihr mit den Wechseljahren zu tun? Auf jeden Fall ist die Lust bei Agnes auf einem Nullpunkt. Als ich mich nach zwei Jahren genug gequält hatte und mich beklagte, befand sie, dass unverbindlicher Sex, wenn ich ihn mir auswärts hole, tolerabel für sie sei.«

Marietta schluckte in Anbetracht der doch massiven Eheprobleme, die Max ihr da auftischte. Und naiv kam er ihr auch vor.

»Ja, das wäre schon großzügig und bedingungslos, dem anderen zu gönnen, was er braucht. Aber wäre es nicht sinnvoller gewesen, gemeinsam einen Tantra-Kurs zu besuchen oder etwas, was eure Ehe verbessern könnte?«

Max fuhr fort:»Wir haben einen Eheberater aufgesucht und auf Grund dieser Gespräche bin ich dann mit ihrem Einverständnis in einen Swinger-Club gegangen. Das war eine ganz neue Erfahrung. Mitkommen wollte sie nicht und einen Tantra-Kurs hätte sie auch nicht mitgemacht.«

Auf Mariettas Frage: »Warum bist du nicht zu einer Prostituierten gegangen?«, meinte er – ganz nach Macho-Art und schweizerisch-sparsam:

»Ich weiß, was guter Sex ist und wie man eine Frau beglücken kann, also warum soll ich dafür bezahlen?«

Marietta musste erst mal tief durchatmen. *Der ist ja ganz schön eingebildet.* Ihr fehlten gerade die Worte.

Und er fuhr fort: »Da war eine Frau im Club, die ebenfalls verheiratet und ohne ihren Mann da war und wirklich nur Sex innerhalb des Clubs wollte. Sie wünschte keinen persönlichen Kontakt, keine Treffen außerhalb und das passte doch gut. Wir haben uns nur jeweils mitgeteilt, wann wir uns dort wieder treffen könnten. Sie schrieb mir also per SMS, wann sie wieder da sein würde, und ich schaute, ob ich mir das einrichten konnte und umgekehrt.

Das passte nun plötzlich meiner Frau Gemahlin überhaupt nicht, dabei war das eine gemeinsame Abmachung gewesen, die wir mit dem Therapeuten besprochen hatten. Er hatte uns noch davor gewarnt, dass das heikel sei, doch Agnes meinte, ihr sei das doch lieber als ständig die vorwurfsvolle Miene ihres Mannes zu ertragen. Ich konnte ihr noch so oft bestätigen, dass das mit der anderen nichts Ernstes war. Sie konnte es nicht akzeptieren, als sie dahinterkam. Dabei habe ich versucht, es möglichst unauffällig zu handhaben und auch das nahm sie mir übel.«

Das hatte er alles fast atemlos und in rasantem Tempo erzählt. Marietta staunte über seine Offenheit, denn von Männern war sie das nicht so gewohnt. Der Schnaps hatte wohl das Seine dazu geleistet. Ihm schien es gutzutun, darüber reden zu können. Immerhin wusste sie jetzt, woran sie mit ihm war. Sie versuchte, ihn ein wenig aufzumuntern, nicht ohne vorher ihre Meinung dazu zu sagen.

»Also mir wäre das schon auch schwergefallen, zu wissen, dass mein Mann fremdgeht, egal was er dazu sagt. Vielleicht waren es ja auch andere Gründe, warum sie dich nicht mehr zuhause haben will und das war nur noch der Auslöser, den es gebraucht hat?«

»Du magst recht haben. Ich habe nämlich das mit den Treffen sein lassen, aber es hat nichts genützt.«

»Eine vorübergehende Distanz könnte wirklich helfen. Vielleicht merkt deine Frau, dass du ihr fehlst. Und es braucht jetzt Zeit, bis ein gewisses Vertrauen wieder aufgebaut ist. Dann werdet ihr weitersehen und eine Lösung finden.«

Um das Thema jetzt aber nicht noch weiter zu vertiefen, bot sie an, die Küche aufzuräumen, da er gekocht hatte. Erfreulicherweise war nicht mehr viel zu tun und er ließ es sich auch nicht nehmen, das Geschirr abzutrocknen.

Am nächsten Tag rief sie ihren Sohn an. »Hallo mein Junge, wie geht's?«

»Ach ja, man kommt durch.«

Einsilbig wie üblich, dachte Marietta.

»Du, ich brauche dein Zimmer, da ich es weitervermieten will. Du müsstest es also räumen.«

»Wo soll ich denn mit all dem Zeug hin?«

»Du nimmst das mit, was du gerade willst. Was keinen Platz hat, verstauen wir im Keller und den Rest entsorgen wir.«

»Muss das sein? Ich weiß doch nicht genau …«

Sie ließ keine Widerrede gelten und vereinbarte, dass er am Wochenende vorbeikommen solle.

So fuhr der Sohnemann mit einem Kollegen, der ein Auto hatte, am Samstag vor. Sie bot beiden noch ein kleines Nachtessen an, das sie sich schmecken ließen, und dann war auch das erledigt.

Nachdem Nick sein Gerümpel aussortiert hatte, sah das Zimmer wohnlich genug für den zweiten Untermieter aus. Ein Gestell voller Bücher blieb noch drin, das ließe sich später auch noch räumen, falls nötig.

Der Alltag mit Max hatte sich eingependelt und sie gewöhnten sich an das freundschaftliche Zusammenleben. Sie teilte Max mit, dass bald noch jemand zu ihnen stoßen würde und hoffe, dass es mit beiden Männern klappen würde. Eine Woche später zog Herbert Klingemann ein. Die im Büchergestell verbliebenen Bücher störten ihn nicht weiter. Er brauche bloß ein Bett und sonst nicht viel Platz, meinte er. Tatsächlich schien er sich nicht wohnlich einrichten zu wollen. Außer einem Wecker und ein paar Kleidern brachte er nichts unter. In den folgenden Tagen blieb er für sie fast unsichtbar, denn sie bekam ihn nur einmal kurz zu Gesicht. Die Männer trafen sich wohl eher am frühen Morgen vor der Arbeit.

Erfreulicherweise lief es auch mit den beiden Mitbewohnern im Haus bestens: Sie waren sehr rücksichtsvolle, ruhige Mieter, nutzten sogar früh morgens die Dusche in der Waschküche im Keller ganz selbstverständlich anstelle vom Badezimmer im oberen Stock, was bequemer gewesen wäre. Das hatten die beiden unter sich abgemacht, um Marietta morgens nicht zu wecken. Um sieben in der Früh gingen beide aus dem Haus, der Stuttgarter frühstückte im Geschäft und abends arbeitete er entweder bis spät oder ging in den Fitnessclub. Max kam zu unterschiedlichen Zeiten heim und bekochte sie gerne gelegentlich.

Marietta hatte wenig Kontakt mit ihren Nachbarn. Das war oft so in Einfamilienhausquartieren in der Schweiz, aber geschaut, was die anderen machen, wurde schon, so dass diese sich gewundert haben dürften, warum da plötzlich zwei Männer ein- und ausgingen. Doch das war ihr egal. Sie war niemandem Rechenschaft schuldig. Das galt auch für ihren Ex-Mann, der eines Tages unerwartet vorbeischaute. Nach der Scheidung war sie froh gewesen, die ständigen Diskussionen um Haus und Geld los zu sein. Als Vertreter für Haushaltsmaschinen mit einem großen Gebiet, das fast die gesamte Deutschschweiz beinhaltete, war ihr Mann ständig unterwegs gewesen. Deshalb wohnte er öfters in Hotels und blieb auch mal das ganze Wochenende fort. Er kümmerte sich kaum um familiäre Belange und fand, sein finanzieller Beitrag genüge vollkommen. Er überließ ihr sämtliche Entscheidungen und kümmerte sich nur um das Notwendigste. Ansonsten saß er am Computer, sagte, es sei geschäftlich, was sie ihm nicht immer glauben konnte, oder er machte es sich abends mit einem Bier vor dem Fernseher gemütlich. Er ließ sich sehr gerne bedienen. Das hatte sie früher genervt, doch mit der Zeit trug sie ihm nichts mehr nach, sie hätte ja nicht alles schlucken müssen. Irgendwann hatte sie sich gefragt, wann die Liebe auf der Strecke geblieben war. Als die Kinder noch klein waren, hatte er sich noch gerne um sie gekümmert, doch sobald der Jüngste in die Oberstufe gekommen war und die Gesellschaft seines Freundeskreises bevorzugte, schien ihm ein vertieftes Interesse überflüssig zu sein. Nach dem Motto: *Die Jungen machen sowieso, was sie wollen, hatte er sich auch von den Kindern zurückgezogen.*

Sein Lebensstil unterschied sich im Lauf der Zeit immer mehr von ihrem. Sie schätzte Ruhe und viel Natur, er mochte Städtereisen. Seine Ferienziele mussten luxuriös sein, sie schätzte Gemütlichkeit. Er wollte Tennis spielen, sie lieber kleine Wanderungen machen. Gemeinsames blieb auf der Strecke und philosophische Gespräche langweilten ihn und sie mochte nicht über Sport reden. Somit versiegten auch viele Gespräche vorzeitig. Die Begründung der Scheidung lautete: auseinandergelebt.

Ungebetener Gast.
Es klingelte an der Türe. Marietta war einen Moment so perplex, ihren Ex-Mann zu sehen, dass sie ihn erst einmal draußen stehen ließ. »Das ist ja eine Überraschung. Was führt dich hierher?«
Sie wusste, dass das nicht gerade freundlich klang.
Trotz dieses Missklangs taxierte er sie mit einem anerkennenden Blick. Immer noch hübsch. Oder noch hübscher geworden, konnte man fast auf seiner Stirne lesen. Äußerlichkeiten waren ihm schon immer wichtig gewesen. Tat-

sächlich hatte sie sich nach der Scheidung nicht gehen lassen, war adrett oder sportlich angezogen und nach wie vor gut in Form – obwohl sie ungeschminkt war, eine kleine Augenweide.

»Ich dachte, ich schaue mal vorbei, darf ich hereinkommen?«

Widerwillig machte sie den Weg frei. Sie musste sich wirklich einen inneren Ruck geben und ließ ihn dann herein. Er war nach wie vor ein attraktiver Mann, groß und schlank, mit einer gewissen Dynamik, das ließ sich nicht abstreiten, aber sein kantiges Gesicht erschien ihr noch härter als früher. Die lange, spitze Nase sprach von füchsischer Klugheit, ebenso wie die fast stechenden Blicke seiner Augen. Die konnten taxieren, abschätzen, einschätzen. Überhaupt war seine ganze Erscheinung im Anzug *typisch geschniegelter Vertreter.*

Sie lud ihn ein, am Esstisch Platz zu nehmen. »Willst du etwas trinken?«

»Nein, ich bleibe nicht lange. Ich bin nur hier im Ort vorbeigefahren und dachte, ich schau mal rein, um zu sehen, wie es dir geht.«

Sprach's, um dann in aller Ausführlichkeit von sich und seinen weiteren Plänen zu erzählen, dann wie gut es ihm mit seiner neuen Freundin ging und dass die Scheidung wohl für beide eine gute Lösung gewesen war. Marietta hörte zuerst gelangweilt zu, unterbrach ihn nach einigen Minuten, um konkret zu fragen, was er wolle.

»Ich musste doch mal reinschauen, wie es hier so ohne mich läuft. Und ob du nicht doch meine Hilfe brauchst.«

Er traut mir also nicht zu, dass ich ohne ihn zurechtkomme ...!, dachte sie und antwortete fast hämisch:

»Ich weiß mir schon zu helfen. Als wir verheiratet waren, habe ich ja auch fast alles alleine gemacht. Aber wenn du es genau wissen willst: Ich vermiete Zimmer, um das Haus halten zu können und außerdem ist es für mich alleine zu groß. Zurzeit wohnen zwei Geschäftsleute hier und das ist sehr angenehm, denn die zahlen pünktlich, sind sehr hilfsbereit und höflich.«

Den Seitenhieb soll er ruhig spüren.

»Ich sehe schon, du umgibst dich gleich mit zwei Männern. Das ist wirklich in vielerlei Hinsicht praktisch, so bedient zu werden.« Sein Ton klang süffisant.

»Weißt du was?« Marietta erhob sich zum Zeichen, dass sie das Gespräch für beendet hielt. »Das geht dich rein gar nichts mehr an und solche Bemerkungen kannst du dir sparen. Ich erwarte von deiner Seite überhaupt nichts, nur dass das klar ist. Es ist mein Leben, aus dem du gerne wieder verschwinden kannst. Wir sehen uns dann auf der Hochzeit unserer Kinder wieder.« Marietta staunte über sich selbst. Er erhob sich und sagte: »Komm mir dann später nicht mit irgendwelchen Wünschen.«

»Darauf kannst du dich verlassen, deine Hilfe werde ich bestimmt nicht brauchen. Du findest den Weg alleine hinaus!« Und schon war er verschwunden, ohne sich noch einmal umzudrehen. Da hatte sie ganz schön Tacheles geredet, fand sie und war stolz auf sich.

Dennoch, als er gegangen war, blieb sie ein wenig nachdenklich zurück. *War sie vielleicht sauer, weil sie ihn mit Max verglichen hatte, der nie so von oben herab gesprochen hätte? Oder weil sie diesen Umgangston gar nicht mehr gewohnt war?* Sie verzog sich in ihren Schaukelstuhl und dachte über ihr Leben nach.

Sofort nach der Scheidung hatten sich gemeinsame Freunde und Paare abgewandt. Zu ihren Freundinnen aber hatte Marietta glücklicherweise immer einen guten Draht behalten. Da war Evelyn, die noch verheiratet und Patentante von Mirjam war, deren Mann jedoch kein Kostverächter zu sein schien, was ihre Freundin sehr belastete. Patrizia konzentrierte sich hauptsächlich auf ihren Beruf, da gab es nur wenige, aber immer sehr intensive Telefonate. Und einige neue Bekanntschaften waren auch dazugekommen. Durch ihre Kurse, die sie selbst besuchte, lernte sie immer wieder interessante Menschen kennen. Mit manchen blieb sie, wenn auch locker, in Kontakt. Marietta dachte an das Meditations-Retreat und vor allem an Karin, mit der sie einige gute Gespräche geführt hatte und dann schlich sich auch Luis in ihre Gedanken, mit dem sie sich so eigenartig verbunden gefühlt hatte. Vielleicht sollte sie sich mal bei ihnen melden?

Max hatte einen großen Freundeskreis, dem er aber vorerst verschwiegen hatte, dass er zuhause ausgezogen war und sie bekam niemanden zu Gesicht. Lediglich seine Tochter war wohl doch sehr neugierig auf die Wohngemeinschaft ihres Vaters und besuchte ihn eines Abends mit ihrem Hund Pero, einem schönen Retriever. Sie hatte ihren Besuch angekündigt und da Marietta nichts vorhatte, aßen sie gemeinsam das von Max gekochte Abendessen. Marietta freute sich, endlich jemanden von seiner Familie kennenzulernen und begrüßte Dana und den Hund herzlich. »Na, ihr zwei, schön, dass ihr vorbeikommt. Ich weiß nur nicht, wie das mit den Katzen geht.«

»Pero ist Katzen gewohnt, das einzige, was er wohl machen wird, ist den Futternapf leerfressen, aber sonst lässt er Katzen links liegen.«

Marietta lachte: »Da wird wohl mindestens einer gar nicht begeistert sein«, und dachte an den Kater, der alles aufmerksam beobachtete, was im Hause so geschah.

»Ja, eine Katze haben wir schon gesehen, sie hat mal kurz gefaucht und sich verzogen, als wir Richtung Türe kamen.«

»Das war bestimmt Sirius, der Hauskater.« Dieser lugte dann auch schon bald durch das Treppengeländer nach unten. Offensichtlich war er durch das Katzentürchen hereingekommen, da er die Haustüre gemieden hatte. Es schien, als wollte er auf Distanz bleiben.

»Am besten ist, du hältst Pero an der Leine, dann gibt es keine Probleme.« Marietta war ein wenig skeptisch, ob nicht doch plötzlich der eine den anderen jagen würde. Sofort band Dana die Leine um das Tischbein und sagte: »Pero, Platz. Bleib.« Der Hund gehorchte aufs Wort.

Dana war eine aufgeschlossene junge Frau. Sie erzählte von ihrem Job als Verkäuferin, der ihr nicht wirklich Spaß machte. Längerfristig wollte sie sich selbständig machen und plante, mit der Zeit nur noch halbtags im Laden zu arbeiten, um dann ein eigenes Nähatelier zu eröffnen. Ihr Vater schien nicht wirklich begeistert:»Bist du sicher, dass das klappt?«

»Wieso nicht? Ich brauche keine Räumlichkeiten, sondern werde meine Kleiderkreationen über das Internet anbieten und beginne schon damit, bevor ich meine Arbeitszeit reduziere.«

Marietta fand das eine mutige und gute Idee:»Schick mir doch dann die Internet-Adresse oder Fotos von deinen Werken, wenn es soweit ist.«

»Gerne, sie werden ein wenig ausgefallen sein, aber ich kann mir vorstellen, dass dir das eine oder andere zusagen könnte. Und es sind alles Unikate.«

Nachdem Dana das Zimmer ihres Vaters begutachtet hatte, kam sie sichtlich zufrieden wieder die Treppe herunter. Ihr Vater verschwand in der Küche, um das Nachtessen vorzubereiten und Marietta erzählte ihr, während beide einen Saft tranken, wie hilfsbereit Max war und dass die Wohngemeinschaft wohl für beide momentan eine gute Lösung zu sein schien. Sie verbrachten gemeinsam einen urgemütlichen Abend. Dana hatte sich auch nach Mariettas Kindern erkundigt und war neugierig, ob wohl Mirjam auch Interesse an ihren Kreationen hätte. Sie beschlossen, wenn es so weit war, diese auch Mirjam zu zeigen. Als sie sich verabschiedete, umarmte Marietta Dana und wünschte ihr viel Erfolg.

Einige Tage später merkte Marietta anhand von Max' Bemerkungen, dass Dana wohl ihrer Mutter von ihr erzählt haben musste. Offensichtlich fragte Max' Frau ihren Mann nun vermehrt über sie aus und Marietta vermutete, dass diese eifersüchtig auf sie reagierte, was ihm aber scheinbar gar nicht aufgefallen war.

Max ist wirklich etwas naiv, dachte sie, während sie ihm zusah, wie er sich weiter in Rage redete. Marietta fragte sich jedoch manchmal auch, was seine Frau wirklich wollte? Ihren Mann bestrafen für vieles, das unausgesprochen geblieben war, für seine Swinger-Club-Besuche, für etwas, woran er gar nicht dachte? Vielleicht wusste Agnes selbst nicht genau, was sie wollte?

Das gemeinsame Wohnen mit Max und Herbert gestaltete sich nach wie vor angenehm und war unkompliziert. Leider war Max sehr oft niedergeschlagen und Marietta befürchtete, dass er in eine Depression fallen könnte. Nicht nur versuchte sie, ihn aufzumuntern, sie erforschte mit ihm seine Bedürfnisse: »Was interessiert dich und was findest du wichtig? Was machst du gerne, außer zu kochen?« Und schmunzelnd fügte sie hinzu: »… und zu putzen?« Da muckte er doch auf und schien zu begreifen, was sie meinte.

»Ich bin halt gerne hilfsbereit und es tut mir auch gut, wenn ich mich nützlich fühle.« Auch wenn seine Antworten zunächst zögerlich ausfielen, als müsste er sich erst auf ein neues Terrain wagen, begann er, neue Möglichkeiten in Betracht zu ziehen.

So erzählte er nach und nach mehr von sich und nicht nur von seiner Ehe. Er liebe Musik und hätte schon lange gerne ein Instrument gespielt. Marietta fand, dass das eine gute Idee sei. Er solle sich doch einmal umsehen, was ihm gefallen könnte.

Nach ein paar Tagen berichtete er: »Ich habe eine Gitarre ausprobiert und muss sagen, das gefällt mir außerordentlich gut.«

»Und was machst du daraus?«

»Ich denke, ich miete mal eine und nehme Stunden.«

Das war doch schon mal ein guter Anfang.

»Sport würde ich auch gern wieder machen. Seit ich weg bin von zuhause, fehlte mir dazu jeglicher Elan. Dort hatte ich ja immer etwas zu tun, im Garten, Reparaturen am Auto und im Haus und der Radsport war ein schöner Ausgleich zur Arbeit. Hier fällt vieles weg und ich fühle mich ein wenig nutzlos.«

Marietta schlug ihm vor, doch mit dem Fahrrad zur Arbeit zu fahren, worauf er sich wunderte, dass er nicht selbst darauf gekommen war und bei schönem Wetter nahm er das Fahrrad anstelle vom Bus, um zur Arbeit zu fahren. Das Pedalen tat ihm gut, lüftete den Kopf durch und so ganz langsam bekam er wieder Farbe im Gesicht. Und so kehrte Lebensenergie zurück und sie begannen gemeinsam, auch mal ein Gitarrenkonzert zu besuchen oder gingen ins Kino.

Marietta freute sich, dass Max langsam wieder zu sich kam und so beschloss sie, dass sie nun Ferien bräuchte und dass sie den beiden Männern das Haus für eine Weile überlassen konnte. Sicherheitshalber bat sie Mirjam, doch mal Mitte der Woche vorbeizuschauen, ob vor allem mit den Katzen alles in Ordnung war. Danach buchte sie frohgemut eine Woche in Südfrankreich am Meer, wo sie eine kleine Pension gefunden hatte.

Durchatmen

Sie genoss die unbeschwerte Zeit, in der sie liebevoll vom Personal verpflegt wurde, schlief abends mit dem Rauschen des Meeres ein und erwachte morgens damit. Sie liebte es, ihre Zehen in den weichen Sand zu vergraben und dabei zu spüren, wie die Wärme ihre Haut umgab. Beim Schwimmen ließ sie sich von den Wellen tragen und schwamm gerne weit hinaus. Dorthin, wo sie eins mit Himmel, Wasser und Erde war. Der Wellengang bot kleine, ungefährliche Schaumkronen, der sie später wieder Richtung Land trieb, wenn sie genug hatte und sich auf dem Rücken liegend entspannte. Nur manchmal gab es Momente in welchen sie die Einsamkeit spürte, dann wenn sie all die anderen Paare sah und sie fragte sich, ob sie jetzt wohl immer alleine in die Ferien reisen würde.

6. Kapitel

Zusammensein

Bei einem der nächsten Abendessen fragte Marietta Max ganz konkret, wie es ihm gehe.

»Ach, es ist zum Verzweifeln. Meine Frau und ich reden aneinander vorbei. Ich höre nur Vorwürfe und wir kommen keinen Schritt weiter. Ich gebe die Hoffnung auf eine Veränderung in unserer Beziehung langsam auf. Auch habe ich meinen Job so satt – am liebsten möchte ich alles hinschmeißen.«

»Gibt es ein Problem, weil du hier wohnst?«

»Natürlich misstraut sie mir, jetzt wo ich bei dir wohne erst recht und das ärgert mich. Egal, wo ich bin oder was ich mache, nichts scheint ihr zu passen. Dann frage ich mich, wofür ich mich abrackere. Für eine Frau, die das gar nicht zu schätzen weiß?«

»Hätte sie denn Grund, eifersüchtig zu sein?«

Er schaute sie an und schwieg eine Weile.

»Ach, ich weiß selbst nicht mehr, was ich will. Zurück zu ihr oder weg von ihr? Ich fühle mich so unfrei.«

Er lächelte Marietta an: »Wenn ich an dich denke, fühlt sich vieles so leicht an.«

»Vielleicht brauchst du einfach noch mehr Zeit, um die Situation für dich selbst besser einzuordnen. Ich finde dich sympathisch, auch mit deiner Unklarheit.«

Insgeheim dachte sie: *Zum Glück herrschen in meinem Beziehungsleben klare Verhältnisse*, und musste sich gleichzeitig eingestehen, dass sie gerne die Möglichkeit einer Partnerschaft in Betracht ziehen wollte.

Nach dem Nachtessen machten sie es sich gemeinsam auf dem Sofa bequem und schauten sich einen Film an. Max rückte näher und legte seinen Arm um sie: »Weißt du, ich finde dich wirklich nett und bin froh, dass du da bist.«

Marietta genoss den sympathischen Mann neben sich und seine Wärme zu spüren, empfand sie als wohltuend.

Und er schien sie wirklich vermisst zu haben. Ihre Gedanken wanderten zu ihrem nächtlichen Erlebnis im Retreat. *Das Gefühl mit Max hat viel Ähnlichkeit mit der Erfahrung von damals. War es eine Vorahnung gewesen und hatte mit Luis nichts zu tun?* Sie war nicht sicher, schmiegte sich unaufdringlich an ihn. Die Nähe erinnerte tatsächlich an die überaus guten Gefühle in dieser so speziellen Nacht.

Max schien sich immer mehr für sie als Frau zu erwärmen, das entdeckte sie erstaunt. Er versuchte ihr doch so oft klarzumachen, dass er zu seiner Frau zurückwollte, warum flirtete er jetzt mit ihr? Sie war ein wenig verunsichert, was sie davon halten sollte. Ein paar Tage später klopfte er an ihre Zimmertüre und er fragte, ob er hereinkommen dürfe. Sie hatte es sich gerade im Bett bequem gemacht und rief erstaunt: »Ja, klar, komm rein.«

Er trat ruhig, doch entschlossenen Schrittes ein und beugte sich zu ihr hin. Sein Gesicht wirkte weich und als er näherkam, sah sie in seinen Augen eine Innigkeit, die ihr neu war. Der Rest des Zimmers lag im Halbdunkel, da nur eine Nachttischlampe brannte. Die Figuren auf dem antiken Schreibtischchen gegenüber warfen ihre Schatten an die Wand: Es waren zwei asiatische, sich anmutig bewegende, halbnackte Tänzerinnen aus Sandstein und daneben hing eine Zeichnung einer nackten Frau, die Mariettas Sternbild darstellte.

Das schöne Doppelbett hatte sie sich nach der Scheidung gekauft und es bot genügend Platz, damit sich Max bequem neben sie auf das Bett setzen konnte, als sie zur Seite rückte. Er nahm ihre Hand und fuhr wortlos mit der anderen Hand ihren Arm hinauf, blieb einen Moment bei ihrer Schulter, fühlte die Rundung und tastete mit dem Handrücken über das Kinn und weiter bis zu ihrem Gesicht. Sie schloss die Augen. Worte brauchte es nicht. Dann fuhr er mit beiden Händen zuerst über ihr Haar, anschließend über ihre Schultern und langsam und zart über ihre

Brust, sehr sanft schob er seine Hand in den Ausschnitt ihres Nachthemdes. Da war es um sie geschehen. Marietta hatte noch nie eine derart sanfte und gleichzeitig sinnliche Berührung erlebt und seufzte glücklich, hielt ganz still und gab sich dem erotisierenden Gefühl hin. Jedes Wort, jeder Gedanke wären zu viel gewesen. Sein Begehren wurde immer intensiver und er streichelte sie nun überall, bis sie sich ihm gerne hingeben wollte. Er ließ sich und ihr Zeit, so kam das Gefühl in Wellen. Es war himmlisch. Er war ein Liebhaber, wie Marietta ihn sich nur wünschen konnte, einer, der sie verstand und ahnte, was ihr gefiel. Es war für sie Genuss pur.

Am Morgen danach lag Marietta noch alleine im Bett, denn er hatte nicht bei ihr übernachtet. Sie ließ die vergangene Nacht Revue passieren. Sie konnte seinen Geruch noch auf ihrem Kissen riechen, die Berührungen seiner Hände auf ihrer Haut wahrnehmen, als hätte er wie auf einer Landkarte einen schönen Spaziergang gemacht und schon fühlte sie wieder dieses angenehme Kribbeln, das eine lächelnde Sehnsucht weckte.

Liebte sie ihn? Nein, sie mochte ihn sehr und ohne Frage wirkte seit dieser Nacht eine große erotische Anziehungskraft. Sie seufzte. Vieles ging so leicht in ihrem Zusammenleben, wenn er nicht an seine Frau dachte. Unweigerlich drängte sie sich auch in Mariettas Gedanken auf. Sie beschloss, die gemeinsamen Momente zu genießen, ohne sich etwas vorzumachen.

Der Alltag brache nun ab und an gemeinsame Nächte. Er kam zu ihr, blieb, bis sie eingeschlafen war. Auch wenn er eingedöst war, verbrachte er selten die ganze Nacht bei ihr. Vielleicht wollte er sie morgens nicht wecken, wenn er früh aufstand. Marietta nahm das so an und es störte sie nicht. Sie genoss seine Anwesenheit, seine Zärtlichkeit. Denn wenn er zärtlich war, war er wirklich ganz bei ihr und sie fühlte sich erfüllt von seiner Nähe.

Die Arbeit

Zwischenzeitlich gab sie wieder regelmäßig ihre Kurse. An einem Morgen pro Woche den Entspannungskurs und an einem Abend einen Meditationskurs. Sie bot die Kurse inzwischen im Untergeschoss ihres Hauses an, wo Sabine drei Jahre gewohnt hatte, nachdem sie aus dem gemeinsamen Mädchenzimmer ausgezogen war. Es war ein großer Raum und, obwohl untergeschossig, überhaupt nicht düster. Durch die Fenster, die Helligkeit durch einen großen Lichtschacht sandten, und die Glastür zum äußeren Treppenaufgang war es tagsüber hell genug. Im Kies vom Schacht wuchsen sogar vorwitzige Bäumchen, deren Samen scheinbar wenig Erde brauchten, und zum Licht strebten. Es hingen auch hier schöne Aquarelle und Bilder an den Wänden, eines davon mit der großen Pyramide, dann ein Rundbild, das mit viel Gold und Blau Harmonie und Kraft in den Raum ausstrahlte. Er war tagsüber für den Morgenkurs und die privaten Sitzungen geeignet und man blieb abends, wenn die Untermieter heimkamen, ungestört. Erfreulicherweise hatten sich zwei Abendkurse zu dem einen am Morgen ergeben. Ihr ging es gut und sie war sehr zufrieden, im Gegensatz zu Max.

Max war leider oft schlecht gelaunt, wegen seiner Arbeit. Da sie sich nähergekommen waren, schlichen sich auch kleine und größere Dispute in die Beziehung ein. Als er eines Abends wieder sauertöpfisch dreinschaute, sagte sie:

»Deine Unzufriedenheit macht es nicht besser, konzentrier dich doch auf das, was dir an dieser Stelle gefällt. Du hast doch nette Kollegen, die Arbeitszeit ist ideal und ich glaube, mit der Arbeit kommst du auch klar?«

»Das schon. – Du weißt ja nicht, wie das ist, wenn man für zwei schuften muss und sich dann trotzdem kaum etwas leisten kann.«

»Dann würde ich mal mit dem Chef sprechen, wenn du dich ausgenutzt fühlst. Wenn er dich als Arbeitskraft schätzt, bezahlt er dich besser.«

»Leider ist der eher knauserig, ich habe schon angefragt, ob er mir einen Teilzeitangestellten zur Seite gibt, damit ich entlastet würde. Keine Chance!«

»Oder gib deiner Frau weniger, du bist ja wirklich sehr großzügig«, warf Marietta jetzt ungeduldig werdend ein.

»Mehr als die Hälfte des Salärs geht jeden Monat für die normalen Unkosten drauf, Ferien kann ich mir auch an den Hut stecken.« Und als habe er sie nicht gehört, motzte er weiter: »Da ich nach wie vor sämtliche Kosten für meine Frau übernehme, muss sie sich nicht einschränken, ich hingegen schon. Die Miete für das Zimmer hier geht natürlich auch weg vom Ganzen.«

»Hier gibt es anscheinend auch weiteren Klärungsbedarf mit deiner Frau. Dann muss sie eben auch gewisse Bequemlichkeiten aufgeben.«

»Dann riskiere ich, dass sie mich gar nicht mehr will.«

Marietta zog die Augenbrauen hoch. *Jetzt ist er wieder voll im Lamentiermodus.* Das mochte sie gar nicht.

»Das Auto überlasse ich Agnes auch mehrheitlich. Sie muss wirklich auf nichts verzichten und lebt, als wäre ich noch zuhause ...«

»Dann ändere das und rede mit ihr über die Finanzen«, warf Marietta ein. Aber Max schien ihr gar nicht richtig zuzuhören.

»Ach, die weiß doch gar nicht, wie gut es ihr geht. Vielleicht habe ich sie zu sehr verwöhnt?«

»Das kann schon sein, man gewöhnt sich schnell an Annehmlichkeiten.« Marietta fand, er jammere nun doch auf einem ziemlich hohen Niveau und sie kam nicht umhin, zu denken, dass er sich auch ein wenig in dieser Rolle gefiel und entfernte sich kopfschüttelnd. *Den müsste man bei der Hand nehmen und sagen: 'Komm mein Junge, da musst du jetzt durch.'* Die Situation mit seiner Frau sollte ein für alle Mal geklärt werden. Er schien wie paralysiert zu sein, wenn es darum ging, konkret etwas zu unternehmen. Und für sie wurde immer klarer, dass die Chance, er könne sich ihr ganz zuwenden, nicht besonders groß war. Es ist wohl besser, ich erlaube mir keine Zukunftsvisionen mit ihm.

Nur ein Wochenende

Abgesehen davon schien Marietta eine Glückssträhne zu haben. Sie fand heraus, dass der Goldpreis massiv an Wert gewonnen hatte und verkaufte alles, was sie an Gold im Hause fand. Goldketten und –ringe, die sie nie mehr getragen hatte, Goldvreneli, die sie noch von den Eltern und Patenonkeln geschenkt bekommen hatte. Und dann hatte sie auch kürzlich bei einem Wettbewerb in einem Frauenmagazin mitgemacht und prompt ein Wochenende in einem schönen Hotel im Schwarzwald gewonnen. Am liebsten wäre sie sofort hingereist. Sie überlegte, ob sie Max mitnehmen sollte, damit er mal auf andere Gedanken kam. Und natürlich dachte sie auch an schöne, intime Stunden mit ihm.

Als sie ein paar Tage nach dem Gespräch über die Finanzen gemütlich beim Nachtessen saßen, rückte sie mit ihrem Angebot raus:»Du, ich habe ein Wochenende im Schwarzwald gewonnen. Wie wäre es, zusammen in die Berge zu fahren? Dich würde es etwas ablenken und es wäre doch schön, ein wenig zusammen auszuspannen und Zeit miteinander zu verbringen.«

»Willst du das wirklich? – Das wäre Klasse! Oh ja.«

Also buchte sie ein Wochenende und freute sich darauf. Dass sie ein gemeinsames Schlafzimmer haben würden, fand sie prickelnd. Vielleicht würde ja doch noch mehr daraus entstehen, wenn sie weg vom gewohnten Umfeld waren. Auch wenn Marietta sich eingestand, bisher keine tiefen Gefühle für ihn zu haben. Es war Sympathie, gepaart mit gutem Sex. Sie war noch nicht abgeneigt, auf Dauer dieser Beziehung eine Chance zu geben.

Glücklich begann sie zu überlegen, was sie brauchte. Etwas für sportliche Aktivitäten, für abends ein nettes Kleid und den Badeanzug. Sie las dann noch, dass das Hotel einen

Whirlpool hatte und eine Sauna. Das war eine ideale Voraussetzung, um zu entspannen.

Am Mittwoch vor dem geplanten gemeinsamen Wochenende kam Max sehr niedergeschlagen nach Hause. »Du ...« Er tat sich schwer, weiterzusprechen. »Ich kann nicht mitkommen. Meine Frau macht mir die Hölle heiß und sagt, wenn ich das tue, sei es endgültig aus zwischen uns. – Das kann ich nicht riskieren.«

Für Marietta kam das einer Ohrfeige gleich. Sie fühlte die Enttäuschung in sich hochkriechen und platze dann wütend heraus: »Mit mir zu schlafen, das passt dir, aber sobald sie pfeift oder meckert, gibst du klein bei und das, was wir haben, ist dir egal. – Ich glaub's einfach nicht!« Und nach einer kleinen Pause: »Sie hat doch alles getan, um dich zu vertreiben und jetzt will sie dir sagen, was du zu tun hast und du gehorchst wie ein Hündchen?«

Er wand sich und fühlte sich sichtlich unwohl. »Ich bin ja immer noch verheiratet und nach so vielen Jahren ist es schwierig, einen Schlussstrich zu ziehen. Ich habe ihr noch nicht gesagt, dass wir miteinander schlafen, doch vielleicht ahnt sie es. – Ich mag dich, das ist doch klar, aber was soll ich denn tun?«

»Nun, das kann ich dir auch nicht sagen, ich bin nicht euer Ehe-Therapeut.« Marietta klang härter, als sie beabsichtig hatte, aber sie war nun mal sehr enttäuscht, dass er keinen Augenblick daran gedacht hatte, was das wohl mit ihr machte. Und er, er schaute sie jetzt einfach nur treuherzig an. *Schade*, dachte sie, *schade, dass er nicht Manns genug ist, mitzukommen und seiner Frau mal klar kontra zu geben.*

Wirklich sauer konnte sie ihm nicht lange sein. Eigentlich hatte sie es ja geahnt, dass es nicht einfach werden würde. Darum versuchte sie auch nicht, ihn zu überreden, doch mitzukommen. Das musste er nun mit sich selbst ausmachen.

Alleine reisen wollte Marietta diesmal nicht, so verlockend der Schwarzwald auch sein mochte. Sie rief ihre

Freundin Evelyn an, doch die konnte leider so kurzfristig nicht mitkommen. Dann kam ihr Karin in den Sinn. Die war begeistert von der Idee und nachdem sie geklärt hatte, dass ihre Mutter nach den Buben schauen würde, sagte sie sofort zu.

7. Kapitel

Im Schwarzwald

Am Tag vor der Abfahrt begann es unverhofft zu schneien und sie hatte noch keine Winterpneus montiert. Auch das noch, dachte sie. Max, aufmerksam wie er war, merkte sofort, worum es ging und bot ihr sein Auto an. Er hole es sogleich nach der Arbeit ab. Da konnte seine Frau wirklich nichts dagegen sagen. Wenn er Marietta schon so jämmerlich sitzen lasse, könne er so vielleicht dadurch etwas gutmachen. Es täte ihm ja wirklich leid, aber er hätte sich halt entscheiden müssen und so viele Ehejahre könne er nicht einfach so in den Sand setzen.

Das Auto stand bereit, vollgetankt und er zeigte ihr, worauf sie achten musste. Das war also auch geklärt und Marietta packte beruhigt ihren Koffer. Am Freitagnachmittag holte sie Karin in St. Gallen ab. Diese wartete schon startbereit, als Marietta klingelte. Nach kurzer Begrüßung und Umarmung ging es los. Je näher sie dem Ziel kamen, desto heftiger schneite es. Für Marietta war es eine Herausforderung, mit einem fremden Auto in der Dämmerung auf fremden Straßen zu fahren. Sie biss die Zähne zusammen und hoffte, dass sie nicht noch Schneeketten montieren musste. Kurz vor Einbruch der Dunkelheit erreichten sie Todtmoos und das Hotel, das leicht zu finden war dank guter Beleuchtung. Es war ein rustikales, romantisches Fachwerkhaus – typisch für den Schwarzwald. Aufatmend parkte Marietta vor der Einfahrt und als Karin aussteigen wollte, eilte ein Hotelangestellter hinzu und öffnete ihr die Autotüre:

»Willkommen bei uns.« Als auch Marietta ausgestiegen war, fragte er, ob er das Gepäck schon herausnehmen dürfe und sie nickte freundlich. Drinnen schauten sie und Karin sich um. Im Eingangsbereich luden kleine Sitzgruppen zum

Verweilen ein und die Empfangsdame lächelte ihnen so freundlich entgegen, als habe sie die beiden schon erwartet.

»Guten Abend, die Damen. Sie sind bestimmt die Gäste aus der Schweiz? Herzlich willkommen. Ein grausliches Wetter haben's da mitgebracht.«

»Wir haben es gerade noch ohne Schneeketten geschafft und sind froh, hier zu sein. Wirklich gemütlich sieht es bei Ihnen aus.«

»Ich brauche nur kurz Ihre Ausweise, hier sind Ihre Zimmerkarten, die Zimmernummer finden Sie separat auf Ihrer Gästekarte. Ihr Gepäck steht schon auf dem Gepäcktrolley neben dem Aufzug. Ach ja, noch etwas: Wenn Sie das Auto in der Garage parken wollen, können Sie die Nummer 11 nehmen, die Kosten gehen aufs Haus.«

Marietta bedankte sich. »Bin ich froh, dass ich den Wagen dann morgen nicht ausbuddeln muss. Ich geh gleich umparken.«

»Nachdem Sie sich im Zimmer eingerichtet haben, laden wir Sie gerne zu einem Aperitif in der Bar ein. Mit diesem Gutschein erhalten Sie einen Drink, auf Wunsch mit oder ohne Alkohol. Außerdem empfehlen wir unser schönes Hallenbad mit Sauna, es ist bis 22 Uhr offen. Wenn Sie Hilfe brauchten, rufen Sie mich einfach über intern 012 an.«

Nachdem sie die Schlüsselkarten ans sich genommen hatten, ging Marietta umparken, Karin fuhren per Aufzug schon mal Richtung Zimmer. Im 4. Stock, direkt unterm Dach, hatten sie ein behagliches Dachzimmer mit Balkon. Nachdem auch Marietta eingetreten war und sich beide umgeschaut hatten, lächelten sie sich zufrieden an. Hier würden sie sich wohl fühlen. Auf einem kleinen Tischchen standen zwei Flaschen Mineralwasser und Früchte, zusammen mit einem hübschen Kärtchen als Willkommensgruß. Als die wenigen Sachen ausgepackt waren, machten sie sich etwas zurecht. Marietta ging noch einmal ins Bad. Ein letzter Blick in den Spiegel und frau war bereit für die Bar. Karin hatte inzwischen die Hotel-Infokarte studiert. Als Marietta ins Zimmer zurückkam, stand sie aber sofort auf.

»Den Aperitif haben wir uns verdient nach dieser Fahrt, besonders du, gell, Marietta?«

»Ja, das sehe ich auch so und wir können auf ein schönes Wochenende anstoßen.«

»Ich denke, ich schreib doch noch schnell Max eine SMS, dass wir mit seinem Auto gut angekommen sind, trotz Schneefall. Das muss sein, aber sonst wird er nichts mehr von mir lesen oder hören.« Gesagt, getan und bald saßen sie auf den schicken roten Barhockern aus Leder mit goldenen Nieten und einer halbrunden Lehne an der Sunshine Bar. Der Barmann, ein fescher junger Mann, nahm die Gutscheine entgegen und schon bald hatten beide einen Prosecco in der Hand.

Glücklich seufzend lehnte sich Marietta zurück. Karin holte den Prospekt aus der Tasche, den sie vom Zimmer mitgenommen hatte. Er enthielt die diversen Angebote des Hotels: »Schau mal, all das können wir hier machen: Massagen, Kosmetik, Sauna. Dann auch einen privaten Langlaufkurs, Schneeschuh-Wanderung, Vortrag über die Sehenswürdigkeiten, Führung in St. Blasien.« Beide beugten sich über den Prospekt und entschieden sich für den Langlaufkurs am nächsten Tag, falls die Loipen präpariert waren, und am Sonntag für eine Besichtigung in der Gegend.

Hungrig begaben sich die Frauen in den Speisesaal. Auch hier sorgten die Holzelemente an der Decke für eine warme Atmosphäre. Die Tischtücher in Senffarbe gaben dem Raum einen freundlichen Anstrich.

Während des Essens sprachen sie nicht viel, sondern genossen es, bedient zu werden. Es schmeckte ausgezeichnet. Beide hatten Fisch gewählt: Salm an einer Dill-Sahnesauce, Nudeln und eine kleine Gemüseplatte. Die Nachspeise konnten sie sich an einem Buffet holen, wobei es gar nicht so einfach war, sich zu entscheiden. Da sie vom Nachtessen schon gut gesättigt war, entschied sich Marietta nur für ein kleines Fruchttörtchen und ein Mandarinensorbet, Karin wählte eine kleine Portion Eis mit Schokosauce.

Anschließend saßen sie noch eine Weile mit einem letzten Glas Wein am Tisch und Karin regte sich nun doch auf, dass Max Marietta einfach so hatte sitzen lassen: »Der weiß wirklich nicht, was er will.« und nach einer Weile: »Aber böse kann ich ihm nicht sein, da ich ja an seiner Stelle hier sein darf.«

»Weißt du, ich habe mich schon lange wieder beruhigt. Vermutlich ist es besser so, sonst schlittere ich in etwas hinein, das mir am Ende dann doch nicht guttut.«

Marietta hatte keine Lust mehr, weiter über Max zu reden und wechselte das Thema.

Luis

»Hast du eigentlich noch etwas von den Leuten aus dem Retreat gehört? Es ist fast genau ein Jahr her.«

»Stimmt. Nein. Seither nicht mehr, aber ich habe mich ab und zu gefragt, wie es Luis wohl geht.«

»Warum Luis? Was ist mit ihm?«

»Du hast mich doch damals zum Bahnhof gefahren. Luis stand plötzlich auch auf dem Bahnsteig. Also sind wir zusammen bis nach St. Gallen gefahren. Wir haben zuerst über dieses und jenes gesprochen und dann war ich doch neugierig und fragte nach, ob er von dem Kurs genügend für sich profitieren konnte. Er meinte dann, das Retreat sei ja gut gewesen, doch wie lange das zuhause in der leeren Wohnung nachwirke, wisse er nicht.«

»Hat er dir denn sonst noch erzählt, was genau mit ihm los ist?«

»Ja, ich sagte ihm, es sei schon seltsam, dass er so ein Geheimnis daraus gemacht habe, dass er von seiner Frau verlassen wurde. Das passiere doch alle Tage. Doch dann hat er mir erzählt, seine Frau sei unverhofft gestorben und er versuche, sein Leben nun ohne sie neu zu gestalten. Sie habe schwere Depressionen gehabt und die Ehe wurde immer schwieriger, sodass er sich nur noch als Zuschauer fühlte und nicht mehr an sie herankam.«

Marietta konnte das gut nachvollziehen: »Und dann?«

»Erst wollte er nicht weiterreden, doch als ich nachfragte, warum er es sich so schwermache, erzählte er mir, dass sie Selbstmord begangen hätte, als er nichtsahnend zuhause saß. Er habe sich ständig den Kopf zermartert, ob er etwas hätte ändern können. Sie hatte ihm nur gesagt, sie wolle einen langen Spaziergang machen, und als er mitgehen wollte, küsste sie ihn und sagte, sie wolle alleine sein, wie so oft vorher. Dass sie sich dann von einer Brücke stürzen würde, hatte niemand ahnen können. Als sie nach zwei Stunden nicht zurück war und er sie auch bei Freunden nicht erreichte, ahnte er Schlimmes, was ihm eine schlaflose Nacht bescherte. Als man am nächsten Tag die Leiche am Ufer des Flusses fand, war er nicht einmal erstaunt und doch gleichzeitig entsetzt, dass sie so sang- und klanglos aus seinem Leben verschwunden war.«

»Oh, das ist heftig!« Marietta war vor Aufregung, mit beiden Händen auf den Sitz aufgestützt, ganz nach vorn auf ihren Stuhl gerutscht. »Aber jetzt verstehe ich sein Verhalten schon viel besser.«

Er sei fast durchgedreht vor Schuldgefühlen, fuhr Karin fort. Und er habe ihre Anwesenheit unglaublich stark vermisst, die er vorher manchmal als lästig empfunden hatte. Obwohl sie oft nicht ansprechbar gewesen war, sei sie halt doch noch irgendwie da gewesen, wenngleich sie sich schon lange in ihre Welt zurückgezogen hatte. Vielleicht, so fand er nachträglich, hätte er, sobald ihm das klar wurde, dass auch er Hilfe brauchte, in eine Selbsthilfegruppe gehen sollen, um besser damit umgehen zu können. Stattdessen verkroch er sich in seine Arbeit und machte oft Überstunden.

»Aber danach hat Luis sich doch Hilfe bei einem Psychologen geholt?«

Karin lächelte: »Das weißt du noch? Ja, ein Psychologe half ihm, den Kreislauf der Schuldfrage zu durchbrechen und er hatte ihm Bücher zum Thema geliehen.«

»Aber so richtig war er im Retreat damit noch nicht durch«, warf Marietta ein.

»Das stimmt, aber vorher konnte er sich zumindest gedanklich damit auseinandersetzen.«

Karin hielt kurz inne, bevor sie weitersprach: »Es fiel ihm schwer, darüber zu sprechen, das merkte ich, aber da er schon mal angefangen hatte, erklärte er mir, was er gelernt hatte.«

»Das würde mich jetzt auch interessieren.«

»Aus den Büchern ginge hervor, dass Selbstmord manchmal für Betroffene die einzige Lösung darstelle. Wenn es ihnen wirklich ernst damit ist, würden sie mit niemandem darüber reden. Das sei fast immer so, darum würden die Angehörigen es selten vorher bemerken. Meistens schotten sich die Betroffenen mehr und mehr ab und geben immer weniger preis von sich und genau das hat Luis' Frau ja getan. Niemand könne es verhindern.«

»Und hat ihm das etwas geholfen?«

»Natürlich nur bedingt. Immerhin durfte er feststellen, dass es anderen auch so gehe. Er erwähnte dann noch, er sei froh, dass sie keine Kinder hätten. Mit dieser Retreatwoche wollte er seine Gedanken in eine andere Richtung lenken und so hoffte er, zur Ruhe zu kommen.«

»Da hat er dir aber plötzlich ganz schön viel auf einmal erzählt«, meinte Marietta und fuhr nachdenklich fort: »Vielleicht brauchte er das und du bist ja eine aufmerksame Zuhörerin.«

Marietta verstand nun, warum Luis so still und fast distanziert gewesen war und vor allem ihre Nähe nach dem Erlebnis im Wald gemieden hatte.

»Weißt du, wie lange der Selbstmord her ist?«.

»Vor dem Retreat war es, glaube ich mich zu erinnern, ein halbes Jahr her, also muss es jetzt eineinhalb Jahre her sein.« Marietta wusste aus ihren Schulungen, dass Trauer in verschiedenen Phasen abläuft und dass sich nach einem Jahr etwas abrundet und man loslassen kann, wenn man daran arbeitet.

»Es war also klug, sich aus dem gewohnten Leben für eine Weile zu entfernen.«

Karin nickte:»Ja, ich habe ihn nach unserem Gespräch jedenfalls besser verstanden und ihm für sein Vertrauen gedankt. Danach haben wir nicht mehr viel gesprochen und seither habe ich nichts mehr von ihm gehört. Er scheint dich zu interessieren?«

»Ja, wir hatten einen kurzen Moment lang ein sehr schönes gemeinsames Erlebnis während eines Spaziergangs, als ich mich mit einem Baum verband und er das ganz still betrachtete. Nichts offensichtlich Spektakuläres, aber mich hat seine damalige Achtsamkeit berührt. Das war's dann auch schon. Ich muss immer wieder mal an ihn denken.«

»Oh, das klingt interessant. Dann melde dich doch bei ihm.«

»Ich denke, das käme ganz seltsam an. Mit welcher Begründung denn? Nein, ich versuche ihn zu vergessen.«

Ein bisschen Sport
Während der Nacht hatte es aufgehört zu schneien und am Morgen schien die Landschaft wie reingewaschen, alles war schneeweiß und in der Ferne ratterte ein Schneepflug. Die Bäume waren von oben bis unten verzuckert und auf ihrem Balkon lagen bestimmt 15 cm Schnee. Marietta öffnete das Fenster und atmete die frische Luft tief ein. Sie tapste mit nackten Füssen raus in den Schnee, das war doch gut für die Durchblutung. Sie beugte sich übers Geländer, um herunter zu schauen. Unten sah man Autos, die nur noch aus Schneehügeln bestanden, zum Glück war ihres, beziehungsweise Max' Auto in der Garage. Der Concierge hatte

den Eingang schon freigeschaufelt, aber überall rundum war die reinste Schneeidylle. Die kommenden zwei Tage sollten dem Vergnügen dienen. Jetzt war Genießen angesagt. Und das hatte Marietta vor. Sie ging schnell wieder hinein, es wurde doch langsam kalt an den Füßen.

Karin kam soeben mit noch nassen Haaren und rosigen Wangen in den Hotelbademantel gewickelt zurück und schwärmte vom Hallenbad. Sie hatte sich besprudeln lassen und ihre Muskeln dabei wunderbar entspannt.

»Ich bin so relaxed, dass es mir fast schwerfällt, mir vorzustellen, dass ich nachher auf wackligen Langlaufskiern stehen werde. Ich könnte mich gleich wieder hinlegen.«

»Ach was, nach dem Frühstück hast du wieder Power. Jetzt wird nicht gekniffen.«

Leise, aber nicht ernsthaft murrend zog sie sich an. Als sie dann aber das vielfältige Frühstücksbuffet sahen, hellte sich auch Karins Miene auf. Als sich beide bedient hatten, stellten sie fest, dass noch andere einzelne Frauen und einige Paare um sie herum saßen. »Ob die auch diesen Wettbewerb gewonnen haben?«, fragte Karin leise.

Marietta schüttelte den Kopf: »Das wäre wohl eine ziemlich teure Werbekampagne. Uns kann es ja egal sein. Wir haben es gut getroffen.«

Nach dem Frühstück, warm und doch nicht zu warm angezogen – denn Beweglichkeit war das A und O – suchten sie den Skiraum auf. Sie mussten nicht einmal aus dem Haus heraus, sondern lediglich ins Untergeschoss, direkt neben die Garage gehen. Dort wartete auch schon Anton, der Langlauftrainer, ein sympathischer Mann.

»Grüß Gott die Damen, na, fit for a Run?« Nachdem er sie gründlich gemustert und dabei festgestellt hatte, dass er da wohl keine ambitionierten Fitness-Tussis vor sich hatte, sagte er: »Keine Sorge, wir fangen gemächlich an. Erst suchen wir mal die passende Ausrüstung für euch, also Schuhe und Skier, dafür muss ich ungefähr euer Gewicht kennen.«

Karin fragte:»Kommt noch jemand?« Sie hoffte, dass niemand Fremdes ihre bestimmt kläglichen ersten Versuche mit ansehen würde.

»Nein, das Wetter war wohl gestern zu schlecht und heute liegt noch zu viel frischer Schnee für viele.«

Also erhielten sie eine Privatlektion. Nachdem beide ihr Gewicht etwas zögernd genannt hatten – welche Frau gibt schon gern ihr Gewicht preis und dann noch einem attraktiven, jüngeren Mann –, suchte er Schuhe, Skier und die entsprechenden Bindungen und stellte alles aufeinander ein. Jetzt konnte es losgehen. Ein wenig wackelig war das dann schon, wenn man an richtig straffe Skibindungen und feste Skischuhe gewohnt war. Langsam versuchten sie sich schon mal mit ein paar Laufbewegungen geradeaus, bis sie zu dem Platz kamen, wo die Loipe begann. Beide erhielten dann vor Ort Instruktionen über die optimale Haltung, Koordination der Arm- und Fußbewegung. Zum Aufwärmen machten sie ein paar lockernde Hüpf- und Armschwungübungen, dann Körperbewegungen: Oberkörper drehen, linke Hand Richtung rechtes Knie, dann linker Ellbogen zur gegenüberliegenden Hüfte, so zum Angewöhnen.

Er wiederholte:»Immer schön wechselseitig, eine Hand nach vorn, dann geht der gegenüberliegende Fuß nach vorn. Nur beim Start, wenn es bergauf geht, oder die Skier parallel bleiben, sollte man mit beiden Stöcken gleichzeitig anschieben, man nennt das Doppelstockschub.«

Vor allem sollten sie immer in der Spur bleiben, dann passiere am wenigsten. Die Loipe war zuerst schön flach und führte in einem großen Bogen um einen Hügel in ein malerisches Wäldchen. Es war kalt genug, dass der Schnee auf den Ästen hielt und ihnen nicht auf Kopf oder Schneebrille herunter tropfte. Wieder auf dem freien Feld, das den Blick in die Weite ermöglichte, erspähten sie noch andere Läufer, die jedoch schnell wieder verschwanden. Konzentriert liefen die drei hintereinander her. Arm vor, Stockeinsatz, anderer Ski vor und wieder wechseln. Das wärmte

113

ganz schön auf. Nach einer halben Stunde machten sie eine Pause. Sowohl Karin als auch Marietta waren ein wenig außer Atem. Trotz großer Konzentration auf die Bewegung blieb Zeit, sich an der Landschaft zu freuen und Anton, *heißen eigentlich alle Skilehrer Toni?*, also Toni, wie sie ihn nennen durften, machte ihnen beim ersten Halt ein Kompliment für ihre Kondition und fragte, ob sie nicht doch schon einmal Langlaufen waren, so gut wie sie sich machten.

»Nein«, Marietta schüttelte den Kopf. »Wir sind noch nie Langlaufen gegangen, aber bei so einem guten Lehrer ...«

Natürlich schluckte er das Kompliment wie einen guten Drink, das sahen sie. Marietta fand das gar nicht so schwierig. Unsportlich waren sie schließlich beide nicht. Aber mal abwarten, vielleicht gab es noch eine Steigerung der Schwierigkeiten. Sie machten sich wieder auf den Weg, als Anton rief: »Achtung, da vorne geht's einen Hügel runter, also einfach Skier laufen lassen, nicht abbremsen und in der Spur bleiben!«

Das wurde schon ein wenig brenzliger, weil die Bindung an der Ferse nicht fixiert war wie beim Abfahrtsski. Marietta biss die Zähne zusammen, die Augen durfte sie ja nicht schließen, sie musste sich auf die Spur konzentrieren. Immerhin, wenn ich hinfalle, ist da genug Neuschnee, beruhigte sie sich.

Nach einer nicht wirklich steilen Abfahrt wurde es endlich wieder flach und dann ging es wieder leicht bergauf. Oben angekommen, konnten sie beide aufatmen. Geschafft! Karin folgte ihr tapfer. Noch einmal machten sie dieselbe Runde und dann war schon fast Mittag. Eineinhalb Stunden auf diesen schmalen Brettern war für den Anfang gerade richtig gewesen. Sie stellten die Skier zurück, klopften die Schuhe ab, verabschiedeten sich von Anton. Marietta machte einen Versuch, ihn zu einem Bier oder Umtrunk einzuladen. Er winkte ab: »Ich muss in einer Stunde Pistenfahrzeug fahren, es reicht für ein schnelles Mittagessen, mehr nicht. Aber danke.«

Die beiden Frauen gingen schnurstracks in die Bar, denn jetzt musste vor dem Essen noch ein Durstlöscher her. Nachdem sie sich auf die Stühle hatten plumpsen lassen, bestellte Marietta ein Radler, Karin eine Schorle.

»Na, wir waren doch richtig gut für den Anfang«, kicherte Karin und Marietta ergänzte: »Ins Schwitzen kann man doch ganz schön kommen, aber trotzdem fühle ich mich noch zu jung fürs Langlaufen. Das ist ja eher Skiwandern als -fahren. Lieber richtig auf die Pisten und ein bisschen mehr Tempo.«

Karin stimmte zu: »Du hast recht, es macht mehr Spaß, in der Höhe Ski zu fahren und eine atemberaubende Weitsicht zu genießen. Immerhin wissen wir jetzt, wie es geht.«

Nachdem Marietta ausgetrunken hatte, stand sie auf: »Weißt du was, ich gehe eine Runde schwimmen, das wird mir jetzt guttun.«

»Gut, ich geh duschen und wir sehen uns danach. Schau, dort steht schon ein großer Kupfertopf mit einer Suppe und die bauen hier ein kleines Mittagsbuffet auf. Wir treffen uns am besten wieder hier.«

Es ist schon ideal mit Karin, jede ist frei, das zu tun, was sie möchte und doch kommt man immer wieder zusammen. Marietta war fast ein wenig froh, dass Max zuhause geblieben war. Es war so viel unkomplizierter.

115

8. Kapitel

Dorfrundgang
Nach einer kurzen Mittagspause spazierten sie – warm eingepackt –, denn es hatte wieder zu schneien begonnen, ins Dorf auf Erkundungstour. Es ging vorbei an einigen Schaufenstern, die Touristen anlocken wollten. Da gab es von idealer Skibekleidung über spezielle Aktionen der Damenmode bis hin zu Spezialitätenläden, Schönheitssalons alles, was das Herz begehrte. In einer Metzgerei wurden sie fündig, denn sie wollten typische Spezialitäten kaufen, also unbedingt Schwarzwälder Schinken und die Beeren- und Kirschmarmelade in den hübsch verzierten Gläsern war ja auch ein schönes Mitbringsel. Ein bisschen aufgewärmt stapften sie weiter. Marietta entdeckte eine Schnapsbrennerei.

»Was hältst du davon, sollen wir mal rein und ein paar probieren?« Karin zog Marietta Richtung Tür.

»Meinst du nicht, es wäre besser, wir gingen zuerst noch einmal etwas essen, damit wir den Alkohol besser vertragen. Es ist immerhin schon über drei Stunden her seit dem Mittagessen. Ein Stück Kuchen wäre doch nicht schlecht, oder?«, schlug Marietta vor.

»Einverstanden. Da vorne sehe ich ein Café und ich würde behaupten, das wäre jetzt genau das Richtige.«

Und schon steuerten beide auf ein Schaufenster zu, das überquoll vor Kuchenangeboten. Das Lokal war gut besucht, was bestimmt für die Qualität der Kuchen sprach, aber sie fanden noch eine gemütliche Ecke, um sich niederzulassen. Nachdem sie sich endlich entschieden hatten, was sie wählen sollten, schlemmten sie, was das Zeug hielt. Es schmeckte wirklich köstlich.

»Schließlich haben wir heute Morgen ordentlich Kalorien verbrannt, also genießen wir das«, ermunterte sich Marietta selbst ob all dessen, was sie gerade verputzten. Gesättigt ging es nun in die Schaubrennerei. Auf verschiedenen Tischen standen schön sortiert die verschiedenen Fruchtbrände. Da waren Edelbrände, Liköre, preiswertere Schnäpse, es gab eine große Auswahl an Kirsch-, Pflaumen-, Waldbeeren-, Kräuter- und Verdauungsschnäpsen und anderes mehr. Ein Mitarbeiter begrüßte sie freundlich, und da sich noch andere Leute zu ihnen gesellt hatten, erklärte er der Gruppe die verschiedenen Destilleriegeräte. Unter anderem zeigte er ihnen wunderschöne antike Kupferbehälter neben dem Verkostungsraum. Ein paar Stufen weiter unten konnten sie die für die Großproduktion vorgesehenen, silbern glänzenden Stahlmonster begutachten, an denen sich komplizierte Hebel und Messstationen befanden. Das sah richtiggehend futuristisch und klinisch kalt aus. Richtig anheimelnd wirkten da die altmodischen großen Holzfässer, in welchen verschiedene hochwertige Destillate reiften. Der Mann wies auf diese hin und erklärte:»Nur noch ein spezieller Hausbrand wird mit dem alten System hergestellt. Einerseits ist er der Stolz der Brennerei und sein Preis ist dementsprechend höher, auch weil das Reinigen der Fässer viel aufwendiger ist.«

Marietta, die schon immer gerne einen guten Grappa zum Kaffee oder ein Verdauungsschnäpschen getrunken hatte, fragte nach, wie denn so etwas vor sich ginge.

»Großen Wert legen wir darauf, dass Rohstoffe wie Korn und Früchte überwiegend aus der Region kommen. Zuerst wird die Maische aus Getreide oder Früchten hergestellt, die innerhalb von 72 Stunden zu Alkohol vergärt. In der darauffolgenden Phase der Destillation wird der Rohalkohol von der Maische getrennt und es entsteht das Rohdestillat, das wir weiterverarbeiten. Größere Brennereien beliefern damit auch die Pharmaindustrie.« Marietta hatte sich noch nie überlegt, woher der Alkohol in den diversen Medizinal-Tropfen kam.

»Jetzt kann ich mir endlich etwas darunter vorstellen, auch, wie die Basis gewisser flüssiger Medikamente hergestellt wird.«

Der Mann lachte: »Gut, aber wir wollen ja hier nicht von Krankheit und Medizin, sondern etwas vom Genuss vermitteln, also kommen Sie bitte alle wieder einen Stock höher.«

Nach dieser beeindruckenden Einführung durften die diversen Brände und Schnäpse verkostet werden. Zielstrebig wählte Marietta Erdbeer-, Himbeer- und Marillenschnaps und erhielt von jedem ein Schlückchen, die in winzigen Gläsern angeboten wurden.

Der Mann sagte: »Normalerweise mögen Frauen eher Liköre, versuchen sie doch diesen noch.«

Und definitiv wusste sie, dass sie lieber den klaren Himbeergeist mochte, den Himbeerlikör fand sie zu süß. Karin wählte verschiedene Birnen- und Pflaumenschnäpse und ließ sich weiter beraten, bevor sie sich entschied. Für Max kaufte Marietta ein Fläschchen Marillenschnaps. Eine große Flasche Schwarzwälder Kirsch musste auf jeden Fall mit für die Käsefondues im Winter.

Die Zeit war wie im Flug vergangen und gut gelaunt verabschiedeten sich die beiden und kehrten diesmal mit Wangen, die nicht von der Kälte, sondern vom Degustieren gerötet waren, ins Hotel zurück. Erschöpft ließen sie sich aufs Bett fallen und dösten ein. Als es Zeit für das Nachtessen wurde, richteten sie sich ein wenig her und trafen im Restaurant wieder auf gut besetzte Tische. Es schien, als besuchten am Samstagabend auch viele Einheimische das Lokal. Das Menü war auch für Hotelgäste mehrgängig und das Schlemmen konnte beginnen. Nach einem Absacker in der Bar fanden beide, dass es ein erfolgreicher, sehr schöner Tag gewesen war. Karin rief noch kurz zuhause an, um zu erzählen, wie toll es hier war. Marietta hatte nicht die geringste Lust, irgendwen anzurufen. Dieses Wochenende gehörte ihr.

St. Blasien

Am Sonntagmorgen entschlossen sich die beiden, nach St. Blasien zu fahren. Gepackt und ausgecheckt war schnell. Außer dem Langlaufkurs, den Getränken und etwas Trinkgeld für alle war nichts weiter zu bezahlen. Dafür bat man sie, einen Fragebogen auszufüllen, wie ihnen das Hotel und der Aufenthalt gefallen hatte. Sie könnten den auch zuhause ausfüllen und im beigelegten und frankierten Umschlag zurücksenden. Nachdem sie die Papiere verstaut hatten, konnte es nach einer freundlichen Verabschiedung losgehen. Eine gute Beurteilung würde das Hotel schon von ihnen kriegen aber nicht jetzt.

Schon die Fahrt in der märchenhaften Landschaft war ein Traum und die verschneiten Bäume glitzerten um die Wette in der Sonne. Wegen des Schnees mussten sie vorsichtig fahren. Zum Glück bewährte sich das Auto von Max und sicher gelangten sie nach St. Blasien. Sie hielten auf einem großen Parkplatz an, von dem aus man bereits die herrliche Domkuppel sehen konnte. Es sei die drittgrößte Kuppelkirche Europas und dem Petersdom in Rom nachgebaut, hatten sie im Führer gelesen. Sie begaben sich Richtung Kirche. Da der morgendliche Gottesdienst vorbei war, gelangten sie ungehindert in den großen Innenraum. Schon die weiße Landschaft hatte ihnen ein Gefühl von Reinheit vermittelt und nun das: Drinnen übertraf dieser Raum alles bisher Gesehene. Die Wände und die Kuppel waren aus schneeweißem Marmor, dazu ein weißer Boden, durchbrochen durch schmale, kontrastierende Plattenlinien in tiefem Schwarz. Der Altar war ebenfalls schwarz, ansonsten war alles aus reinem Weiß, auch die Bänke. Beide setzten sich überwältigt hin. Plötzlich ertönten Orgelklänge. Die Verzückung der beiden war auf einem Höhepunkt angelangt. Sie erhielten ein Privatkonzert und freuten sich sehr darüber.

Klangkörper und menschlicher Körper verschmolzen, der Atem wurde ruhig und ein tiefer Friede senkte sich über beide.

Karin saß ebenso ergriffen wie Marietta ganz still da. Wie lange es gedauert hatte, wussten sie nicht. Nachdem der Organist geendet hatte, hörte man das Knarren von Holzstiegen und eine Türe zuknallen und dann waren sie alleine. Die Stille wurde so greifbar, als könnte man sie mit den Händen fassen und fühlen. Eine Stille, die nur durch ein sanftes Rauschen in den Ohren begleitet wurde, als würden die Härchen noch von den Orgelklängen nachschwingen.

Irgendwann stimmte Marietta ein tiefes, leises AUM an. Ein langgezogenes weiches A, das zu einem O, dann zum U wurde und in einem summenden M endete. Karin stimmte ein und eine gute Weile füllten sie den Raum mit diesem heiligen Klang, der bei den Indern als Urton, aus dem die Welt erschaffen wurde, gilt. Die Wände gaben einen tiefen Klang, ein Raunen zurück, als hätten sie nur darauf gewartet, mit ihnen zu kommunizieren.

Was für ein grandioses Erlebnis! Was spielte es für eine Rolle, welcher Religion man angehörte, wenn man diesen Frieden genießen konnte? Es brauchte keine Worte. Es war, als ob die Blutzellen vibrierten. Und alles Unnötige im Leben schien aussortiert und verwandelt zu sein.

Fast eine Stunde war vergangen, seit sie den Dom betreten hatten. Draußen bewarfen sich Kinder mit Schnee, Menschen lachten, tummelten sich vor den Geschäften. Das Leben pulsierte in diesem Ort, der so viele Touristen anzog, und das holte auch die beiden Frauen wieder zurück ins Hier und Jetzt.

Marietta und Karin waren nach einem kleinen Bummel durch einige Gassen nach wie vor in Hochstimmung und das Erlebnis hatte sie hungrig gemacht. Bald saßen sie vor einer dampfenden Suppe mit herrlichem Schwarzwälder Brot aus Sauerteig. Als Hauptgang wurde in diesem Gasthof ein Sonntagsbraten mit buntem Gemüse und Knödeln serviert. Nach einem Kaffee stand Marietta und Karin der Sinn nach Natur und sie waren sich sofort einig, zu den Menzenschwander Wasserfällen zu fahren. Es war nicht weit bis dahin und obwohl diese teilweise gefroren waren, bildete das Eis immer wieder Löcher, durch die das Wasser noch herausfließen konnte. Das war Natur pur! Sehr schön war der Weg, der mal hoch und wieder runter entlang des Baches führte. Der Schnee schluckte ihre Schritte und der Wasserfall gurgelte mal laut, mal leise unter großen Eiszapfen. Wahrlich eine Märchenwelt und was für ein Abschluss für dieses vielseitige Wochenende.

Dann wurde es langsam Zeit für die Rückreise, denn sie wollten vor dem Eindunkeln zuhause sein.

Wieder daheim
Auch dieses Mal verlief die Fahrt reibungslos und im Nu waren sie wieder in der Schweiz. In St. Gallen angekommen, wollte Karin Marietta noch zu sich einladen. »Magst du noch einen Tee oder zieht es dich heim?«

Diese winkte ab: »Gerne ein andermal.«

Karin umarmte ihre Freundin herzlich: »Tausend Dank für dieses schöne Wochenende, du Liebe.«

»Es war mir eine Freude, Karin. Wir hatten es richtig gut miteinander. Grüße deine Mama und deinen Mann von mir.« Ein letztes Winken und weg war sie.

Nach diesen wunderbaren und harmonischen Tagen mit Karin war Marietta sogar froh, dass der sich selbstbemitleidende Max zuhause geblieben war.

Sie sollte recht behalten. Nichts hatte sich verändert, nicht nur bei ihrer Abreise war er ein Häufchen Elend gewesen, es war bei der Ankunft immer noch geknickt. Sie erfuhr nun, dass seine Agnes nicht besänftigt war, obwohl er die Reise abgesagt hatte.

Sie hatte ihn gar nicht sehen wollen und deshalb schien er froh zu sein, dass Marietta wieder da war und umarmte sie zaghaft.

»Es ist schön, dass du wieder da bist. Ich hoffe, du hattest eine gute Zeit?«

»Oh ja, es war wunderbar und ich habe sogar ein bisschen Langlaufen gelernt.«

»Ich habe versucht, mich hier ein wenig nützlich zu machen.«

In der Zwischenzeit hatte er die Winterbereifung von Marietta montiert, den Kühlschrank herausgeputzt und alles war schön aufgeräumt.

»Irgendwie musste ich mich ja beschäftigen und so war ich wenigstens nützlich.«

»Oh, ich sehe schon, ich sollte öfter verreisen«, versuchte Marietta zu scherzen. »Karin und ich haben es sehr genossen, auch wenn es kurz war. Wir haben so viel erlebt, sodass es mir länger vorkam.« Als sie ihm den Schnaps überreichte, umarmte er sie nochmals ganz fest und das fühlte sich gut an.

Sie packte ihre Sachen aus und gemeinsam aßen sie ein kleines kaltes Nachtessen mit dem Schwarzwälder Schinken. Sie erzählte, was sie erlebt hatte und er hörte aufmerksam zu. Als sie später auf dem Sofa als Schlummertrunk den neuen Schnaps probierten, saß sie angelehnt an einem Ende, die Beine entspannt angewinkelt, er am anderen. Darum zog er ihre Füße zu sich heran und begann, sie zu massieren. Es war eine Überraschung, wie einfühlsam er auch das konnte. Dieser Mann hatte wirklich einige Qualitäten.

Schade, dass er es vermasselt hat, bedauerte sie in Gedanken. Nach einer Weile entzog sie sich ihm und sagte gute Nacht.

Als Klingemann wie immer tief in der Nacht vom Sonntag heimkam, hörte sie ihn vorfahren, die Haustüre schließen und dann war wieder Ruhe. Laut Max hatte er keine Ahnung, was zwischen ihr und ihm abgelaufen war, so wie er auch sonst null Interesse am Geschehen im Haus zeigte. Höflich war er, wenn sie ihn ganz konkret auf etwas ansprach. Sie musste das meistens schriftlich machen, weil sie sich nie sahen.

Am nächsten Tag ging sie bei ihrer Nachbarin vorbei, welche die Katzen hätte füttern sollen. Da sie Rose in der Kürze der Zeit nicht darüber orientiert hatte, dass Max im Hause war, kam diese am Samstagmorgen vorbei und traf Max beim Frühstück an. Gemeinsam hatten sie Kaffee getrunken und er hatte ihr sein ganzes Leid geklagt.

»Ist der immer so? Du meine Güte, wie hältst du das nur aus?«

»Er hat viele liebenswerte und hilfsbereite Seiten, die ich zu schätzen weiß. Und die Situation ist ja für ihn wirklich neu und bedrückend. Aber es stimmt. Unter uns gesagt: Er ist leider ein Jammerlappen.«

Marietta erzählte kurz von ihrem schönen Wochenende und verabschiedete sich bald wieder von ihrer Nachbarin.

Der Winter nahte in Riesenschritten und es war eine gute Zeit für gemütliche Abende vor dem Kamin. Die Landschaft war nun auch hier verschneit, der Blick nach draußen wirkte beruhigend.

Das Schneeschaufeln tat Max gut und die Abende bei gemeinsamen Nachtessen waren noch gemütlicher als vorher. Er schien sich endlich ein wenig gefasst zu haben und begann wieder, mit seinen Freunden auszugehen und ganz langsam kehrte eine gewisse Normalität und Lebenslust zurück.

Marietta hatte sich Gedanken darüber gemacht, was sie denn von Max wirklich wollte. Die körperliche Nähe zu ihm war schön gewesen, doch sein Verhalten zeigte zu eindeutig, dass sie nur eine Notlösung darstellte, die für ihn doch recht praktisch war, und das wollte sie auf Dauer nicht sein. Sie ließ ihn nicht mehr näher an sich heran und er hatte schnell verstanden, dass sie kein Interesse mehr an Sex mit ihm hatte.

9. Kapitel

Weihnachten/Neujahr
Die Weihnachtstage näherten sich mit großen Schritten und die Planung begann, wer, wo mit wem und wann sie feiern würde. Es war für Max und Marietta selbstverständlich, dass jeder mit der eigenen Familie, sie aber auch mindestens einen Abend gemeinsam feiern wollten und das, obwohl sich die Innigkeit nach dem Wochenende im Schwarzwald nicht mehr eingestellt hatte. Letztendlich war es für Marietta unbefriedigend, die Geliebte zu sein, die weichen musste, sobald die Ehefrau Anspruch auf Max erhob, und das schien er auch eingesehen zu haben. Nick und Mirjam würden einen Abend mit ihr verbringen. Mit Sabine würden sie wie üblich skypen, wenn die beiden da waren. Der Vater ihrer Kinder weilte mit seiner neusten Flamme gerade irgendwo in der Karibik. Somit war in Bezug auf ihn das Thema, ob man mit ihm feiern würde und wann, vom Tisch.

Früher buk Marietta dosenweise Kekse, inzwischen beschränkt sie sich auf die Lieblingskekse ihrer Kinder wie Basler Braun, Kokosnuss- und Mandelmakronen, Vanillekipferl und Orangenplätzchen. Gerne dekorierte sie das Haus dezent, plante ein Weihnachtsessen, das alle gerne mochten, und verzichtete auf einen Christbaum. Das würde wohl erst wieder aktuell, wenn einmal Enkel da wären. Ein schönes Gesteck mit Kerzen reichte auch. An die Fenster hatte sie mit Spray und Scherenschnittformen große Schneesterne gespritzt, an der Haustüre hing ein Kranz. Hier und dort stand ein Engel oder eine schöne Kerze. Die Krippe stellte sie dieses Jahr auch auf, denn sie besaß schöne, handgemachte Figuren. Zuerst baute sie aus Holz eine Art Unterstand und setzte die Heilige Familie hinein. Maria, Josef, das Christkind in der Krippe, Hirten und Schafe, einen Esel und eine Kuh. In einiger Distanz dazu die Heiligen Drei Könige. Sie liebte diese Figuren, besonders weil die Heilige Familie sehr bescheiden in Filz, die Könige dafür in Samt und Brokat gekleidet waren. Die Schafe waren aus echter Wolle und die Kuh, die mit einem Stück Fell bezogen war, sah mit ihren gläsernen Glubschaugen ziemlich echt aus. Sogar der Esel sah lebendig aus und kippte am Anfang immer wieder um, als wäre er störrisch. Da musste sie nur die Beine wieder richtigbiegen, damit er auf allen vieren gleichzeitig stehen konnte.

Am 24. Dezember kamen die Kinder zu ihr. Nick und Mirjam schien die Abwesenheit des Vaters überhaupt nicht zu stören, sie erwähnten ihn mit keinem Wort. Sie hatten sich auch schnell daran gewöhnt, dass im Haus fremde Leute eingezogen waren. Nick, ganz in schwarz gekleidet, war schlaksig geworden und hatte inzwischen einen Irokesenhaarschnitt. Er hatte sich zu einem feschen jungen Mann entwickelt, wie Marietta stolz feststellte.

Er erzählte, dass sein Mitbewohner François inzwischen eine neue Freundin hatte, und diese permanent ihre Freunde anschleppte, dass geraucht und Musik gehört wurde, und dass die Wohnung oft knallvoll sei. Marietta ahnte, dass Nick nicht sehr glücklich war, weil er gerne seine Ruhe hatte. Eine eigene Wohnung konnte er sich zu diesem Zeitpunkt noch nicht leisten und seinen Vater um zusätzliches Geld zu bitten, würde nichts bringen. Nick hatte sich von ihr Kopfhörer für den Computer gewünscht, damit er sich besser und vor allem auf seine Interessen konzentrieren konnte. Außerdem machte er jetzt regelmäßig Fitness, da sein neuer Arbeitgeber ihm die Hälfte eines Fitness-Abos bezahlte.

»Immerhin kocht die Frau gerne und lässt mich auch mitessen, Bedingung ist, dass ich abwaschen und aufräumen helfe.« Marietta unterdrückte ein Lächeln. *Sohnemann lernt nun das wahre Leben kennen und es scheint ihm gut zu tun,* dachte sie bei sich.

Mirjam kam festlich gekleidet mit einem schönen Rock und einem T-Shirt mit Glitzeraufdruck; sie trug verspielte Ketten aus verschiedenen Halbedelsteinen um die Handgelenke und um den Hals passend dazu Ohrgehänge. Sie wirkte zufrieden. Als Vorspeise hatte sie sich die Lachsterrine gewünscht, welche ihre Mutter so hervorragend herzustellen wusste. Diese hatte sie schon am Vortag zubereitet. Marietta hatte sich Festessen ausgedacht, das einfach in der Zubereitung war. Als Hauptgericht würde es Entenbrüstchen an Orangensauce und Kartoffelkroketten, die sie gefroren gekauft hatte, geben. Das Fleisch würde im Steamer vor sich hin brutzeln, die Kroketten brauchten dann nur noch mitgebacken werden. Die Orangensauce hatte sie ebenfalls vorbereitet und musste nur noch aufgewärmt werden. Als Nachspeise gab es flambierte Pfirsiche und frische Ananas mit Vanilleeis.

Die Frauen werkelten in der Küche und richteten die Vorspeise schön an. Dazu gab es frischen Toast und grünen Salat. Nick sollte sich um den Aperitif kümmern. Er wählte eine Flasche Sekt. Diese passe gut zur Vorspeise, meinte er fachmännisch, und füllte Salzstangen und Nüsse in eine kleine Schale. Sie setzten sich und prosteten sich zu. Marietta schaltete ihren Laptop ein und dann riefen sie Sabine per Skype an. Diese hatte schon auf den Anruf gewartet und freute sich riesig, alle zu sehen, und sie winkten sich eifrig zu. Dann zeigte sie ihnen, was es bei ihr zu essen gab, und das war per Zufall auch Fisch, allerdings gebacken in einer Salzkruste. Sie erzählte, dass bald die Schwiegereltern kommen würden, und klang dabei etwas unruhig, nicht etwa, weil sie Sorgen wegen dem Gelingen des Essens gehabt hätte. Nein, sondern weil ihre Schwiegermutter, wenn sie etwas getrunken hatte, ziemlich direkt und indiskret wurde. »Immer wieder kommt erst der leise, und dann laute Vorwurf, dass noch keine Enkel da sind, und das ärgert mich. Ich weiß nicht, wie ich reagieren soll, ohne sie zu beleidigen.«

Marietta beruhigte sie und empfahl ihr, ein für alle Mal klar zu sagen, dass sie sich nicht drängen lasse: »Sag ihr, dass es dich unter Druck setzt, und sie so eher das Gegenteil erreicht. Das führt nämlich zu Stress und klappt erst recht nicht, auch wenn der Wunsch noch so groß ist.«

»Ach Mama, warum bist du so weit weg, es wäre schön, wenn du hier sein könntest.«

»Vielleicht können wir nächstes Jahr organisieren, dass wir uns treffen – oder ihr kommt hierher. – Mein großes Mädchen, du bist wirklich ziemlich weit weg.«

Nun tauchte auch Sabines Mann auf. »Ein Prösterchen hoch drei in die Schweiz«, rief er ihnen zu und hob sein Glas. Nachdem auch die Geschwister ihm zugewinkt und -geprostet hatten, blieb er hinter Sabine stehen und hörte ihren Bruder sagen: »Also, ich hätte auch nichts dagegen, irgendwann Onkel zu werden«, was Sabine mit einem Heben der Augenbrauen quittierte, ihr Mann hingegen schmunzelte. Nick ergänzte: »Das eilt ja nicht, also take it easy.«

Das war wieder einmal typisch ihr Bruder und sie lachte, anstatt sich zu ärgern, und konterte: »Und dann hockt ihr gemeinsam vor dem Smartphone oder Computer? Das kann ja heiter werden. Bis das Kind soweit ist, musst du zu uns in die Ferien kommen und mir als Babysitter zur Hand gehen und Windeln wechseln«, was er wiederum mit einem Naserümpfen quittierte. Mirjam gab ihrem Bruder einen Schubs: »Wir warten jetzt erst mal auf das Christkind, das braucht keine Windeln.« Nun lachten alle und winkten sich zum Abschied nochmals zu.

Es wurde auch Zeit, den Anruf zu beenden, denn langsam strömte aus der Küche ein verführerischer Duft in das Esszimmer. Marietta stellte den Backofen auf eine niedrigere Temperaturstufe und brachte die Terrine herein. Mirjam legte noch eine schöne Weihnachts-CD auf.

Nach der Vorspeise folgten die knusprigen Entenbrüstchen und diese schmeckten allen hervorragend. Gesättigt machten sie eine Pause. Nach dem Essen war es zum Ritual geworden, einige Lieder aus der *Zäller Wienacht* zu hören, welche die beiden Frauen mitsangen und Nick mitbrummte. Schöne Erinnerungen an die Schulzeit kamen dabei hoch. Dieses Krippenspiel war 1960 als *Zäller Wiehnacht* komponiert und im ganzen Land bekannt geworden. Es war mit schweizerdeutschen Liedern untermalt, die vom Chor der Schüler gesungen wurden, während die Hauptprotagonisten ihren Text sprachen. Inzwischen wurde es in der ganzen Schweiz von Schülern aufgeführt und die CD war im normalen Vertrieb erhältlich. Die Schulabgänger der 5. Klasse ihres Ortes durften die Aufführung einüben und vorzeigen, während alle anderen Schüler die Lieder dazu sangen, die sie schon Wochen vorher im Singunterricht geübt hatten. Es gab aber auch Auftritte mit nur einem Schuljahrgang. Nick und Mirjam hatten diese damals in der Schule aufgeführt, Nick hatte einen der Hirten gespielt, Mirjam hatte geholfen, die Szenendekoration zu planen. Zu Mariettas Schulzeit war diese komponiert worden und ihr Jahrgang durfte das in der Reformierten Kirche aufführen. Eltern sowie Besucher waren willkommen und es wurde ein schöner Erfolg.

Es wurde ein gemütlicher Abend. Mirjam gab noch einige Erlebnisse aus der Kinderkrippe zum Besten und sie amüsieren sich köstlich. Eines der Kinder hätte scheinbar kürzlich erzählt, dass ihre Katzen sich jetzt ein Winterfell zulegen würden, damit sie nicht frieren. Daraufhin wollte ein anderes Kind sofort wissen, wo man denn sowas kaufen könne. Alle lachten. Dann erzählte die Kleine, ihre Mutter trage keinen Pelz mehr wegen der armen Tiere, die da sterben müssten. Also gab es gleich eine Aufklärung, wie Tiere sich auf den Winter vorbereiten. Als Mirjam erzählte, warfen sie einen Blick auf die eigenen Katzen. Marietta wusste ein Lied davon zu singen, wenn zwei von ihnen den Pelz erneuerten. Überall fanden sich Fussel und den Kater musste sie regelmäßig durchbürsten, damit er keine Knoten im Fell hatte. Jetzt lagen alle drei gemütlich um sie herum im

Wohnzimmer, nachdem sie ihr eigenes Weihnachtsmahl verputzt hatten.

Dann wurde es Zeit für die Nachspeise und wie so oft war es dabei ganz ruhig. Sie langten auch kräftig bei den Keksen zu. Kaum ging es ums Kaffeemachen oder Abräumen des Tisches, begannen die Jungen einander zu necken, warum wohl wer jetzt dran sei und Mirjam dachte wieder einmal typisch Geschwister, bis Nick sich erhob, um Kaffee anzubieten und Marietta und Mirjam alles in die Küche räumten.

Dann kamen die Kinder auf die Idee, ihre Mutter hochzunehmen: Wie sie doch die Kinder vermissen musste, dass sie sich gleich zwei Männer ins Haus holte. Dabei waren die wohl auch nicht unbedingt pflegeleichter als ihr Vater.

Das musste Marietta berichtigen: »Im Gegenteil, es ist um vieles einfacher«, und fügte lakonisch hinzu: »Den Mietern kann man problemlos kündigen und das sehr kurzfristig. Eine Kündigung ist schnell ausgesprochen. Aber mit diesen beiden habe ich richtig Glück gehabt.«

In schönem Einklang ging der Abend zu Ende und die Kinder machten sich auf den Heimweg. Glücklich ging Marietta zu Bett. Am nächsten Morgen wollte sie gemütlich und in Ruhe spät frühstücken, was Max unterbrach.

Um 11 Uhr tauchte er ganz verstört auf.

»Was ist denn los? War es nicht schön mit der Familie?«

»Doch, wir haben uns alle zusammengenommen und sogar meine Frau war gut gelaunt, zumindest gestern Abend.

Die Kinder waren da, mein Bruder und seine Frau und wir haben gefeiert wie jedes Jahr, als wenn nichts wäre. Dann habe ich heute Morgen gesagt, dass ich abends nicht da sein werde, sondern mit dir feiere und da ist meine Frau ausgerastet und hat sowas von sauer reagiert. Warum ich ihr das antue, schrie sie mich an. Weihnachten sei doch immer so gelaufen, dass sie beide am 25. mit oder ohne die Kinder gefeiert hätten, und nun sei sie ganz alleine.«

Marietta dachte, dass ihr das doch recht geschähe, aber Max schien wirklich sehr durcheinander zu sein. Also bot Marietta ihm an, er könnte ja wieder nach Hause gehen, was er jedoch partout nicht wollte:»Dann bist du alleine und du hast du nicht verdient, dass ich dich alleine lasse.«

Immerhin etwas, ich habe also doch einen gewissen Stellenwert, waren ihre Gedanken. Der Abend wurde nicht wirklich zu einem Genuss, denn Max war alles andere als unbeschwert. Immerhin schmeckte das Essen, das sie sich gekocht hatten. Frühzeitig ließ sie den Abend nach dem gemeinsamen Nachtessen und etwas Kerzenstimmung ausklingen, indem sie ihm erklärte, sie sei müde, weil es am Vorabend spät geworden sei und ihm eine gute Nacht wünschte. Seinem trostheischenden Hundeblick widerstand sie problemlos. Am nächsten Tag, nach dem gemeinsamen Frühstück, unternahmen sie gemeinsam einen sehr schönen Winterspaziergang. Sie sprachen wenig, aber es hatte sich einfach so ergeben, dass sie Hand in Hand gingen.

Als Nächstes lud Max Marietta ein, ihn zur Silvesterfeier ins Kloster seines Ortes zu begleiten, und er nahm das Risiko in Kauf, seinen Freunden zu begegnen und sie vorzustellen zu müssen. Diese hatten natürlich inzwischen gemerkt, dass er nicht mehr zu Hause lebte und hatten ihn deswegen gelöchert. Irgendetwas war mit ihm geschehen. Vielleicht war es auch nur eine Trotzreaktion? Vielleicht hatte er neue Vorsätze gefasst? Er musste doch damit rechnen, dass seine Frau auch kommen würde wie jedes Jahr. Nach dem gut besuchten Gottesdienst mit Konzert war die Stimmung entspannt bis gelöst. Sie stießen bei herrlichem Glockengeläut und in klirrender Kälte mit einem Glas perlendem Sekt an, den sie mitgenommen hatten, und umarmten sich kurz. Sie begegneten vornehmlich Leuten, die Max nicht gut kannten und nur locker ein gutes Neues Jahr wünschten. Um lange herumzustehen, war es zu kalt; darum erstaunte es Marietta nicht, dass Max sofort heimgehen wollte. Er hatte aus den Augenwinkeln seine Frau mit einer Bekannten erspäht. Das erklärte er ihr, als er sie sanft beim Ellenbogen nahm und zum Auto führte, ohne sich noch einmal umzudrehen. Zu Hause angekommen wünschte er ihr eine Spur herzlicher nochmals ein gutes Neues Jahr. Jetzt erwiderte sie den Kuss und bedankte sich für den schönen Abendausflug, ließ ihn jedoch nicht näher an sich heran. Sie traute dieser Haltungsänderung nicht.

10. Kapitel

Einladung

Am darauffolgenden Tag fühlte Marietta sich etwas leer. Max war unterwegs und sie begann lustlos, einige Weihnachtsgestecke, deren Nadeln schon trocken waren, und die Deko an der Haustüre zu entfernen. Die Krippe ließ sie stehen, denn die Heiligen Drei Könige platzierte sie jetzt näher an die Krippe. Zum Glück rief ihre Freundin an, um mit ihr zu plaudern. Sie erzählte, dass sie Ende Januar in die Skiferien fahren würden und fragte, was denn Marietta für Pläne hatte. Diese erzählte ihr, dass in der Familie alles in Ordnung sei, also mehr oder weniger alles beim Alten, und dann, was an Weihnachten und am Vorabend geschehen war. Evelyn freute sich, dass es auch den Kindern so gut ging, und fügte bedauernd hinzu:

»Und ich dachte, du hättest jetzt mehr Glück, aber das ist doch etwas verzwickt, mit einem Mann unter demselben Dach zu leben, der nicht genau weiß, was er will.«

Evelyn versuchte, sie auf andere Gedanken zu bringen, indem sie einen Kinobesuch vorschlug. Beide verabredeten sich für den kommenden Freitagabend. Nun ging es ihr eine Spur besser und sie öffnete seufzend ihren Laptop, checkte das Kinoprogramm online und ihre Mails. Darunter war auch eine vom Haus am Bodensee mit dem neuen Kursprogramm und plötzlich war alles wieder präsent. Schon ein Jahr war das her und es schien, als sei es erst gestern gewesen. Sie fragte sich, wie es wohl Luis ging, und spürte plötzlich einen starken Impuls, allen Kursteilnehmern vom Bodenseeseminar ein gutes Neues Jahr zu wünschen. – Gleichzeitig wollte sie von ihnen erfahren, ob jemand wieder einen Seminarbesuch dort plante. Dann wollte sie wissen, ob für ein Treffen Interesse bestand. Karin und Robert schrieben sofort zurück, bedankten sich für die Wünsche und versicherten, dass sie die Idee eines Treffens nett fänden. Robert schrieb, er sei ziemlich absorbiert, teilweise auf Reisen und bis im April sei es ihm nicht möglich, teilzunehmen. Von den beiden anderen Frauen meldete sich nur Klara. Sie bedankte sich ebenfalls für die Neujahrswünsche, hatte aber kein Interesse an einem Treffen. Susi antwortete nicht. Von Luis kam leider auch keine Antwort, dabei hatte Marietta doch vor allem gehofft, wieder von ihm zu lesen. Niemand hatte im letzten Jahr ein weiteres Retreat besucht. Es hatte wohl nachhaltig gewirkt. Zwei Abende später klingelte das Telefon.

Es war Luis:»Hallo Marietta, ich habe mich sehr gefreut, dass du uns geschrieben hast. Ich hoffe, dir geht es gut?«

»Ja, vielen Dank, ich hatte schöne Festtage und ich freue mich, dass du anrufst.«

»Mich hat dein Schreiben ein bisschen aus dem Feiertagstief herausgeholt. Ich konnte mich an die schöne Zeit am Bodensee erinnern und zurückfühlen.«

»Ist es denn soo schlimm?« Marietta tat, als wüsste sie nichts von seiner Geschichte.

»Die Feiertage waren kaum zum Aushalten, ja. Jetzt im Januar bin ich ein wenig zuversichtlicher. Man kann sich besser wieder ablenken, wenn all das Feiertagsgedöns vorbei ist. In den Tagen dazwischen fiel mir die Decke auf den Kopf und jetzt kam deine freundliche Mail.« Er seufzte.

Ehe Marietta sich bedauernd dazu äußern konnte, fuhr Luis fort:»Wir hatten ja nicht viel Zeit, um uns zu unterhalten während des Seminars. Du warst oft in der Küche.«

Oh, daran erinnert er sich noch?, wunderte sich Marietta erfreut.

»Und ich, ...na ja, ich war nicht gerade redselig.«

»Das ist natürlich verschiedentlich aufgefallen. Doch ehrlich gesagt mag ich es lieber, wenn jemand still ist, anstatt immer gleich drauflos zu labern. Und wir hatten Glück im Kurs, es war eine homogene Gruppe und es hat wirklich gepasst. Trotzdem ist es auch ein wenig schade, dass ich nicht mehr von dir mitbekommen habe«, gab sie offen zu.

»Ich glaube, ich bin immer noch kein guter Unterhalter und wollte dir nur sagen, dass deine Zeilen genau richtig kamen und ich es schön fände, wenn wir uns irgendwann wiedersehen. Auf ein Gruppentreffen könnte ich verzichten.«

Es entstand eine kurze Pause. Marietta hörte förmlich, wie er auch innerlich seufzte und spürte, dass er sich verabschieden wollte, und so entschied sie, ihm ehrlich mitzuteilen, dass sie doch mehr von ihm wusste, als er glaubte:

»Ich war mit Karin ein Wochenende zusammen in den Bergen und wir haben über dies und das gesprochen und dann kam auch das Retreat zur Sprache und Karin erzählte mir, dass sie mit dir heimgefahren war. Sie erzählte mir dann mehr von dir, nämlich dass du eine sehr schwierige Zeit wegen deiner Frau hattest. Ich weiß, dass sie Selbstmord begangen hat. Das tut mir echt leid und ich habe dein Verhalten besser verstanden.«

Schweigen.

Horchen.

Fühlen.

Endlich antwortete er mit verhaltener Stimme: »Dann brauche ich dir ja nicht viel zu erklären. Es ist einfach manchmal verdammt schwer, auszuhalten, dass das Ende so plötzlich kam.«

»Vermutlich kommt dann so vieles hoch, was man noch hätte sagen oder tun können. Ich kann das gut verstehen. Weißt du was, wenn du willst, können wir uns demnächst treffen und ein Glas Wein zusammen trinken. Vielleicht muntert dich das ein klein wenig auf.«

»Das würde ich sehr gerne. Ich rufe dich an, wenn ich mich einigermaßen gesellschaftsfähig fühle.«

»Wie du willst – ich würde mich darüber freuen. Bis bald.«

»Danke und ich melde mich. Byebye.«

Klärung

Marietta hing noch eine Weile ihren Gedanken nach und war beeindruckt, dass dieser Mann die Tiefe besaß, sich gründlich mit dem, was ihm geschehen war, auseinanderzusetzen, und nicht gleich bei einer anderen Frau Trost zu suchen, wie viele Männer es zum Beispiel nach einer Scheidung taten.

Der Januar verlief ohne Besonderheiten. Ihre Kurse begannen erst im Frühjahr wieder, also erledigte sie die Buchhaltung und genoss die Wintertage, bis Max eines Tages wie ein Wirbelwind nach Hause kam.

»Was ist passiert?«

Er strahlte: »Ich habe gekündigt – egal was wird, ich will etwas Grundlegendes verändern.«

Seitdem war er wie ausgewechselt. Wegen nicht in Anspruch genommener Ferientage verkürzte sich die Zeit, die er noch zu arbeiten hatte, und nach zweieinhalb Monaten war er frei. Er begann, intensiv im Internet zu surfen. Auf Mariettas Nachfrage antwortete er jedoch:

»Nein, noch suche ich keine Stelle, ich weiß ja noch nicht, wo. Und wenn es zu schnell geht, wäre das schade.«

Das waren ja ganz neue Töne von ihm, der so auf Sicherheit bedacht war. Bald hing er ganze Abende, ja nächtelang in Chats und Marietta bekam mit, dass er Abwechslung oder Ablenkung suchte und diese, wie es schien, beim Flirten online fand, was er dann auch zugab.

»Ich teste meinen Marktwert – und scheine auch mit Foto gut anzukommen. Die meisten wollen mich treffen.«

»Das wundert mich nicht, du bist doch auch gutaussehend und gescheit. Nur ist das Internet trügerisch. Sehr schnell steigert man sich in etwas hinein«, und dachte dabei an Albert.

»Es gibt auch Frauen aus meinem Umfeld, mit denen ich gerade Mails austausche.«

»Und – was machst du daraus?«

»Das weiß ich noch nicht. Es tut meinem Selbstwertgefühl einfach gut.«

So flogen die Wochen dahin. Ab und zu traf er eine der Frauen, doch er sprach nicht darüber. Marietta wusste nicht, ob sie erfreut oder traurig sein sollte, dass es ihm besserging, was natürlich dank den Begegnungen mit den Frauen zusammenhing, denn er zeigte kein Interesse mehr an ihr. Manchmal frühstückten sie gemütlich am Samstag und dann war er weg für den Rest des Wochenendes. Sie fragte natürlich nicht, wo er die Nächte verbracht hatte, denn das ging sie nichts an. Das Zusammenleben, das vorher schön war, fühlte sich jetzt eher befremdend an. Sie schloss auch daraus, dass seine Annäherungen ihr als Frau nur gegolten hatten, weil er sich einsam fühlte, nicht mehr und nicht weniger.

So entschied sie, konsequent einen anderen Weg zu gehen, und kündigte Max das Zimmer.

»Du bist wieder mit beiden Füßen auf dem Boden gelandet und ich finde, du solltest auch mal alleine leben können und das ausprobieren. Zwischen uns wird sich nichts mehr Gescheites wie eine Partnerschaft ergeben und dieses Zwischending ist mir zu anstrengend.«

Max war ehrlich erstaunt: »Das hätte ich nicht von dir gedacht! Warum bist du so hart? Ich wohne gerne hier, aber du bist es ja, die nicht mehr mit mir schlafen will, und ich verzichte auf eine Wiederholung der Enthaltsamkeit, wie sie in meiner Ehe passiert ist.«

Marietta konnte ihm nicht sagen, dass sie seine Eskapaden nicht mochte. Und es würde sich, solange es keinen Sex mehr zwischen ihnen gab, nichts ändern, das wusste sie jetzt. Sie war ja selbst schuld, dass sie auf seine Annäherungen reagiert hatte, und das, obwohl ihre Gefühle zwiespältig gewesen waren. Mit einem verheirateten Mann, der so unsicher war, etwas anzufangen, war nicht so schlau gewesen. Sie musste sich eingestehen, dass sie Max nicht liebte, sondern dass das Zusammenleben Annehmlichkeiten geboten hatte, die sie vorher nicht gekannt hatte. Alles Weitere dürfte nur Schwierigkeiten nach sich ziehen, wie sie mit ihm mehrfach erlebt hatte.

Sie versprach, dass er immer wieder vorbeikommen könne, wenn ihm danach war, und dass sie Freunde bleiben könnten. *Was für ein lauwarmer Satz*, musste sie sich insgeheim selbst eingestehen, aber das schien ihn zu beruhigen. Als Max sich eine Woche später verabschiedete, weinte er, und als er sie umarmte, wollte er sie fast nicht mehr loslassen. Marietta blieb konsequent. Er zog vorerst zu einem Freund, der alleine in einem großen Haus lebte. Und das war für sie viel besser. Liebe war es bis zu dem Tag nie gewesen, nicht einmal Verliebtheit. Konnte sie sich überhaupt noch verlieben oder war sie schon zu abgeklärt? Sie schätze ihn, doch sein Verhalten Frauen gegenüber fand sie erbärmlich.

11. Kapitel

Ursula

Es ging Richtung Frühling. Marietta war bereit, wieder jemanden aufzunehmen, der gerade nicht eins mit dem Leben war. Es meldete sich telefonisch ein Mann namens Lorenz Zumstein, der nachfragte, ob sie auch jemanden aufnehmen würde, der in psychiatrischer Behandlung sei, jedoch wieder recht gut zurechtkomme im Leben, eine Rente beziehe und eine eher ruhige Person sei. Es gehe um eine Bekannte von ihm, die ein Zimmer suche.

»Ich kann das nur entscheiden, wenn wir uns gegenübersitzen. Doch vorher möchte ich wissen, warum Ihre Bekannte nicht selbst angerufen hat.«

»Sie ist sehr vorsichtig und etwas ängstlich, wenn es um neue Kontakte geht. Aber das erklärt sie Ihnen dann am besten selbst. Ursula, so heißt meine Bekannte, wohnt seit einem halben Jahr bei mir, was auch eine Notlösung ist. Da ich hier wegen einem Umbau bald ausziehen muss, habe ich nur eine kleinere Wohnung als Zwischenlösung gefunden. Ich kenne Ursula schon lange und habe ihr angeboten, bei der Suche nach einem Zimmer behilflich zu sein.«

»In Ordnung, dann soll sie mich anrufen und kann dann mal vorbeikommen.«

»Das freut mich sehr und ich garantiere Ihnen, sie ist eine ruhige Person und sehr ordentlich.«

Am selben Tag folgte ein kurzes Telefonat mit Ursula Bender und am darauffolgenden Samstag fuhr Lorenz Zumstein vor und brachte sie bis zur Haustüre. Ein kurzer Austausch mit ihm folgte und er sagte, er hole sie in einer Stunde wieder ab, wenn es recht sei.

Ursula wirkte erstaunlich souverän, war elegant gekleidet, fast wie eine Geschäftsfrau, und machte einen sehr guten ersten Eindruck. Sie war mittelgroß, etwas rundlich, hatte große braune Augen und zusammengebundenes, langes Haar. Sie trug Goldschmuck und eine sehr wertvolle Uhr. Man sah ihr an, dass sie ein repräsentatives Umfeld gewohnt war.

»Darf ich gleich Du sagen? Ich heiße Marietta.«

»Natürlich, ich bin Ursula und freue mich, dich kennenzulernen.«

»Komm herein, wir können uns auf das Sofa setzen, das ist gemütlicher als am Tisch. Ich hoffe, du magst Katzen?« Kaum hatten sie sich gesetzt, kam nämlich der Hauskater angeschlichen und beschnupperte Ursulas Beine.

»Ja, natürlich, ich finde es schön, Tiere zu haben, nur selbst hatte ich nie welche.«

»Du weißt, dass es eine Bedingung ist, während meiner Abwesenheit die Katzen zu betreuen? Das ist mir wichtig.«

»Natürlich, ich denke, ich lerne schnell, wenn es um die alltäglichen Handreichungen geht.«

Sie sah sich um: »Du wohnst wirklich schön hier.«

»Ja, ich erzähle dir nachher gerne mehr, doch jetzt möchte ich wissen, warum du keine eigene Wohnung hast und warum dein Bekannter angerufen hat und nicht du selbst?«

»Gegenüber Fremden bin ich sehr vorsichtig geworden, das hängt damit zusammen, dass ich in einen hängigen Versicherungsfall verwickelt bin und deshalb nie weiß, ob das Telefon abgehört wird. Im Internet bewege ich mich schon lange nicht mehr und ich habe auch keine Mail-Adresse, weil man nie weiß, wer sich an fremde Daten heranwagt und Informationen klaut. Zurzeit will ich nichts riskieren.«

Das konnte Marietta noch halbwegs verstehen, obwohl es schon ein wenig abstrus klang, gar keine E-Mail-Adresse zu haben, und sie hoffte, noch mehr Details zu erfahren. Ursula fuhr auch sogleich fort: »Ich habe lange Jahre erfolgreich als selbständige Anlageberaterin gearbeitet und wirklich sehr gut verdient. Damals nutzte ich das Internet schon, doch dann hatte ich einen Auffahrunfall. Ich war mit dem Auto Richtung Stadt unterwegs – ich bin übrigens ursprünglich aus Basel. Beim Stadteingang gibt es einen zweispurigen Tunnel, der in einen überdeckten Straßenbereich mündet. Dort musste ich eine Vollbremsung machen und wurde von hinten gerammt. Mein Auto wurde in einen Pfeiler geschoben und als mein Kopf vor- und zurückprallte, war ich kurz ohnmächtig. Als ich zu mir kam, konnte ich einen Arm nicht richtig bewegen. Es wurde vermutet, dass ich eine Verletzung an der Wirbelsäule erlitten hatte, darum wurde ich ins Krankenhaus gefahren. Dort hat man während einer Tomographie entdeckt, dass ein kleines Blutgerinnsel im Gehirn geplatzt war, und ich bekam Medikamente, erholte mich recht gut. Nach einiger Zeit der Rehabilitation ging es mir wieder viel besser und ich nahm meine Arbeit wieder auf. Durch einen unglücklichen Zufall hatte ich ein halbes Jahr später einen zweiten, wieder unverschuldeten Auffahrunfall. Hier habe ich für mich und die Ärzte eindeutig ein Schleudertrauma erlitten, in dessen Folge ich ständig unter Kopfschmerzen litt. Ich versuchte zu arbeiten, was nur sehr schlecht gelang, und verlor so meine Kunden. In der Anlageberatung muss man ständig am Drücker sein und das schaffte ich nicht mehr. Ein medizinisches Gutachten wurde erstellt und dann wurde, auch auf Grund des ersten Unfalls mit dessen Nachwirkungen, mir sofort eine Invalidenrente zugesprochen Das Schleudertrauma als solches lässt sich oft nur schwer nachweisen und man weiß nicht genau, ob der erste Unfall nicht behindernd nachgewirkt hat, doch bei mir war es eindeutig. Seit acht Jahren kämpfe ich für eine größere Entschädigung.

Marietta warf bedauernd ein: »Das kostet echt Nerven.«

»Du sagst es. Seither sammle ich alle möglichen Belege und Zeitungsausschnitte über ähnliche Fälle als Beweismaterial. Gewisse Prozesse im ähnlichen Stil dauern schon länger, zwölf bis vierzehn Jahre, und einige der Leute haben aus Verzweiflung Selbstmord begangen. Vielleicht kann ich ein Exempel statuieren. Ich war nämlich sehr gut versichert. Und ich will, dass die Versicherung für meine finanziellen Einbußen aufkommt, weil ich nie mehr arbeiten kann. Wie du dir vorstellen kannst, ist mein eigenes Vermögen für die laufenden Unkosten und auch Anwaltskosten in den letzten Jahren draufgegangen.

Seit einem Jahr habe ich einen anderen, neuen, sehr guten Anwalt, der schon viele Prozesse gewonnen hat, weil der vorhergehende einfach nicht weiterkam. Der schlägt sich nun mit den Anwälten der Versicherung herum. Diese argumentieren, ich hätte nach dem Hirnschlag gar nicht mehr Auto fahren dürfen, da ich wegen verminderter Konzentrationsfähigkeit beim zweiten Mal nicht ausgewichen sei. Ärztliche Atteste habe ich bereits vier verschiedene.«

Erschöpft von dieser langen Rede hielt Ursula kurz inne.

Marietta fragte ob Ursula ein Glas Wasser wolle und als diese nickte, ging sie in Küche. Auch sie brauchte jetzt einen Schluck Wasser und musste ein wenig Zeit gewinnen, um das Gehörte erstmal halbwegs zu verstehen. Nachdem sie sich wieder gesetzt hatte und beide etwas getrunken hatten, nahm sie das Gespräch wieder auf:

»Musstest du das wirklich so lange mitmachen? Ruinierst du dir damit nicht deine Gesundheit noch mehr?«, fragte Marietta, als sie sich wieder gesetzt hatte, nach.

»Ja, ich will dranbleiben, denn ich lebte im Luxus und kann mir das alles nicht mehr leisten. Und hoffe, durch Versicherungsentschädigungen etwas von meinem früheren Lebensstandard zurückzubekommen. Die jetzige Invalidenrente bekomme ich vom Staat. Die Versicherung drückt sich deshalb, mir eine Entschädigung zu bezahlen. Mir wird wie gesagt vorgeworfen, dass ich schon nach dem ersten Unfall nicht mehr hätte Autofahren dürfen, doch nach der Reha wurde meine Reaktionsfähigkeit getestet und ich erhielt eine positive Bescheinigung für meine Fahrtüchtigkeit. Seit dem zweiten Unfall kann ich aber wirklich nicht mehr

Autofahren und mein 12-Zylinder-BMW steht herum. Ich bin nicht die einzige, die bei einer Versicherung um ihr Recht kämpft, und ich werde bis vor den europäischen Gerichtshof gehen.«

»Und du glaubst, dass du dort damit durchkommst?«

»Dieser setzt sich für Menschenrechte ein und was ich bis jetzt durchmachen musste, ist menschenunwürdig. Ich kann ja alles belegen.«

»Oh, du wirst also nicht lockerlassen. Jedenfalls scheinst du den Fall klar zu durchblicken.« Marietta zog nicht in Betracht, dass sie diese Variante schon x-fach so erzählt hatte. Seltsam kam ihr nur vor, dass Ursula ihr Auto behalten hatte. Was sollte sie mit einer Luxuskarosse anfangen? Doch sie unterdrückte eine entsprechende Bemerkung.

»Meine Konzentrationsfähigkeit ist leider im Eimer. Ich kann mich höchstens eine Stunde auf etwas konzentrieren und dann werde ich extrem müde. Die Abklärungen der Versicherungen wiederholen sich, doch ich bin zuversichtlich, dass wir bald am Ende sind. In vier bis acht Wochen wird das Ganze laut meinem Rechtsanwalt sicher durchgestanden sein. Er gibt mir gute Chancen für eine sehr hohe Entschädigung. Für den Verlust meines lukrativen Jobs und die Einbuße an Lebensqualität erwarte ich, dass man mir mindestens zwei Millionen Franken ausbezahlt.«

Jetzt schluckte Marietta doch. Dieser Betrag schien ihr nicht wirklich plausibel, sagte aber auch dieses Mal nichts dazu.

»Was ich hier unbedingt bräuchte, wäre eine Leitung für ein Faxgerät.«

»Ein Fax? Meins habe ich schon lange entsorgt, aber die Leitung ist noch vorhanden.«

»Ich korrespondiere nur mit meinem Anwalt, das aber regelmäßig. Außerdem muss ich Belegmaterial haben, und dafür ist ein Fax ideal. Wie gesagt, möchte ich nicht über das Internet ausspioniert werden. Briefpost wird zu meinem Anwalt gesandt.«

Nach all dem, was sie gehört hatte, hätte Marietta skeptisch sein können, doch sie versuchte, die Frau ernst zu nehmen. Sie sah dieser armen Seele an, wie gebeutelt sie war. Dass sie eine stoische Ruhe ausstrahlte, als sie ihre Geschichte erzählte, verdankte sie den Tabletten, doch davon erzählte sie nichts und es war für Marietta nicht offensichtlich.

Sie fühlte sich nun veranlasst, Ursula zu erklären, dass noch ein weiterer Mitbewohner im Hause war, der jedoch nur als Wochenaufenthalter hier lebte, und man wenig von ihm merkte. Das schien Ursula erstaunlicherweise nicht zu stören. Auf Mariettas weitere Frage, warum Ursula aus ihrer früheren Wohnung ausgezogen sei, erklärte sie, dass diese relativ groß und teuer gewesen sei. Trotzdem habe sie lange Zeit gehofft, dass sie dort wohnen bleiben könne. Die Nachbarn hätten sie aber seit dem Unfall auf ganz fiese Art und Weise mit bösen Briefen und Zetteln gemobbt. Zuletzt habe der Besitzer eine Umzugsfirma beauftragt und diese sei unangemeldet per Umzugswagen vorgefahren und hätte alles eingepackt. Möbel, Tische, ihre Vitrinen, Bilder, einfach alles an Mobiliar, sogar den Keller hatten sie leergeräumt, wo sie Spitzenweine aufbewahrte. Bis auf die Kleider, zwei Koffer und ihre Pflegeprodukte nahmen sie alles mit und sagten, wenn sie die verderblichen Dinge wie Lebensmittel und Pflanzen nicht selbst entsorge, würde das am nächsten Tag eine Reinigungsequipe erledigen. Dann wurde alles in ein Lager gefahren. Sie sei hilflos danebengestanden und konnte nichts dagegen tun. Zwei Tage hatte sie Zeit, um sich zu entscheiden, wohin mit den Möbeln und all den Sachen. Verzweifelt telefonierte sie herum und durfte als Zwischenlösung kurzerhand zu einer Freundin ziehen, doch das ging nicht lange gut und dann wohnte sie eine Weile bei ihrer Schwester, mit deren Mann sie nicht klarkam, dann bei Lorenz und jetzt, bei ihr, wäre sie schon am vierten Ort. Ihre Möbel musste sie im Lager lassen und dafür einen Vertrag abschließen, was jeden Monat Geld koste. Lorenz verlangte von ihr keinen Mietzins, als Ausgleich hielt sie die Wohnung sauber und bekochte ihn. Sie wusste ja, dass er bald umziehen würde, und leider war in seiner zukünftigen Wohnung nicht genügend Platz für sie. Dann fragte sie unvermittelt:»Kann ich eventuell einen reduzierten Mietpreis haben, bis der Fall abgeschlossen ist, es dauert vermutlich noch etwa drei bis höchstens vier Monate? Sobald alles geklärt ist, kann ich eine höhere Miete bezahlen, will mir dann sofort auch wieder eine eigene Wohnung suchen.«

Sie war einverstanden, einen mehr als günstigen Mietzins zu verlangen, und der Rest würde sich zeigen, sobald die Versicherung gezahlt habe. So zumindest versprach es Ursula.

»Ich werde dich gebührend entschädigen, sobald ich kann.«

Nun schlug Marietta ihr die Besichtigung des freien Zimmers vor. Als sie den Rundgang beendet hatten, kam ihr die Idee, Ursula auch das Kellergeschoss zu zeigen. Beide gingen also hinunter und Ursula zeigte sich begeistert. Sie entschied sofort, dass sie lieber im wohnlichen Kellergeschoss einziehen wolle, wo sie möglichst unbehelligt war. Das war nun die Erstvermietung dieses bisherigen Kursraumes, in welchem ein ausziehbares Sofa und ein Tisch standen. Die Kursbestuhlung konnte sie im Nebenraum verstauen. Da sie nur wenige Kursteilnehmer hatte, würde sie den Kurs in Zukunft im Wohnzimmer abhalten. Nachdem alles besprochen und geregelt war, dauerte es nicht mehr lange, bis Lorenz klingelte, um Ursula abzuholen. Sie verabschiedeten sich bald darauf.

Eine Woche später zog Ursula mit ihrem Faxgerät, acht Schachteln voller Prozessunterlagen und einem großen Koffer mit Kleidern bei Marietta ein. Ursula war zuerst noch ein wenig skeptisch gegenüber Herbert Klingemann, bemerkte jedoch bald, dass er nur zum Übernachten da war und sich weder für sie noch für irgendwelche Vorkommnisse interessierte. Sie kamen gut aneinander vorbei und alles lief bestens.

Das Wohnzimmer erwies sich als ideal und die vier Kursteilnehmer hatten sofort Verständnis für die neue Situation gezeigt. Nur einmal schlich sich Herbert still an ihnen vorbei in sein Zimmer. Ursula war Raucherin, davon hatte sie Marietta nichts gesagt. Zum Glück rauchte sie selten und natürlich nur draußen vor dem Haus oder auf der Außentreppe. Wie sie die Stunden alleine im Zimmer verbrachte, wusste Marietta nicht. Ab und zu tranken sie eine Tasse Tee zusammen und Marietta entdeckte mit der Zeit, dass Ursula gerne und sehr gut kochen konnte und gemeinsame Essen wurden zu Highlights.

Hirngespinst
Auffällig war, dass Ursula immer häufiger davon sprach, dass sie sich bedroht fühle.

»Ich erhalte seit Jahren anonyme Drohbriefe, die ich sofort dem Anwalt weiterleite. Wenn der Verfolger entdeckt hat, wo ich jetzt wohne, befürchte ich das Schlimmste.«

»Das Schlimmste?«

»Ja, ich habe richtig Angst.»

»Wieso? Was genau passiert denn?«

»Manchmal fand ich die Zettel im Briefkasten, oder sie klebten direkt an meiner Eingangstür. Da stand zum Beispiel: *Wenn Sie nicht aufgeben, passiert was.*« Und Ursula ergänzte: »Wenn wir den endlich erwischen, erhebe ich Strafanzeige.«

»Ein anonymes Schreiben? Wer will dir denn da Angst machen und was kann der dir denn anhaben?«

»Auf jeden Fall will der mich fertigmachen. Vielleicht auch vergiften oder mich niederschlagen, wenn er mich erwischt!«

Das klang, als ob Ursula zu viele Krimis geschaut hätte. Ungläubig fragte Marietta nach: »Steht da jeweils noch mehr drauf?«

»Da sind Details aus dem Fall erwähnt, die im Grunde kein Außenstehender wissen kann, und dann drohte derjenige mir auch schon, dass er mich umbringen will, wenn ich weitermache. Wie, steht da aber nicht. Dann habe ich jeweils wochenweise Panik. Es ist ein fürchterlicher Zustand für mich und meistens muss ich sofort zur Psychiaterin und die hilft mir mit Gesprächen und dann nehme ich eine Zeit lang Tabletten.«

Ursula schniefte laut.

An diesem Punkt beschlichen Marietta starke Zweifel an der Glaubwürdigkeit von Ursulas Aussagen. Bisher war, seit sie bei ihr wohnte, nichts solches vorgekommen.

Mit der Zeit häuften sich die Indizien, dass all das ihren Angstfantasien entsprang. Als nämlich beim Nachbarhaus ein Auto mit einer sehr kurzen Nummer geparkt hatte, versteckte Ursula sich hinter der Gardine und bat Marietta, nachzusehen, wer im Auto sitze. Da saß jedoch keiner drin. Als Marietta ihr dies mitteilte, kamen andere Befürchtungen: Ob der jetzt um das Haus herumschleiche?

Marietta gelang es endlich, sie zu beruhigen, indem sie glaubhaft versicherte: »Ich kenne das Auto und den Besitzer. Es ist der Sohn von der Nachbarin, der sie in regelmäßigen Abständen besucht.«

Langsam begann sie, an Ursulas Zurechnungsfähigkeit zu zweifeln. Der Eindruck verstärkte sich noch, als Ursula von einer Zugfahrt heimkehrte und behauptete, ein Detektiv habe ihr am Bahnhof aufgelauert und die Autonummer sei genau die Nummer ihres Versicherungsfalles gewesen. Das war nun wirklich jenseits jeder Plausibilität. Marietta begann trotzdem zu recherchieren und erfuhr im Internet, dass Detektive der Sozial- und Invalidenversicherung, von welcher viele Menschen eine Rente bekamen, tatsächlich Patienten beobachten, um z.B. festzustellen, ob diese arbeiten gingen und so einen zusätzlichen Verdienst generierten, den sie nicht offenlegten. Diese Kontrolle war allerdings ziemlich in Verruf geraten, sodass die Behörden über die Bücher gegangen seien und auch aus Kostengründen die Beobachtungen auf ein Minimum reduziert hätten. Soweit stimmte es also, dass gewisse Leute beobachtet wurden, dass einer der Beobachter jedoch als Autokennzeichen die Fallnummer der kontrollierten Person hatte, war natürlich kompletter Blödsinn. Als Marietta diesbezüglich zweifelte und das auch vorsichtig aussprach, ließ Ursula sich davon nicht abbringen, sodass Marietta sich auf keine weitere Diskussion einließ. Stattdessen beruhigte sie Ursula:

»Glaube mir, hier bist du sicher. Keiner kommt hier herein oder kann dir etwas zuleide tun. Wenn du außer Haus bist, wäre es allerdings sinnvoll, wenn du ein Handy hättest, sobald dich die Angst überfällt.«

»Ein Handy kann abgehört werden, das ist viel zu unsicher. Ich hatte eines und habe den Vertrag über Lorenz und auf seinen Namen abschließen lassen, habe es ihm aber später übergeben. Ich rufe lieber aus einer Telefonzelle an.«

Marietta kam sich langsam vor wie in einem schlechten Kriminalfilm. Dennoch empfand sie extremes Mitleid.

Als Marietta eines Tages mit Max telefonierte und ihm erzählte, wer die neue Mieterin war, gab er unumwunden seine Meinung zum Besten: »Die spinnt doch. Du hättest lieber weiterhin mit mir vorliebnehmen sollen.«

Inzwischen hatte er eine Freundin und obwohl die Frau in einem anderen Kanton wohne, würden sie sich oft sehen. Das einzige Problem seien ihre Kinder, die sich quer stellten, darum könne er nur dort auftauchen, wenn diese nicht zu Hause seien.

Das Problem
Zwischen Klingemann und Ursula gab es weiterhin keine Berührungspunkte und das vereinfachte vieles. Wenn Ursula gut drauf war, kochte sie für sich und Marietta, kaufte auch

einen guten Wein dazu, weil sie sich damit auskannte. Ansonsten saß sie oft in ihrem Zimmer und studierte wohl die Dokumente. Bereits sechs Wochen waren vergangen und an ihrer Situation schien sich nichts zu verändern.

»Wie weit bist du mit der Versicherungsabklärung?«

»Ich brauche noch einmal ein ärztliches Attest, dann wird alles wirklich klar und durch sein. Das bestätigt mir auch mein Anwalt.«

»Woher nimmst du das Geld für den Anwalt?«

»Das bekomme ich bevorschusst und muss es, wenn ich zu Geld komme, zurückzahlen.«

»Und wieviel Kosten sind da bisher aufgelaufen?«

»So an die 80.000 Schweizerfranken.«

»Du meine Güte, das ist eine ganze Menge!«

»Ja, das Ganze dauert eben schon lange und er ist einer der Besten. Er ist bekannt dafür, dass er die meisten Prozesse gewinnt.«

Und nun suchte sie auch noch jemanden, der ihr nebst dem Anwalt behilflich sein könnte, und erwähnte, da gäbe es einen Richter, mit dem sie früher gelegentlich ein Glas Wein getrunken habe, doch er sei momentan sehr absorbiert und melde sich nur über sein Sekretariat. Sie schwärmte von ihm: »Wenn nicht die Geschichte mit dem Unfall passiert wäre, dann könnten wir inzwischen ein Paar sein.«

Seit der Detektivgeschichte wusste Marietta, dass vieles, was Ursula so von sich gab, totale Hirngespinste waren und sie nicht mehr alles glauben durfte und sie fragte sich, wieviel davon wahr sei.

Ursula fuhr fort: »Zuerst dachte ich, der Schleudertrauma-Verband würde sich auch für mich einsetzen, aber leider kassiert der hauptsächlich die Jahresgebühr, sonst bringt er mir rein gar nichts. Ich habe dich bei denen aber als ideale Vermieterin angegeben, vielleicht ergibt sich für dich etwas. Du unterstützt mich moralisch ja auch sehr.«

Noch hatte Marietta Geduld, denn Ursula tat ihr immer mehr leid, je länger sie sie kannte, denn trotz der Hirngespinste war sie eine überaus liebenswerte Person. Sie befürchtete, dass diese durchdrehen könnte, wenn sie ihr einfach den Raum kündigen würde. Als Begründung hätte sie angegeben, dass sie Ursula nichts mehr glauben könne. Letztere hatte sich nach wie vor nicht im Ort angemeldet, was nach einem Monat Pflicht gewesen wäre, also plante sie offensichtlich, nur kurz hier zu wohnen? Doch wie lange war das Zusammenleben für sie auf diese Art und Weise noch erträglich? Das fragte sie sich schon manchmal. Wie lange sollte Marietta das noch mitmachen?

12. Kapitel

Ein Wiedersehen

Immer wieder schlich sich Luis in Mariettas Gedanken. Diesmal rief sie ihn an und fragte, ob er nicht Lust habe, sie zu treffen.

»Oh, wie schön, dass du dich meldest – ich habe öfter an dich gedacht, aber da war immer viel im Geschäft los und wenn ich zu Hause war, konnte ich mich zu nichts aufraffen. Aber jetzt will ich dich gerne treffen. Ich muss endlich wieder beginnen, ein wenig sozialer zu werden, und ich freue mich sehr, dass du mich nicht vergessen hast.«

Sie wollten sich in der James-Joyce-Bar treffen. Marietta kannte die Bar und schätzte ihren historischen Charme und die bequemen Ledersofas mit den kleinen Tischen. Diese englisch anmutende Atmosphäre passte irgendwie zu Luis, der auf Marietta ein wenig wie ein englischer Gentleman wirkte: distanziert, kühl bisher, wohlerzogen. Dann hörte das Englische allerdings schon wieder auf. Marietta erinnerte sich an seine sehr dichten Haare, die fast schwarz waren und südländisch glänzten. Diese und seinen Teint hatte er von seiner spanischen Mutter geerbt. Seine Haut hatte eine natürliche Bräune und sobald er an die Sonne ging, bekam sie einen warmen bronzenen Schimmer, dafür hatten schon die wenigen Tage am Bodensee genügt, sogar mit der blassen Novembersonne. Ansonsten war er wohl eher nach seinem Vater geraten, der dem Namen nach Schweizer war. Sein Gesicht war bestimmt von einer ausdrucksstarken hohen Stirn, einer kräftigen, geraden Nase und einem schön gezeichneten Mund. Sie erinnerte sich auch an seine langen Wimpern und hatte damals schon gedacht: beneidenswert, dass so etwas einem Mann geschenkt wird.

Während des Telefongesprächs konnte Marietta erstmals sein emotionales Wesen erspüren. Kühl hatte er im Retreat wohl nur gewirkt, weil er so verletzt gewesen war und sich zurückgezogen hatte, wie das viele Männer tun, und nun war sie sehr gespannt auf das Treffen.

Als er hereinkam, entdeckte er sie sofort. Marietta trug eine Jeanshose, die eng geschnitten war, und einen Pulli, der weich ihre Formen abzeichnete. Der Schiffchen-Ausschnitt betonte die Länge ihres Halses. Dazu trug sie eine hübsche, gleichzeitig verspielte und elegante Perlenkette, die nach jeder fünften Perle einen Aquamarin hatte. Am Handgelenk trug sie eine moderne Uhr und ein dekorativer Perlenring zierte den linken Mittelfinger. Sie hingegen musste zweimal hinschauen. Obwohl sie ihn vorher klar vor sich zu sehen geglaubt hatte, erkannte sie ihn kaum wieder. Er trug einen Anzug in einem schönen Grauton, dazu ein dunkelblaues Hemd. Ein wenig wie ein Filmstar, einfach klasse, schoss es ihr durch den Kopf. Seine dunklen Augen stachen umso mehr hervor und schienen zu leuchten. Sein Haar war ein wenig länger und er strich es nun aus der Stirn mit einer Bewegung, die zeigte, dass er noch nicht daran gewohnt war, es länger zu tragen. Das stand ihm sehr gut, fand sie. Luis kam sofort auf Marietta zu und reichte ihr die Hand. Eine tiefe, pulsierende Wärme breitete sich von ihrem Herzen in den ganzen Körper aus.

Er setzte sich und schaute sich um. Die Bar war gut besucht und es waren viele Geschäftsleute anwesend, die sich wohl auf einen Feierabend-Drink getroffen hatten. Er fragte, was sie trinken wolle, und rief den Kellner. Luis bestellte zwei Glas Weißwein und schaute dann zu ihr hin. »Oder sollen wir eine halbe Flasche nehmen?«

»Ja, und dann bitte für mich noch ein Mineralwasser für einen gespritzten Weißen.« Als der Kellner weg war, schaute er sie an und lächelte: »Du trinkst also auch Wein, nicht nur Tee wie im Retreat!«

Sie lachte auf und fühlte sich glücklich und gelöst, das sah man ihr auch an. Er schien ihre Freude wahrzunehmen, denn er lächelte anerkennend, blickte dann auf ihre Hände, lehnte sich zurück und es war, als wollte er sie in ihrer Ganzheit erfassen. Sein Blick war mehr ein Abtasten als ein Taxieren und ließ ihr die Gelegenheit, ihn auch eingehend zu mustern. Dann schauten sie sich in die Augen und keiner senkte den Blick, obwohl das Marietta fast ein wenig verlegen machte.

Die Bar war erfüllt von einer spürbar dichten Energie, der Lärmpegel war hoch. Viel Unausgesprochenes lag zwischen ihnen und es schien, als wolle keiner als Erster reden. Nach einer kleinen Ewigkeit beugte er sich zu ihr und ergriff das Wort. Dabei schaute er ihr unverwandt in die Augen:

»Ich möchte so gerne von dir hören, was du so machst, denn ich weiß wenig von dir, und doch, wenn ich hier sitze, fühlt es sich sehr vertraut an.«

»Mir geht es ähnlich und der Augenblick im Wald, den wir zusammen im Retreat geteilt haben, ist unvergesslich.«

Er nickte bestätigend und schien sich auch ganz genau daran zu erinnern.

»Hätte Karin mir nicht erzählt, was sie von dir wusste, wärst du jedoch immer noch ein Buch mit sieben Siegeln. Aber nun zu mir: Seit wir das Retreat verlassen haben, ist in meinem Leben viel geschehen. Man könnte fast sagen, ich bin zu einem Auffangpool für Gestrandete geworden, für Menschen, die dringend eine Bleibe suchen. Vielleicht hast du ja mitbekommen, was ich vor dem Retreat erlebt habe, das war auch nicht das Gelbe vom Ei.« Marietta hielt kurz inne, fuhr dann aber mit ihren Erklärungen fort: »Auf den ersten Blick scheint mit meinen Mietern ein normales Zusammenleben möglich zu sein. Erst mit der Zeit offenbart sich das ganze Dilemma und dann wird es um einiges komplizierter. Natürlich sind sie dankbar, dass sie bei mir wohnen können, und fühlen sich gut aufgehoben. Ich muss einfach aufpassen, dass ich mich nicht allzu sehr in ihre Geschichten hineinziehen lasse.«

Luis hörte aufmerksam zu und sie merkte, dass er ihren Mut, Fremde ins eigene Haus aufzunehmen, bewunderte. Das war wirklich nicht jedermanns Sache.

»Viel Schönes, aber auch Abstruses erlebe ich mit meinen Mitbewohnern. Reisen in die Psyche und was alles möglich und unmöglich ist. Wenn man dann tagtäglich damit konfrontiert wird, lernt man viel über sich und über die anderen. Manchmal braucht es schon einiges an Energie, um das auszuhalten. Mitunter ist es eine Belastung, die ich als anstrengend empfinde. Dann muss ich aus dem Haus, um mich abzulenken, oder etwas ganz Anderes tun. Danach kann ich mich der Situation wieder stellen.«

Sie begann, ihm zu schildern, warum sie auf die Idee gekommen war, Zimmer an Menschen mit Problemen zu vermieten, und erzählte, wie Max völlig aufgelöst zu ihr gekommen war, und was sie mit Ursula gerade erlebte. Luis hörte aufmerksam zu und unterbrach sie kein einziges Mal, sodass sie plötzlich ihre eigenen Gefühle während des Redens wahrnehmen konnte. Sie fühlte, dass sie manchmal überfordert war, und, obwohl sie nach außen stark wirkte, hätte sie sich gerne auch mal angelehnt, doch ihr Mann war nicht der Typ dazu gewesen und Albert leider auch nicht. Je mehr sie sprach, desto mehr verschwanden die Leute um sie herum und es war, als ob Luis und sie alleine wären. Als sie geendet hatte, nahm er ihre Hand und die innige Verbindung, die sich vorher schon über die Blicke eingestellt hatte, verstärkte sich.

»Nun habe ich so viel von mir erzählt. Sag, wie geht es denn dir seit unserem ersten Telefonat?«

»Ich habe mich langsam damit abgefunden, dass ich nichts mehr daran ändern kann, dass meine Frau mich so augenblicklich, fast gefühllos hat sitzen lassen und dass es so endgültig ist. Manchmal habe ich innerlich mit ihr gesprochen, geschimpft und war wieder traurig. Inzwischen habe ich damit aufgehört, nach Antworten zu suchen und schaue vorwärts. Dabei merkte ich, dass ich mal etwas Grundlegendes verändern möchte. Ich werde wohl weggehen, ziemlich weit weg. Zuerst wollte ich die Wohnung wechseln, aber das nützt nichts, wenn ich nicht innerlich noch einen Schub bekomme. Vorerst werde ich für eine Zeit lang ins Ausland gehen. Wohin, weiß ich noch nicht.«

»Wie willst du das realisieren?«

»Noch habe ich keine Ahnung, aber ich arbeite in einer internationalen Firma, da ergibt sich vielleicht etwas im Ausland. Wir entwerfen die Logos für sehr unterschiedliche Firmen, Veranstaltungen, Schauspieler, Schriftsteller und somit habe ich mit Grafikern und Werbefachleuten zu tun, und kombiniere oder stelle deren Arbeit dann den Betreffenden vor. Oft kann ich noch eine Idee beisteuern.« Luis dachte kurz nach: »Am besten gefällt mir das Brainstorming, wenn es nur so sprudelt vor Kreativität. Mit dem Ausland machen wir natürlich vieles online.«

Mit welchem Land, wollte sie wissen, denn sie sah ihn schon für immer entschwinden.

»Wir haben eine Filiale in Deutschland, Schweden, Spanien und in den USA. Letztere würden mich reizen oder Schweden, wo inzwischen die Filmindustrie von sich reden macht. Von der Idee bis zur Verwirklichung meines Wunsches kann es dauern. Ich muss meinen Chef noch überzeugen.«

»Heißt das, dass du all diese Sprachen sprechen kannst?«, wunderte Marietta sich.

»Nun, Spanisch kann ich wegen meiner Mutter und mit Englisch komme ich bestens klar. Ich habe ein Studium an der Boston University absolviert, das sich Project Management nennt. Danach habe ich festgestellt, dass ich auch künstlerisch etwas lernen möchte, und habe einen Kurs für Grafikdesign absolviert. Das hat mich total fasziniert, aber ich bin doch eher der Denker und Vernetzer.«

»Das sind wir dann wohl beide: du auf deinem beruflichen und ich auf dem spirituellen Gebiet. – Übrigens, hättest du Lust an einem Treffen mit der ganzen Gruppe vom Bodensee? Wir wären nur zu viert. Ganz ad acta habe ich das noch nicht gelegt.«

»Diese Gruppenarbeit gehört in eine Zeit, in der ich am Boden zerstört war, und daher möchte ich mich den anderen gegenüber nicht mehr erklären müssen, auch jetzt nicht.«

Sie musste ihm recht geben, es war eine andere Zeit, auch für sie. Da waren Karin, mit der sie sich so gut verstand, und die Erinnerung an schöne Momente und jetzt diese Wiederbegegnung mit Luis, die fast schicksalhaft zu sein schien, mehr brauchte es nicht. Also musste ein Gruppentreffen wohl nicht sein. Die Zeit war nur so dahingeflogen und er musste ja am nächsten Tag wieder arbeiten, also rief er den Kellner, gab ihm zu verstehen, dass er bezahlen wolle, und danach begaben sie sich nach draußen. Marietta bedankte sich und hängte sich bei ihm ein. Es war sternenklar und der Verkehr rauschte vorbei, als wäre er auf einem anderen Planeten. Sie hörten es nicht, sondern fühlten nur die Nähe des anderen.

In dem Moment nahm sie die wohltuende Aura wahr, die sie beide umgab. Nun wusste sie sicher, wessen Seele in der Nacht die ihre schon im Retreat berührt hatte. Es war die Schwingung eines Menschen, der mit ihr harmonierte, auch wenn im Außen nichts darauf hindeutete. Die Seele, und dazu zählt auch das Herz, weiß eben mehr als der Verstand. Während sie nebeneinander hergingen, legte Luis plötzlich seinen Arm um sie, ganz natürlich. Er schien es genauso zu fühlen. Gemächlich liefen sie weiter bis zu ihrem Auto. Zum Abschied legte er beide Hände auf ihre Schultern, küsste sie sanft auf die Stirn, Nase und kurz auf die Lippen und sie genoss es still und lehnte sich für einen Moment an ihn. Sie verstand, dass es noch zu früh war, sich irgendwelchen Hoffnungen hinzugeben. Die Zeit würde zeigen, was das Schicksal für sie beide bereithielt.

Zu Hause angekommen, erhielt sie eine SMS: »Es war ein wunderbarer Abend mit dir. Vielen Dank. Schlaf gut.«

»Ja, das war es auch für mich. Habe mich gefreut, dich wiederzusehen - du schlaf auch gut.«

13. Kapitel

Norwegen

»Ursula, ich möchte in die Ferien gehen und glaube, dass ich dir hier alles anvertrauen kann. Es wäre für zwei Wochen. Kannst du dir vorstellen, währenddessen das Haus und die Katzen zu betreuen?«, fragte Marietta eines schönen Tages im Frühsommer. Sie hatte schon länger mit ihrem Freund John in Norwegen über einen Besuch bei ihm per Mail kommuniziert und war gespannt, sein neues Zuhause und auch seinen Partner kennenzulernen, denn es war schon einige Jahre her, seit sie sich das letzte Mal in der Schweiz gesehen hatten. Seither flogen jedoch regelmäßig Mails hin und her.

»Natürlich, du wirst alles perfekt vorfinden, wenn du zurückkommst. Und du brauchst die Post nicht abzubestellen, einfach zur Sicherheit, falls ich doch mal einen Brief bekommen sollte«, meinte Ursula sehr bestimmt.

»Klar, ich lasse alles so, wie es ist, und du hast die Verantwortung.«

Ursula bekam zwar nie Post, aber da war sie wieder, die Eigenart, ihre Wichtigkeit zu betonen. Bislang hatte sie alles über das Anwaltsbüro und per Fax erledigt, aber sie machte sich eben gerne wichtig, wenn es um ihren Fall ging. Marietta war überzeugt, dass Ursula korrekt und zuverlässig war, was das Haus anbelangte, und bestimmt würde es auch den Katzen gutgehen. Außerdem konnte so ein Vertrauensbeweis Ursulas Selbstbewusstsein stärken. Sie gab ihr die Telefonnummer einer Bekannten, die ebenfalls Katzen hatte. Diese wusste auch, wo der Tierarzt war, falls es Probleme geben würde. Mit Klingemann war nicht groß zu rechnen.

Marietta freute sich auf zwei Wochen Norwegen und begann zu packen. Es war wärmer geworden und somit auch im Norden angenehm. Sie überließ also das Haus den treuen Händen von Ursula und sagte ihr, sie könne natürlich auch Mirjam anrufen, wenn etwas sei, und machte sich beruhigt auf den Weg zum Flughafen und nahm den Direktflug nach Oslo.

Oslo

Sie landete pünktlich und nahm den Shuttlebus bis ins Zentrum. Dann erkundigte sie sich bei der Information nach dem Weg zum Hotel, kaufte noch einen City Pass, für welchen sie dann die öffentlichen Verkehrsmittel benutzen und einige Museen vergünstigt besuchen konnte. Bald brachte sie die Straßenbahn nach nur wenigen Haltestellen zu ihrem Hotel. Oslo erschien ihr hell und freundlich als Stadt und auch die Menschen waren sehr hilfsbereit und wiesen ihr den Weg. Das Hotel machte einen gepflegten Eindruck, war aber ein ziemlich großer Kasten. In der Eingangshalle, die eher karg wirkte, standen ein paar Tischchen und ein Computer für Gäste bereit, was nicht sehr einladend aussah, und an der Rezeption händigte man ihr die Zimmerkarte aus. Nachdem sie ihren Koffer verstaut und das Passwort für WLAN eingerichtet hatte, fuhr sie wieder per Straßenbahn zum Hafen. Dort stand das eindrucksvolle Opernhaus, das direkt am Wasser lag, und das man auch von innen besichtigen konnte und sie nutzte die Gelegenheit, sich umzuschauen. Die lichte, wundervolle Holzkonstruktion überraschte Marietta. Es gefiel ihr so gut, dass sie beschloss, später im kleinen Restaurant der Oper direkt am Ufer ihr Nachtessen einzunehmen. Nicht weit weg lag die schöne Kathedrale, welcher sie noch einen Besuch abstattete. Diese wirkte eher bescheiden. Es war im Grunde genommen eine große Kirche ohne Prunk. Marietta setzte sich in eine Bank und stimmte sich auf die Energien der Stadt ein. Allmählich fühlte sie eine Leichtigkeit und Freude in sich pulsieren. Was sie sah, gefiel ihr, aber nun meldete sich der Hunger. Zurück beim Restaurant am Opernhaus setzte sie sich an einen freien Tisch, bestellte ein Glas Weißwein und einen Krabbensalat und blickte gelöst aufs Wasser. Sie liebte es, in der Nähe des Meeres zu sein. Anschließend bummelte sie noch etwas ziellos durch die Gassen und voller neuer Eindrücke und müde kehrte sie ins Hotel zurück. Dort plante sie noch, was sie am nächsten Tag unternehmen wollte. Tipps hatte sie von der freundlichen Rezeptionistin erhalten und checkte danach zusätzliche Informationen darüber im Internet.

Marietta hatte sehr gut geschlafen und nach einem üppigen Frühstück im großen Frühstücksraum fuhr sie mit der Trambahn zum Vigelandpark. Dieser Skulpturenpark war 24 Stunden lang offen und erstaunt stellte sie fest, dass niemand Eintritt zu bezahlen brauchte. Die Ausstellung zeigte zahlreiche Varianten von Skulpturen in Stein und Bronze des norwegischen Bildhauers Vigeland, die den Kreislauf des Lebens symbolisieren. Bereits als Marietta vor dem Eingangstor stand, war sie beeindruckt und ging – sich langsam umschauend – andächtig hinein. Vor einer Treppe mit einer riesigen Figurenkomposition aus Stein blieb sie stehen und betrachtete die gekonnt ineinander verflochtenen Figuren. Sie waren teilweise etwas grob, aber ausdrucksstark.

Wow, dieser Vigeland hat nebst seinem Können eine unglaubliche Beobachtungsgabe und wirklich eine Botschaft. So wie die Menschen sich miteinander verbinden, fast akrobatisch, kommt deutlich ihre Beziehungsebene heraus. Was für eine Innigkeit!, dachte sie und ging einige Stufen hoch. Dort blieb sie vor einem Monolithen stehen, der aus unzähligen ineinander verwobenen Körpern bestand. *Eine Säule aus lauter Menschen! Unglaublich!* Etwas weiter entfernt entdeckte sie einen Knaben aus Bronze, der richtig bös dreinschaute und sie musste lachen. *Worüber der wohl gerade böse ist?* Und so wanderte sie staunend weiter durch den Park und genoss es, die ausdrucksstarken Kompositionen zu bewundern. Bei einem schönen Brunnen, der ebenfalls aus lauter ungewöhnlichen Statuen aus einer Art Baum/Mensch bestand, und aus dem das Wasser munter sprudelte, lehnte sie sich an und gönnte sich eine Getränkepause. Sie bat eine Touristin, von ihr ein Foto zu machen, was immer eine schöne Möglichkeit war, etwas Kontakt mit jemandem aufzunehmen. Nach ein paar freundlichen Worten war auch das erledigt. Sie lief weiter in das zum Park gehörende Museum. Es war klein und übersichtlich, aber ein Genuss für die Sinne, was oft wie Nahrung für ihre Seele war. So verging der Vormittag wie im Flug. Sehr zufrieden mit dem Ausflug fuhr Marietta um 14 Uhr wieder ins Zentrum zurück. Eine Fahrt auf dem Wasser musste schon noch sein! Und so beschloss sie, mit der Fähre rüber auf die Halbinsel ins Museum der Kon-Tiki zu fahren. Mit dem Oslo-Pass, den sie bei der Ankunft erstanden hatte, war auch hier der Eintritt kostenlos. Die Überfahrt dauerte nicht lange. Hier traf sie auf eine größere Menschenmenge. Ganz offensichtlich zog Thor Heyerdahl, der große Abenteurer, der 1947 den Pazifik mit dem Floß überquert und das sogar gefilmt hatte, viele Leute an. Er wollte damit beweisen, dass die Polynesier auf diese Art und Weise und dank der Strömung und idealen Windverhältnissen so das Meer überquert hatten. Im Museum wurde ein Film über die 93 Tage auf dem Floß gezeigt. Das Originalfloß war ausgestellt. Es gab Fotos und viele Texte über Heyerdahls Expeditionen, die Marietta staunend las. Seine Frau schien ebenso mutig gewesen zu sein, denn sie hatte ihn auf mehreren Expeditionen begleitet. Ein Ausspruch von ihm lautete: Grenzen? Ich habe keine Grenzen gesehen, aber ich habe gehört, dass sie in den Köpfen einiger Leute existieren. Wirklich ein interessanter und mutiger Mann. So einen müsste man mal kennenlernen. Plötzlich erschien Marietta die Schweiz wie eine kleine Insel und sie bekam Lust auf weitere Entdeckungsreisen. Ach ja, morgen werde ich auch mir noch unbekanntes Land durchqueren, stellte sie fest und freute sich darauf.

Zurück auf dem Festland ging sie noch einmal in das Restaurant vor dem Opernhaus und beendete mit einem frühen Nachtessen den schönen Tag und begab sich bald darauf ins Hotel, wo sie aus ihrem Zimmer im fünften Stock den Sonnenuntergang genoss, und rundete einen erfüllten Tag damit ab.

Am nächsten Tag stand Marietta früh auf und hoffte, ihren Zug und den reservierten Sitzplatz gleich zu finden. Dank ihrem Freund John hatte sie schon von der Schweiz aus das Zugticket gebucht, welches deshalb zu einem Drittel des normalen Preises zu haben war. Mit Rucksack und Rollkoffer quetschte sie sich in die Straßenbahn und fuhr zum Bahnhof. Sie fand problemlos ihren Zug und Platz. Nun war sie also unterwegs mit der Sorlandbahn Richtung Stavangar zu John und seinem Partner, wo sie wohnen durfte. Es wurde eine schöne Fahrt, die zwar acht volle Stunden dauerte aber nie langweilig wurde. Diese führte sie durch eine sehr abwechslungsreiche Landschaft, sodass sie sich nicht einen Moment langweilte. Manchmal nahe am Wasser, dann wieder durch saftig grünes Gelände, Wälder oder hügelige Landschaften, durch welche die Bahn, resp. die Gleisbauer sich ihren Weg gepflügt hatten. Vor lauter Schönheit konnte Marietta ihren Blick gar nicht in ihr Buch vergraben, sondern ließ die Fahrt auf sich wirken. In Kristiansand hielt der Zug ein bisschen länger und die Fahrgäste konnten sich die Füße vertreten, bevor der letzte Abschnitt der Reise begann.

Am frühen Abend kam sie in Stavangar an. Am Bahnhof wurde sie schon von John erwartet, der sie freudig begrüßte. Sie hatten sich lange nicht gesehen und sie stellte fest, wie zufrieden er aussah. Er war mittelgroß und schlank, doch mit breiten Schultern und muskulös vom vielen Sport, den er auch hier in einem Privatclub unterrichtete. Sie begegneten sich in vielerlei Hinsicht auf Augenhöhe. Beide waren selbständig und offen für vieles. Seine Augen waren hellbraun und schauten ihr wohlwollend entgegen. Sein Gesicht, leicht gebräunt von Sonne und Wind, mit ein paar Sommersprossen, ließ ihn gesund aussehen. Das Haar hatte er zum Glück nicht mehr rot gefärbt. Es war jetzt kurz geschnitten und hellbraun und ab und an lugte schon ein wenig Grau an der Schläfe hervor. Marietta wusste, dass ihm das Grau gar nicht passte, und er, wenn er es konnte, einzelne Haare ausriss.

Marietta und John hatten sich vor ein paar Jahren im Internet kennengelernt und danach regelmäßig gemailt. John war gebürtiger Amerikaner, stammte jedoch von europäischen Großeltern ab. Seine Eltern lebten ebenfalls wieder in Europa. Er war in den USA ein erfolgreicher Geschäftsmann gewesen, doch als Homosexueller fühlte er sich nicht frei und wünschte sich sehnlichst, auszuwandern.

Eines Tages hatte John gefragt, ob er sie besuchen dürfe. »Na klar, ich freue mich«, schrieb sie sofort zurück, denn durch die intensive Mail-Kommunikation hatte sie das Gefühl, ihn schon sehr gut zu kennen. Er wollte zuerst ins Hotel, doch da auch ihr Mann nichts dagegen hatte, verbrachte er zwei Wochen Ferien bei ihr in der Schweiz, bekochte sie, pflegte ihren Garten, lernte dabei auch ihre Kinder und auch kurz ihren Mann kennen, der nur am Wochenende heimkam. Es waren zwei sehr harmonische Wochen. Sie zeigte ihm Burgen und die schönen Städte Solothurn und Luzern. Er war begeistert und wäre am liebsten in der Schweiz geblieben.

Zurück in den USA hatte er sich entschieden, sein Haus zu verkaufen, um sofort auswandern zu können. Dies wurde erstaunlich schnell zu einem sehr guten Preis abgewickelt. Also beschloss er, Europa noch ein wenig zu bereisen, bis er eine Wohnung und eine Aufenthaltsgenehmigung in Island erhielt, den dieses Land hatte es ihm schon früher angetan. Er meldete sich beruflich zuerst als Trainer an, um Mannschaften fit für Meisterschaften zu machen, erhielt eine Aufenthaltserlaubnis und konnte diese beliebig verlängern. Bevor er dort wohnhaft wurde, besuchte er Marietta noch einmal für ein längeres Wochenende.

In Island hatte er Ingo, einen Norweger, kennengelernt, und als dieser in Island seine Stelle verlor, beschlossen die beiden, nach Norwegen zu ziehen. Dort konnte John dank der ausgewiesenen Partnerschaft später problemlos eine Aufenthaltsgenehmigung erhalten und auch arbeiten.

Hier war er nun und lebte gern im kühlen Norden, seiner neuen Heimat. Seit einem Jahr waren die beiden bereits hier. Ingo fand einen Job in einer Kita. John fand kurzfristig einen Teilzeitjob aber finanzierte sein Leben hauptsächlich aus seinem Vermögen. Eine Zeitlang hatte es mit Aushilfsjob geklappt, doch momentan war er schon länger arbeitslos und hatte viel freie Zeit zur Verfügung. Es war also eine gute Gelegenheit, ihn zu besuchen.

»Wie schön, dich wiederzusehen. Everything O.K.?«, rief John, was sie mit einem Nicken und Lachen quittierte. Dann griff er gleich nach ihrem Koffer und lief voraus. Bei der Busstation erklärte John ihr die Busnummern und wie man ein Ticket löste, dann stiegen sie ein. Innerhalb der viertelstündigen Fahrt, die in ein Außenquartier führte, zeigte er ihr, wo Ingo arbeitete, gab ihr noch weitere praktische Hinweise, falls sie mal alleine unterwegs sein würde, weil leider kein eigenes Auto zur Verfügung stand. Bald schon mussten sie wieder aussteigen und es waren nur etwa hundert Meter zum Haus, wo John mit Ingo wohnte. Es war ein schönes Einfamilienhaus im Grünen. Eine Türe führte zu deren Wohnung im Untergeschoss, die andere zum Hausbereich des Besitzers.

Als sie eintraten, gab Ingo Marietta nur kurz die Hand. »Welcome here, feel at home. John will show you everything.« Willkommen hier, fühl dich wie zu Hause. John wird dir alles zeigen, sagte er und verzog sich gleich wieder hinter seinen Computer.

»Komm, ich zeig dir unser bescheidenes Heim und dann willst du dich bestimmt ein wenig ausruhen.«

»Ach, eigentlich bin ich gar nicht müde, ich will mich höchstens etwas frisch machen. Die Fahrt war ein Traum, schon etwas lang und doch ziemlich kurzweilig. Ich denke, heute Nacht werde ich jedoch sehr gut schlafen. Ihr wohnt wunderschön ruhig.«

John führte sie in der kleinen Einliegerwohnung herum, die im Untergeschoss des Hauses lag. Die Fenstersimse waren nur knapp über dem Boden des Gartens, sodass man Blumen vor dem Fenster hatte. Sie sah eine ordentliche Wohnung mit etwas altmodischen Möbeln, die wohl vom Vermieter zur Verfügung gestellt worden waren: ein braunes Sofa, dazu einen großen Sessel und einen riesigen Fernseher, von dem sie vermutete, dass er Ingo gehörte, sowie einen einfachen Holztisch mit vier Stühlen. An den Wänden hingen einige Bilder, denen man ansah, dass sie von Ingo gemalt worden waren. John erzählte, er habe schon versucht, ihn zu einer Ausstellung in einer Galerie zu bewegen, doch Ingo hatte bisher kein Gehör dafür. Er zeigte Marietta nun, wo ihr Zimmer lag, und nachdem er ihr ans Herz gelegt hatte, sie solle nur sagen, falls sie etwas benötige, ließ er sie alleine.

Mariettas Zimmer war mit einem schmalen Bett und einem Nachttisch eingerichtet. Einen Schrank hatte sie nicht, dafür ein paar Kleiderbügel an der Türe und eine Kommode. Sie verstaute ihren Kofferinhalt darin und hängte lediglich ein paar Hosen und eine Bluse auf die Kleiderbügel an den Türhaken. Dem Rucksack entnahm sie zwei Tafeln Schweizerschokolade und eine Schachtel mit Pralinen sowie ein gut eingepacktes Stück echten Schweizerkäse. Nachdem sie geduscht hatte, setzte sie sich erfrischt zu John aufs Sofa und beide stießen mit einem Glas Wein auf das Wiedersehen an. Sie überreichte ihm ihre Mitbringsel und wunderte sich ein wenig, dass Ingo kein Interesse zeigte, sich zu ihnen zu gesellen. John bedankte sich herzlich und musste gleich ein Stückchen Schokolade versuchen. Erst zum Nachtessen stieß auch Ingo zu ihnen und beide wurden mit einem typisch norwegischen Nachtessen mit Fisch verwöhnt, das John zubereitet hatte.

Die Norweger sprechen alle sehr gut Englisch, somit wäre ein Gespräch mit Ingo kein Problem gewesen, aber offensichtlich war er nicht ein gesprächiger Typ, sondern hörte lieber zu. Es wurde nicht spät, denn plötzlich merkte Marietta, dass sie doch ziemlich müde war.

Erholt erwachte sie am nächsten Morgen und John hatte schon fürsorglich den Frühstückstisch gedeckt. Erfreulicherweise hatte er eine richtig gute Kaffeemaschine. Nun erkundigte er sich nach ihren Katzen und fragte, ob sie schon nach Hause telefoniert hatte.

»Ach, ich will einfach mal abschalten. Wenn etwas ist, wird sich Mirjam schon darum kümmern. Ich freue mich auf den Tag mit dir.« Bald nach dem Frühstück zogen sie Richtung Stadt.

Stavangar ist sehr touristisch. Sie waren also nicht die einzigen, die unterwegs auf Besichtigung waren. Sie bummelten am großen Teich mit vielen Enten und Schwänen vorbei, quer durch das überschaubare Zentrum und direkt zum kleinen Hafen, an den sich malerisch die renovierten bunten Fischerhäuser schmiegten. Nachdem sie das Treiben eine Weile beobachtet hatten, schlug John vor, eine Rundfahrt zu buchen. Manche der Schiffe fuhren hoch in den Norden, bis nach Bergen, doch sie wollten nur eine zweistündige Sightseeing-Tour machen, die um 13 Uhr begann. Die Wetteraussichten waren gut.

Auf der rechten Seite des Wassers lag die modernere City mit der Kirche, mit vielen Geschäften, Restaurants und netten Cafés. Sie ließen sich in einem der kleinen Cafés nieder und besprachen, was es sonst noch zu sehen gäbe. John erwähnte das alte, sehr gepflegte Viertel gegenüber vom Quai, das sie sich unbedingt anschauen sollte. Bald war es aber erst mal Zeit, aufs Schiff zu gehen.

Nachdem es morgens noch grau und windig gewesen war, hatte der Wind nun nachgelassen, der Himmel klarte auf und es versprach, eine angenehme Fahrt auf dem mittelgroßen Schiff zu werden. Es führte sie in den Lysefjord, in dem beidseitig bis zu 1000 m hohe Felswände in den Himmel ragen, was auch für die berggewohnte Schweizerin ein Aha-Erlebnis war. Dieser Fjord ist der südlichste Norwegens und 40 km lang. Am Bug vorne konnte man den Fahrtwind und beste Sicht genießen. Natürlich knipsten alle drauflos.

»Na, gefällt es dir?«, wollte John wissen.

»Oh ja, das war eine gute Wahl, einmalig! Komm, ich mache einen Schnappschuss von dir.«

John mochte das nicht wirklich, aber ihr zuliebe hielt er still und lächelte. Es war gar nicht so einfach, ein gutes Foto zu machen, das die Wirkung der hohen Felsen unterstrich, denn an einigen Stellen wurde es recht schmal, eben ein richtiger Fjord. Danach war sie dran, in die Kamera zu lächeln, und zuletzt standen sie einträchtig an der Reling. Sie fuhren bei der Hin- und Rückfahrt auch am nahen Öl-Museum vorbei, das sie für den nächsten Tag vorgesehen hatten. Zurück auf dem Festland machten sie sich auf den Heimweg und verbrachten den Rest des Abends zu Hause. Marietta hatte ein schweizerisches Nachtessen mit dem Käse, den sie mitgebracht hatte, vorgeschlagen. Einträchtig bereiteten sie in der Küche das Essen vor. Wie schon früher während seiner Besuche bei ihr, schien es, als wären sie ein eingespieltes Team und auch Ingo schien zu bemerken, dass diese beiden etwas Besonderes verband, was ihm jedoch nichts auszumachen schien.

Besichtigungen
Am folgenden Morgen fuhren sie direkt zum Öl-Museum. Ein ziemlich großer, futuristischer Gebäudekomplex mit viel Stahl und Glas. Nicht weit davon entfernt kann man eine aktive Erdölplattform mit einer Länge von 300 auf 80 Meter sehen. So ist man fast hautnah am Geschehen. Die Erdöl- und Gasgewinnung hat Norwegen reich gemacht. Für Marietta als Schweizerin war das alles Neuland und sie las intensiv die Beschreibungen und bestaunte das Innere

166

der Plattform, das teilweise auf Bildern noch besser zu sehen war. Viele Maschinen, ein Bohrkopf und eine Rettungskapsel waren sogar im Original ausgestellt. Auf Fotos waren auch Männer zu sehen, die mit der Arbeit, insbesondere der Ölbohrung und -förderung beschäftigt waren. An der Decke hing ein Personalkorb, mit welchem die Männer auch heutzutage noch transportiert werden, wenn es nicht möglich ist, den Hubschrauber einzusetzen. Auf dem Foto sah man die Passagiere auf dem Ring an der Außenseite stehen und sich am Netz festhalten, um im Notfall sofort abspringen zu können. Das Gepäck liegt im Innenraum. Wegen der Höhe, der Wellen und dem Wind ist eine solche Fahrt ein echtes Abenteuer. Nach all diesen Informationen und Besichtigungen brauchte Marietta auch eine Pause. Gestärkt gingen sie dann wieder aus dem Restaurant, denn es gab immer noch viel zu sehen: das Modell einer echten Plattform, die minutiös nachgebaut war, und Ingenieuren bei der Erstellung der echten diente. Ebenso wurde das größte Unglück der Geschichte der Ölförderung gezeigt, als eine Plattform umgekippt war und 129 Menschen starben. Auch ihrer wurde gedacht.

Von überallher aus dem Land kamen die Arbeiter und wohnten in einfachen Kabinen auf der Plattform. Es war eine anstrengende Arbeit und oft dauerte eine Schicht zwölf Stunden und das während 14 aufeinanderfolgenden Tagen. Dann wurde die Mannschaft ausgewechselt. Marietta dachte bei sich, dass es doch einige Entbehrungen zu ertragen gibt, wenn man zwei Wochen auf so einem Stahlding blockiert ist, der Job war dementsprechend gut bezahlt.

Nach all den Informationen spazierten sie noch gemütlich am Jachthafen entlang, wo man kleine und große Segeljachten bewundern konnte, die wie wohlgenährte Wassertiere darauf warteten, ausgefahren zu werden. John gestand ihr, dass er das Museum auch zum ersten Mal besucht hatte.

Voller Eindrücke fuhren sie nach Hause und nach einem einfachen Nachtessen beschloss Marietta zufrieden auch diesen zweiten Tag.

Am dritten Tag spazierten sie in der näheren Umgebung herum. John führte sie zu einem nahen Park und erklärte: »Hier bin ich oft und beobachte die Entwicklung der Natur. Komm, da unten ist ein Teich, da können wir uns hinsetzen.«

Natürlich wollte John nun auch wissen, wie es um ihren Garten, den er sehr geschätzt und teilweise hatte, stand.

»Wie geht es den Rosen, die ich gepflanzt habe? Kommst du zurecht mit dem grünen Abhang? Helfen dir deine Untermieter?«

»Es geht so, ist halt nicht mehr so gepflegt wie zur Zeit, als du zu Besuch warst, damals kam öfters noch ein Gärtner. Die Mitbewohner helfen nur das Nötigste. Deine Rosen gedeihen prächtig, ich werde dir mal ein Foto davon zusenden.«

»Manchmal habe ich den Eindruck, bei dir und neben dem Strauch zu stehen, als wäre es ein winzig kleines Stück von mir, das in der Schweiz wohnt.«

Marietta fand das süß. Das klang ja richtig romantisch. So kannte sie ihn gar nicht.

Nun fragte er nach: »Erzähl mir mehr von dir, findest du deine Entscheidung, psychisch angeschlagene Menschen aufzunehmen, immer noch gut?«

Sie begann zu erzählen, und obwohl sie eigentlich gut Englisch sprechen konnte, war es nicht immer einfach, genau zu beschreiben, was gerade bei ihr zu Hause los war. Und manchmal korrigierte John unerbittlich die Fehler, die ihr im Englischen unterliefen. Das hatte er schon früher gemacht. Verwundert hörte er sich die Schilderungen über Ursulas Fall an und fand es auch ein wenig seltsam, wie groß deren Erwartungen waren.

»Und sonst?«

»Sonst? Wenn sie nicht gerade eine Krise hat, ist sie eine ruhige Person. Da sie im Untergeschoss wohnt, laufen wir uns auch nicht ständig über den Weg. Anstrengend ist es schon ab und zu. Die Diskussionen mit ihr sind manchmal endlos und verlaufen immer gleich. Da kann ich richtig froh sein, dass mit Herbert alles so unkompliziert ist. Da gibt es weder Diskussionen noch Probleme, zumindest tangiert mich das überhaupt nicht. – Dank Ursula lerne ich jedoch, kritischer zu werden und zu differenzieren, inwieweit ich etwas glauben kann oder nicht.«

»Du meinst wegen Albert, den du nicht so schnell durchschaut hast? Der hatte doch vieles verheimlicht.«

»Ja, genau.«

»Und glaubst du, der kriegt sein Leben noch in den Griff?«

»Ob er es schafft, wieder arbeiten zu können, weiß ich tatsächlich nicht, ist mir jedoch inzwischen piepegal. Gabriela und Max scheinen auf einem guten Weg zu sein. Na ja, Ursula tut mir schon leid; angenehm ist diese unendliche Geschichte mit der Versicherung sicher nicht. Aber dass die Miete viel zu billig ist, stört mich schon auf Dauer. Vielleicht müsste ich mich dazu mal konkret äußern. Was denkst du?«

»Kann sie denn mehr bezahlen?»

»Vielleicht. Ich habe keine Ahnung. – Aber lassen wir das leidige Thema sein.«

Sie standen auf und spazierten weiter bis zu einem Aussichtsturm, der baulich alles andere als schön war. Sie erklommen die Treppen und genossen danach eine herrliche Aussicht auf die Landschaft und das Meer. Auf dem Heimweg gingen sie noch das Nötige an Lebensmitteln im nahen Laden einkaufen und genossen beim Nachtessen die Zweisamkeit, ohne viel zu reden. Wie geplant, war es ein sehr erholsamer, gemütlicher Tag gewesen. Als Ingo heimkam, fand er beide auf das Sofa gelümmelt und man bemerkte die Vertrautheit, die zwischen den beiden herrschte, was ihn aber nicht zu stören schien. Er war nach der Arbeit noch zu Freunden gegangen, hatte dort gegessen und stellte jetzt noch den Fernseher an. Zu dritt schauten sie einen englischen Spielfilm.

Konservendosen

Am Freitag besuchten Marietta und John das kleine Konservendosenmuseum Hermetikkmuset, das einzige Museum für die Herstellung von Konservendosen der Welt. Fischkonserven waren ein einträglicher Wirtschaftszweig in dieser Region. Zurück ging der Bummel durch das sehr malerische, etwa 300 Jahre alte Quartier Gamle Stavanger mit seinen engen Gässchen und 170 weißen Holzhäuschen. Unterwegs klingelte John an der Türe eines der schmucken Häuschen, wo ein befreundetes Paar von John und Ingo wohnte, und sie wurden zu einem Kaffee eingeladen, bevor sie zurück Richtung Stadtzentrum gingen. Dort war ständig etwas los, entweder war Markttag, eine Musik spielte auf oder Touristen versammelten sich hier für eine Stadtführung. Die Restaurants am Quai luden zum Verweilen ein.

Marietta hatte großes Glück mit dem Wetter, das im hohen Norden bekanntermaßen ja nicht immer so ideal ist, sodass sie auch an den weiteren Tagen kleinere Ausflüge bei Sonnenschein machen konnte. Marietta genoss die Zeit sehr und erholte sich gut. Dass zu Hause nicht alles nach Plan lief, davon merkte sie natürlich nichts, da sie ihrer Tochter nur kurz eine SMS geschrieben hatte, um ihr mitzuteilen, sie sei gut angekommen und war Funkstille.

John hatte sich die erste Woche viel Zeit für sie genommen, in der zweiten wollte er wieder auf Jobsuche gehen. Da Marietta sich nun auskannte, machte sie viele Spaziergänge alleine, fuhr mit dem Bus in die Umgebung und während der diversen Stadtbummel kaufte sie auch ein paar Souvenirs und genoss die freundliche Atmosphäre der Stadt. Gegen Abend traf sie sich jeweils wieder mit John zum gemeinsamen Abendessen oder sie saß auch mal gemütlich im Haus, während er seine Mails schrieb oder Leute kontaktierte. Meistens kochten sie wieder gemeinsam. Einmal lud Marietta John in ein nettes Lokal ein, um sich zu bedanken. Ingo war meistens nicht interessiert, mitzukommen, oder wollte die beiden nicht stören. Sie wusste es nicht und im Grunde war es ihr auch egal. So verging auch die zweite Woche schnell, ja viel zu schnell. John hatte sich noch einen Tag freigenommen, an dem sie gemeinsam einen kleinen Ausflug mit einem Picknick machten, und dann wurde es Zeit, zu packen.

Für den Rückweg nach Oslo hatte Marietta einen Flug gebucht. Die Reise nach Oslo würde knapp 30 Minuten dauern und kurz darauf ging der Flieger zurück in die Schweiz. John begleitete sie mit dem Bus bis zum Terminal und dann mussten sie sich auf unbestimmte Zeit wieder verabschieden. Sie war richtig traurig, da sie ja keine Ahnung hatte, wann sie ihn wiedersehen würde.

14. Kapitel

Nicht sehr angenehm
Zu Hause angekommen wirkte alles gepflegt und ordentlich.
Ursula öffnete ihr die Türe, da sie den Schlüssel von innen
hatte stecken lassen. Als Marietta eintrat, sah sie, dass der
Tisch hübsch gedeckt war, und bevor Ursula in die Küche
verschwand, sagte sie zu Marietta, sie solle erst mal ihre Sachen auspacken und es sich gemütlich machen. Etwas seltsam war es schon, so empfangen zu werden, als wäre sie ein
Gast im eigenen Hause. Sie wollte sich aber erstmal darüber
keine Gedanken machen und nachdem sie den Kater gebührend begrüßt hatte, ging sie in ihr Zimmer, um schon
mal etwas auszupacken. Anschließend setzte sie sich an ihr
Pult, um Mails zu checken. John hatte schon nachgefragt
und sie bestätigte kurz, dass sie gut angekommen sei und
sich später nochmals melden würde. Von ihrem Platz hatte
sie einen guten Blick in den Garten. Dort wirkt vieles zu-
rechtgestutzt und Marietta wunderte sich, wie Ursula auf die
Idee kommen konnte, ihre Büsche und Blumen zu entfernen oder so massiv zurückzuschneiden, ohne dass es abge-
sprochen war. Das musste sie beanstanden – aber später.
Ursula rief sie nun zum Nachtessen und hieß sie mit einem guten Glas Wein willkommen. Noch war die Stimmung friedlich, bis Marietta die Post entdeckte, die auf dem
kleinen Nebentisch lag. Erstaunlich war schon, wie wenig
dalag, denn innerhalb von zwei Wochen sammelten sich
normalerweise diverse Zeitungen, Werbeprospekte, Briefe
an.
»Ist das die gesamte Post, die während meiner Abwesenheit kam? – Dann kann ich das doch gleich mal durchschauen.«

»Mach das doch später, sonst wird das Essen kalt.«
Marietta ließ den Einwurf gelten, warf aber nochmals einen zweifelnden Blick Richtung Post, die, in zwei Häufchen geschichtet, gründlich sortiert wirkte. Als sie zu Ende gegessen hatte, erhob sie sich, nicht ohne mehrmals das gute Essen gelobt und auch einiges über Norwegen erzählt zu haben.
»Ich schau noch schnell meine Briefe durch.« Marietta ergriff den einen Packen, der nur aus fünf Briefen bestand.
»Da müsste doch noch mehr sein. War das wirklich alles?«
»Nein, das ist natürlich nicht alles gewesen. Ich dachte, ich sortiere das schon ein wenig aus und entsorge die Werbe- und Bettelbriefe und was du nicht brauchen kannst. Da waren Zusendungen, die keinen Sinn machten, die habe ich auch weggeworfen.«
Dies war nun wirklich ein Übergriff, den Marietta nicht so einfach auf sich beruhen ließ.
»Du hast überhaupt kein Recht, meine Post auszusortieren, geschweige denn, was dir unpassend erscheint, wegzuwerfen. Geht's eigentlich noch?«, rief sie ziemlich laut aus.
Ursula fiel die Kinnlade herunter, weil sie diesen Ton von Marietta nicht gewohnt war. Sie war so perplex, dass sie Marietta nur anstarrte, und diese wurde nun noch lauter:
»Das ist eine massive Einmischung in meine Privatsphäre. Es ist einfach unverschämt! Gerade von dir hätte ich das nicht erwartet.« Sie schnappte nach Luft: »Du, die du so heikel bist und ein Pipapo machst bei allem, was geschrieben wird, dich absicherst, damit keiner deine Post sieht. Genau du, respektierst weder meine Post noch anderes, was mir gehört.« und setzte gleich noch einen obendrauf: »Ich habe gesehen, dass du auch im Garten ziemlich wild drauflos geschnippelt hast, ohne dass wir das abgestimmt hatten, und jetzt frage ich mich, was ich sonst noch entdecken werde!«
Ursula blieb immer noch stumm, wollte dann etwas antworten, unterließ es aber und erzählte ihr daher natürlich nicht,

was noch alles passiert war. Nach einer Weile des Schweigens lenkte Marietta ein:

»Lass uns morgen in die Details gehen, jetzt bin ich einfach zu müde.« Sie erhob sich, um die Küche aufzuräumen. Ursula verzog sich, zu Unrecht gemaßregelt, wie sie fand, in ihr Zimmer und sagte nur leise: »Guet Nacht.«

Marietta machte sich später kopfschüttelnd noch daran, die Zeitungen durchzublättern, um diese dann zu entsorgen. Weiteres Altpapier fand sie nicht, also war der Rest definitiv weg.

Der Ärger über die aussortierte Post hatte noch ein Nachspiel. Marietta fand später heraus, dass Ursula eine Rechnung weggeworfen hatte, denn sie erhielt zwei Wochen später den Auszug einer nicht bezahlten Rechnungsaufstellung der Kreditkarte. Man brummte ihr dann auch noch Verzugszins dafür auf. Sie konfrontierte Ursula damit, doch diese behauptete, dass Briefe auch verloren gehen könnten und sie bestimmt keine Abrechnung weggeworfen hatte.

Ärger über Ärger und Ausreden von Seiten Ursulas!

Der Kater
Eher belustigend fand Marietta die Geschichte, die sie ein paar Tage später von ihrer Bekannten Anna, die selbst Katzen hatte und in derselben Straße lebte, erfuhr. So hatte diese einen Anruf erhalten, bei dem Ursula in Panik war und behauptete, die Katze habe eine Geschwulst am Bein und man müsse unbedingt etwas tun. Sie klang so aufgeregt, dass Anna nur oberflächlich kontrollierte, und da war tatsächlich eine Verdickung mitten im dichten Fell spürbar. Sie packte die Katze in die Transportbox und da Sonntag war und der Tierarzt nicht arbeitete, fuhr sie in das nahe gelegene Tierspital. Am Schlimmsten war für die Katze wohl die dreißigminütige Autofahrt und die Aufregung der Frauen, denn letztendlich entpuppte sich die Geschwulst als dicke Schnecke, die sich im Fell verfangen hatte und richtig festgeklebt war und die Katze natürlich störte, sodass sie ständig an sich

herumzupfte und wie verrückt ihm Kreis lief, als wolle sie vor etwas davonrennen.

Als ob der Post-, Garten- und Katzengeschichten nicht genug der Unannehmlichkeiten waren, kamen weitere dazu: Etwa vier Monate seit dem Einzug von Ursula waren vergangen. Im Grunde hätte die Vermietung neu besprochen werden müssen, denn gemäß Ursula hätte ihr Prozess spätestens jetzt abgeschlossen sein sollen. Weil das ganze Prozedere aber schon so viele Jahre dauerte, kam es wohl auf einen Monat mehr oder weniger nicht an. So beschwichtigte Marietta sich selbst und Ursulas Hirngespinste zu durchschauen, daran gewöhnte sie sich langsam. Inzwischen hatte Ursula ihre Geschichte und die Aktenkopien auch an den Straßburger Gerichtshof für Menschenrechte gesandt. Ein dicker Packen ging auf die Post, alles durchnummerierte und datierte Kopien, die sie stolz Marietta zeigte. Manchmal kam es ihr vor, als müsse sich Ursula durch ihre hyperaktive Beteiligung am Prozess und ihre ständigen Kontakte mit Anwälten, Behörden und nun diesem hohen Gericht selbst bestätigen, wie gut sie war, und dass sie den Durchblick hatte: arme Frau.

Marietta hatte sich wieder eingekriegt und mit der Situation ausgesöhnt. Sie versuchte immer wieder, Ursula darin zu bestärken, nicht alles bis ins Hinterletzte anzuzweifeln oder kontrollieren zu wollen, denn durch ihr massives Kontrollverhalten blockiere sie Energien und möglicherweise wertvolle Impulse, die dem Ganzen eine neue Richtung geben könnten. Manchmal schien es, als würde Ursula die Mechanismen der sich selbsterfüllenden Ängste und Erwartungen verstehen, aber schon am nächsten Tag bekamen ihre Sorgen wieder die Überhand. Alles, was nicht von ihr kontrolliert war, schien daher gefährlich und wob ein Netz aus Angstszenarien; Vorsichtsmaßnahmen hielten sie im Griff, aus welchen dann wieder maßlos übertriebene Hoffnungen erwuchsen. Dass Millionen an Entschädigung und Schmerzensgeld auf Ursula zukamen, war für Marietta längst nicht mehr glaubhaft. Sollte Ursula eine Entschädigung von der Versicherung bekommen, würde sie die hohen Anwaltskosten und gewisse Zuwendungen dem Staat zurückvergüten müssen. Ebenso im Falle einer größeren Erbschaft. Ein wahrer Teufelskreis. Also warum der ganze Aufwand? Es schien für Ursula eine Form von Beschäftigungstherapie zu sein, die ihrem gebeutelten Ego diente, und sie fühlte sich dadurch wichtig. Früher war sie dank ihres Jobs angesehen und verdiente sehr gut. Was sie jetzt lebte, war das pure Gegenteil.

Neue Suche

Restrukturierungsmaßnahmen der Firma zwangen Herbert Klingemann, nach Deutschland zurückzugehen, was er bedauerte. Auch Marietta fand es schade, dass sie einen derart pflegeleichten Mieter verlor. Sie hoffte, dass ein nächster ebenso unkompliziert sein würde. Es genügte, wenn sie sich mit Ursulas Verhalten herumzuschlagen hatte, fand sie. Auf ihre neuerliche Anzeige meldete sich ein Taxifahrer, der ihr ziemlich ungehobelt erschien. Dann eine junge Frau, die frisch aus dem Elternhaus in die WG kommen würde. Ursula, die jedes Mal aus dem Haus verschwand und ja nicht gesehen werden wollte, wenn sich jemand vorstellte, nahm aus einer sicheren Distanz am Geschehen Anteil. Während des Essens oder nebenbei erzählte Marietta ihr jeweils, was für Leute dagewesen waren. Ein Taxichauffeur mit unsicherem Einkommen passte nicht. Die junge Frau, die so begeistert vom allem schien, kam ihr etwas exaltiert vor. Ein weiterer Interessent, ein 30-jähriger Mann namens Dieter, der einen Job bei einer Zürcher Bank hatte, hinterließ einen guten Eindruck, sodass sie Ursula mitteilte, sie habe in ihm möglicherweise einen nächsten Mieter gefunden. Ursula hatte sich, wie es schien, den Namen und den Wohnort des Mannes gemerkt. Oder hatte sie etwa in Mariettas Unterlagen geschnüffelt? Letztere staunte nämlich nicht schlecht, als sie am darauffolgenden Tag erfuhr, dass Ursula ihren Anwalt beauftragt hatte, Erkundigungen über diesen Dieter einzuholen. Vor lauter Entrüstung blieben Marietta fast die Worte im Hals stecken. Sie brachte gerade noch heraus:

»Waaas hast du …?«

»Meinem Anwalt das, was wir über Dieter haben, mitgeteilt … Ich will sicher sein, dass er kein verkappter Detektiv ist, der mich ausspionieren will. Sehr schnell hat mein Anwalt aber herausgefunden, dass er sauber ist. Wir können beruhigt sein. Der Anwalt hat in seinem Profil gesehen, dass er beruflich nichts mit Versicherungen zu tun hat.«

Das fand Marietta nun echt ein Zuviel der Einmischung. Aber Ursula sprach sofort weiter:

»Das kommt dir doch auch entgegen, wenn du weißt, dass er die Wahrheit sagt.«

»Das müsstest du schon meine Sorge sein lassen«, entgegnete Marietta und dachte bei sich: *Bei dir ist man sich dessen ja auch nie ganz sicher.*

Nun, es war ja nichts weiter schlimm, einfach sher typisch, also sagte sie:

»Das hast du getan, um dich abzusichern. Aber ich finde, dass dich die Hintergründe eines anderen Mieters nichts angehen. Ich darf und soll ja von dir auch nichts erzählen. Aber ich musste natürlich erwähnen, dass da noch jemand im Hause wohnt, so wie ich dir in groben Zügen sage, wer in Frage käme.«

Als alles darauf hindeutete, dass auch Dieter gerne bei ihr einziehen würde, war der Mietvertrag schnell unterschrieben. Im nächsten Monat zog er ein. Marietta machte ihn darauf aufmerksam, dass er gut daran täte, nicht zu vertraulich oder intensiv mit Ursula zu kommunizieren, doch diese Sorge war unbegründet. Wie sich zeigte, hatte er überhaupt kein Interesse, sich einzubringen, sondern gehörte zu den jungen Männern, die hauptsächlich ihre Karriere im Kopf haben. So ging das gemeinsame Leben auch mit Dieter mehr oder weniger nebeneinander her und reibungslos vonstatten.

Erzengel

Irgendwann fiel Marietta auf, dass Ursula sich kaum mehr in der Küche zeigte, nicht mehr mit ihr essen wollte und wenn, dann sehr wenig aß. Das konnte nicht mit dem vorherigen Zerwürfnis zu tun haben und so fragte sie nach, was denn los sei.

»Ich kann nicht mehr. Mein Kampf mit den Behörden und Anwälten ist eine Tortur. Ich verstehe die anderen immer besser, die sich deswegen das Leben genommen haben.«

»Ich kann dir nachfühlen, dass es dir langsam reicht. Du hast ja bisher das Menschenmögliche unternommen. Mir scheint aber, dass du deine Gedanken nur noch darauf verwendest. Etwas mehr an Vertrauen, dass sich deine Situation zum Guten wendet, würde vielleicht helfen. Und wenn du nicht ständig so intensiv und akribisch alles notieren und kontrollieren würdest, wäre es weniger anstrengend.«

Ursula ging alle zwei Wochen zu einer Psychiaterin, ebenso in die Physiotherapie. Ob sie Medikamente nahm, wollte sie nicht sagen, nur dass sie viel schlafen musste und das auch tat. Außer, dass sie im Garten die Pflanzen goss und mal Laub zusammenwischte, hielt sie ihr Zimmer sauber und deshalb hatte sie sehr wenig Bewegung und Abwechslung. Meist saß sie über ihren Akten und studierte Zeitungsartikel und Briefe. Radiohören wollte sie auch nicht, das sei ihr zu anstrengend, ein Buch lesen ebenfalls nicht. Um sie auf andere Gedanken zu bringen, zeigte Marietta ihr ein Kartenset mit sehr schönen Darstellungen der Erzengel und Beschreibungen dazu. Es war eine moderne Ausdeutung der Engelsqualitäten. Sie bot Ursula an, dass sie jeden Tag eine andere Karte ziehen konnte. Besonders dann, wenn sie sich nicht gut fühlte. Dann solle sie den dazugehörigen Text studieren. So würde die gezogene Engelkarte, beziehungsweise die Qualität des jeweiligen Engels, sie begleiten. Ursula war zuerst ein wenig skeptisch, dann aber begeistert, weil sie als erste der Karten den Erzengel Michael zog und las, wie er half, schwierige Situationen zu lösen und dass es eine göttliche Ordnung gibt, an der sich der Mensch orientieren soll und darf: 'Du schaffst das', stand da als Affirmation. Sie entschied sofort, dass dieser Engel perfekt zu ihrer Situation passte. Immerhin stand er für Mut und Kraft und das Erreichen der Ziele. Sie stellte das schöne Bild neben die Vase mit der kleinen Blume und bekam ein stilles inneres Leuchten. Endlich mal eine Ablenkung, die sie als positiv erleben konnte. Marietta hoffte, dass auch der Text ihr zeigte, dass Menschen viel Unterstützung bekommen, sofern sie an eine höhere Macht glauben, die sie unterstützt, sei es Gott, Jesus oder eben ein Engel.

Ursula hatte mit Esoterik nichts am Hut, doch gefiel ihr die Idee, Engel als Begleitung zu haben. Außerdem mochte sie die schönen Karten zusammen mit den Texten.

»Das ist fast wie ein Gebet. Als Kind habe ich auch gespürt, wie mir das half. Und wenn ich mich jetzt auf die Engel konzentriere, tut mir das gut.«

Jeden Tag zog sie eine andere Karte und stellte sie gut sichtbar auf den Tisch. »Ich danke dir, das sind so schöne aufmunternde Worte und es ist, als zöge ich jeden Tag genau die passende Karte.«

Langsam nahm sie wieder Anteil am Leben, ging öfter spazieren und brachte von ihren Gängen schöne Schneckenhäuser und Steine mit, die sie dekorativ bei sich aufstellte.

Mit den Katzen hatte Ursula sich ebenfalls angefreundet und eine war ihr besonders lieb. Etwas war aber seltsam. Marietta hatte bemerkt, dass ihre Katzen fast nichts mehr vom Katzenfutter fraßen. Sie musste Ursula gelegentlich zur Rede stellen und nachfragen, ob sie sich das erklären könne. Marietta vermutete, dass sie begonnen hatte, die Tiere separat zu füttern, was ihr nicht unähnlich sähe, so eigenmächtig, wie sie manchmal zu handeln pflegte. Sie wollte aber einen späteren Zeitpunkt abwarten. Jetzt wo Ursula sich wieder ein wenig gefangen hatte, war für beide das Zusammenleben wieder angenehmer.

15. Kapitel

Thomas
Der lockere Kontakt mit Thomas, den sie vor ein paar Jahren durch Facebook kennengelernt hatte, und mit dem sie schon einige reelle Begegnungen in Minne verbracht hatte, intensivierte sich. Sie besuchten gemeinsam Ausstellungen und luden sich gegenseitig zum Essen ein. Thomas hatte etwas Rührendes an sich, das sie an ihren Vater erinnerte: charmant, wortgewandt und sehr belesen. Auch in der Physiognomie war er ihm ähnlich. Nicht groß gewachsen, doch elegant, gepflegt und sehr gebildet. Er hatte ein kleines Bäuchlein, denn er war ein Feinschmecker und ziemlich unsportlich. Sie verstanden sich blendend, wenn es darum ging, Lebensthemen anzusprechen, und sein Wissen war für sie eine Bereicherung. Er hatte ihr schon bei einem der früheren Treffen eröffnet, dass er sein Leben im Ausland verbringen werde. Er war bereits mit einigen Leuten in Kontakt, mit denen er über diverse zukünftige Projekte diskutierte. Vieles sei schon in Planung, erzählte er begeistert. Von da an verfolgte sie gespannt seine Aktivitäten und fragte sich gleichzeitig, ob das nicht einfach eine Flucht war – vor was auch immer.

»Bist du sicher, dass du dort glücklicher sein wirst?«

»Was heißt schon glücklicher? Etwas drängt mich, in ein warmes Land auszuwandern. In eines, das nicht so strukturiert ist wie unseres, und wo man mit weniger Geld als Rentner gut leben kann. Ich freue mich, wenn du mich dort mal besuchen kommst, sobald ich mich eingelebt habe. Ich werde dich über Skype auf dem Laufenden halten«, versprach er.

»Das hoffe ich doch sehr. Es wäre traurig, wenn wir den Kontakt verlieren.«

Ein guter Freund
Wenn Thomas und sie zusammen waren, brauchte es keine besonders langen Erklärungen, egal, über welche Themen sie sich unterhielten. Außerdem hatten sie ähnliche Interessen. Auch er liebte Bücher, meditative Gesänge, hatte schon einige spirituelle Gruppen besucht und hoffte herauszufinden, warum sich das Schicksal bisher so gegen ihn gewandt hatte. Ihn beschäftigte sehr, dass er seine Kinder nicht mehr sehen durfte, und das, obwohl alle Vorwürfe gegen ihn von gerichtlicher Seite aufgehoben worden waren. Dann auch, was er in Zukunft nach seinem letzten Konkurs machen sollte, denn bis zur Pensionierung dauerte es noch einige Jahre. Er hoffte, Antworten zu bekommen, und traf schließlich ein Medium, das ihn schon bei der ersten Begegnung während einer esoterischen Messe beeindruckt hatte. Ihre Spezialität war es, Informationen von Verstorbenen und anderen Wesen in Halbtrance zu übermitteln. Während einer privaten Sitzung ließ sie ihm Botschaften von einer geistigen Wesenheit zukommen, die ihm sehr vertraut schien. Er erhielt Antworten auf seine Fragen und lernte viel über Zusammenhänge. In einer der Sitzungen führte ihn das Geistwesen in die Jugend zurück und er lernte, die Situationen anders zu betrachten und sich innerlich mit seiner Mutter zu versöhnen. Was dieses Geistwesen durch das Medium erklärte, half ihm sehr.

Als Marietta und er wieder einmal gemütlich zusammensaßen, hatte sie eine Idee:

»Was meinst du, sollen wir mal gemeinsam einen Anlass organisieren, einen Begegnungsabend für spirituell Interessierte? Es könnte vorerst ja nur ein Abend sein. Du hast Gruppenerfahrungen und ich auch. Außerdem könnten wir den auch bei Facebook bewerben.«

Er war sofort begeistert und so begannen sie gemeinsam, einen vorweihnachtlichen Meditationsabend zu planen, und versandten folgenden Flyer, den Thomas mit einem sehr schönen Bild ergänzte.

Liebe Freunde!

Seit einigen Jahren und speziell seit der Harmonischen Konvergenz 1987, danach wieder 1999 vor dem Beginn des 21. Jahrhunderts, und an hochenergetischen Tagen tragen spirituell Bewegte ein geistiges Licht in und um die Welt. Immer öfter, besonders in den vergangenen Jahren, vereinen sich Gruppen rund um den Erdball, um für Frieden zu meditieren. Der wahre Frieden beginnt immer in uns und dazu möchten wir beitragen.

Wir nähern uns einem weiteren Kulminationspunkt, dem 21.12.2012, der bei den Maya-Prophezeiungen von großer Tragweite zu sein scheint. Viele erwarten weltweit große Veränderungen. Skeptiker interpretieren die Prophezeiungen damit, dass sie sagen, der Weltuntergang sei damit angekündigt worden. Doch daran glauben wir nicht. Wir wollen am 21.12.2012 mit Euch feiern und damit eine großartige Zeit einläuten.

Wir werden mit einer geführten Meditation, die Marietta channeln wird, Licht und die innere Versöhnung in uns und mit ALLEM, WAS IST, aufleben lassen und dadurch in die Welt hinaustragen. Du bist herzlich eingeladen, aktiv mit deinem Beisein Teil davon zu sein und Dich einzubringen.

Für das leibliche Wohl ist gesorgt. Wenn du selbst mit etwas Essbarem beitragen möchtest, kannst Du das gerne tun.
So sei es.
In Licht und Liebe
Marietta und Thomas

Nachdem sich zehn Personen angemeldet hatten, mietete Marietta einen mittelgroßen öffentlichen Raum im Nachbarort. Eingeladen hatten sie Menschen aus ihrem Bekanntenkreis. Marietta schrieb ihre jetzigen und früheren Kursteilnehmer ab und selbstverständlich eröffneten sie eine separate Seite dafür bei Facebook. Es war endlich die Chance, die sie schon lange ersehnt hatte, nämlich einen Kurs gemeinsam mit einer männlichen Person anzubieten. Vorgeschwebt hatte ihr ein Partner, wie Albert es hätte sein können. Während der Organisation dieses Anlasses wurde ihr bewusst, dass sie ebenso viele männliche Qualitäten verkörperte wie Thomas weibliche, nämlich klärte sie viele organisatorischen Fragen, während Thomas oftmals die weiblichkommunikative Seite, wie man etwas schriftlich und mit Enthusiasmus vermittelte, zum Klingen brachte. Sie genoss es, mit ihm ein Ziel zu verfolgen. Leider teilte er ihr während dieser Zeit auch mit, dass sein Plan, auszuwandern, nun ganz konkret wurde und er plane, seine Wohnung bald aufzulösen. Viel würde er nicht mitnehmen und sie könne sich bei ihm umschauen, ob sie etwas wolle, was sie dann auch tat. Damit hatten sich aber zukünftige gemeinsame Aktivitäten bereits wieder erledigt. Nichtsdestotrotz freute sie sich erst einmal auf den gemeinsamen Abend.

Der Zettel
Doch vorher gab es in ihrem Hause eine weitere Zuspitzung an Unannehmlichkeiten. Sie war im Kino gewesen und sah beim Heimkommen spätabends von Weitem einen Zettel hell an ihrer Eingangstüre schimmern. Tatsächlich klebte ein gefaltetes, weißes DinA-4 Blatt an der Haustüre, das bei näherem Hinschauen von Hand geschrieben und an Ursula gerichtet war:
»An die Bewohnerin hier im Hause, Frau UB«.
Marietta riss das Papier herunter, das mit einem Klebstreifen befestigt war. *Das ist doch Mist, so etwas kann doch keiner ernst nehmen. Oder etwa doch?* Das Papier konnte natürlich auch von Ursula stammen, doch ganz sicher war sie nicht. Nun war sie doch neugierig und las den in Druckbuchstaben geschriebenen Text:
An Frau Bender. Wir haben Sie weiterhin beobachtet und befinden, dass Sie in diesem Quartier und Hause im Luxus leben, und wir

184

müssen uns überlegen, ob die finanziellen Zuwendungen noch gerecht-fertigt sind. Außerdem scheinen Sie in einigen Belangen ...
So ging das noch weiter mit Unterstellungen und Drohun-gen. *Alles Quatsch*, dachte Marietta nochmals, trat ins Haus und schmiss das Papier erstmal auf den Tisch. Es war spät und Ursula schlief normalerweise um die Zeit schon. Und so rechnete Marietta nicht damit, sie noch zu sehen, als die-se urplötzlich hinter ihr stand. Zuerst fragte sie, ob Marietta einen netten Abend gehabt habe, und dann schaute sie auf das Papier und deutete mit dem Zeigefinger darauf.

»Was ist das?«

»Das klebte an der Haustüre und sieht nach einem Bu-benstreich aus.«

»Darf ich?« Jetzt nahm Ursula das Blatt an sich und ras-tete aus: »Es ist doch ganz klar, was das ist. Der Text ist an mich gerichtet, das ist wieder einer der typischen Drohbrie-fe. Diese Unterschrift habe ich schon mehr als einmal gese-hen. Wir ließen sie analysieren und kennen das ungefähre Alter und den Charakter des Verfassers. Wann wolltest du mir den denn zeigen? Steckst du eventuell doch mit dem Kerl unter einer Decke?«

»Sonst geht's dir aber noch gut? – Ich dachte, morgen wäre wohl noch früh genug gewesen, dir diesen Wisch zu zeigen.«

»Somit bist du jetzt diejenige, die über meine Post be-stimmt, hä?«, kam es da giftig zurück.

Marietta versuchte es gar nicht mit einer Replik, sondern konnte beobachten, wie Ursula den Zettel fester packte, auf dem Absatz kehrtmachte und schrie, sie werde das jetzt so-fort ihrem Anwalt faxen. Seufzend und ohne Widerspruch ließ Marietta sie gewähren. Inzwischen war für sie fast klar, dass Ursula den Zettel selbst geschrieben haben musste. Das hatte ja echt schizophrene Züge, wenn diese steif und fest behauptete, diese Briefe seien von fremder, feindlicher Hand geschrieben worden.

Marietta rief am nächsten Tag Ursulas Psychiaterin an und erklärte, was vorgefallen war. Sie wollte wissen, ob so etwas zu Ursulas Krankheitsbild gehöre. Leider durfte die Psychiaterin ihr keine konkrete Auskunft geben, da Marietta weder verwandt noch ihr Vormund war. Sie bestätigte nur, dass es durchaus sein könnte, dass jemand mit Verfolgungsängsten im Wahn den Zettel selbst geschrieben haben könnte. Das reichte Marietta an Bestätigung. Also wieder etwas, was sie Ursula nicht glauben konnte.

16. Kapitel

Feierlich

Am 21. Dezember fand der gemeinsame Meditationsabend in einem Raum der Kirchgemeinde statt, der von jedermann gemietet werden konnte. Dieser war mit seinem rustikalen Verputz und den schönen dunklen Holzbalken sehr gemütlich, außerdem war eine kleine Küche integriert. Es hatten sich vornehmlich Frauen angemeldet. Etwa die Hälfte stammte aus Mariettas Bekanntenkreis, die andern Teilnehmer kamen von Thomas. Nachdem sich alle begrüßt hatten, bat Mariette die Leute, auf den Stühlen Platz zu nehmen, die in einen Kreis angeordnet waren. Es wurde still.

Am Boden brannte eine große Kerze mit Teelichtern drum herum. Ein vergoldeter Tetraeder und mehrere Kristalle waren auf einem regenbogenfarbenen Tuch verteilt. Nun ließ Marietta eine Klangschale reihum gehen und bat, kurz vor dem Anschlagen den Namen zu nennen. Als alle ihren Namen genannt hatten, erklärte sie ihnen den Ablauf des Abends. Danach ließ Marietta meditative Musik von einer CD laufen. Sie schloss die Augen und die anderen taten es ihr nach.

Sie begann, langsam zu sprechen:»Wir kommen ganz an in diesem Kreis, in diesem Raum. Wir konzentrieren uns auf unser Herzzentrum und schaffen eine Verbindung von Herz zu Herz ... Atme in dein Herz und bemerke, wie es weit wird.«

Marietta ging intuitiv vor, ließ sich von den Energien und Bildern, die sie bekam, leiten. So führte sie durch die Meditation, in welcher es darum ging, Kontakt zu sich selbst zu schaffen, aktuelle Gefühle und Gedanken, die belasteten, zu beobachten und innerlich um Heilung zu bitten. Nach meh-

187

reren Minuten galt es, mit dem Planeten Erde und den eigenen Visionen Verbindung aufzunehmen und zu sehen, was einen an deren Verwirklichung hinderte. »Mut, Klarheit, Klarsicht, Handlung, Geduld? Lass das Wort, das dich angesprochen hat, oder die Qualität, die du benötigst, wirken. Nimm das mit dem Einatmen in deine Zellen auf, um es zu integrieren.«

Dann verbanden sie sich mit irdischen Plätzen, die ihnen nahe waren. Von dort reisten sie um die Erde, erkannten und besuchten Bezugspunkte, d.h. Schnittpunkte im Bewusstseins-Gitternetz, das elektromagnetisch und mit Gedankenenergien gespeist wird. Universelles Wissen ist daringespeichert und man kann sich bewusst dort einklinken und die Teilnehmer nährten es mit zuversichtlichen, motivierenden Bildern und Gedanken.

Marietta beendete die Meditation mit den Worten: »Sei bereit, zu empfangen, was für dich bereit ist. Vertraue deinem Weg, der dich in die neue Zeit trägt, die du mit deinem Sein bereichern wirst.«

Nach der Meditation folgten sehr persönliche und offene Gespräche darüber, was die einzelnen erlebt hatten, und was sie von der Zukunft erhofften. Es war sehr facettenreich. Thomas steuerte viel bei, indem er von neuen Strukturen in der Gesellschaft sprach, die sich gerade bildeten, und davon, dass sich viele feinstoffliche und irdische Netzwerke öffneten. Facebook sei eines davon.

Er erzählte ihnen außerdem von seinen medialen Erfahrungen: »Erst in den letzten Jahren öffnete ich mich, zuerst durch die Lektüre spiritueller Bücher und dann dank den Sitzungen mit einem Medium. Wobei ich auch viel von Meistern und besonders von Osho lernte, um ein neues Bewusstsein zu erlangen. Immer häufiger begegnete ich Frauen und Männern, die einen fundierten spirituellen Hintergrund hatten. Ich war noch nie vorher einem Medium begegnet, bis zu dieser esoterischen Messe. Wir unterhielten uns blendend, sodass ich einen Sitzungstermin bei ihr buchte. Als ich dort war, channelte sie meinen Geistführer. Früher wusste ich nicht einmal, dass ich einen hatte, aber er schien mich von Grund auf zu kennen, sodass ich alle Zweifel losließ. Stunden um Stunden stellte ich Fragen und sie channelte die Antworten. Immer öfter bemerkte ich aber, dass mir die Antworten direkt zuflossen, wenn ich in Gedanken mit meinem Geistführer im Zwiegespräch war.«

Alle hörten ihm gebannt zu und einige wollten den Namen des Mediums wissen. Wieder andere wollten wissen, ob jeder und jede einen Geistführer habe.

Thomas erklärte:»Wir sind alle einer geistigen Instanz angeschlossen und das Wort Geistführer ist etwas missverständlich, denn dieser führt uns nicht, sondern sieht, was wir in diese Inkarnation mitgebracht haben und was wir verwirklichen könnten. Im Grunde sind wir immer in Verbindung mit einer geistigen Kraft, die uns auch durch die innere Stimme vermittelt wird. Ob wir danach handeln, ist unsere Entscheidung. Wir erfahren bei einem geistigen Führer, ob unser Denken mit unserem Potenzial übereinstimmt. Er sagte mir zum Beispiel, ich könne natürlich wie gewünscht auswandern, doch ich würde wiederkommen. Das ist etwas, was ich zurzeit gar nicht glauben kann. Er sagte mir auch nicht auf meine Rückfrage, warum ich zurückkommen würde. Im Grunde erhielt ich eine Bestätigung dessen, was ich verwirklichen möchte, aber auch, dass es anders laufen wird, als ich mir vorstelle. Ich würde sagen, je mehr wir selbst unsere Meisterschaft anerkennen, desto mehr vertrauen wir unserem Weg.«

Er hielt inne, schaute in die Runde und fuhr dann fort:» Die weltweite Kommunikation wird vervielfacht und immer häufiger erhalten sensible Menschen Inputs aus anderen Dimensionen oder telepathische Hinweise für kommende Geschehnisse. Natürlich besteht die Gefahr, dass manch einer meint, er habe den einzig richtigen Zugang zu geistigen Informationen. Dem ist nicht so, denn es gibt viele

Wahrheiten. Darauf sollte man achten und nicht blind vertrauen. Alles trägt zu Veränderungen bei. Und wie in der Meditation sollten wir mehr mit dem Herzen als mit dem Verstand entscheiden oder zumindest auf beide hören.«

Marietta erzählte, dass sie sich damit beschäftigt hatte, warum Alzheimer immer mehr Menschen erfasste, und sah einen engen Zusammenhang darin, dass man mehr auf die Intuition als auf Konstrukte des Verstandes bauen sollte.

»Ich habe lange Zeit einen Onkel begleitet, der unter Alzheimer litt, und mich deswegen intensiv mit dem Thema befasst. Ich vermute, dass Alzheimer auf dem Vormarsch ist, weil telepathische Kommunikation immer mehr an Boden gewinnt. Wer nämlich auf der Seelenebene, die eng mit Liebe und Herz gekoppelt ist, mit Alzheimer-Menschen Verbindung aufnimmt, dürfte merken, wie Gefühle und Gedanken eins zu eins ankommen, Worte hingegen werden sofort wieder vergessen. Was der Verstand früher für Informationen gespeichert hatte, kann hervorgeholt werden, aber das Kurzzeitgedächtnis ist gelöscht. Weil diese Menschen merken, dass sie nicht mehr normal funktionieren, sind sie am Anfang sehr frustriert und finden ausweichende Antworten, damit das Umfeld nichts merkt. Später leben sie in einer eigenen Welt und nehmen hauptsächlich über die Sinne wahr und glauben, die Vergangenheit sei nach wie vor aktuell. Zum Beispiel wollen sie noch zur Arbeit gehen oder sprechen von Verstorbenen, als würden diese noch leben. Sie möchten darin ernst genommen werden und werden wütend, wenn man sie korrigieren will. Die Aggressivität dieser Menschen gilt nach wie vor als normaler Krankheitsverlauf von Alzheimer, doch es würde sich viel verändern, wenn wir lernten, auf einer Ebene mit ihnen zu kommunizieren, als würde man ihre Welt teilen, denn es ist ihre Realität. Oft reagieren sie auch einfach nur auf die unterdrückte Ungeduld ihres Umfeldes, also von Familienangehörigen oder Pflegern. Wer ihnen authentisch und mitfühlend gegenübertritt, erlebt eine tiefe Verbindung und wird überrascht sein, was sie alles wahrnehmen können. Noch ist die Gesellschaft nicht fähig, diese Qualität anzuerkennen, doch die nächsten Jahre bringen die Veränderung. Je mehr sich feinfühlige Familienangehörige und Freunde damit befassen, desto mehr verstehen sie, dass der Wechsel vom Verstandesdenken zum Herzdenken den Wandel für die Alzheimer-Patienten bringt. Vielleicht wird Alzheimer auch wieder verschwinden, wenn wir unsere Potenziale leben.« Die Teilnehmer hatten aufmerksam zugehört. Nun folgte ein intensives Gespräch über Alzheimer, über Vergesslichkeit und wann es schwierig ist, loszulassen. Es wurde noch mehr über mediale Fähigkeiten gesprochen und wie die Einzelnen sie entdeckt hatten. Jemand schlussfolgerte, dass es vor allem darum gehe, der Intuition zu vertrauen. Es sei das größte Geschenk, das man sich selbst machen könne, wenn man auf diese inneren Impulse hören lerne. So würden wir immer mehr eins mit unserem höchsten Seelenpotenzial. Nur einer der Besucher, der einer christlichen Sekte angehörte und nicht gewohnt schien, eine eigene Meinung zu vertreten, sagte, damit könne er nichts anfangen und verließ die Gruppe bald wieder. Das war natürlich auch in Ordnung.

Viel Energie war geflossen und das machte hungrig. Eine gute Kürbissuppe, Snacks und Getränke rundeten den Abend ab. Der Abschied erfolgte mit vielen Umarmungen und die Teilnehmer drückten ihre Dankbarkeit aus über die neu gewonnenen Erkenntnisse aus der Meditation und der Diskussion. Dieser Abend war in einer Vollendung gelungen, die Marietta sehr glücklich machte.

Während sie mit Thomas den Saal aufräumten, sagte er: »Das war ein richtig guter Abend.« Und etwas später: »Wir haben uns super gut ergänzt.«

»Genau das Gefühl hatte ich auch. Wir waren ein gutes Team, als ob wir das schon oft gemacht hätten und die Teilnehmer fühlten sich ganz offensichtlich wohl.«

17. Kapitel

Feiertage
Weihnachten nahte wieder einmal und zum ersten Mal würde sie ganz ohne Familie feiern. Ursula hatte erklärt, sie gehe die Tage zu ihrer Schwester und würde auch dort übernachten. An einem Abend sei sie außerdem von Lorenz eingeladen worden. Die Kinder waren verreist oder beschäftigt. Sie würden sich dann im neuen Jahr für ein gemütliches Nachtessen treffen. Marietta erhielt den Impuls, Thomas einzuladen, der dankend annahm. Sie deckte den Tisch festlich, zündete viele Kerzen an und anstelle eines Weihnachtsbaums hatte sie wie immer einige Zweige dekoriert. Im Kamin brannte ein Feuer, denn sie liebte es, dem Knistern des Feuers zuzuhören und das Flackern der Flammen zu beobachten.

Als Thomas kam, überraschte er sie mit einem wundervollen Rosenstrauß. Nachdem sie eine passende Vase gefunden und den Strauß noch einmal gebührend bewundert hatte, tranken sie ein erstes Glas gemütlich vor dem Kamin. Sie wiederum überraschte ihn danach mit seinem Lieblingsessen, einem Siedfleisch-Eintopf. Nach dem eher leichten Hauptgericht, gab es Vanille-Eis mit heißen Beeren und geschlagenem Rahm, dazu Weihnachtsplätzchen. Nach dem Essen setzten sie sich mit einem Tässchen Tee wieder vor das Kaminfeuer, ließen noch einmal den Meditationsabend Revue passieren und jeder spürte eine große Anerkennung dem anderen gegenüber. Als das Feuer sich langsam in eine schöne Glut verwandelte, wurde es für Thomas Zeit, nach Hause zu gehen. Als er weg war, lehnte Marietta sich zufrieden zurück und spürte den Frieden, der im Raum herrschte. Noch zuckte manchmal die Zunge einer kleinen Flamme hoch und sie hörte das leise Knacken in der Glut. In dieser meditativen Stimmung verspürte sie eine ihr vertraute tiefe Berührtheit im Herzen, die sie vollends erfüllte und beglückte.

Marietta hatte lange nichts von Max gehört und fragte sich, wie wohl er die Feiertage verbracht hatte. Sie rief ihn am nächsten Tag an und erfuhr, dass er endlich eine eigene kleine Wohnung hatte. Er lud sie ein, ihn zu besuchen. Sie war natürlich neugierig und sagte gerne zu. Als sie bei ihm eintrat, bemerkte sie seine Veränderung sofort. Er wirkte besonnen und irgendwie zufrieden, hatte einen neuen Job und, wie er erwähnte, auch eine neue Freundin. Marietta wunderte sich ein wenig darüber, dass diese nicht anwesend war, und fragte sich, ob diese Frau es geschafft hatte, dass er sich von seiner Frau löste. Noch nicht ganz, wie sie auf Anfrage vernahm, doch wie es schien, stand die Neue nun deutlich mehr im Mittelpunkt. Marietta erzählte von Thomas und dem gemeinsamen Gruppenabend. Für Max klang das alles eher spanisch und das sagte er ihr auch. Sie musste feststellen, dass es zwischen ihnen kaum noch Gemeinsamkeiten gab. Sie beendeten den Abend nach dem Essen und einem Schlummertrunk mit dem Versprechen, in Kontakt zu bleiben.

Danach

Luis und Marietta hatten sich ein paar Mal SMS geschrieben. Er hatte ihr frohe Festtage gewünscht und mitgeteilt, er werde mit Freunden Skifahren gehen und sei im Januar zurück. Sie antwortete umgehend:

»Ich wünsche dir viel Spaß. Und: Wie wäre es mit einem gemeinsamen Nachtessen bei mir, wenn du zurück bist?«

»Das wäre sehr nett. Ich freue mich. Passt dir Freitagabend nächster Woche?»

»Ja, das wäre super. Ich freue mich auch.«

Als er am verabredeten Abend eintrat, klopfte ihr Herz wie wild. Er kam mit einer Flasche Wein unter dem Arm herein und als er ihr diese überreicht hatte, umarmte er sie herzlich. Er trat dann ins Wohnzimmer und sie bat ihn, sich doch schon mal zu setzen, sie hole den Aperitif. Er blieb stehen, sah ihr nach und schaute sich dann gründlich um, bevor er sich setzte. Als sie, beladen mit einem Tablett, einer kleinen Flasche Sekt und etwas Salzgebäck, zu ihm kam, griff er wie selbstverständlich nach der Flasche und öffnete diese. Dann stießen sie auf ein gutes Neues Jahr an. Er bewunderte einige der Bilder und befand, dass es bei Marietta sehr gemütlich sei.

»Man bemerkt, dass hier eine Frauenhand liebevoll das Haus eingerichtet hat.«

Dann stellte er sein Glas hin und fasste sie bei den Händen, als wolle er sie oder vielleicht doch eher sich an etwas festhalten, bevor er ihr Folgendes mitteilte: »Ich habe dieses Jahr noch einiges vor; ich hatte dir davon erzählt. Du weißt ja, dass ich mal ganz weg möchte und jetzt habe ich die Möglichkeit, in die USA zu gehen. Zunächst werde ich dort herumreisen in Gebiete, die ich noch nicht kenne, und danach ein Jahr in unserer Tochterfirma in Kalifornien arbeiten. Nach einigen Abklärungen hat mein Chef mir den Auftrag gegeben, mich mit den US-Verhältnissen vertraut zu machen, damit mehr Synergien entstehen zwischen Amerika und der Schweiz. Ich finde das so aufregend und bin voll in der Planung für diese Reise.«

»Du gehst so weit weg? Wann denn?«

»Ich fliege im Juli nach New York, danach mit einigen Stopps bis nach Kalifornien, wo ich dann bleiben werde. Stell dir vor: die Westküste von Amerika, das ist großartig.«

Sie musste aufpassen, dass ihr bei seiner Schilderung keine Tränen in die Augen traten, und ihre Stimme klang etwas brüchig, als sie fragte: »Und du bleibst die ganze Zeit drüben?«

»Ich denke schon, außer es geschieht etwas Unvorhergesehenes.«

Sie drehte ihren Kopf weg und schaute eine Weile aus dem Fenster und löste dabei ihre Hände aus den seinen und griff nach ihrem Glas, an dem sie sich nun festhielt.

»Wenn ich es jetzt nicht mache, dann vielleicht nicht mehr. Für mich ist die Gelegenheit einmalig«, meinte er fast ein wenig beschwichtigend, denn er hatte doch gemerkt, dass sie seine Ansage nicht kalt ließ, und war sich wohl im selben Moment bewusst geworden, dass sie sich doch nicht so gleichgültig waren, wie er sich einzureden versuchte. Alles in ihm sträubte sich noch gegen eine neue Beziehung.

Sie atmete tief durch und versuchte, zu lächeln: »Das kann ich verstehen und es ist bestimmt interessant. Amerika ist aber schon ziemlich weit weg. Vielleicht gehört das ja zu der momentanen Wendezeit, von der in gewissen Kreisen die Rede ist, dass du dorthin gehst?«

»Eine Wendezeit? Erzähl mir davon! – Ja, für mich steht offensichtlich eine Wende an.«

»Erzähl du mal zuerst.«

Seine Pläne
Und er begann zu schildern, was er plante.

»Mindestens drei Monate mache ich eine Rundreise. Ich starte in New York, dann geht es weiter nach Washington, fliege dann nach Arizona, fahre dort durch die Nationalparks und von da nach Kalifornien. Zuerst dachte ich daran, einen Abstecher nach Hawaii zu machen, doch dann habe ich mich entschieden, in Mount Shasta zu bleiben bis zum Arbeitsbeginn. Diesen berühmten Berg und den gleichnamigen Ort zu besuchen, muss ein starkes Erlebnis sein. Und dann die Redwoods, diese unglaublich mächtigen Bäume, die so groß sind, dass sogar ein Auto hindurch fahren kann und anderes mehr. Danach werde ich versuchen, mein Bestes für den Job zu geben.«

Marietta hatte sich nun etwas gefangen und seufzte:

»Ich bin beeindruckt. Am liebsten würde ich mit auf die Rundreise kommen.«

»Ich hatte mir zuerst überlegt, jemanden zu fragen. Und dann habe ich den Gedanken wieder verworfen. Es ist mir wichtig, dass ich wirklich frei bin, denn das brauche ich gerade, die Weite und das Gefühl von Freiheit auch physisch.«

Das klang schon jetzt ein wenig wie ein Abschied und tat Marietta weh:

»Ich erinnere mich, dass ich das Gefühl nach meiner Ehe auch hatte. Mein Schicksal schien es dann aber zu sein, in eine andere Unfreiheit zu kommen, in einen Kreis von Leuten, die ihre Freiheit in Form von Drogenkonsum gesucht haben. Da habe ich gemerkt, wie illusorisch die äußere Freiheit ist, solange man innerlich nicht frei ist. Du glaubst also, dass das gelingen wird?«

»Eine räumliche Distanz wird auf jeden Fall etwas ändern.«

»Vielleicht – oder auch nur bedingt«, fügte sie hinzu und ergänzte: »Erst als ich herausgefunden hatte, dass es auch um die Freiheit geht, zu sein, wer ich bin, hat sich etwas verändert. Als Mutter und Ehefrau war ich sehr angepasst, naja, nicht nur, aber ich glaubte nicht, dass mein Weg außerhalb meiner Familie einen Sinn hätte. Ich würde sagen, mein Ego war sehr klein, dann kämpfte es sich durch und inzwischen steht es mir beratend zur Seite. Für manche bin ich deswegen ein Egoist geworden, aber auch das spielt keine Rolle.«

»Ich glaube, ich war auch ziemlich egoistisch während meiner Ehe und habe nur an den Beruf gedacht. Dich finde ich sehr hilfsbereit und das sind doch Egoisten selten.« Er lächelte ihr zu.

»Ja, vielleicht eine Kombination aus beidem. Für die einen bin ich dieses und für die anderen jenes und letztendlich denke ich, muss ich selber wissen, worum es in meinem Leben geht.«

Mit diesen Ausführungen war es ihr gelungen, wieder ganz ruhig und sachlich zu werden, und sie erhob sich, um das Essen aus dem Ofen zu holen.

Sie hatte eine Polenta-Pizza gebacken, die vorzüglich schmeckte, und sie stießen nochmals an: »Also dann – auf die Zukunft, was auch immer sie bringen wird!«

Während sie die Nachspeise, gefüllte Bratäpfel mit Sahne, genossen, erzählte sie, was sie unter der *Neuen Zeit* verstand, und wie sie diese vor Weihnachten zusammen mit Thomas gebührend mit einer Gruppe eingeläutet hatte. Ihre Information ging damals auch per Mail an Luis, worauf er nicht reagiert hatte. Darum sagte er jetzt bedauernd: »Dann habe ich wohl etwas verpasst.«

»Ja, ich denke, der Abend hätte dir auch gefallen und passt perfekt zu dem, was du vorhast. Außerdem bist du ja sehr offen für solche Themen.«

Die Zeit mit Luis verging wieder einmal wie im Flug.

Nun, da sie wusste, dass es ihn fortzog, hielt sie sich bewusst zurück und signalisierte auch nicht, wie sehr sie sich seine Nähe eigentlich wünschte. Sie versuchte, sich mit dem Gefühl zu begnügen, dass da ein schönes Vertrauen zwischen ihnen herrschte – und mehr nicht.

Was habe ich erwartet?, maßregelte sie sich in Gedanken. *Dass wir uns noch näherkommen würden?*

Er sah wohl in ihr nur eine gute Freundin. Ging es etwa für sie hier darum, ohne Erwartungen und bedingungslos zu lieben?

Sehr herzlich bedankte er sich für den Abend, als er sich gegen Mitternacht verabschiedete. Er hatte sich offensichtlich wohlgefühlt und als er sie umarmte, war da wieder dieses unglaubliche Gefühl von Vertrautheit. Es fiel ihr schwer, ihn gehen zu lassen, und auch er schien plötzlich zu zögern, gab sich dann aber einen Ruck und löste sich langsam von ihr. Diesmal war sie es, die ihren Kopf hob und ihn küsste, kurz und doch innig auf den Mund, und dann wand sie sich ganz aus seinen Armen und schob ihn sanft nach draußen.

18. Kapitel

Ursula dreht durch

In der darauffolgenden Woche kam Ursula strahlend ins Wohnzimmer und berichtete Marietta, sie habe nun in punkto Finanzen ihren Freund, den Richter, als Berater gewinnen können. Er wolle sich ihrer annehmen, wenn es um ihre finanzielle Situation gehe, und wenn dann das große Geld da sei, ihr beratend zur Seite stehen. Inzwischen sei sie mit diesen Themen überfordert und nicht mehr auf dem Laufenden. Sie habe kürzlich eine schöne Wohnung angeschaut und überlegte nun, diese zu kaufen, um das Geld sicher anzulegen. *Ist das wieder so ein Hirngespinst?* Marietta schwante Ungutes, denn bis jetzt wurde Ursula noch kein Rappen zugesprochen. Ursula begann bereits, auf den Architekturplänen die Wohnung maßstabgerecht einzurichten. Natürlich musste man sie machen lassen, denn sie würde böse, zerstörte man ihr diesen Traum sofort. Die Realität würde sie noch früh genug einholen und Marietta hoffte, dass vorher nicht schon zu viel Porzellan zerbrochen war. Da Ursula bereits so aus dem Vollen schöpfen wollte, überlegte sich Marietta, ihr per Brief einen Vorschlag zu unterbreiten, den sie sorgfältig formulierte.

1. März
Liebe Ursula, in aller durch Deine spezielle Situation mit mir entstandenen Freundschaft möchte ich schriftlich klären, was seit einigen Monaten für mich nicht mehr stimmig ist, und möchte eine Veränderung einleiten.

Damit wir beide uns in folgenden Fakten einig sind, hier zur Rekapitulation auch als Information für jemanden (Beistand o. Ä.), der Dich in dieser Situation beraten wird:

Du hast Dich auf ein Inserat für ein Zimmer (14 m²) hier beworben, das ich mit 550 Franken (ohne Nebenkosten) ausgeschrieben hatte, weil du dringend für die Dauer von ca. 3-6 Monaten eine Bleibe brauchtest. Diese Zeitspanne nanntest Du mir..

Da Du in einer (gemäß Dir: absehbaren) Zwangssituation warst, bot ich Dir zu äußerst günstigen Konditionen, nämlich 300 Franken ohne Nebenkosten, den großen Raum im Untergeschoss an, der früher von meiner Tochter bewohnt wurde und mir bisher als Kursraum diente. Es war die Rede davon, dass Dein Prozess bald abgeschlossen wäre und somit dieses Mietverhältnis nach drei bis vier Monaten zum marktgerechten Preis umgewandelt würde. Das scheint nun doch viel länger zu dauern als vorgesehen.

Auf einem separaten Blatt findest Du die Aufzählung für meine Unkosten.

Zusätzlich zum Untergeschoss, zu Küche und Wohnzimmer nutzt du mein Büro täglich inkl. meiner Büroinfrastruktur: Dein Fax hast Du an meinem Telefonzugang angeschlossen, Du verwendest außerdem meinen Kopierer, mein Telefon und das Internet.

Du beteiligst Dich weder an den Strom-, Wasser- noch anderen Nebenkosten und die belaufen sich auf mindestens 110 Franken im Monat.

Du hilfst mir seit einiger Zeit beim Wäscheaufhängen, schaust nach den Katzen und arbeitest gern im Garten, was ich als angenehme Nebenbeschäftigung für Dich betrachte, jedoch nicht in Auftrag gegeben habe. Am Anfang hatte ich nichts dagegen, da Dir diese Arbeit offensichtlich guttat. Bei gewissen Aufgaben war ich manchmal froh um Deine Hilfe, bis ich bemerkte, dass Du es leider übertreibst.

Die Betreuung der Katzen obliegt mir und nur während meiner Abwesenheit ist Dein Mithelfen erwünscht, doch Du hast mit Verwöhnen und übermäßigem Füttern begonnen, was meinen Katzen nicht guttut.

Beim Schneeräumen hast Du sehr viel Salz verwendet, auch nachdem ich Dich darauf hinwies, dass das überhaupt nicht umweltfreundlich ist.

Ich habe versucht, Dir das Leben hier so angenehm wie möglich zu machen, indem Du trotz der geringen Miete alles benutzen durftest, was Du wolltest. Ich dachte ursprünglich, Dein Aufenthalt hier sei zeitlich absehbar. Nun dauert Dein Wohnen bei mir schon um einiges länger als vorausgesagt und inzwischen ist ein ganzes Jahr vergangen.

Soweit die Fakten.

Ich hatte Dich ohne Zögern aufgenommen, auch Dich moralisch in schweren Momenten von Verfolgungsängsten und Unsicherheiten mit Gesprächen unterstützt. Auch ermutigte ich Dich, das Beste aus jedem Moment etc. zu machen. Deshalb hast Du mir sehr spontan angeboten, meine bereits geplante Hawaiireise (für ca. 10.000 Franken) zu bezahlen, wenn das Geld eingetroffen sein wird. Das wäre sehr großzügig und ich merke, dass Du meinen Einsatz so wertschätzen möchtest. Später sprachst Du davon, mein Gartenhaus zu sanieren und den Vorplatz vom Fachmann reinigen zu lassen. Wenn notwendig, mir zu helfen, mein Haus finanziell abzusichern.

Das waren alles im jeweiligen Moment sicher ernst gemeinte Aussagen, die von Herzen kamen. Aber ich kann mich nicht darauf verlassen, ob und was je davon realisiert werden könnte, weil Deine Situation sich nicht nach Deiner Vorstellung löst und für mich nicht nachvollziehbar, ja sehr undurchsichtig ist.

Ich bin, wie schon mündlich mitgeteilt, nicht mehr bereit abzuwarten und zu erleben, wie jeder Monat verstreicht. Das heißt nicht, dass Du ausziehen musst, aber nachdem ein Jahr vergangen ist, muss ich die finanziellen Bedingungen anpassen.

Ich möchte per 1. Mai mit Dir einen neuen, schriftlichen Mietvertrag zu den hier üblichen Mitzinsbedingungen abschließen, also 550 Franken Miete plus 150 Franken Nebenkosten, inkl. Telefon, Faxanschluss und Internet, also total 700 Franken.

Ich lege Dir diesen neuen Vertrag hier bei. Wir können das zusammen besprechen. Eine Kopie geht zur Information an Deinen neuen Finanzberater.

Ich bitte um Verständnis für diese neue Regelung und grüße Dich herzlich
Marietta

Natürlich wusste Marietta, dass sie sich in die Nesseln setzte, wenn sie diesen Brief dem neuen Berater in Kopie direkt zusandte, doch sie wollte wissen, was wirklich Sache war, und so langsam riss ihr der Geduldsfaden.

Wie erwartet reagierte Ursula sauer, dass der Brief auch an ihren Berater ging.

»Das war unverschämt. Ich bin doch nicht bevormundet.«
»Das bist du nicht, doch hast nicht du mir stolz erzählt,
dass er dir jetzt bei deinen Finanzangelegenheiten hilft?
Dann ist es doch logisch, dass er orientiert werden muss.«
Eine unangenehme Stille entstand und dann sagte Ursu-
la:»Ich gebe dir rechtzeitig eine Antwort.«

Klarheit

Drei Tage später lag ein Brief des Richters im Briefkasten.
Das erkannte sie am Poststempel des Wohnorts vom Richters und daran, dass kein offizieller Absender, sondern hinten nur eine Postfachadresse vermerkt war. Sie legte ihn auf
den Esstisch und würde sich nach dem Frühstück damit
befassen. Gemütlich trank sie ihren Kaffee, studierte die
Zeitung. Wie von Geisterhand klapperte plötzlich im oberen
Stock ein Fenster. Ein starker Wind war aufgekommen, der
es auf- und zuschlug. Deshalb ging Marietta nach oben, um
das Fenster zu schließen, putzte sich gleich noch die Zähne
und war keine fünf Minuten später wieder unten, um sich
der Post anzunehmen. Als sie richtig hinschaute, fehlte auf
dem Tisch der Brief des Richters. Aufgebracht rannte sie
nach unten und fragte Ursula, ob sie den Brief an sich genommen habe.

»Nein, das habe ich nicht. Ich kann dir aber suchen helfen.«

Sie kam mit in das Esszimmer, schaute beflissen unter
den Tisch, lief im Wohnzimmer herum und meinte dann
lakonisch:»Den hat vielleicht eine der Katzen erwischt.«

»Das glaubst du doch selbst nicht! Seit wann spielen Katzen mit der Post und tragen Briefe herum?«

»Ich kann dir da nicht weiterhelfen. War denn der Brief
so wichtig?«

»Das spielt hier keine Rolle, Tatsache ist, dass er verschwunden ist!«

»Da kann ich nichts dafür, also ich geh jetzt wieder in
mein Zimmer.«

Das ganze Gebaren wurde immer unangenehmer und auch wenn Marietta versuchte, Ursulas Ängste zu verstehen und sich einzufühlen, war das alles nicht so einfach. Für dumm ließ sie sich jedenfalls nicht verkaufen. Es gab auch andere Wege, um zu erfahren, was in dem Brief stand, und so schrieb sie dem Richter eine E-Mail, in dem sie den Sachverhalt schilderte. Eine Kopie ihres ursprünglichen Briefes fügte sie als Beweis hinzu. Eine Stunde später erhielt sie eine Antwort aus seinem Sekretariat einschließlich einer Kopie des verlorenen Briefes.

Sehr geehrte Frau Sutter,
Ihr Schreiben haben wir erhalten. Wir kennen Frau U. Bender und ihre Geschichte. Zu Ihrer Information möchten wir Ihnen mitteilen, dass Richter M. sich weder angeboten noch verpflichtet hat, als Beistand oder freiwilliger Beirat zu amten. Er hat Frau Bender auch keine andere Form von Beratung angeboten.
*   Wir hoffen, Ihnen mit dieser Information zu dienen, und verbleiben mit freundlichen Grüßen.*
Sekretariat Richter M.

Typisch, Marietta schluckte, da hatte sie also den Beweis und sie entschied sich, nichts weiter zu unternehmen, sondern abzuwarten. Da sie Ursula zwei Monate Bedenkzeit gegeben hatte, würde sich das Problem anders lösen. Sie wäre vorher bereit gewesen, die Situation noch ein halbes Jahr – aber nur zu den neuen Konditionen – zu erdulden; nun aber würde ihr das noch schwerer fallen als bis anhin. Sie war jetzt ganz offensichtlich belogen worden und das war nicht akzeptabel, ganz abgesehen davon, dass es wieder eine Geschichte mit ihrer Korrespondenz war, die Ursula nichts anging.

Jedes Mal, wenn sie daran dachte, dass Ursula den Brief absichtlich, sogar hinterhältig hatte verschwinden lassen, schüttelte sie den Kopf ob der Dreistigkeit, zu behaupten, die Katzen seien schuld. Ursula war oft verwirrt, psychotisch und kontrollsüchtig und sie wusste bestimmt selbst, dass sie gelogen hatte. Marietta vermutete jetzt, dass ihre Post schon früher von Ursula durchforstet wurde. Inwieweit war so etwas tragbar? Als gute Betreuerin oder Therapeutin lernte man, Vorkommnisse, Aussagen und Anschuldigungen nicht persönlich zu nehmen. Wer mit kranken Menschen zusammenlebt, weiß um deren Unzulänglichkeit, die manchmal böswillig erscheinen mag und doch keine Böswilligkeit ist. Es sind Abwehrmechanismen, die solches bewirken, und wenn Marietta sich einfühlte, erkannte sie panische Ängste, die durch die Kontrollsucht abgedeckt wurden. Erstaunlich war das phänomenale Gedächtnis, das Ursula hatte. Aber was nützte es, wenn man in alten Geschichten festhing und nicht loslassen konnte?

Ursula hatte so viel Wissen über Gesetzgebung, Unfallhergänge und die Möglichkeiten, wie man sich wehren konnte, und doch schien es, als hätte sich etwas gegen sie verschworen. Es gab weitere Blockaden von außen, die wie ein Spiegel ihres Inneren waren: Da war zum Beispiel die Geschichte mit der Identitätskarte, die scheinbar abgelaufen und ihr angeblich deshalb abgenommen worden war. Das erschien Marietta auch nicht plausibel. Eine Identitätskarte wurde einem nie abgenommen, sie wurde höchstens gelocht, wenn sie ungültig war. Die Abklärungen dauerten scheinbar schon Wochen. Wieder etwas, das nachdenklich stimmen konnte. Was war hier genau los? Vermutete man Fluchtgefahr? Das wäre der einzige Grund, warum man jemandem einen Ausweis wegnahm. Sie musste sich eingestehen, dass sie zu wenig von den genauen Hintergründen wusste. Oder war es Ursulas Hilflosigkeit bei konkreten Anliegen, richtig zu handeln, und die Behörden prüften doch noch eine Vormundschaft? Ziemlich lästig war natürlich, dass sie sich nicht mehr ausweisen konnte, wenn sie bei offiziellen Stellen vorsprach. So jammerte sie auch, dass sie sich bei der Bank nicht einmal mehr ausweisen konnte. Passte das zum absolut unrealistischen Denken und Handeln betreffend Geld? Marietta fragte sich, inwieweit Ursula überhaupt noch alleine lebensfähig war. Wie zu erwarten, bekam sie bald auch die Nachricht, dass die Wohnung, die Ursula kaufen wollte, anderweitig vergeben worden war. Eine Illusion mehr war zerstört und alles wieder beim Alten. Nach einer Woche hatten sich die Unstimmigkeiten einigermaßen gelegt und das normale Leben, oder wollen wir sagen, das Leben mit weiteren Überraschungen, nahm seinen Lauf. Der Monat näherte sich seinem Ende. Spontan hatte Marietta ihre Untermieterin zu einem Nachtessen eingeladen. Und so saßen sie einträchtig zusammen, tranken nach dem Essen noch ein Glas Wein und unterhielten sich über dies und das und unverfängliche Themen. Mit keinem Wort erwähnte Ursula, was sie plante.

Am nächsten Morgen fand Marietta einen Brief auf dem Tisch vor, der säuberlich an sie adressiert war. Als sie ihn öffnete, kamen ihr ein Geldschein entgegen und ein mit Maschine geschriebener Brief.

Liebe Marietta,
ich wurde sehr kurzfristig eingeladen, zu jemandem zu ziehen, den ich kenne, und der mich aufnimmt, bis meine Sache durch ist. Diese Gelegenheit musste ich sofort und ohne zu zögern ergreifen und bin heute früh per Taxi weggefahren. Ich habe das Zimmer gereinigt und lasse dir noch eine halbe Monatsmiete plus 100 Franken für mögliche Auslagen da. Wenn du nicht alles verwenden kannst, kaufe für die Katzen Leckerlis.
Danke für alles und liebe Grüße
Ursula

Sie hatte ihr keine Adresse hinterlassen. Das war ja wieder mal ein typisches Ursula-Überraschungs-Szenario. Noch gestern Abend schien nichts Ungewöhnliches vor sich zu gehen, dabei war das Ganze bestimmt schon länger geplant. Marietta fragte sich, wie groß das Angstpotential dieser Frau war, dass sie sogar jemandem misstraute, der sie über ein Jahr unterstützt hatte, der ihre Launen mehr oder weniger gelassen hinnahm, ihre Aktionen weitestgehend tolerierte und immer ehrlich zu ihr war. Das nützte alles nichts, wenn die Menschenseele sich verloren fühlte. Andererseits war es für Marietta ein Grund zum Aufatmen, und sich zu freuen, dass die Entscheidung nun gefallen war. Viel Glück und wer weiß, bis wann wieder, dachte sie und lernte daraus, dass es gut ist, jegliche Abmachungen schriftlich festzuhalten, um rechtzeitig handeln zu können.

Wieder alleine

In der nächsten Zeit überschlugen sich die Dinge. Auch Dieter kündigte kurzfristig. Er tat es mit Anstand und rechtzeitig. Er erzählte ihr, man hätte ihm vorgeworfen, Insiderwissen aus dem Geschäft zu nutzen, und habe ihm fristlos gekündigt. Leider bekam er keine Gelegenheit, das noch weiter zu klären. Als Neuling machten sie kurzen Prozess mit ihm. Somit war auch er Ende des Monats definitiv ausgezogen.

Nun war Marietta wieder alleine und sie beschloss, dies eine Weile zu genießen. Wer wusste schon, was danach kommen würde.

Sie nutzte die Zeit, um öfters auszugehen, traf sich vermehrt mit Karin und anderen Freundinnen. Sie intensivierte ihre Kontakte mit Facebook-Freunden und lernte den einen oder anderen auch persönlich kennen. Es entwickelten sich interessante Begegnungen. Und sie genoss für eine Weile ihre Freiheit im Hause.

19. Kapitel

Reisepläne

Ein Telefonat mit Luis freute Marietta und es tat ihr gut, dass er an sie gedacht hatte. Sie wunderte sich über die Wirkung, die er jedes Mal in ihr hervorrief. Er berichtete von seinem Visum, das eingetroffen war, und dass er etwa in zwei Monaten abfliegen könne. »Was denkst du? Können wir uns vorher noch ein, zwei Mal sehen?«

»Oh, das wäre sehr schön.« Sie verabredeten sich zu einem Spaziergang am See im Stadtpark von Zürich.

Als es soweit war, blühten die Bäume und es war so richtig Frühlingsstimmung um sie herum – und in ihr. Marietta sah Luis von Weitem auf einer Bank sitzen. Er winkte und stand auf, als sie näherkam.

»Hallo, meine Liebe, wie schön, dich zu sehen.« Er umarmte sie. »Komm, wir setzen uns für eine Weile.«

Er begann zu erzählen, wie sich alles entwickelte, und dass er sich sehr auf den Aufenthalt in den USA freue. Er war ja nicht das erste Mal dort und es war fast ein bisschen wie Heimat. Marietta fand, dass dieses Land zu ihm passte – irgendwie –, weil alles so großzügig war.

Luis kam ins Schwärmen. »Weißt du, die Wüste, die Naturparks, das alles ist gigantisch und wirkt endlos. Ich liebe diese Weiten und kann einige nun besuchen, wozu ich das letzte Mal keine Zeit hatte. Den Yellowstone-Park kenne ich von meinem letzten Aufenthalt und stell dir vor, da hat es doch tatsächlich im Mai geschneit. Ich bereite mich jedoch auf ziemlich viel Hitze im Juli vor.«

»Es ist wirklich unglaublich, was man da kilometermäßig für Strecken zurücklegt. Du wirst dann wohl auch für ein Nachtessen mal den Flieger nehmen?«, mutmaßte Marietta.

Er lachte. »Wer weiß, wer weiß! Komm, erzähl du. Was läuft so in deiner skurrilen WG?«

Sie seufzte: »Skurril kann man das, was ich gerade erlebt habe, schon nennen.«

Und sie schilderte ihm, was abgegangen war.

»Ich verstehe nicht, dass du dir das antust? Willst du wirklich wieder Leute aufnehmen?«

»Ach, weißt du, ich denke, dass ich damit etwas Gutes tue, und das nennt man doch Menschenliebe. Es muss ja nicht ewig so weitergehen. Es zeigt mir auch immer wieder, wie froh ich sein kann, dass in meiner Familie alle selbständig und gesund sind.«

Sie beschlossen, ein paar Schritte zu gehen, und bummelten am See entlang durch den Park. Nach einer Stunde bekamen sie Lust auf ein Eis und setzten sich auf eine Terrasse nahe am Wasser und genossen die wärmende Sonne. Später brachte Luis Marietta zum Zug: »Wie immer war es sehr schön mit dir.«

»Das erlebe ich genauso. Vielleicht sehen wir uns ja noch vor deiner Abreise?«

»Ganz bestimmt«, versprach er.

Und diesmal dauerte die Umarmung noch etwas länger, doch er küsste sie nur zart auf beide Wangen und sie verstand, dass er nicht riskieren wollte, die Gefühle vor der Abreise zu vertiefen. Sie musste dann auch bald in ihren Zug einsteigen. Mit jeder Faser spürte sie, dass sie nicht wollte, dass er ohne sie wegging. Bis zur letzten Minute hatte sie seine Nähe genossen und, wie es schien, er auch die ihre.

Ende der Woche schrieb er ihr eine SMS:

»Alles läuft wie geschmiert. Ich habe jetzt sogar einen Untermieter gefunden. Muss nur noch die Wohnung etwas umräumen. Umarmung Luis.«

»Na, das ist ja super, freut mich für dich. Ich bin noch nicht so weit mit einem neuen Untermieter. Herzlich Marietta.«

Abschied

Drei Wochen später rief Luis an, dass er am kommenden Mittwoch abfliegen werde und die Koffer schon am Vorabend einchecken wolle.

Marietta schluckte, als sie das hörte. Würde er es aufdringlich finden, wenn sie ihn fragte, ob sie ihn zum Flughafen bringen könne?

»Wollen wir uns nochmals sehen? Ich mache dann ein Vorher-Foto von dir, wenn du abreist, und wenn du zurückkommst das Nachher-Foto«, sagte sie und versuchte dabei zu lachen, insgeheim hoffend, er würde begreifen, was sie ihm unterschwellig mitteilen wollte.

Natürlich begriff er sofort und vielleicht hätte er das ja auch noch von sich aus vorgeschlagen. Er sagte nämlich einem Treffen sofort zu.

»Natürlich gern. Noch gibt es einige Absprachen zu treffen. Die Firma will mir in den USA auch eine Wohnung besorgen und macht mir gerade ein paar Vorschläge. Alles soll geregelt sein, wenn ich abfliege.«

»Natürlich, du kannst ja nicht so lange in einem Hotelzimmer wohnen und es ist ja doch für länger. Ich verstehe, dass es viel zu erledigen gibt. Also dann sehen wir uns vor deinem Abflug nochmals?« Nachdem er ihr das zugesichert hatte, verabschiedeten sie sich.

Am frühen Abend des Dienstags, bevor er sein Gepäck aufgab, trafen sie sich nicht weit vom Flughafen in einem Restaurant. Schon beim Eintreten roch es wunderbar nach Holzofen, in dem Pizzas gebacken wurden. Marietta war sich sicher, dass sie nun nie wieder in einer Pizzeria essen konnte, ohne an diesen Abend zurückzudenken.

Nachdem sie bestellt hatten, ergriff er über den Tisch hinweg ihre Hand:»Ich hätte mich wirklich gerne öfter gemeldet, glaub mir, aber ich brauchte diese Zeit, nicht nur der Organisation wegen. Immer wieder kommt etwas hoch aus meiner Ehe und muss verdaut werden. Ich habe keine

Schuldgefühle mehr, aber ich leide manchmal noch darunter, so plötzlich ohne Vorwarnung und so endgültig verlassen worden zu sein. Ich denke, wenn ich zurückkomme, ist die Distanz zu diesem Geschehen größer.« Er schwieg einen Moment. »Der Gedanke an dich ist so wohltuend und deine Nähe ebenso, ich möchte einfach, dass du das weißt.«

Marietta sagte nichts, sondern schaute ihm tief in die Augen. Sie saßen eine Weile nur da und genossen ganz offensichtlich die Gegenwart des anderen.

Dann ließ er sich erzählen, dass sie so langsam wieder offen sei für einen neuen Mieter oder eine Mieterin, und immer noch wolle sie den Leuten beistehen, die Probleme hätten.

»Ich glaube, da lädst du dir wieder ganz schön was auf.«

»Nun, es ist noch einen Versuch wert und wenn jemand in Not ist, muss man doch was tun.«

»Du bist schon eine gute Seele, kein Wunder, dass ich dich so sehr mag.«

Sie hoffte, nicht zu erröten, aber sie freute sich, dass er das sagte. Sie ergriff ihr Glas. »Dann stoßen wir auf unsere Freundschaft an. Ich mag dich auch und ich hoffe, dass du mich in den USA nicht vergisst.«

Obwohl es ihr ein wenig schwerfiel, jetzt zu essen, schmeckte ihr das Essen und es war einfach schön, mit ihm an einem Tisch zu sitzen. Sie schwiegen und wieder war es ein sehr einvernehmliches Schweigen.

Irgendwann nahm sie den Gesprächsfaden wieder auf: »Ich hoffe, du kommst gesund zurück und isst nicht zu viele Hot Dogs und Hamburger.« Sie versuchte zu scherzen und er ging sofort darauf ein.

»Du meinst, zu viel Fastfood wäre meiner Schönheit abträglich? Magst du keine Männer mit Bauchansatz?«

»Tatsächlich hoffe ich, dass du nicht total auf Fastfood umsteigst. Aber ich glaube, du wärst immer perfekt und außerdem weißt du auch, dass ich dir am liebsten in die Augen schaue.«

Traumverloren versanken die Blicke ineinander und sie sah sich plötzlich mit ihm in einer Landschaft, die sie nicht kannte. Eine Vorsehung? Ein Wunsch?

Den Rest des Abends unterhielten sie sich weiter über das Essen, das Leben der Amerikaner und dass es doch eine ziemliche Umstellung war, von der kleinen Schweiz in dieses riesengroße Land zu ziehen. Immer wieder wagten sie einen langen Blick in die Augen des anderen.

Nach eineinhalb Stunden bezahlte er die Rechnung und sie begaben sich nach draußen. Als sie sich so gegenüberstanden, fasste er unter ihr Kinn, hob ihr Gesicht zu seinem, schaute ihr in die Augen und mit rauer Stimme sagte er: »Hoffentlich wird dieser Abend nicht der einzige Lichtblick in den nächsten Wochen sein. Aber ich weiß ja, wo ich ihn wiederfinden kann.«

Fast scheu und zärtlich fuhr sie ihm mit den Fingern sanft über Nase und Lippen entlang und staunte, wie vertraut sie sich waren: »Ich will mir diese Konturen genau einprägen.«

Er hielt still und ließ sie gewähren, ohne zu reagieren.

»Vermutlich wirst du sehr viele Lichtblicke erleben und machst hoffentlich auch viele Fotos, auf die ich gespannt sein werde.«

Er nickte. »Ich weiß noch nicht genau, was mich in der nächsten Zeit mit neuen WG-Bewohnern erwartet, also dürfte der Kontakt zu dir auch immer mal ein Lichtblick sein«, versuchte sie die immer stärker werdende Sentimentalität etwas zu durchbrechen. Sie wollte den Kopf senken, damit er nicht sehen konnte, dass ihr Tränen in die Augen traten, doch er umfasste ihr Gesicht jetzt mit beiden Händen und küsste sie auf den Mund, langsam, ohne Drängen, und sie glaubte, in der Weichheit eines Kissens versinken zu können. Sie erwiderte den Kuss, zärtlich und innig und dann wurde der Kuss immer intensiver, als ihre Zungen sich fanden. Es war wunderschön.

Fast hätte sie sich dazu hinreißen lassen und ihn gebeten, die letzte Nacht bei ihr zu verbringen, sie hätte jede Stunde auskosten wollen. Im Flugzeug könnte er ja dann immer noch genügend schlafen. – Wäre da nicht der Gedanke und dazu das schmerzliche Wissen gewesen, dass er ab morgen so lange Zeit weg sein würde. Und so war ihr klar, dass eine gemeinsame Nacht alles andere als vernünftig wäre, weder sinnvoll noch klug

Sie lösten sich voneinander und Marietta fragte, ob sie sein Reiseprogramm bekommen könne. Das versprach er und erklärte, gleich nach dem Koffereinchecken nach Hause zu müssen. Es war wieder einmal, als ob er ihre Gedanken gelesen hätte. Sein Untermieter komme am selben Abend noch die Schlüssel holen und er müsse ihm noch einiges erklären. Das nahm ihnen nun jegliche Entscheidung ab und sie verabschiedeten sich, nicht ohne sich noch einmal zu umarmen und zu küssen. Diese Küsse sagten die Dinge, die sie mit Worten noch nicht formulieren mochten.

So nah lagen ein glückliches Beisammensein und Loslassen beieinander. So nah das ideal wirkende Zusammensein und doch nicht wissend, wie es dann tatsächlich wäre.

Am nächsten Tag um die Mittagszeit kam eine SMS. »Sitze im Flieger, bald geht es los. Ich glaube, ich habe mich in Dich verliebt.«

»Guten Flug, lieber Luis. Ja, es gibt sie noch, diese Schmetterlinge, meine fliegen gerade mit Dir.«

Am Nachmittag sah Marietta, dass er ihr seine Reiseroute gemailt hatte. Sie wollte sich die Orte später näher ansehen. Eine große Traurigkeit überfiel sie: *Warum kann ich nicht bei ihm sein? Warum kann ich nicht auch mal mein Leben und all die Belastungen einfach hinter mir lassen?*, fragte sie sich.

Sie ging in den Garten. Alles um sie herum blühte und es war ein sinnliches Vergnügen, die Schmetterlinge und Libellen zu beobachten. Sie schalt sich undankbar und fand etwas Trost in der Natur, wo alles vergänglich ist und immer wieder neu erblüht. Nach einer Weile besann sie sich wieder darauf, dass ein zukünftiger Untermieter mit größeren Problemen als den ihren zu kämpfen haben würde, und riss sich zusammen.

Grußbotschaften

Liebe Marietta, ich hoffe, Dir geht es gut. New York war toll. Man kommt sich winzig klein vor in Manhattan. Man riecht internationales Flair und 'everybody is so busy'. Ich bin hoch auf die Freiheitsstatue, um mich auf das Gefühl von Freiheit einzustimmen. Es ist schon großartig, so über allem zu sein und irgendwie den Überblick zu haben. Es waren nur Touristen oben und es wurde natürlich fleißig fotografiert. Wusstest Du, dass ihr Name Liberty enlightening the World' heißt? Sie war ein Geschenk der Franzosen und darum wurde der Kopf 1878 noch in der Weltausstellung in Paris gezeigt, bevor die gesamte Statue hierher verschifft wurde. Die Nase alleine ist 1,37 Meter lang. So kannst Du Dir die Größe eher vorstellen. Vielleicht haben die Amis deshalb immer die Nase vorn. Ich habe eine Sightseeing-Tour gemacht und am nächsten Tag bin ich nach Washington per Bus. Sehr beeindruckt haben mich die schönen Bauten und es ist ganz anders hier als in New York. Luftiger und irgendwie gepflegter. Ich werde auch das Weiße Haus besichtigen. – Soviel von mir, damit Du merkst, dass ich an Dich denke.
Ich umarme Dich. Luis

Sie antwortete nicht sofort auf diese Mail, freute sich jedoch sehr, dass er an sie gedacht hatte.

Lieber Luis, es war schön, von Dir zu lesen und nein, ich hatte keine Ahnung, woher die Freiheitsstatue kam. Bei mir ist innerlich einiges in Bewegung und so langsam freunde ich mich mit dem Gedanken an, wieder eine Anzeige aufzugeben um jemanden zur Untermiete zu finden. Viel lieber wäre ich jetzt auch auf Reisen mit Dir. Vielleicht fliege ich mal nach Hamburg zu Sabine. Dort war ich schon länger nicht mehr.
Herzlichst grüßt Dich Marietta

Kurzfristig

In der Zwischenzeit war Thomas eifrig dabei, seine Wohnung aufzulösen und sein Mobiliar zu verkaufen, denn die Auswanderungspläne wurden nun sehr konkret. Ende Juli fragte er bei Marietta an, ob sie ihn als Untermieter für etwa zwei Monate aufnehmen könne, natürlich gegen eine faire Miete. Sie bot ihm das Zimmer im Untergeschoss an, wo er ungestört sein konnte. Als Freund verlangte sie von ihm genauso viel Miete, wie Ursula bezahlt hatte. Er würde keine Belastung für sie sein, das wusste sie. Ende August zog er ein, mit zwei Koffern voller Kleider, seinem Laptop und einer Kiste mit Dingen, die ihm etwas bedeuteten. Was denn mit all seinen Büchern geschehen sei, wollte sie wissen. Er hätte großes Glück gehabt. Eine Bekannte mit ihrem neu eröffneten Therapiezentrum fand es ideal, seine Bücher als Bibliothek für das Wartezimmer zu übernehmen, mit dem Angebot an Besucher, bei Interesse das eine oder andere preiswert kaufen zu können. Genauso wie er Stück für Stück Ordnung schaffte, lief dann auch das Zusammenleben in geordneten und angenehmen Bahnen. Er war immer mal unterwegs, um sich von Freunden oder Bekannten zu verabschieden. Aber wenn er Zuhause war, kochten sie gemeinsam und unterhielten sich über dies und das. Auch er hatte – wie Max – Frauen über das Internet kennengelernt. Thomas bewegte sich jedoch auf einer asiatischen Plattform und es schienen viele Frauen Interesse an Europäern, speziell Schweizern, zu haben. Er wurde geradezu überhäuft mit Anfragen. Thomas hatte sich auf die Philippinen konzentriert und ab und zu zeigte er ihr Fotos von den Frauen. Er würde die eine oder andere besuchen, doch auch ohne eine Partnerin werde er sein Leben dort gestalten. Mit seiner Rente wäre er auf den Philippinen ein reicher Mann. Und es stimmte: Wenn man nicht gründlich vorgesorgt hatte, musste man in der Schweiz sehr bescheiden leben, auch wenn man vom Staat unterstützt wurde.

Online-Bekanntschaften

Thomas hatte das Online-Chatten mit zwei Frauen intensiviert und nach einem Monat den Kontakt auf eine der Frauen reduziert. Mit dieser sprach er seither täglich über Skype und erzählte Marietta davon. Marietta war erstaunt, wie zielstrebig diese Frau sich gab. Das war keine untergeordnete Asiatin, wie man sie sich so vorstellte. Klug und gebildet und gut sah sie auch aus. Dass sie lange Zeit mehr Interesse an ihren Ausbildungen gehabt hatte, als einen Partner zu finden, rächte sich in mancherlei Hinsicht. Als sie glaubte, den Richtigen gefunden zu haben, meinte der es nicht wirklich ernst mit ihr, tauchte nach Lust und Laune auf ohne verbindliches Interesse und so vergingen die Jahre. Als er Schluss machte, war sie für viele Männer schon zu alt, denn in asiatischen Ländern gilt eine Frau ab 25 als Ehefrau nicht mehr vermittelbar. Mittlerweile war sie 40, sah blendend aus, war intelligent, aber das nützte ihr nichts mehr. Es ist unvorstellbar für uns Europäer, dass man ab 40 ausgesondert ist. Wenn das mit Thomas und dieser Frau gutging, hätten beide einen Gewinn davon. Thomas hätte das Vergnügen, eine jüngere, aktive Frau an seiner Seite zu haben, und sie den klugen, älteren Mann. Vielleicht würde es ja gut gehen.

Thomas war zuversichtlich.

Für Marietta hätte das Zusammenwohnen mit Thomas noch lange dauern können. Es blieb in jeder Hinsicht freundschaftlich-angenehm. Doch er war schon auf dem Sprung und wollte vor allem seine neue Freundin endlich kennenlernen. Bald waren alle Formalitäten erledigt und er reiste ab. Er sagte, sechs Monate wären wohl fürs Erste genug, um sie richtig kennenzulernen, und dann könnten sie weitersehen, was privat und geschäftlich realisierbar wäre. *Good Luck, Thomas! Wir bleiben in Kontakt.*

Neuerliche Grüße

Einen Monat später erhielt Marietta endlich wieder eine Mail von Luis.

Liebste Marietta,

ich bin begeistert von den Naturparks. Man glaubt sich auf einem anderen Planeten. Einer ist schöner als der andere. Da fährt man stundenlang durch unbewohnte Gebiete und plötzlich eröffnen sich die Naturwunder, es ist überwältigend. Wandern muss ich hier nicht, alles kann mit dem Auto abgefahren werden, d.h. so machen es eben alle Amerikaner. Zurzeit bin ich im Brice Canyon, der eher klein und übersichtlich ist und aussieht, als hätten Kinder mit Knete Türmchen in allen Farben gebaut. Ich wohne hier in einer kleinen Hütte und muss nichts tun als staunen und die verschiedenen Stimmungen genießen. Es ist wie eine Meditation. Manchmal erscheint mir das Bild meiner Frau, löst sich auf und plötzlich ist Dein Gesicht vor mir. Ich komme endlich zur Ruhe und werde die nächsten Tage lesen und den Sonnenauf- und -untergang genießen. Vielleicht laufe ich morgen in den Canyon hinein oder mache einen Rundflug darüber.

Ich hoffe, bei Dir ist alles im grünen Bereich, schreib mir bald wieder.

Alles Liebe Luis

Lieber Luis, ich bin sehr froh, dass Du Deine Reise so genießen kannst. Danke für das Foto Deiner Hütte und vom Brice Canyon. Momentan ist es ruhig bei mir. Thomas, mit dem ich den Meditationsabend gestaltet habe, ist für eine Weile hier eingezogen. Und wir verstehen uns sehr gut. Leider bleibt er nicht mehr lange hier. Er hat schon diverse Pläne und einige Dates in Aussicht mit hübschen Asiatinnen.

Ich habe viel im Garten zu tun und bereite meine nächsten Kurse vor. Dass sich für mich nach dem Abend mit Thomas inzwischen einige Beratungen über die neue Zeit ergeben haben, freut mich besonders. Es sind öfters Menschen, die in ihrem Umfeld Alzheimerkranke kennen und Hilfe suchen u.a.m. Es ist sehr erfüllend, mit ihnen zu arbeiten.

Ich beobachte oft die Milane, die so majestätisch über mein Haus und über die Felder fliegen, nein, sie scheinen zu schweben, außer wenn sie von Krähen angegriffen werden. Diese schwarzen Biester scheinen sich massiv zu vermehren und dann sind sie auch ziemlich frech. Gestern habe ich für einen Igel Katzenfutter rausgestellt und wer, denkst Du, hat es gefressen? Nein, nicht die Katzen, sondern zwei vorwitzig Krähenvögel! Die sind echt riesig, wenn man sie so nahe sieht. In meiner kleinen Welt gibt es auch immer wieder etwas zu bestaunen und ich bin so froh, noch hier wohnen zu können. Genieße Deine Zeit in vollen Zügen, damit Du zufrieden und ausgeglichen zurückkommen kannst in ein Schweizerleben, möglichst ohne Kummer. Dass Deine Frau ab und zu bei Dir ist und Dich das nicht mehr bedrückt, ist ein großer Gewinn. Dass ich Dir erscheine, hängt wohl damit zusammen, dass ich ziemlich viel an Dich denke.

Take care
Marietta

20. Kapitel

Viktor
Sollte sie ernsthaft den Schritt nochmals wagen, eine psychisch angeschlagene Person aufzunehmen? Marietta war sich dessen nicht so sicher, startete aber trotzdem wieder ein Inserat mit demselben Wortlaut wie in den vorherigen Annoncen und war gespannt auf die Resonanz. Irgendwie schien der Zeitpunkt aber nicht ideal. Hatten sich vorher mindestens fünf Interessenten fast sofort gemeldet, blieb es tagelang still. War das nun ein gutes oder schlechtes Zeichen? Sie überdachte nochmals den Wortlaut und fügte nachträglich ein Foto des Hauses und des Zimmers hinzu. Kaum war es veröffentlicht, klingelte es schon in ihrer Mailbox. Eine kurze und freundliche Mail trudelte ein.

Grüezi Frau Sutter, ich habe Ihr Inserat gesehen und möchte gerne vorbeikommen. Wann passt es? Freundlich grüßt Viktor Eigenmann.

Lieber Herr Eigenmann, es wäre gut, wenn wir vorher telefonieren. Bitte rufen sie mich an. Die Nummer steht unterhalb meiner Adresse.

Marietta hatte inzwischen gemerkt, dass sie oft schon am Telefon, beim Hören der Stimme, abschätzen konnte, ob man einen gemeinsamen Draht fand.

Kurz danach rief Eigenmann an. Seine Stimme klang gepresst, als stünde er unter Druck, doch er war gleichzeitig sehr höflich. Marietta erkundigte sich nach seiner bisherigen Wohnsituation und warum er ausziehen wolle.

»Ich wohne seit vier Jahren hier. Leider muss ich wegen der Totalrenovation des Hauses ausziehen. Der Besitzer ist gleichzeitig mein Arbeitgeber und würde mir bei der Zimmer- oder Wohnungssuche helfen, falls ich nichts finden kann.«

»Warum sollte es denn nicht klappen?«

»Es muss bezahlbar sein, darf also einen bestimmten Betrag nicht übersteigen. Ich bin gesundheitlich etwas angeschlagen und kann nur Teilzeit arbeiten, beziehe also eine Invalidenrente. Darf ich Ihnen den Rest persönlich erklären?«

»Einverstanden.«

»Vielen Dank. Was für Papiere brauchen Sie?«

Das hatte ein potenzieller Mieter noch nie vorher gefragt, darum sagte sie: »Kommen Sie einfach vorbei, ein normaler Personalausweis genügt mir.«

Am kommenden Tag öffnete sie einem mittelgroßen, ca. vierzigjährigen Herrn die Türe. Leider wirkte er etwas ungepflegt, was aber nicht an seiner Kleidung lag. Die schien ordentlich zu sein, wenn auch ziemlich düster, grau in grau, was wiederum zu seiner Gesichtsfarbe passte. Doch da war etwas, das von ihm ausging, was sie nicht einordnen konnte. Außerdem roch er etwas muffig. In seinem Gesicht hatten sich markante Falten um die Mundwinkel eingegraben. Aber auch zwischen den Augenbrauen war eine tiefe Sorgen- oder der Zornfalte und ein paar Querfalten sahen aus, als würde er viel nachdenken. Das Haar fiel ihm in Locken fast bis auf die Schultern. Sie bat ihn einzutreten und zeigte mit der Hand Richtung Wohnzimmer.

»Gehen Sie nur voraus.«

Wieder nahm sie diesen muffigen Geruch wahr, der hinter ihm her schwebte.

Nachdem sich beide gesetzt hatten, beobachtete sie seine fahrigen Bewegungen und wie er sich mit gerunzelter Stirn eher ängstlich umschaute.

Um ihm ein wenig Zeit zu lassen, fragte sie: »Hätten Sie gerne eine Tasse Tee oder ein Wasser?«

Erfreut sagte er, er hätte gerne einen Tee. Als sie mit der Kanne heißen Wassers und einer Auswahl an Teebeuteln aus der Küche zurückkam, bat sie ihn, sich zu bedienen, und erklärte ruhig:

»Wie Sie schon jetzt sehen, ist das Haus nicht sehr groß, wir würden also öfters aufeinandertreffen. Darum ist es wichtig, dass wir beide gut miteinander klarkommen.«

Etwas beschämt blickte er zu Boden:»Ehrlich gesagt bin ich nicht immer so pflegeleicht, darum verziehe ich mich gerne in mein Zimmer.«

»Arbeiten Sie also nicht in einem Team oder alleine in einem Raum?«

»Wie schon erwähnt, arbeite ich Teilzeit, d.h. 60 %, in einem Büro mit meinem Chef zusammen. Wir sind Gartenplaner und somit ist es auch saisonal sehr unterschiedlich. Wenn wir viele oder eilige Aufträge haben, kommt noch eine dritte Person dazu. Besonders dann, wenn es mir nicht gut geht, kann auch ein Bekannter meines Chefs aushelfen. Mein Chef kennt mich schon lange und hat Verständnis dafür, dass ich zeitweise ausfalle. Sobald es mir bessergeht, hole ich die verlorene Zeit nach und arbeite mehr.«

Marietta fragte nach, was er denn mache, wenn er nicht zur Arbeit gehe.»Na ja ich bin dann eher apathisch, schlafe viel, bin am Computer und kriege nicht viel hin. Während anderen Zeiten bin ich hingegen viel unterwegs, weil ich überdreht bin. Zwischendurch läuft aber auch alles ganz normal ab.«

Er hielt kurz inne, als sie jedoch nichts darauf sagte, ergänzte er:»Ich habe oft starke Depressionen und dann fehlt mir die Kraft für alles, so wie jetzt. Und plötzlich habe ich einen sehr initiativen Schub, bei dem ich Berge versetzen könnte. Im Grunde genommen ist mir das mit dem Umzug gerade jetzt zu viel und dabei ist es dringend, denn ich hätte schon vor zwei Monaten ausziehen müssen. Deswegen will mein Vermieter mir helfen, wenn es mit Ihnen nicht klappt.«

»Oh, der ist ja wirklich sehr nett.«

»Leider hat es mit der Suche nach anderen WGs bisher nicht geklappt. Entweder lag es an den Mitbewohnern, zu denen ich nicht passte, oder der Eigentümer fand jemand anderen oder es war mir zu eng.«

»Wie sieht es aus mit Ihrem Freundeskreis? Bekommen Sie oft Besuch?«

»Ich habe einen richtig guten Kumpel, den René, der kommt vielleicht mal vorbei, doch meistens gehe ich zu ihm und kann dann auch bei ihm schlafen, wenn ich will.«

»Haben Sie Familie?«

»Nein, ich habe keine eigene Familie. Ich war mal einige Jahre verheiratet, doch die Ehe ging in die Brüche und ich habe auch keinen Kontakt mehr zu dieser Frau. Meine Eltern leben nicht weit weg, aber die sehe ich fast nie.«

»Das klingt traurig.« Für ihn schien das Thema erledigt, denn er reagierte nicht, sondern schwieg.

Dann fragte Marietta: »Sie sind motorisiert?«

»Der Führerschein wurde mir abgenommen, darum bin ich entweder mit dem Fahrrad, Bus oder Zug unterwegs.«

»Da haben Sie Glück, von hier fährt regelmäßig ein Bus zum Bahnhof oder in die Stadt.«

»Ja, das ist wichtig für mich. Ich bin ja auch mit dem Bus hergekommen.«

»Ich heiße übrigens Marietta und ich denke, wir können uns duzen.«

Sie reichte ihm die Hand und er schlug ein.

»Komm, ich zeige dir das Haus.«

Gemeinsam gingen sie die Treppe hoch, wo die Schlafzimmer lagen. Er schaute dann ziemlich oberflächlich in das zukünftige Zimmer hinein, als sei es ihm egal. Dann erklärte sie ihm, dass das Badezimmer gleich nebenan sei und daneben ihr Schlafzimmer. Man lebe also relativ nah aufeinander, wie sie schon erwähnt habe.

»Es gibt noch ein ganz anderes Zimmer, das größer und offener ist, weil es keine Trennwand zur Treppe hat. Dafür müssten wir in den Keller gehen.«

Er nickte und folgte wortlos. Hier schaute er sich schon etwas interessierter um. Zuerst wandte er sich Richtung Fenster, durch welches zwar keine Sonne, aber genügend Licht kam, und er registrierte, dass daneben eine Türe nach draußen führte. »Hier hätte ich sogar einen eigenen Eingang?«

»So ist es.«

Dann öffnete sie eine Türe, die zur Waschküche führte. Diese war gleichzeitig Abstellraum, hatte aber auch eine Dusche und einen Waschtrog.

Nun reagierte Viktor Eigenmann aufmerksamer und deutlich lebendiger. Er schaute sich gründlich um und fand es praktisch, selbst eine Dusche zu haben und nicht das Badezimmer im obersten Stock benützen zu müssen.

»Im Prinzip bist du hier ungestörter, doch ich muss halt immer mal hier durchgehen, wenn ich in die Waschküche und in den hinteren Keller muss.«

»Damit komme ich schon klar«, meinte er. Als sie zurück ins Zimmer gingen, fragte er: »Darf ich?«, und als sie nickte, setzte er sich kurz auf das Bett und prüfte die Matratze.

»Ich denke, hier könnte ich mich wohlfühlen.«

Marietta hätte nicht gedacht, dass ihr Untergeschoss solchen Anklang finden würde, und war nun froh, dass sie Thomas gebeten hatte, ihr eine marktübliche und faire Miete vorzuschlagen, wenn sie diesen Raum wieder vermieten wollte. Sein Vorschlag lag sogar noch einhundert Franken höher als das Maximum, das sie von Ursula verlangt hätte. Marietta nannte Viktor den etwas höheren Preis, denn im Inserat stand nur derjenige des oberen Zimmers, das kleiner und preiswerter war, doch er war sofort einverstanden damit.

Referenzen

Sie hatte bisher noch nie Referenzen erbeten, doch nun fragte sie nach einer Ansprechperson, die sie anrufen konnte, um sich nach Viktors Zahlungsmoral und Umgangsformen zu erkundigen.

»Ich gebe dir die Telefonnummer meines Chefs, der war ja auch während sechs Jahren mein Vermieter.« Dann wollte er wissen, wie viele Bewerber sie denn noch habe und sie erzählte wahrheitsgetreu, dass er momentan der einzige sei. Das schien ihn etwas zu beruhigen: »Ich wäre sehr froh, wenn ich hier einziehen könnte.«

»Gut, ich brauche noch diese eine Referenz und dann könnten wir miteinander klarkommen. Hier wäre schon mal das Muster vom Mietvertrag. Es ist zwar für das obere Zimmer, doch eigentlich ist es für das untere derselbe, abgesehen vom Preis. Die darin erwähnte Kaution hätte ich gern im Voraus.« Diese Lektion hatte sie nach Ursulas überstürztem Abgang gelernt: Mit einer Mietkaution wäre sie auf der sicheren Seite. Sie versprach ihm, so bald wie möglich Bescheid zu geben.

Victor hatte sich nicht herausgeschrieben, wann der nächste Bus fuhr, also schaute sie nach und half ihm auf die Sprünge. Zeit schien bei ihm eine untergeordnete Rolle zu spielen, denn er sagte, sonst wäre er einfach mal losgegangen und hätte einen der nächsten Busse genommen. Bis zur Busstation waren es nur ein paar Schritte. Sie verabschiedeten sich. Als er weg war, zweifelte Marietta doch ein wenig, ob er der Richtige wäre. Aber da sich sonst ja niemand gemeldet hatte, wäre er eben doch eine mögliche Option. Sie würde also die Referenz einholen und danach entscheiden.

Marietta rief Viktors Arbeitgeber an, der ihr bereitwillig Auskunft gab und ihr mitteilte, er beschäftige Viktor schon seit bald zehn Jahren. Er arbeite gut, wenn es ihm gesundheitlich gut ging. Sie seien beide ausgebildete Gartenarchitekten und spezialisiert auf die Planung natürlicher Teichanlagen und Bewässerungssysteme, doch Viktor mache lieber die technische als die gestalterische Planung, so würden sie sich gut ergänzen. Ja, er sei auch der Vermieter des Zimmers, in welchem Viktor derzeit lebe, und die Miete habe er immer pünktlich bezahlt. Sollte es mal Schwierigkeiten geben, wäre er bereit, für ihn geradezustehen.

Nach diesem Gespräch war Marietta einigermaßen beruhigt und schrieb sofort eine Mail an Viktor und sandte ihm einen auf ihn ausgestellten Mietvertrag:

Hallo Viktor, ich bin einverstanden, Dich als Mieter aufzunehmen. Du kannst mir den Mietvertrag unterschrieben zusenden oder vorbeibringen. Mit besten Grüßen Marietta.

Zwei Stunden später hatte sie schon die Antwort, dass der Mietvertrag unterschrieben und unterwegs sei. Das einzige Problem wäre die Höhe der Kaution und er wollte wissen, ob er diese in drei Teilen begleichen könne. Gerne würde er am kommenden Wochenende einziehen.

Sie hatte nach einem Gespräch mit Thomas festgestellt, dass es sinnvoll ist, eineinhalb Mieten zusätzlich als Sicherheit zu haben. Nicht nur, falls die Miete nicht bezahlt würde, sondern auch für allfällige Reparaturen oder Reinigungen. Sie war aber einverstanden mit der dreigeteilten Bezahlung der Kaution. Schlimmstenfalls würde ja der Chef in die Bresche springen.

So langsam lernte Marietta, was es brauchte, um sich abzusichern, war jedoch ein wenig unsicher, was sie sich mit diesem Mitbewohner auflud. Zufrieden war sie trotzdem.

Manchmal, und so auch diesmal, geht das wirklich rasend schnell, dachte sie.

Einzug
Victor hatte wirklich großes Glück mit seinem Chef: Erstens hatte der genügend Geduld mit ihm und zweitens half er ihm mit seinem Auto auch noch beim Umzug. Das Auto war randvoll und es brauchte zwei Fuhren, bis alles da war. Da war auch einiges an Gerümpel dabei. Marietta wunderte sich darüber und merkte später, dass Viktor manchmal eine gewisse Raffgier entwickelte. Alte Gartengeräte, Reifen, de-

fekte, leere Koffer, einige alte Küchenutensilien und anderes, das er wohl nicht wirklich dringend brauchte, schleppten sie an. Kleider und Wäsche hatte er nicht viel, jedoch eine ganze Kiste mit Büchern und natürlich einen Laptop. Das Gerümpel konnten sie in ihrer großen Garage unterbringen. Für den Rest hatte er genügend Platz. Wie auch sonst üblich, lud sie den neuen Mieter am ersten Abend zum Essen ein. Erfreulicherweise genoss er es und bedankte sich mehrfach. Diesmal machte er einen etwas entspannteren Eindruck.

Marietta erlaubte ihm, den Fernseher im Wohnzimmer zu benutzen, wenn ihm danach war, oder auch gemeinsam mit ihr etwas anzusehen, und natürlich richtete sie ihm sofort WLAN ein. Somit war der Anfang gemacht. In der ersten Woche fiel ihr auf, dass er morgens sehr spät aus dem Haus ging, aber sonst blieb er unauffällig. In der zweiten Woche geschah es öfter, dass er nachts ins Wohnzimmer ging, um den Fernseher anzuschalten. Da ihr Zimmer ein Oberfenster hatte, bemerkte sie es am Flimmern der wechselnden Bilder, und weil das Licht angeschaltet wurde. Marietta hatte einen sehr leichten Schlaf und erwachte deshalb jedes Mal. Irgendetwas musste sie dagegen unternehmen, weil es sie doch störte, war sich jedoch noch nicht sicher, was.

Unsicher
Was Luis betraf wurde sie unsicher, weil der sich schon eine kleine Ewigkeit nicht gemeldet hatte.

Lieber Luis,
ich habe länger nichts von Dir gelesen. Ich hoffe, es geht Dir gut? Gemäß Deinem Reiseplan müsstest Du jetzt in San Francisco sein. Wie gern würde ich den nächsten Flieger dorthin nehmen. Aber wärest Du überhaupt noch dort? Oder schon in Mount Shasta? Auch das muss ein wundervoller Ort sein.

Bei mir ist ein neuer Mieter eingezogen und wir sind in der Angewöhnungsphase.

Lass es Dir gut gehen.

Herzlichst

Marietta

Sie fragte sich aber auch, ob wohl endgültiges Loslassen angesagt sei. Vielleicht hatte er jemanden kennengelernt und hatte sie einfach vergessen? Etwas anderes konnte sie sich gerade nicht vorstellen. Dass sie sich nicht unnötig Sorgen gemacht hatte, bestätigte sich, denn seine kurz darauf eintreffende SMS klang nicht gerade beruhigend, obwohl er sie erfreulicherweise nicht vergessen hatte.

Liebes, danke, dass Du nachfragst. Mir geht es gerade nicht gut, bin in ärztlicher Behandlung. Mach Dir keine Sorgen. Es geht aufwärts. Ich melde mich wieder. Kuss L.

Immerhin etwas, dachte sie, aber beruhigt war sie deswegen noch lange nicht.

Eine Phase

Auch bei Viktor schien es gerade nicht so rundzulaufen. Eines Morgens, als sie zum Frühstück ins Wohnzimmer herunterging, sah sie, dass er auf dem Sofa eingeschlafen war. Sie störte ihn nicht, sondern dachte, er würde dann schon vom Schnarren der Espressomaschine wach werden. Und so war es auch. Er erwachte, erhob sich langsam und mit einem knappen Gruß schlich er sich an ihr vorbei in sein Zimmer. Er erschien den ganzen Tag und auch am nächsten nicht. Sie begann, sich Sorgen zu machen, und klopfte bei ihm an. Mitten am Tag lag er im Bett.

»Geht es dir nicht gut?«

»Doch, aber ich habe nur auf rein gar nichts Bock.«

»Hast du denn etwas gegessen?«

Er deutete auf ein Regal, auf welchem er Müsliflocken, Früchte und andere Lebensmittel hatte. Dort stand ebenfalls ein Wasserkocher, mit dem er sich ab und zu mal eine Suppe und anderes wärmen konnte.

»Ich verhungere schon nicht, esse halt manchmal ein bisschen chaotisch.«

Er kam dann aber doch mit ihr in die Küche und öffnete eine Büchse Ravioli, wärmte den Inhalt auf und aß irgendeinen Fertigsalat dazu, den er im Kühlschrank aufbewahrt hatte. Sie fand die teigigen, schlabberigen Ravioli schrecklich, aber sie musste ja nicht mitessen. Sie ließ ihn wieder in Ruhe, schließlich wollte sie ihn nicht bemuttern.

Nach einer weiteren Woche, während der er kaum nach draußen gegangen war, trank er mit ihr einen Kaffee: »So, jetzt muss ich wohl mal wieder arbeiten gehen.«

Er hatte geduscht und wirkte wieder etwas ansprechender. Jetzt verstand Marietta, dass er während einer Depressionsphase kaum oder gar nicht fähig war, für sich zu sorgen. Alles kostete Kraft und die Tatsache, dass er in eine andere Wohnung umziehen musste, hatte ihm viel abgefordert. Die Veränderungen passierten scheinbar schleichend. Nun schien er sich erholt zu haben und kam langsam wieder aus der Lethargie heraus. Da sie bemerkte, dass er sein Zimmer weder gründlich gelüftet noch gereinigt hatte, bot sie ihm an, es ausnahmsweise für ihn zu erledigen, was er jedoch nicht wollte. Er werde sich am Abend darum kümmern und tatsächlich holte er, als er zurückkam, den Staubsauger. Sogar die Waschmaschine hörte sie rumpeln.

Täglich ging er nun, wenn auch immer recht spät, aus dem Haus und erschien erst abends zu unterschiedlichen Zeiten wieder. Er sagte, er ertrage keinen Druck, doch die Projekte hätten Termine und darum müsse er dranbleiben und es werde halt manchmal spät. Alles schien sich in Minne aufzulösen und ein etwas normalerer Alltag nahm seinen Lauf.

Viktor hatte sich mittlerweile auch etwas wohnlicher eingerichtet. Für ihn war es kein Problem, dass dieser Raum offen war und sie ab und zu bei ihm vorbeimusste, um in die Waschküche zu gelangen. Wenn man in das Untergeschoss kam, sah man vom Treppenabsatz nicht direkt auf sein Bett, denn sie hatte zwei Raumteiler und eine Pflanze aufgestellt. Man blickte, wenn man genauer hinschaute, auf das alte dunkelblaue Ledersofa. Ein altes Kinderspieltischchen nutzte er als Beistelltisch. Sie lieh ihm ihren ausrangierten, aber noch funktionstüchtigen Fernseher, damit sie des Nachts nicht mehr vom flimmernden Licht gestört wurde, denn sie hatte sich in der Zwischenzeit einen neuen gekauft. Am liebsten schien er auf dem Bett zu liegen und beschäftigte sich mit seinem Laptop.

Sie lebten zu zweit mit den Katzen im Hause und das Zusammenleben hatte sich, wie es schien, eingespielt.

Von Luis kam zwei Wochen später eine Mail. Da beschrieb er seine Situation klarer:

Liebe Marietta,

Du hast Dich sicher gewundert, dass ich mich nicht mehr gemeldet habe. Ich bin ausgeraubt und zusammengeschlagen worden und hatte diverse Blessuren. Zwei Wochen musste ich in Spitalpflege bleiben und danach war ich absolut unfähig, klar zu denken, so groß war der Schock. Mein Nasenbein war gebrochen, zwei Rippen gequetscht und eine Gehirnerschütterung zwang mich, ruhig zu liegen. Da man weitere innere Verletzungen befürchtete, behielt man mich zur Beobachtung im Krankenhaus.

Ich bin noch in San Francisco und so langsam wage ich mich wieder nach draußen. Kalifornien ist durchaus eine Reise wert, obwohl San Francisco auch oft ziemlich neblig ist, und das den ganzen Tag. Hier leben verschiedenste Nationalitäten. Obwohl man auch Chinesen, Inder und andere Asiaten sieht, wirkt es auf mich fast europäisch. Ja, die Stadt hat durchaus ihren Charme, wenn es auch die touristischste ist, die ich in den USA erlebt habe. Die Menschen, die man hier trifft, sind sehr offen und auch interessiert und ich habe einige Weltenbumm-

ler getroffen. Ich hoffe, dass es in Mount Shasta wieder ruhiger und für mich entspannter sein wird. Bald beginnt die Arbeit. Die Schweiz scheint mir meilenweit weg zu sein.

Herzlich grüßt Dich
Luis

Sie schrieb eine SMS:
Ich bin sehr erleichtert, von dir zu lesen und dass es Dir wieder besser geht. Viel Freude in Mount Shasta. Alles Liebe und Kuss M.

Viktor hatte eine ruhige, d.h. normale Phase, die für beide angenehm war. Sie verbrachten gemütliche Stunden mit guten Gesprächen und er schilderte ihr, wie sein Leben bisher verlaufen war. So baute sich ein schönes Vertrauen auf und er half Marietta, wo er konnte. Mal putze er alle Fenster, einmal hatte er sogar richtig für sie beide gekocht. Dann half er etwas im Garten oder schleppte für sie schwere Einkaufstaschen. Es war richtig partnerschaftlich und sie hoffte, es würde noch lange so bleiben.

Sie hatte nicht mehr nach einem zweiten Untermieter gesucht.

Beziehungen

Luis war, wie es schien, an seiner Arbeitsstelle eingetroffen und sandte eine SMS:
Ich bin daran, mich einzuleben, es ist alles so ganz anders als bei uns. Hektischer, aber dafür viel Small Talk nach Feierabend. Gruß
Luis

Sie hatte das Gefühl, dass er ihr entglitten war. Obwohl er vorher immer so lieb geschrieben hatte, wirkten seine Zeilen jetzt distanzierter. Wenn sie ehrlich zu sich selbst war, hatte es ja außer ein paar Küssen und schönen Begegnungen wenig Greifbares zwischen ihnen gegeben. Natürlich war er so nett gewesen, sich immer mal wieder kurz zu melden. In einer der folgenden Mails schrieb er ihr, er habe so viel erlebt, doch schriftlich sei das gar nicht so einfach mitzuteilen, und die Ereignisse hätten ihn überrollt. Zurzeit sei er enorm unter Druck mit der Arbeit, mit den neuen Kollegen und einer ganz anderen Arbeitsmoral. Außerdem sei er verpflichtet, regelmäßig seinem Arbeitgeber zu rapportieren, und das musste er in der Freizeit tun. Die Arbeit sei intensiv und auf die Zukunft beider Firmen ausgerichtet.

Seine Mail endete mit: *Auch wenn ich mich nicht oft melde, bitte vergiss mich nicht ganz in der Zwischenzeit. Ich denke an Dich und wünsche Dir alles erdenklich Gute. Luis*

Danach war Funkstille. Leider war er, was ihn persönlich anging, immer noch nicht viel kommunikativer als früher. Diese Zeilen klangen für sie eher nach Abschied als nach jemandem, der sich nach ihr sehnte. Sie war froh, dass sie sich nicht so sehr hineingesteigert hatte, und trotzdem bedauerte sie, dass sie sich seit dem letzten Treffen nicht nähergekommen waren.

Marietta dachte viel über ihre Situation nach und erkannte, dass sie Angst vor einer neuen Beziehung doch etwas hatte. Darum umgab sie sich wohl lieber mit Menschen, die Probleme hatten und eher beziehungsunfähig waren. Waren diese ein Spiegel für sie? Je mehr sie sich Gedanken darüber machte, desto klarer erkannte sie ihre starken Zweifel, ob die Liebe, die sie empfand, für eine weitere Partnerschaft genügen würde. Ihr und dem anderen. Vielleicht sollte sie sich damit abfinden, dass eine dauerhafte Partnerschaft für sie nicht mehr in Frage kam? In all ihre eigenen Zweifel über ihre Fähigkeit, eine Liebesbeziehung zu leben, mischte sich die Besorgnis, dass sie sich mit ihren Gefühlen zu Luis in etwas ohne Bestand verrannt hatte.

Kam sie denn nie zur Ruhe?

Wollte sie denn zur Ruhe kommen?

Was wollte sie?

Ihre innere Unsicherheit hatte sich scheinbar auch auf ihren Untermieter ausgewirkt: Viktor war schon eine ganze

Woche weg, antwortete nicht auf ihre SMS und schien verschollen zu sein. Sein Chef wusste auch nicht, wo er war. Nein, arbeiten kam er nicht, ließ er sie wissen. Er gab ihr die Telefonnummer von René. Viktors Freund wusste aber auch nicht, wo er sich aufhielt. Für ihn war die Situation allerdings nicht ungewohnt, denn er kannte seinen Viktor schon einige Jahre und versuchte, Marietta zu beruhigen.

»Der taucht schon wieder auf. Im schlimmsten Fall meldet sich die Psychiatrische oder die Polizei bei mir oder seinem Chef. Das würde ich dir durchgeben, aber bis dahin mach dir mal keine allzu großen Sorgen.«

»Danke.« Marietta war ein klein Wenig beruhigt. »Ich hoffe, dass ihm nichts passiert.«

Mariettas Geduld wurde zwar ganz schön auf die Probe gestellt, aber was blieb ihr anderes übrig, als zu warten? Tatsächlich meldete sich Viktor dann doch bei ihr, um ihr mitzuteilen, er sei wieder in der Psychiatrie gelandet, denn diesmal habe es ihn heftig gepackt. Er komme in einer Woche wieder heim.

Als er kam, hatte er eine gut sichtbare Schramme, die genäht worden war, im Gesicht und einen Verband um die eine Hand.

Sie hatte nicht vorgehabt, ihn gleich mit Fragen zu überfallen, doch so, wie er aussah, konnte sie sich nicht zurückhalten

»Was ist denn bloß mit dir passiert? Komm, setz dich und erzähl.«

»Es begann harmlos. Ich war bei meinen Freunden, den Obdachlosen. Mit denen verstehe ich mich immer sehr gut. Es sind Leute, die nicht einverstanden sind mit all den auferlegten Regeln, und sie sträuben sich vehement, sich unserem System unterzuordnen. Es gibt darunter auch Langzeitarbeitslose, die oft durch dramatische Lebenssituationen und nicht durch ihr Verschulden ins Abseits gerutscht sind. Ich habe mich vor Jahren mit einigen angefreundet und schon viel Zeit mit ihnen verbracht. Ich finde es interessant, wie die sich organisieren oder wie sie Entbehrungen ertragen. Natürlich hat es darunter auch Penner, die nur herumhocken und saufen, sofern sie genügend Geld für Alkohol haben, doch es gibt auch ganz tolle Kerle. Diejenigen, die nicht alkoholabhängig oder süchtig sind, mit denen kann man richtig gut reden, die wissen sich auch immer wieder irgendwie zu helfen. Es gibt doch auch diese Arbeitslosenzeitschrift, die ihnen einen gewissen Arbeitsrhythmus verschafft und auch etwas Einkommen, wenn sie in Einkaufszentren die Zeitschrift verkaufen.«

»Ja, die kenne ich.« Sie nahm an, dass seine Erklärungen wohl etwas ausführlicher werden würden und erhob sich:

»Du, ich mach uns einen Tee.«

Als sie sich wieder zu ihm gesetzt und eingeschenkt hatte, fragte sie: »Und wie ging es weiter?«

»Auch dieses Mal bin ich mit denen abgehangen. Ich wollte einigen helfen, ihre Situation zu verbessern, und wir haben Pläne geschmiedet und darüber habe ich die Zeit vergessen und den letzten Bus verpasst. Leider gehöre ich doch nicht so richtig dazu und dann musste ich merken, dass ich eigentlich nirgends richtig dazugehöre. Ich bin dann kopflos durch die Gegend gerannt und traf auf Paul. Der war lange Zeit Straßenhelfer und ist jetzt in Rente. Er bewegt sich noch oft in der alternativen Szene. Als er mich sah, hat er gleich erkannt, wie mies es mir ging. Bei dem habe ich die ersten zwei Nächte verbracht und war tagsüber wieder unterwegs.« Er seufzte tief. »Am dritten Abend blieb ich in einer Bar hängen und schlief in dieser Nacht irgendwo in einem Eingang. Am nächsten Abend in der Bar sah ich eine Frau, die mir gefiel. Sie war mir schon früher aufgefallen, doch sie beachtete mich nicht und du kannst dir vorstellen, wie ich aussah. Unrasiert, schlecht gekämmt und ungewaschen, wohl ziemlich wild. Vielleicht war ich auch einfach zu laut und zu aufgedreht, weil ich auffallen wollte. Ich versuchte sogar, sie anzusprechen, doch sie drehte den Kopf weg und ignorierte mich. Plötzlich hatte ich das Gefühl, vollkommen wertlos zu sein. Darüber war ich so verzweifelt, dass ich mich umbringen wollte. Da ich eh nichts hinkriege, wusste ich jedoch nicht, wie ich das so spontan anstellen sollte, und wurde wütend. Ich rannte aus der Bar, stolperte und knallte zu Boden, raffte mich auf und drehte dann komplett durch. Ich kam an einer Haustüre vorbei, so eine mit Metallgittern und Glas dazwischen. Zuerst rüttelte ich an den Metallstäben und hieb dann mit der Faust auf das Gitter und das Glas, bis Letzteres zersprang. Dann hielt ich mich mit beiden Händen am Gitter fest und schlug in meiner Verzweiflung meinen Kopf mehrmals gegen dieses Gitter, bis ich blutete. Besser körperlicher als emotionaler Schmerz! Als ich merkte, dass ich blutete, sah ich wirklich nur noch rot. Ich hieb auf alles ein, was mir in die Quere kam: ein Mofa, ein Mofaständer und eine Baustellentafel. Du kannst dir vorstellen, welchen Lärm das machte.«

Er hielt inne. Bei dieser Erinnerung sah sie ihm an, wie schwer es ihm im Nachhinein fiel, sich diesen Ausraster wieder vor Augen zu führen.

»Ich muss ziemlich aggressiv gewirkt haben, dass die Polizei mit drei Mann kam, um mich festzuhalten. Ich war nicht fähig, mich zu artikulieren. Sie wollten mich zunächst in eine Zelle zur Ausnüchterung bringen, aber ich war ja nicht betrunken, nur vollkommen durch den Wind. Da ich stark blutete, brachten sie mich in die Notfallapotheke, die nachts offen hatte, und wo man mich soweit möglich verarztete. Endlich war ich fähig, meinen Namen zu nennen und zu erklären, dass ich in einer WG wohnte, mich aber auch regelmäßig von einem Psychiater untersuchen ließ, der mir Medikamente verschrieb. Der Apotheker fragte, ob ich diese genommen hätte, und als ich verneinte, befand er, dass ich in diesem Zustand nicht nach Hause gehen sollte, und schlug vor, mich für eine Nacht in der psychiatrischen Klinik unterzubringen. Er gab mir eine Beruhigungstablette. Er sagte, meine Wunde, die er mit Pflastern fixiert hatte, müsse genäht werden, und ich sollte auch sonst untersucht werden.

Ich wurde mit dem Krankenwagen abgeholt, denn ich hing wie ein nasser Sack im Stuhl und hatte keine Kraft mehr und ließ alles widerstandslos geschehen. Vor Erschöpfung konnte ich kaum noch gehen, also empfingen die mich mit einem Rollstuhl vor dem Eingang. Nachdem ich verarztet war und endlich im Bett lag, schlief ich fast den ganzen nächsten Tag und eine Nacht, auch dank einer Infusion, durch. Dann habe ich meinen Chef und dich angerufen. Anschließend haben sie mich natürlich erst einmal dortbehalten, bis ich mit den Medikamenten eingestellt und wieder einigermaßen klar war.«

»Wirklich starke, selbstzerstörerische Tendenzen«, überlegte Marietta laut.

»Ja, wenn ich in meiner Euphorie nicht ans Ziel komme, werde ich hyperaktiv oder destruktiv. Ich habe aber noch nie andere Menschen angegriffen. Dieser Schub war recht heftig. Jetzt sind die Medikamente aber richtig eingestellt und ich werde sie auch nehmen. Ich hatte das sträflich vernachlässigt, weil ich dachte, es gehe mir gut.«

»Ja, dein Freund hat mir erzählt, dass du dich noch nie so schnell wieder erholt hattest wie in der Zeit, seit du hier bist. Das hat vielleicht bewirkt, dass du nachlässig wurdest.«

»Es tut mir leid, wenn ich dich erschreckt und mich nicht gemeldet habe.«

»Ich finde, du bist ein patenter Mann und wir verstehen und ja recht gut. – Ich könnte mir vorstellen, dass eine Freundin an deiner Seite eine Unterstützung für dich wäre. Wie es scheint, wünschst du dir ja eine Partnerin.«

Jetzt lächelte Viktor und nickte ein wenig verschämt und sie fragte: »Wie sollte sie denn sein?«

»Sie soll schon speziell sein. Von mir aus darf sie auch Schwierigkeiten im Leben haben, dann kann ich ihr helfen. Es darf kein langweiliges Familientier sein, eher ein Wildkätzchen mit Grips. Kinder würden wir keine haben, dazu bin ich zu unstet.«

Wie kann man jemandem helfen, wenn man selbst mit dem Leben nicht zurechtkommt? Das war paradox, aber wohl noch Teil der manischen Phase, wo man meint, Welten bewegen zu können. Ohne das aber auszusprechen, sagte sie stattdessen: »Gegenseitiges Verständnis wäre natürlich die Voraussetzung. Ich hoffe, dass du die Richtige findest.«

»Und du, wie sieht es denn bei dir aus, hast du keinen Wunsch nach einem Partner?«

»Ich bin dabei, das herauszufinden. Da wäre jemand, aber ob dieser Jemand sich darauf einlassen kann, weiß ich nicht. Zuerst sah es fast danach aus. Momentan ist er im Ausland.«

Sie erzählte ihm, wo sie Luis kennengelernt hatte und dass dieser Mann auch kein einfaches Schicksal durchlebte und es ihr imponiert habe, wie er damit umging. Sie könne ihn nicht vergessen, obwohl das vielleicht das Beste wäre.

»Oh, das tut mir leid. Vielleicht vergisst er dich ja auch nicht. Bedeutet er dir denn so viel?«

»Ich fühle mich in seiner Nähe fast zu gut und finde ihn einfach toll in vielerlei Hinsicht. Er ist intelligent und er gefällt mir. Wunderbarerweise ist er offen für Grenzthemen und hat begonnen zu meditieren, als wir uns kennenlernten.«

»Weißt du, Marietta, als ich zum ersten Mal hier hereinkam, war da für mich ein wenig Zuviel der Buddhas und esoterischen Bilder, Kristalle und anderen Symbole. – Ich war in Not und froh, bei dir unterzukommen. Mittlerweile kann ich aus tiefstem Herzen sagen, dass du eine bodenständige, hilfsbereite Frau bist, dass man mit dir super gut reden kann und man sich wohl fühlt in deiner Nähe. Es sind zwar immer noch zu viele Buddhas für meinen Geschmack, aber du bist nicht abgehoben, wie ich befürchtet hatte, und du willst mir nichts aufschwatzen.«

»Das habe ich früh gelernt. Mein Exmann nannte das alles einen komischen Zirkus und ich hatte nur eine kleine Ecke für meine Meditationen. Inzwischen habe ich mich in den Räumen so richtig ausgebreitet und mich mit den Bildern umgeben, die mir guttun. Das kam aber alles erst, als wir endlich geschieden waren.«

Sie sah, dass Viktor erschöpft wirkte:»Geh und ruh dich aus. Ich mache heute Abend Gemüselasagne und wenn du Lust hast, essen wir gemeinsam. Ach ja: noch etwas: Ich werde noch einen zweiten Mieter suchen.«

»O.K., kein Problem, der wohnt ja dann oben bei dir.«

Sie bereitete das Nachtessen liebevoll zu, und als es aus dem Ofen verführerisch zu duften begann, wollte sie ihn rufen, entdeckte aber, dass er schon schlief. Also konnte er seine Portion auch später essen. Vom nächsten Tag an ging Viktor wieder zur Arbeit. Er habe viel aufzuholen, sagte er ihr, und mache deshalb Überstunden. Er beruhigte sie, indem er ihr versicherte, er nehme seine Tabletten und falls es mal später würde, sei das jetzt ganz normal.

Um ihn musste sie sich vorläufig also keine Sorgen machen.

Karin meldete sich und fragte neugierig, wie es so laufe bei ihr. Marietta hielt sich jedoch zurück:

»Ich bin auf zu neuen Abenteuern hier im Hause und auch sonst. Und, wie geht es dir?«

»Bei mir läuft alles ziemlich ruhig, außer dass mein Haushalt chaotisch aussieht, die Kinder ihre Hausaufgaben nicht machen wollen und wir täglich Streit haben, wer gerade mit Helfen in der Küche dran ist.« Sie seufzte.

»Oh du Arme, ich fühle mit dir. Apropos Gefühle. Ich habe Luis mehrfach wiedergetroffen. Es war jedes Mal verblüffend innig. Eine schöne Begegnung folgte der anderen, aber seit er weg ist, haben wir uns ziemlich aus den Augen verloren, scheint mir. «

»Ist er denn nicht mehr hier und warum?«

»Er ist er für über ein Jahr geschäftlich in die Staaten gegangen. Seit Längerem habe ich nichts mehr von ihm gehört. Da gibt es nicht viele Chancen, etwas zu vertiefen.

Vielleicht ist es auch besser so.« Es klang fast, als versuchte sie, sich das gerade selbst einzureden.

»Dann geht es dir ja auch nicht so blendend. Was hältst du davon: Wir könnten uns treffen und mal so richtig quatschen miteinander? Vielleicht hebt das die Moral. Ich würde mich freuen.«

»Natürlich, das machen wir. Komm doch nächsten Sonntag zum Mittagessen. Dann lernst du auch Viktor kennen, meinen neuen Mitbewohner. Der freut sich bestimmt auch über ein bisschen Abwechslung.«

»O.K., ich komme sehr gern.«

21. Kapitel

Janosch
Marietta brauchte nur das frühere Online-Inserat zu reaktivieren und prompt meldete sich ein ganz junger Mann, der ihr Sohn hätte sein können. Schneidig trat Janosch auf, als er das erste Mal vorbeikam. Sauberes T-Shirt, Jeans, Turnschuhe, ein offenes Gesicht mit schönen blauen Augen, die Haare ordentlich gekämmt – alles in allem machte er einen guten Eindruck. Er erzählte ihr, er sei Elektriker und arbeite auf diversen Baustellen.

»Bis vor einem Jahr habe ich noch zu Hause gewohnt, aber es wurde schwierig mit meiner Mutter, darum bin ich in eine WG mit drei anderen Jungs gezogen. Aber die löst sich bereits nach einem halben Jahr wieder auf. Alleine kann ich mir diese Wohnung nicht leisten.«

Marietta wollte seinen Personalausweis sehen, den er ihr auch sofort gab. Er war erst 20 Jahre alt. Da er sie an Nick erinnerte, war ihr als Mutter klar, welche Störfaktoren wohl zuhause mitgespielt hatten, und fragte nicht weiter nach den Umständen, warum es denn in der WG nicht geklappt hatte.

»Wirst du die Kaution aufbringen können?« Denn darauf wollte sie nicht verzichten. Ja, das könne er. Daraufhin deutete sie mit dem Kopf Richtung Treppe und beide stiegen hoch zur Besichtigung der oberen Zimmer, die noch frei waren, und er entschied sich für das größere, falls er einziehen werde. Kurz darauf, ohne sich klar festzulegen, verschwand er wieder.

Auch Viktor schien verschwunden zu sein. Sie fühlte sich nicht verpflichtet, dem nachzugehen, und er war ihr ja keine Rechenschaft schuldig. Etwas beunruhigt war sie aber schon. Als Karin am Sonntag kam, war von ihm weit und breit nichts zu sehen oder zu hören. Die beiden Frauen verbrachten also einen urgemütlichen Nachmittag unter sich und Marietta erfuhr, dass Karin Ferienpläne hatte. Sie wollte mit ihrem Mann und den Kindern nach Südafrika reisen und in den zwei Wochen einige Safaris machen. Sie schauten sich im Internet Fotos an und Marietta konnte sich lebhaft vorstellen, wie schön es sein musste, dort die Elefanten, Giraffen, Gnus und vielleicht sogar Löwen und andere Tiere zu beobachten. Den beiden ging der Gesprächsstoff nicht aus und mit dem Versprechen, sich gleich nach den Afrikaferien wiederzutreffen, umarmten und verabschiedeten sie sich.

Also doch
Von Janosch hatte sie nach dem ersten Treffen nichts mehr gehört. Ihr Mutterinstinkt meldete sich und sie dachte, ihm auf die Sprünge helfen zu müssen. Nebst einer Kopie seines Ausweises hatte er ihr seine Adresse hinterlassen. An diese schickte sie ihm den Mietvertrag. Es dauerte ganze zehn Tage, bis er sich meldete. Er rief an und erklärte ihr, es habe so lange gedauert, weil ihm der Brief nachgesandt werden musste. Er wohne inzwischen wieder bei seiner Mutter und würde jetzt doch gerne bei ihr einziehen.

Nach seinem schneidigen Auftreten wirkte das auf sie ziemlich nachlässig und als hätte er kein Interesse an ihrer WG. Sie hatte ihn schon ein wenig ins Herz geschlossen und wollte ihm nachsehen, dass er sich nicht selbst wieder gemeldet hatte. *Man muss doch den jungen Leuten eine Chance geben*, dachte sie, wusste aber auch, Hotel Mama käme bei ihr nicht in Frage.

Als er einzog, brachte er eine Unmenge Lebensmittel mit. Marietta wunderte sich, wie viel frisches Gemüse, Früchte und ungewöhnliches Getreide wie Quinoa oder auch Vollkornreis er anschleppte.

Schon am ersten Abend wurde sie Zeuge seiner aufwändigen Kocherei. Es köchelte und blubberte schon in mehreren Pfannen und Töpfen und roch gut, als sie in die Küche trat:

»Oh, was kochst du denn da Feines? Darf ich in deine Töpfe schauen?«

Er nickte. Im einen kochte ein bräunlicher Reis, im anderen grüne Bohnen und Karotten und das Tofuschnitzel lag bereit, um gebraten zu werden.

»Du ernährst dich ja ganz schön gesundheitsbewusst. So jung und hast schon eine klare Vorstellung davon, was gesund ist, und dass Fertigmenüs keine Lösung sind.«

Während er weiter seine Töpfe im Auge behielt, damit nichts anbrannte, antwortete er:»Ich habe mich in der anderen WG fast nur von Fastfood ernährt, dabei wusste ich genau, was besser wäre. Dann habe ich auch gemerkt, dass mir das ungesunde Food auf Dauer nicht guttut. Also habe ich entschieden, etwas zu ändern. Meine Mutter hat immer gesund für uns gekocht, darum weiß ich ja auch, wie es geht.«

Sie freute sich natürlich und hoffte, dass er danach die Küche richtig aufräumte. Ihre leichte Besorgnis bestätigte sich. Er verschwand nach dem Essen und hatte nur teilweise Ordnung gemacht, also nicht gerade so, wie sie es gerne hätte. Am folgenden Abend dasselbe Prozedere. Er kochte sich sein Essen und räumte nur den Teller und das Besteck in die Spülmaschine. Die Töpfe füllte er mit Wasser und hoffte wohl, Marietta werde diese auswaschen. Als sie davorstand, konnte sie nur den Kopf schütteln und wusste: Wenn sie die Töpfe so ließ, musste er selbst anpacken um zu kochen, aber das war auf Dauer nicht die Lösung. Wohlweislich benutzte Marietta am Abend den Dampfkochtopf, den er nicht gebraucht hatte. Tatsächlich griff er am nächsten Tag selbst zu Putzutensilien, wie sie am Scheppern der Pfannen bis hoch in ihr Büro hören konnte. Natürlich, er brauchte diese Töpfe und den Platz ja selbst wieder, ließ aber alles wieder stehen. An diesem Tag benutzte Marietta den Backofen, sodass sie nicht darauf warten musste, bis er die passenden Pfannen reinigte. Sie wollte niemanden maßregeln, doch auch Viktor war leider nachlässig geworden. Sie musste etwas unternehmen aber so, dass es gut ankam. Sie seufzte. Beim einen ließ die Küche, beim anderen das Reinigen des Zimmers und der Dusche zu wünschen übrig.

Hausordnung

Inzwischen war Viktor nämlich wieder aufgetaucht. Ein bisschen zerzaust, aber wohlbehalten. Er kam herein, setzte Teewasser auf und fragte, ob sie mit ihm Tee trinken wolle. Natürlich, gerne. Sie setzte sich zu ihm und hörte gespannt, was er wohl Neues zu berichten hatte. Dabei erzählte er ihr, er habe die Tage und das Wochenende bei seinem besten Freund gewohnt. Ebenso gestand er bereitwillig, dass sie am Samstag zu viel Bier getrunken, einen Film geschaut hatten und da es spät wurde, sei er über Nacht dortgeblieben. Außerdem hätte er auch wieder seine obdachlosen Freunde getroffen und fragte, ob er mal den einen einladen könne. Es schien ein wichtiger Teil seiner Welt zu sein, sich bei Randständigen aufzuhalten.

Sie nickte, nicht mit Begeisterung, aber prinzipiell hatte sie nichts dagegen:»Du wirst schon wissen, was passt.«. Sie wollte lieber nicht fragen, ob auch er eine Zeit lang auf der Straße gelebt hatte. Vieles an Viktor blieb ein Geheimnis.

Da nun beide Männer anwesend waren, rief sie diese am folgenden Abend zu sich und bat um ein gemeinsames Gespräch. Janosch und Viktor hatten bisher kaum Berührungspunkte gehabt, waren aber sofort bereit, zu hören, was sie zu sagen hatte. Als sich beide gesetzt hatten und sie neugierig anschauten, begann Marietta:

»Zunächst einmal möchte ich euch sagen, dass es mich freut, dass ihr zwei ruhige Typen seid und euch hier, wie es scheint, wohlfühlt. Es gibt aber einige Dinge, die zu besprechen wären, damit wir weiterhin harmonisch zusammenleben können.«

Viktor nickte und bestätigte: »Ja, ich finde es auch wichtig. Ich weiß, dass ich anders lebe als die Herren Normalos, und möchte sagen, dass ich es schön finde, hier akzeptiert zu sein.«

Janosch schwieg dazu. Vielleicht weil er ja noch nicht lange hier wohnte? Er wirkte etwas eingeschüchtert. Also sprach Marietta weiter:

»Für mich ist es gerade ein wenig schwierig, weil ich an eine gewisse Sauberkeit und Ordnung gewohnt bin, also müssen wir darüber reden. Wenn du, Janosch, schmutzige Töpfe stehen lässt oder nicht gründlich auswäschst und du, Viktor, das abgewaschene Geschirr in der Abtropfablage stehen lässt, habe ich entweder keine saubere Pfanne oder überhaupt keinen Platz mehr für mich, wenn ich kochen will.«

»Mich stören die schmutzigen Töpfe auch, wenn ich spätabends noch etwas kochen will, doch ich habe nicht die Absicht, für jemanden die Schmutzarbeit zu machen.« Viktor wurde richtig heftig und gestikulierte dabei mit den Händen.

»Warum hast du denn nichts zu Janosch gesagt? Ich dachte, Männer reden eher darüber, wenn sie etwas stört?«

»Ich habe keine Lust, Babysitter zu spielen«, sagte er fast ein wenig beleidigt.

»Na komm, so war das doch nicht gemeint. Gibt es sonst noch etwas, was du beanstanden willst, Viktor?«

»Nein.« Oh, das klang jetzt ziemlich eingeschnappt. Janosch hatte sich immer noch mit keinem Wort an der Diskussion beteiligt, also ergriff sie die Gelegenheit weiterzureden:

»Sehr wichtig ist mir die Sauberkeit in der Küche tatsächlich. Ich will, dass jeder von uns die Küche so hinterlässt, wie er sie vorgefunden hat. Was ich zusätzlich machen möchte, ist ein Putzplan für die Böden, die Toilette und die Badezimmer, sodass jeder einmal im Turnus drankommt. Ich mache euch einen Vorschlag und wir richten uns nach dem Plan. Wenn jemand weg ist, müssen wir das natürlich mitberücksichtigen. Einverstanden?«

Beide nickten. Die Katzen hatten sich zu ihnen gesellt und lagen nicht weit weg, jede auf ihrem Lieblingsplatz. Im Grunde genommen eine sehr friedliche Atmosphäre.

»Ich werde für den Rest des Monats etwas ausarbeiten und euch dann zeigen und das wiederholt sich dann. Wenn Ihr Ideen habt, bin ich offen dafür.«

Sie erwartete nicht, dass beide freiwillig etwas dazu beitragen würden, also beschloss sie das Thema mit den Worten: »Lasst uns jetzt noch gemeinsam etwas trinken und über anderes reden.«

Janosch sprach allgemein wenig und er trug auch jetzt nichts zur Unterhaltung bei. Das Gespräch lief vor allem zwischen ihr und Viktor, der Neuigkeiten über seine beruflichen Pläne und den neuen Mitarbeiter im Geschäft hatte. Es stellte sich nun heraus, dass Marietta den Mitarbeiter per Zufall kannte und sie ließ Grüße ausrichten. Sie wollte nun von Janosch wissen, ob denn beruflich bei ihm alles in Ordnung sei, weil Baustellen ja nicht unbedingt immer reibungslos funktionieren. Er nickte und sagte, es gäbe nichts Besonderes, er müsse ja nur machen, was man ihm sage. Bald löste sich die Tischrunde auf.

Am nächsten Tag erstellte Marietta einen Putzplan, erwähnte dabei mündlich nochmals, wie Küche und Bad zu hinterlassen seien, und gab jedem eine Kopie zum Durchlesen. Kurz darauf erklärten sich die beiden damit einverstanden, darum hängte sie ein Exemplar in der Küche auf, und da die Anforderungen nicht sehr hoch waren, hoffte sie zuversichtlich, dass es gelingen würde. Das lief dann bald reibungslos, die Küche war immer aufgeräumt und sauber. *Na also: Geht doch.*

Da Viktor Gartenplaner war, fragte sie ihn, ob er ihr auch ab und zu im Garten helfen würde und bereitwillig erbot er sich, ihr auch da zur Hand zu gehen, meinte jedoch, er sei eher Planer als Gärtner, aber wenn sie ihm genau sage, was sie wolle, mache er das gerne. Von Janosch erwartete sie keine Hilfe in diese Richtung. Er trieb viel Sport, schien auch sonst oft unterwegs zu sein, kochte seine Menüs und ging, wie es schien, regelmäßig zur Arbeit.

Als ob ihr eine höhere Macht reinen Wein einschenken wollte, geschah etwas, das ihr die Augen darüber öffnete, wie Janosch funktionierte. An einem der Tage kam ein Brief, der einen unbekannten Absender hatte, wobei das hellgrüne Kuvert und die Abbildung eines Hauses mit einem Baum wie Werbung von einer Gartenfirma wirkte. *Oder war es ein Bettelbrief?* Erstaunt bemerkte sie am Inhalt, dass es ein Brief einer Sozialhilfestelle mit der Bestätigung einer Zahlung an Janosch war. Dort stand, dass man weiterhin bereit war, die Miete für ihn zu bezahlen, sofern er regelmäßig zur Arbeit ging. Verblüfft fragte sie sich, was das genau zu bedeuten hatte.

In dem Moment kam Janosch ins Zimmer. Marietta zeigte ihm den Brief und entschuldigte sich für das Versehen, ihn geöffnet zu haben, fragte aber auch sofort besorgt, was denn mit seiner Arbeitsstelle sei.

»Es ist keine feste Stelle. Das sind befristete Aushilfsjobs, die ich als Ungelernter vom Amt zugewiesen bekomme, die jedoch schlecht bezahlt sind. Das Sozialamt ist es, das die Miete und Krankenkasse bezahlt.«

Nach und nach erfuhr Marietta die wahre Geschichte. Er erzählte, dass er seine Lehre als Elektriker begonnen, aber nicht beendet hatte. Außerdem sei er lieber mit Kollegen rumgehangen als zur Schule zu gehen oder etwa zu Hause zu helfen. Irgendwann sei seiner Mutter der Kragen geplatzt und sie habe ihn mit 18 Jahren aus der Wohnung geschmissen. Dann sei er bei Kollegen untergekommen, wo er aber nicht lange bleiben konnte, fand dann eine WG, doch das war mit den anderen Jungs Chaos pur, sodass allen gekündigt wurde. Das war, bevor er dann zu ihr kam.

Marietta seufzte innerlich. Da hatte sie sich ja einen echten Pappenheimer angelacht. Warum nur hatte ihr Mutterinstinkt sie dazu verführt und derjenige der Vermieterin versagt? Sie hätte mehr Informationen über ihn einholen sollen. Nicht, dass sie ihm das Zimmer damals nicht hätte geben wollen, auch wenn er ehrlich gewesen wäre. Sie zu belügen war schlimmer und das passte ihr gar nicht. Sie war nun auf der Hut. Wie sich später zeigen würde, zu Recht.

Mirjam/Nick
Am Wochenende tauchte Mirjam auf. Sie hatten sich in letzter Zeit kaum gesehen, meistens telefoniert und darum freute sich Marietta sehr, dass sie wieder einmal genügend Zeit für einander hatten. Sie schilderte ihr die neueste Situation im Hause, was bei Mirjam nur ein Kopfschütteln hervorrief.

Etwas sehnsüchtig meinte Marietta: »Ich würde sehr gerne Sabine besuchen und wäre froh, wenn du in dieser Zeit auch mal nach dem Haus und den Katzen sehen würdest. Wäre das O.K.?«

»Natürlich, das mache ich doch gerne. Sag mir einfach, wann es soweit ist. Ich klopfe dann auch auf den Tisch, wenn die Jungs hier zu viel Chaos veranstalten. Wie lange willst du denn bleiben?«

»Ich denke vier oder fünf Tage.«

»Gut, ich komme dann jeden zweiten Tag mal her. Die Katzen werden schon nicht verhungern und ich denke, generell vertraust du den beiden ja, was deine privaten Dinge anbelangt.«

»Natürlich.«

Ihre Gefühle für Luis, der sich immer mal wieder in ihre Gedanken schlich, verschwieg Marietta jedoch ihrer Tochter gegenüber. Es gab ja sonst genug zu erzählen. Nun erfuhr sie von Mirjam, dass Nick sich für ein Auslandjahr entschieden hatte und bei Google in London arbeiten würde. Marietta fragte sich, wann sie das wohl von ihrem Sohn erfahren hätte. Immerhin funktionierte das Buschtelefon. Das Gefühl verstärkte sich, dass ihr Sohn nun endlich ganz flügge war.

Insgeheim war sie stolz auf ihn, hätte ihm das jedoch nicht gesagt. Sie wollte abwarten, wie sich die Dinge entwickelten. Sie rief ihn am nächsten Tag an und lud ihn zum Essen ein. Seit er ausgezogen war, hatte sie sich aus seinem Leben ziemlich rausgehalten. Er war halt schon noch das Nesthäkchen und doch erstaunlich schnell eigenständig geworden. Er erzählte ihr sofort von seinen Plänen: »Ich werde nach London gehen und freue mich riesig darauf. Ich erzähl es dir dann genauer, wenn ich bei dir bin.«

Sie ließ noch verlauten, dass sie ihn gerne zum Flughafen fahren würde, wenn es so weit war und sie beendeten das Telefonat.

22. Kapitel

Änderungen

Dann galt es, sich wieder ganz konkret praktischen Dingen zuzuwenden. Der Putzplan hatte sich als hilfreich erwiesen. Kaum war das geregelt, folgte jedoch schon wieder eine Änderung. Janosch erklärte, er müsse wohl im Juli in den Militärdienst einrücken. Seine Bitte um Dienstuntauglichkeit sei leider abgelehnt worden. Das hieße, dass er 17 Wochen weg sein würde und nur die Wochenenden, sofern er frei hatte, nach Hause kam.

Marietta dachte sich, dass der Militärdienst ihm vielleicht ein wenig Struktur beibringen würde. Bisher hatte das allen jungen Männern gutgetan. Und das mit dem Putzplan musste eben wieder geändert werden. Wie sich bald herausstellte, war das ihr kleinstes Problem.

Viktor, der in letzter Zeit ausgeglichen zu sein schien, drehte mit einem Mal auf. Er verbrachte wieder Nächte am Laptop mit Zocken. Wenn er etwas verdient hatte, erzählte er es stolz am nächsten Tag und war gut drauf, wenn er verloren hatte, eher unausstehlich. Je länger es dauerte, desto schlechter sah er aus. Er wurde immer farbiger und war dann plötzlich für Tage verschwunden. Nach einer Woche tauchte er auf und erklärte, er sei in der Psychiatrie gewesen. Sein Freund habe ihn vor einem Unglück bewahren wollen, weil er so überdreht war.

»René hat mich überredet, mich in Behandlung zu begeben.«

»Warum, was war denn?«

»Ach, ich habe ihm von meinen großen Visionen erzählt und habe wohl nonstop gesprochen. Anstatt darüber zu diskutieren, schaute er mich nur an. Er kennt mich gut und merkte, dass ich alles am liebsten auf einmal und sofort umsetzen wollte, und damit hätte ich mein Umfeld in den Wahnsinn getrieben. Kurz darauf bemerkte ich, dass keiner mich ernst nahm. Ich war schon ganz verzweifelt. Vorher hatte ich beim Zocken immer mehr verloren und jetzt das. Dank René merkte ich endlich selbst, dass ich kurz vor dem Durchdrehen war, und ging darum freiwillig und in seiner Begleitung in die Psychiatrische und blieb drei Tage unter Beobachtung in der offenen Abteilung. Natürlich bekam ich Tabletten und beruhigte mich wieder.«

»Und du denkst, jetzt ist alles wieder gut?«, fragte sie zweifelnd, denn sie spürte nach wie vor eine gewisse Unruhe.

»Ja klar, alles wieder bestens.«

Manisch

Doch dem war nicht so. Er begann eifrig in Haus und Garten Blumentöpfe umzustellen, holte aus der Garage Steine und Metallgestelle, die er dekorativ im Garten platzierte, begann die Küche umzuräumen. Am Anfang hatte sie noch zugesehen, doch dann platzte ihr der Kragen und sie zitierte ihn zu sich und meinte streng, sie habe mit ihm zu reden. Er konnte währenddessen kaum stillsitzen. Sie fragte ihn zuerst, ob er tatsächlich seine Tabletten nähme.

Er verneinte: »Die brauche ich nicht mehr, darum habe ich wieder aufgehört.«

»Weißt du, Viktor, so läuft das nicht. Du beginnst, mein Haus zu verändern, ganz nach deinem Gutdünken. Ich habe nichts dagegen, wenn das eine oder andere umgestellt wird, aber bitte frage mich vorher.« Sie erwartete, dass er aufmucken würde, und vernahm nur:

»Ähm, ah, hmmm.«

»Es gibt sicher Dinge, die sinnvoll sind, doch ich möchte dich bitten, alles aus dem Garten wieder an seinen vorherigen Platz zu räumen. Ich fühle mich ja fast nicht mehr bei mir zu Hause. In deinem Zimmer kannst du machen, was du willst, aber nicht in den gemeinsamen Räumen. Und ich

247

empfehle dir dringend, deine Tabletten weiterhin einzunehmen.«

Er schaute sie nur an, nickte nach einer Weile und seufzte: »Ich bin froh, dass du mir das sagst, und so verstehe ich es auch. Ich meinte es ja gut und hätte so viele Ideen. Ich werde natürlich alles zurückräumen.«

Tatsächlich war nach einem Tag alles wieder an seinem ursprünglichen Platz. Sie bat ihn nochmals, die Tabletten nicht zu vergessen, damit er ein wenig ruhiger werden und wieder einmal gut schlafen konnte. Er versprach es. Marietta begann, den Unterschied zwischen depressivem und manischem Verhalten nun klar zu erkennen. Bald war diese manische Phase zum Glück wieder überstanden. Tatsächlich kehrte wieder etwas wie Normalität ein.

Familientreff

Es wurde wärmer, richtig sommerlich. Sie liebte diese Zeit, wenn es abends länger hell blieb. Draußen zu sein, im Liegestuhl vor sich hinzuträumen, schwimmen zu gehen, luftig gekleidet zu sein, an den See zu gehen, das machte sie glücklich. Alles schien freundlicher und heller zu sein.

Zu Nicks Abschied organisierte sie eine kleine Grillparty im Familienkreis. Viktor schaute kurz vorbei, Janosch blieb unsichtbar.

Nick war entspannt und genoss es, sich verwöhnen zu lassen. Mirjam kümmerte sich um das Fleisch, Marietta machte den Nudelsalat fertig und holte dann eine alkoholfreie Fruchtbowle aus dem Kühlschrank, die sich als idealer Durstlöscher erwies. Sie stießen gemeinsam auf London an und teilten Nick mit, er solle schon mal mit Besuch rechnen, sie würden bestimmt vorbeikommen. Er nahm das gelassen hin, denn er wusste, dass Mirjam vermutlich gerne schoppen, die Mutter die Sehenswürdigkeiten von London und Kunstausstellungen genießen wollten. Das ging schließlich auch ohne ihn. Genüsslich trank jeder sein Glas und hing wohl so seinen eigenen Gedanken nach, was London zu bieten hatte. Es wurde ein unbeschwerter, schöner Abend. Noch lange saßen sie bei Kerzenschein draußen. Wohlweislich verschwieg Marietta die wiederkehrenden Schwierigkeiten mit Viktor. Die Kinder hätten ihr geraten, ihm zu kündigen, das sei doch viel zu viel Stress. Nein, sie wollte jetzt weder darüber sprechen und auch nicht daran denken, sondern sich freuen, dass in ihrer Familie und bei den Kindern alles gut lief.

Nachlässig
Janosch schob es vor sich her, obwohl es höchste Zeit wurde, dass er ins Zeughaus ging, um sich mit den notwendigen Kleidern und Utensilien für das Militär einzudecken. Marietta wunderte sich, dass er keine Anstalten machte, doch sie sagte nichts. Er schien jedoch ihr inneres Stirnrunzeln zu ahnen.

»Es stinkt mir grausam, in den Militärdienst einrücken zu müssen«, maulte er. »Ich habe eine lange Liste, was zu erledigen wäre, und muss dann mal ins Zeughaus, meine Uniform und anderes abholen.«

Drei Tage vor dem Einrücken hatte er dies endlich erledigt, doch noch nicht alles auf dieser Liste abgehakt. Marietta merkte es daran, dass Janosch im letzten Moment noch ziemlich hektisch mit seiner Mutter telefonierte und das Notwendige zusammensuchte. Die Vorgesetzten würden ihm im Militär schon Beine machen, da war sie sicher. Er musste auch noch zum Frisör und als er in Uniform vor ihr stand, wirkte er schon eine Spur erwachsener. Vielleicht würde er ja eine Militärkarriere machen? Oft hatte sie von ihrem Mann gehört, dass Männer, die es im Leben zu nichts brächten, im Militär Karriere machen würden. Darum sei er einfacher Soldat geblieben. Nick hatte den Dienst wegen seines Auslandsjobs noch hinausschieben können, danach musste auch er zur Dienstpflicht einrücken. Bis zum 24. Lebensjahr blieb den jungen Männern Zeit.

Mitte Juli war es dann so weit und Janosch zog in die französische Schweiz in den Armeedienst. Das war eine ziemlich lange Anreise, die seine freien Wochenenden erheblich verkürzen würde. Wie er wohl dort mit der strengen Disziplin zurechtkam?

Zu ihrem größten Erstaunen bekam Marietta eine Mail von Ursula. Eine Mail? Tatsächlich. Ursula hatte sich also überwunden und war online erreichbar. Diese teilte ihr mit, dass sie sich nun in einem Haus für betreutes Wohnen befände. Es sei eine regelrechte Odyssee gewesen bis dahin. Sie denke oft an das schöne Zuhause bei ihr und falls noch ein Zimmer frei sei, würde sie gerne wieder einziehen. Inzwischen könne sie sogar mehr Miete bezahlen. Ob Marietta bereit sei, sie mal wieder zu treffen?

Marietta war im ersten Moment perplex und wusste nicht, was sie davon halten sollte. Das musste sie erst einmal sacken lassen, dass Ursula nach ihrem Abgang sich so aus dem Nichts wieder meldete und dann noch wieder bei ihr einziehen wollte.

Es war Anfang August und sie hatte von Janosch die Restmiete für die letzten zwei Juli-Wochen noch nicht bekommen. Die Miete für August war auch schon fällig. Sie hatte Janosch kurz vor Ende Juli eine SMS geschickt und er antwortete sofort:

»Miete kommt, ist bestimmt schon unterwegs.«

Das war ja erst einmal nicht schlimm, da sie eine Kaution für eineinhalb Monate hatte. Sie sandte ihm nochmals eine Erinnerungs-SMS und er versprach abermals, das zu organisieren. Am 7.d.M. war immer noch kein Geld auf dem Konto und sein erster Wochenendurlaub stand bevor. Er kam erst am Samstagabend heim, kochte sich ein opulentes Essen, schlief am Sonntag gründlich aus und bevor sie ihn sprechen konnte, war er wieder weg. Sie hatte kaum etwas von ihm gesehen, nur gehört und gerochen. Immerhin hatte er die Küche sauber hinterlassen.

Es war drückend heiß und man blieb besser im Haus. Viktor hatte es gut im Untergeschoss, dort war es angenehm kühl, und er schien sich immer noch in seiner Höhle wohlzufühlen. Offenbar war er wieder in einer anderen Phase, lag viel herum, aß wenig, schaute nächtelang fern und zockte wohl wieder. Wenn sie gegen Mittag zu ihm hinunterging, lag er auf dem Bett und las. Das ging nun schon die ganze Woche so. Das Zimmer war nicht gelüftet und sah staubig aus. Zur Arbeit war er auch nicht gegangen.

»Habt ihr wenig Arbeit?«, fragte sie nach.

»Ich habe jetzt Ferien.«

Sie setzte sich zu ihm und wollte wissen, ob er sich gut fühle und er bejahte. Sie fand, er sähe nicht danach aus und etwas frische Luft würde ihm guttun.

»Könntest du mir vielleicht einen Busch im Garten zurückschneiden? Ich hantiere nicht gerne mit der elektrischen Säge.«

Er war einverstanden und versprach es. Ende der Woche war noch nichts erledigt davon. Gegessen hatte er nur Brote, wenn überhaupt. Also kochte Marietta eines Abends Spaghetti und lud ihn ein. Er war sehr schweigsam, doch er schien das Essen zu genießen. Dann half er, die Küche aufzuräumen und meinte, man könne doch zusammen noch einen Film schauen. Als der Film zu Ende war, zog Marietta sich in ihr Zimmer zurück. Am darauffolgenden Samstag erinnerte sie ihn daran, dass sein Zimmer wieder einmal gesaugt und geputzt werden müsse. Wenn er das nicht könne oder wolle, würde sie es für ihn übernehmen, denn es sei nun wirklich dringend nötig.

»Nein, nein, das musst du nicht. Ich werde es erledigen.«

Tatsächlich raffte er sich auf und sie hörte ihn im Zimmer werkeln. Immerhin.

Die fällige Miete

Janosch erschien am Samstag und sie stellte ihn sofort zur Rede.

»Die Miete ist noch nicht eingetroffen und es ist Mitte des Monats.«

»Ich weiß, ich habe das Geld noch nicht erhalten.«

»Womit kaufst du dann dein Essen?«

»Das ist Taschengeld, das wir als Teil vom Sold bekommen. Und der Rest müsste bald auf dem Konto sein.«

Am Sonntag hatte er sich wieder davongeschlichen. Sie fand seine Post ungeöffnet auf dem Pult. Da Marietta sie dorthin gelegt hatte, wusste sie, dass einer der Briefe amtlich war. All das ging sie ja nichts an, aber es störte sie gewaltig, dass er die Miete nicht zahlte. Sie hatte immer noch keinen Rappen gesehen. Sie sprach ihn am darauffolgenden Wochenende nochmals darauf an und er redete sich damit raus, dass das Geld ja nicht von ihm kommen müsse, sondern vom Staat.

»Mir ist egal, wer bezahlt, aber ich brauche die Miete. Weißt du, deine Kaution ist Ende dieses Monats, also in einer Woche, aufgebraucht. Wenn du jetzt nicht bezahlst, kannst du nicht länger hier wohnen.«

»Ja, ja, natürlich, ich weiß. Ich gehe heute Abend auf ein Familienfest. Ich kann ja mal meinen Onkel oder meine Mutter fragen, ob sie es mir vorschießen, dann hast du es morgen.«

Der Sonntagmorgen kam. Sie ließ ihn in Ruhe frühstücken. Als sie demonstrativ an ihm vorbeiging, machte er jedoch keine Anstalten, mit Geld herauszurücken. Sie sagte nichts, blieb nur einen Moment stehen, um ihren Ärger herunterzuschlucken. Dann hatte sie eine Idee, und da er immer noch am Tisch saß und in sein Handy starrte, sprach sie ihn an:

»Ich merke, dass du nicht wirklich klarkommst mit deinen Verpflichtungen und vielleicht kann dir ja eine Tarotlegung etwas auf die Sprünge helfen.«

Tarot legen

»Was ist Tarot?« Seine Stimme klang etwas widerwillig und er runzelte die Stirne.

»Das ist ein Kartendeck, das man zu Rate ziehen kann. Man wird eine oder mehrere Karten ziehen, zu denen vorher eine Frage gestellt wird. Wenn du also eine Karte aufgedeckt hast, schaue sie dir genau an und sag mir, was dir dabei einfällt, und danach kann ich dir erklären, was die Karten bedeuten, und dir den entsprechenden Text zeigen. Tarot ist eine alte Form der Vorhersage oder Deutung einer Situation. Du ziehst selbst intuitiv und die Erfahrung zeigt, dass diese Karten aussagekräftig eine Situation widerspiegeln oder Möglichkeiten zeigen, damit umzugehen.«

Jetzt war er ganz Ohr.

»Und das funktioniert?«

»Nach meiner Erfahrung ja. Ich hole mal die Karten und zeige es dir. Räum doch den Tisch frei. Ich bin gleich zurück.«

Er tat wie ihm geheißen und Marietta kam mit einer schönen Schachtel zurück. Sie entnahm dieser das Kartendeck und ein Büchlein. Janosch ergriff die Schachtel und las: »Aleister-Crowley/Tarot-Set. *Spiegel der Seele.*«

Marietta hatte diese schon oft als Hilfestellung bei offenen Fragen konsultiert.

Auch ein paar Tage zuvor legte sie ein Tarot für sich auf die Frage was sie bei der Situation mit den Mietern verbessern könne. Eine der Karten zum Thema, die sie gezogen hatte, war *Das Universum.* Dazu las sie im Begleitbuch den Hinweis, der lautete: 'Du hast jetzt die Möglichkeit, die Dinge so zu sehen, wie sie sind.'

Tue ich das nicht bereits?, schoss ihr durch den Kopf.

Der Hinweis zu dieser Karte lautete: 'Wo gibt es in deinem Leben Bereiche, aus denen du dich befreien solltest? Die Bedingungen für einen glücklichen Abschluss oder Neubeginn sind gegeben.'

Weiter hieß es: 'Erstelle eine Liste all jener Angelegenheiten, deren Erledigung dich erleichtern würden.'

Sie war den Anregungen gefolgt, die sie sich notiert hatte, offen war noch, sich nun Klarheit zu schaffen, was Janosch anbelangte. Auf jeden Fall hatte sie entschieden, dass sie die Situation so nicht weiter dulden würde, wenn er nicht innert Kürze seiner Verpflichtung nachkam. Sie würde ihm noch diese Hilfestellung geben und vielleicht fühlte er sich dann endlich verpflichtet, die Angelegenheit mit der Miete in Ordnung zu bringen.

Nun saß Janosch etwas angespannt und kerzengerade auf seinem Stuhl.

Marietta mischte die Karten und dann legte sie diese in Form eines Fächers auf den Tisch. Anschließend bat sie ihn, sich eine Frage auszudenken und die erste Karte zu ziehen. Er schaute sie etwas hilflos an.

»Ich kann dir bei der Fragestellung auch helfen, wenn du willst.» Marietta wartete ab.

Er konnte sich, wie es schien, für keine Frage entscheiden, also schlug sie vor, mit drei Fragen und drei Karten zu beginnen. Sie überlegte laut und redete drauflos, was ihr in den Sinn kam. Janosch hörte zu und schließlich einigten sich beide auf folgende Fragen:

- Was definiert meine Situation zurzeit?
- Wie ist mein Verhalten zu interpretieren?
- Was ist die Lösung?

Sie schrieb die drei Fragen für ihn auf ein Blatt, das sie vor ihn hinlegte.

»Jetzt ziehst du zu jeder Frage eine Karte.«

Er nickte und griff nach der ersten. »Vielleicht kommt mir dann noch eine weitere Frage in den Sinn. Geht das auch noch nachher?»

»Natürlich.« Dann deckte er spontan eine zweite und dritte auf und legte sie neben sein Blatt Papier. Er wirkte jetzt sehr aufmerksam und so erklärte sie ihm, dass es verschiedene Stufen bei den Karten gebe:

»Die Große Arkana steht für übergeordnete, universelle Themen. Die Hofkarten stehen häufig mit wichtigen Personen in unserem Leben zusammen. Die Kleine Arkana zeigt, was gerade unmittelbar für Lektionen anstehen.«
»Das müssten doch dann drei Häufchen sein?«
»Nein, das ergibt sich dann schon richtig, ich mische alle zusammen.«
Dann forderte sie Janosch auf, die Karten umzudrehen, und griff nach dem Büchlein mit den Beschreibungen. Darin waren verschiedene Abbildungen und Zahlen zu sehen.

Die erste Karte, die er zog, trug den Titel *Unterdrückung*, die zweite war *Fehlschlag* und die dritte *Umsicht*.

Wunderbar! Marietta freute sich, wie das wieder passte. Alle Karten waren aus der Kleinen Arkana, betrafen also die momentane Thematik. Da sie nicht davon ausging, dass er etwas dazu sagen würde, las sie ihm den einleitenden Text zur ersten Karte vor.

»*Unterdrückung*: 'Dies ist eine Aufforderung, die eigene Unterdrückung der Lebensimpulse zu erkennen und zu beenden. Dies ist ein Schritt zur Selbstverantwortlichkeit, zur Befreiung von unberechtigten moralischen Schranken.'«

Sie gab ihm dann den ganzen Text zu lesen und wartete geduldig, bis er wieder aufblickte. Dann fragte sie, ob ihn bestimmte Sätze angesprochen hätten. Er nickte und erläuterte: »Hier steht auch noch: 'Ziehe, wenn du willst, eine andere Karte zum Thema, was es für dich bedeutet, wenn du den Mut hast, dich zu befreien'.«

Janosch schaute sie fragend an. Sie mischte die Karten erneut, legte sie wieder vor ihn hin und nickte aufmunternd: »Na dann, zieh nochmals eine.«

Er zog den Ritter der Kelche und sie las wieder laut vor: »'Bei dieser Karte geht es um Familie, doch im weiteren Sinne. Und es geht um die Fähigkeit zu geben sowie das Erreichen höherer emotionaler Ebenen, um spirituelle Beziehungen und die Wahlfamilie'.«

Und nach einer kurzen Pause las sie weiter: »'Du sehnst dich nach intensivem gegenseitigen Austausch mit Gleichgesinnten.' Die Anregung dazu lautet: 'Suche deine wahre Familie, die Gemeinschaft, in der du dich Zuhause fühlst.'«

Jetzt meinte Janosch nachdenklich, indem er sich kurz über die Augen strich: »Ja, ich muss mir eine Wahlfamilie suchen, ich fühle mich nirgends zu Hause. Ich wurde so oft enttäuscht.« Er senkte den Kopf. Das schien ihn nun wirklich zu berühren, und als er aufblickte, lächelte sie ihm aufmunternd zu.

»Komm, mach weiter!«

Nun war die Karte *Fehlschlag* an der Reihe, die sie sich näher anschauen wollten. Diese wirkte etwas düster und klang auch so:

'Hemmung, Resignation, unüberwindlich erscheinende Hindernisse, Angst vor Fehlschlag. – Dein Handeln ist durch schwerwiegende ängstliche Erwartungen blockiert, deren Inhalt und Qualität du jetzt untersuchen solltest.'

»Das hört sich ja schlimm an!« Janosch schluckte.

Sie legte beschwichtigend ihre Hand auf seinen:

»So negativ die Karte auch aussieht, es ist immer die momentane Situation. Also ist eine Veränderung immer möglich. Lies jetzt selbst mal weiter.« und zog die Hand zurück.

»'Ich habe den Mut zu glauben: Alles in meinem Leben dient zu meinem Besten.'« las er nun wieder weiter.

»Das klingt doch ganz gut! Und nun die nächste Karte.«

Umsicht. Das war eine sehr schöne Karte mit den Stichworten: 'Zuwachs, Gewinn; Verbindung von Liebe, Weisheit und Kreativität.'

Laut las er vor: »'Je mehr ich gebe, desto mehr bekomme ich'.«

Marietta hob die Augenbrauchen und war selbst erstaunt. Passender konnte es wahrlich nicht ausgedrückt werden.

»Wenn du willst, kopiere ich die Texte der Karten für dich. Dann kannst du das in Ruhe nochmals nachlesen.«

»Ja, gerne. Vielen Dank.«

Sie gingen beide in ihr kleines Büro, wo sie ihm die Kopien machte, doch bevor sie ihm diese gab, sagte sie: »Weißt du, Janosch, ich mache viel, damit sich meine Untermieter wohlfühlen und die mindeste Gegenleistung dafür wäre eine bezahlte Miete.«

Das musste sie jetzt einfach noch einmal betonen.

»Ja natürlich, ich bezahle das nächste Mal – ganz bestimmt.«

Inwieweit diese kleine Sitzung Wirkung zeigen würde, darauf war sie gespannt. Dann ging sie wieder ins Wohnzimmer und machte es sich mit einem Buch bequem. Vorläufig gab es nichts mehr zu sagen.

Konsequenzen

Am darauffolgenden Wochenende, es war das letzte des Monats August, erschien er, wie immer in Uniform, grüßte kurz, hüpfte unter die Dusche, kochte sein Abendessen und wollte ausgehen. Nichts deutete auch nur im Entferntesten darauf hin, dass er die Miete an diesem Wochenende begleichen würde. Marietta hatte es satt und erwischte ihn, wie er auf dem Weg ins Badezimmer war:

»Ist das jetzt das Resultat unserer letzten Besprechung, als ob es sie nicht gegeben hätte? Wo bleibt die Miete, die du schuldig bist?«

Er war weitergegangen und stand vor dem Badezimmerspiegel und strich sich Gel ins Haar und war eher an der Frisur als an ihr interessiert. Jetzt platzte ihr der Kragen:

»So geht es nicht weiter!« Ihre Stimme war laut, das wusste sie, und er sollte ruhig merken, dass es nun seine letzte Chance war.

Aber er antwortete leichthin: »Wir reden morgen, meine Freunde warten.« Und er drückte sich an ihr vorbei und weg war er.

»Das darf doch nicht wahr sein!«, entfuhr es Marietta lauthals. »Was für eine Unverschämtheit!«

Am folgenden Morgen, als er sich ein ausgiebiges und spätes Frühstück zubereitete und gerade seine Ovomaltine auf den Tisch stellte, legte sie demonstrativ ein Papier vor ihn hin.

»Was ist das?« Er wollte den Brief zur Seite schieben, um besser an die Marmelade zu kommen.

»Und du schaust dir das jetzt sofort an! Das ist meine schriftliche Kündigung.«

Janosch fiel die ausgestreckte Hand zurück auf den Tisch und er griff nach dem Brief. »Was?«

Marietta ließ sich nicht beirren und reichte ihm einen Kugelschreiber: »Bestätige bitte den Erhalt mittels deiner Unterschrift!«

Er las jetzt endlich, was da stand. Die Kündigung war auf das nachfolgende Wochenende ausgestellt. Ungläubig sah er sie an:

»So bald schon?« Er schluckte erst und krächzte: »Ich will ja bezahlen, nur klappt gerade nichts.«

»Weil du rein gar nichts unternimmst und scheinbar öffnest du nicht einmal deine Post. Du wartest ab und dann ist klar, dass nichts geschieht. Oder sag mir, was du bisher unternommen hast!«

Er schwieg.

»Siehst du, darum muss ich jetzt handeln. Mir reicht's wirklich, Janosch. Ich habe mich erkundigt. Du hättest dich beim Sozialdienst der Armee melden müssen, damit die Miete weiter bezahlt wird.«

»Woher soll ich das wissen? Ich dachte, das Sozialamt informiert die vom Militär und dann würden die schon bezahlen. Müssen die doch?« Den letzten Satz sagte er ziemlich beleidigt.

Das ertrug sie jetzt gar nicht und herrschte ihn an: »Glaubst du, dass die hinter dir herlaufen? Du bist nicht im Kindergarten und hättest dich erkundigen müssen, als nichts geschah. Mir wurde nämlich jetzt auf Anfrage gesagt, dass alle Rekruten eingeladen worden seien, an einem Informationsabend teilzunehmen, den du scheinbar verpasst hast. Ebenso erklärte mir die zuständige Person, du hättest auch anrufen können. Das hast du also auch nicht gemacht, sonst hättest du mir mehr als nur leere Zusagen gegeben. Meine Geduld ist zu Ende. Am nächsten Samstag packst du und bist weg. Unterschreib jetzt!«

Er unterschrieb. Daraufhin händigte sie ihm die Kopie aus und begab sich in den oberen Stock in ihr Büro, wo sie die Kündigung auf ihr Pult legte. Sie sah durch die offene Tür, wie er geknickt in sein Zimmer schlich, aber sie konnte kein Mitleid haben. Um sich zu beruhigen, schrieb sie eine Mail an Sabine und erkundigte sich nach deren Wohlbefinden, und ob ein Besuch demnächst in Ordnung sei. Dabei wurde sie schon etwas ruhiger, konnte aber die Gedanken nicht ganz aus dem Kopf bekommen und lenkte sich deshalb mit den Postings ihrer Facebook-Freunde ab.

Janosch verbrachte den Rest des Tages im Zimmer und verschwand, als es für ihn wieder Zeit wurde, aufzubrechen. Sie vermutete oder hoffte, dass er seine Sachen gepackt hatte für den Auszug.

Marietta erzählte Viktor am folgenden Abend, als er von der Arbeit heimkam, was gelaufen war.

»Das habe ich mir bei dem schon gedacht, der ist unzuverlässig wie nur etwas. Ich habe auch gesehen, wie er die Post tagelang auf dem Tischchen liegen ließ. Und wie er nie im Geringsten auf die Idee kam, sich bei etwas zu beteiligen oder auch mal ein Essen zu spendieren, da er ja sämtliche Gewürze, Öl und anderes von dir mitbenutzt und bei mir auch schon mitgegessen hat. O.K., ich bin auch nicht so pflegeleicht, aber ausnützen würde ich niemanden, so wie der das tut.«

Marietta nickte:

»Und diese Leute, stehen eines Tages mit leeren Händen da, weil keiner mehr etwas mit ihnen zu tun haben will. Jetzt verstehe ich auch, warum es in der letzten WG nicht geklappt hat und den Jungs gekündigt wurde. Vielleicht haben sie ja nur ihm gekündigt? Schade, denn ich mochte ihn und hätte ihm gewünscht, dass er sein Leben auf die Reihe kriegt.«

Victor ging in die Küche.

»Apropos – magst du mit mir Minestrone essen? Ich habe genug für zwei.« Natürlich mochte sie und sie schnitten das Thema während des Essens auch nicht mehr an. Viktor erzählte von neuesten Materialien und dass viele Leute immer mehr Steine in den Vorgarten haben wollten anstelle von Pflanzen, und so fachsimpelten sie über die Schönheit oder Pflege der Gärten, und als sie gemeinsam die Küche aufräumten, informierte sie ihn darüber, dass sie vielleicht doch bald nach Hamburg zu ihrer Tochter verreisen würde. Er freute sich für sie.

Nun hatte sie innerlich wieder mehr Raum, um an Ursula zu denken. Ihre Neugierde siegte. Sie schrieb zurück und fragte, ob sie vorher noch telefonierten könnten. Ursula antwortete postwendend und teilte ihr ihre Telefonnummer mit und gab an, wann sie erreichbar war. Am selben Abend rief Marietta an und sie verabredeten sich.

Am Wochenende tauchte Janosch auf, packte den Rest und verabschiedete sich nur kurz. Er hatte das Zimmer vorher noch etwas gereinigt. Auch, wenn sie dann nochmals drüber musste, war Marietta froh, dieses Schmarotzerproblem los zu sein. Am Abend, als sie im Bett lag, überlegte sie, ob sie daraus etwas lernen könnte. Ja, es war klar: Sie würde von neuen Mietern mehr Unterlagen einsehen wollen oder verlangen. Sie ärgerte sich kurz darüber, dass sie bei Janosch nicht eine einzige Referenz eingeholt hatte, dann wäre schon vorher einiges ans Licht gekommen. Ja, und außerdem: Allein die Tatsache, dass sie ihm fast nachgelaufen war, als er sich nicht gemeldet hatte, schien ihr inzwischen absurd. Es war ihr eine Lehre. Wenn jemand ernsthaft interessiert war, würde er sich schon selbst wieder melden. åß

23. Kapitel

Ein Treffen

Marietta und Ursula hatten in der Stadt, beim Café vor dem Opernhaus, abgemacht. Marietta erkannte sie schon von Weitem und verlangsamte ihre Schritte. Doch schon sah sie, wie Ursula zügig auf sie zukam:

»Ich freue mich ja so, dich wiederzusehen«, und wollte sie umarmen, doch Marietta wich etwas zurück und begrüßte ihre ehemalige Untermieterin, indem sie ihr die Hand hinstreckte. Sie stellte fest, dass Ursula schmaler geworden war und sich ein wenig herausgeputzt hatte, nachdem sie, während sie bei Marietta wohnte, sich mit der Zeit doch eher hatte gehen lassen.

Ursula schlug sogleich vor, Marietta ihr neues Zuhause zu zeigen, falls diese in der Stadt nichts mehr zu erledigen hatte.

»Nein, ich habe alles erledigt. – Gut, lass uns zum Auto gehen, es ist gleich hier, in der Parkgarage.«

Sie fuhren also los und kamen nach einer guten halben Stunde beim Haus für *Betreutes Wohnen* an. Während der Fahrt war Ursula zunächst ziemlich schweigsam und wies ihr nur hin und wieder den Weg. Sie betrachtete Marietta öfters von der Seite. Diese bemerkte es, sagte jedoch auch nichts. Vielleicht versuchte Ursula herauszufinden, woran sie wohl gerade dachte?

Nach einer Weile begann sie, wie um die Stimmung ein wenig aufzulockern, aber doch unbekümmert, zu erzählen:

»Du wirst staunen: Ich konnte einiges, was mir gehört, aus dem Lager holen lassen und habe mich so gemütlich wie möglich eingerichtet. Sobald ich dann eine richtige eigene Wohnung habe, werde ich alles aussortieren und den Rest, welchen ich nicht benötige, verkaufen oder entsorgen. Es kommt ja ganz darauf an, wieviel Platz ich haben werde. Na ja, und ich habe abgenommen. Das ist dir bestimmt aufgefallen. Viele von meinen alten Kleidern kann ich jetzt wieder tragen. Ich bewege mich auch mehr und gehe sogar regelmäßig walken.«

»Da bist du ja richtig sportlich geworden! Also Veränderungen durchs Band weg, wie es scheint.«

»Ja, tatsächlich, und ich fühle mich auch viel besser.«

Auf Ursulas Anweisung hin parkte Marietta das Auto vor einem geräumigen, vierstöckigen Gebäude mit einem großen, sehr gepflegten Garten. Das Haus sah ein wenig wie ein Kinderheim aus.

»Komm nur rein, ich muss Besucher tagsüber nicht anmelden.« Ursula führte sie durch den Korridor, der nach Heimküche roch, einer Mischung aus Hühnersuppe und Abwaschmittel. Danach ging es eine Treppe hinunter in ein nettes Zimmer. Es war nicht sehr groß, das Fenster war zur Hälfte unterirdisch, aber man sah Blumen davor. Trotzdem war es kein dunkles Loch, da die Tapeten und Möbel in hellem, sehr freundlichem Gelb gehalten waren. Auf dem Tisch stand sogar ein PC. Ursula hatte scheinbar ein paar ihrer eigenen Bilder aufgehängt, Vasen und andere dekorative Gegenstände aufgestellt.

»Gell, da staunst du? Ich bin dank dem PC auch gesellschaftlich mehr angeschlossen. Zum Glück habe ich eine Frau gefunden, die mir geholfen hat, ihn einzurichten, und wenn ich Probleme habe, steht sie auch sogar kostenlos zur Verfügung. Dadurch habe ich auch aus der Isolation herausgefunden. Ich maile jetzt öfters mit meinen Bekannten und zwei Freunden.«

»Das habe ich gemerkt, als du mir eine Mail gesandt hast! Da hat sich ja wirklich viel getan und ich freue mich darüber.«

Ursula bot ihr den bequemen Bürostuhl an und setzte sich selbst auf ihr Bett. Marietta blickte sich anerkennend um. Nun wollte sie direkt zum Punkt kommen, der ihr wichtig war.

»Ich verstehe immer noch nicht, warum du damals so schnell verschwunden bist. Hattest du wirklich gar kein Vertrauen mehr in mich?«

»Daran lag es nicht, nicht nur jedenfalls. Natürlich war ich sauer wegen der Geschichte mit dem Richter. Das habe ich als Bevormundung empfunden. Aber ich habe eingesehen, dass es für dich auch nicht immer leicht war, mich zu verstehen. Nachdem ich bei dir weg war, lief es erstmal gar nicht gut. Die Bekannte, zu der ich gezogen war, ist in einer Sekte. Sie wollte schon von Anfang an, dass ich mich entscheide, einzutreten und möglichst keine Kontakte mehr zu meiner Familie oder alten Freunden zu haben. Ich ahnte das bereits vorher, ohne mir dessen sicher zu sein. Ich dachte aber nicht, dass es so lästig werden würde. Bei dir musste ich ja sowieso weg, denn ich konnte damals wirklich keine höhere Miete bezahlen. Also habe ich trotz einiger Zweifel zugestimmt. Sie sagte, sie würde mir helfen, ein neues Leben aufzubauen, sagte aber nicht, dass das natürlich innerhalb ihrer Sekte sein würde Das war mir leider nicht klar«

Marietta wunderte sich ein wenig, dass Ursula trotz ihrer Zweifel das so hingenommen hatte und nicht nochmal mit ihr darüber gesprochen hatte, bis sich eine andere Lösung zeigte. Aber da fuhr Ursula schon wieder fort:

»Das hatte ich mir nicht so krass vorgestellt. Dauernd versuchte sie, mich zu überreden mitzumachen, und das war echt der Horror. Diese Frau ist vollkommen in den Fängen dieser Sekte. Immerhin habe ich so erkannt, dass auch meine Verfolgungsängste damit zu tun hatten, dass mich jemand vereinnahmen wollte. Als ich merkte, dass ich mich dem kaum entziehen konnte, bin ich in eine städtische Notunterkunft für Frauen geflohen. Ich fand es schrecklich, dort zu wohnen, und zum Glück war es nur eine kurze Übergangslösung. Dort wohnen Drogensüchtige, Alkoholabhängige, geschlagene Frauen, sogar mit Kind, und solche, die wirklich moralisch ganz unten sind, keinen Bock auf gar nichts haben. Man half mir bei der Suche nach einer neuen

Bleibe und als nach einem Monat hier ein Zimmer frei wurde, zog ich um. Da ich jetzt eine viel klarere Struktur habe, geht es mir besser, je länger ich hier wohne. Wir werden für Arbeiten eingeteilt: in der Küche, in der Wäscherei, im Garten. Das eigene Zimmer müssen wir selber putzen. Die sind hier ziemlich streng. Aber damit habe ich kein Problem.« Sie holte einmal tief Luft, fuhr aber gleich fort: »Die Geschichte mit der Versicherung hat sich gelöst, wenn auch nicht gerade zu meinem Vorteil.«

»Nun, das ist die finanzielle Seite die unangenehm ist, aber wie ich sehe, kann ich dir trotzdem gratulieren. Es scheint dir wirklich besser zu gehen.«

»Ja, der ständige Stress, mich verfolgt zu fühlen, ist Gott sei Dank verschwunden.«

Ursula lud sie dann ein, mit in den Essraum zu kommen, und offerierte ihr Tee und Kekse.

Sie setzten sich an einen der langen Tische. Zurzeit war niemand sonst anwesend. *Sieht ein wenig aus wie in einem sehr einfachen Hotel oder eben einem Kinderheim,* dachte Marietta. Da waren acht lange Tische, einfachste Stühle aus Holz, hier und dort eine Blume, aber sonst wirkte der Raum kahl und war vor allem pflegeleicht. Vorhänge aus einem undefinierbaren Rot und der Holzboden sollten wohl einen gemütlichen Anstrich geben. Es war aber alles eher zweckmäßig und nicht sehr gemütlich.

Dann erzählte Marietta ein wenig von sich und dass jetzt Victor im Untergeschoss wohne und sich offensichtlich wohl fühle.

»Ich weiß erst jetzt, seit ich fast in die Sekte hineingerutscht bin, wie gut ich es bei dir hatte. Falls das Zimmer wieder frei wird, würde ich gerne wieder bei dir einziehen.«

Marietta überhörte die Anspielung zuerst geflissentlich, erwiderte dann doch, als Ursula ganz offensichtlich auf eine Antwort wartete:

»So wie es aussieht, dürfte Viktor noch eine gute Weile bei mir wohnen.«

Ursula wirkte jetzt merklich enttäuscht, fuhr dann aber fort:

»Seit die gerichtliche Sache erledigt ist, bekomme ich eine volle Rente und ich hätte von Staates wegen die Möglichkeit, für 1.100 Franken eine Wohnung zu mieten, die mir finanziert würde. Ich könnte dir also problemlos diesen Betrag das nächste Mal bezahlen. Das Zimmer ist doch fast so groß wie ein Studio und ich kann ja auch die anderen Räume mitbenutzen. Also wäre eine solche Miete gerechtfertigt.« Sie hielt inne, und wartete Mariettas Reaktion ab, die aber nichts mehr dazu sagte.

»Leider bekommt man für diesen Preis fast keine Wohnung in der Stadt. Also bleibt vorläufig diese Lösung hier, die voll vom Staat finanziert wird, ihn aber teurer zu stehen kommt. Logisch ist das nicht, aber was will man machen?«

Dazu gab Marietta immer noch keinen Kommentar ab.

»Na ja, hier lässt es sich ganz gut leben. Da muss ich wohl einfach noch Geduld haben, bis etwas anderes sich zeigt.« Sie seufzte und begann dann über die Versicherung herzufallen, was Marietta nun wirklich nicht mehr interessierte. Sie wusste, dass Ursula dabei recht ausführlich werden konnte, und unterbrach deren Redeschwall:

»Zeig mir doch noch euren schönen Garten.«

Sie stand auf und wies zum Fenster, hinter dem ein einladender Garten mit schönen Bäumen und gepflegten Beeten sichtbar war. Ursula erhob sich ebenfalls und öffnete die Türe nach draußen. Gerne kam sie diesem Wunsch nach und führte sie herum, indem sie munter drauflos plauderte und erzählte, dass im Sommer noch mehr Tische draußen stünden und man es sich unter den Bäumen gemütlich machen konnte. Inzwischen habe sie auch den Kopf wieder frei, um in einem Buch zu lesen. Nach dem Rundgang verabschiedete sich Marietta. Diesmal eine Spur freundlicher als zur Begrüßung nahm sie Ursula kurz in den Arm, nicht ohne ihr vorher doch noch zu sagen, dass sie nicht wisse, ob sie überhaupt nochmal Zimmer vermiete, wenn Victor irgendwann auszieht und für sie war klar, dass sie Ursula nicht mehr bei sich haben wollte, auch wenn sie nochmals vermieten würde.

»Schade, aber falls du es dir anders überlegst, lass es mich wissen.« Marietta stieg ins Auto, winkte kurz und fuhr erleichtert nach Hause.

24. Kapitel

Hamburg

In der Zwischenzeit hatte Sabine ihrer Mutter auf die Mail geantwortet und lud sie ein, nach Hamburg zu kommen, wann immer sie wolle. Marietta wünschte sich sehr, endlich ihre Tochter wiederzusehen, und wartete nicht lange ab. Ein kurzes Telefonat genügte. Der Last-Minute-Flug war schnell gebucht und ein paar Tage später saß sie im Flieger. Sabine war beruflich immer noch sehr eingespannt, hatte sich jedoch den Freitag freigenommen. Sie holte ihre Mutter vom Flughafen ab. Schon von Weitem sah Marietta ihre Große, elegant, mit einer hellen Lederjacke, passend zum perfekt sitzenden roten Kleid, und einem schönen Schal. Sie glich ihrem Vater, großgewachsen und selbstsicher im Auftreten. Sie begrüßten sich mit einer leichten Umarmung, denn stürmisch war Sabine noch nie gewesen. Einander eingehängt verließen sie das Gebäude langsam und plaudernd Richtung Parkhaus. Die Fahrt dauerte nicht lange und schon erreichten sie das Dreifamilienhaus, das in der Nähe der Außenalster gelegen war, in welchem Sabine und ihr Mann eine schöne Wohnung hatten. Das typisch norddeutsche Backsteingebäude, das von außen nicht nur wie aus einer früheren Zeit wirkte, sondern auch war, hatten die Besitzer inwendig vollständig umgebaut und modernisiert. Die Wohnung strahlte eine luxuriöse Perfektion aus, die zu Sabine und ihrem Mann passte. Der Flur führte offen direkt ins Wohnzimmer und gab dem Ganzen ein großzügiges Erscheinungsbild. Eine weiße Lederpolstergruppe, viel Glas, ganz moderne Bilder, aber auch ein paar schöne Pflanzen sorgten für ein eher kühles, aber sehr stimmiges Ambiente. Sabine führte ihre Mutter ins Gästezimmer, das mit einem ausziehbaren Sofa, einem bequemen Sessel mit kleinem Tischchen und einem schmalen Schrank relativ spartanisch eingerichtet war. Marietta legte ihre paar Sachen in die Fächer, hängte die zwei Hosen und eine schicke Bluse auf, verstaute ihren kleinen Koffer und schlüpfte in bequemere Schuhe, denn die beiden wollten gleich wieder los.

Sie spazierten die Außenalster entlang Richtung Stadtzentrum. Das Wasser des Sees schien dunkelgrün und bis auf einige wenige Rundfahrtenboote war es an diesem Tag relativ ruhig. Es wehte eine frische Brise. Am Jungfernstieg angekommen, bewunderten sie die Fontäne, diese schickte in regelmäßigen Abständen diverse Wasserformen hoch. Eine ähnliche gab es auf dem Zürichsee auch. Sie beschlossen, zügig zu gehen. Nach einer halben Stunde setzten sie sich in ein gemütliches Café. Sabine brachte ihre Mutter auf den neusten Stand der Dinge:

»Seit meiner Beförderung läuft natürlich noch viel mehr beruflich. Darum melde ich mich so selten. Ich mache so viele Überstunden für das Geschäft und auch bei Matthias ist immer viel los, dass wir uns wochentags am Abend absprechen müssen, wer einkauft und wer kocht, um gemeinsam zu essen. Ich glaube, das wird in nächster Zeit nicht besser. Ich nutze die Stunden, wenn alle im Geschäft schon weg sind, die organisatorischen Abläufe zu vereinfachen, wozu ich tagsüber nicht komme. Es gibt so viele technische Neuerungen auf dem medizinischen Markt und die Verkäufe der Instrumente laufen gut. Unsere Außendienstmitarbeiter scheinen bei den Ärzten und Krankenhäusern wirklich erfolgreich zu sein.«

Marietta hörte ihrer Tochter gerne zu und fühlte sich eher wie eine Schwester als wie die Mutter. Sabine war schon immer sehr selbständig gewesen und sie konnte logisch denken, außerdem war sie ehrgeizig und darin ihrem Mann ähnlich. Die beiden passten gut zusammen. Mit ihren inzwischen 31 Jahren hatte sie eine Position in einem Betrieb für Medizinaltechnik erreicht, um die sie viele beneideten. Sie hatte immer hart dafür gearbeitet. Heute aber gönnte sie sich diese kleine Auszeit mit ihrer Mutter. Ziemlich unvermittelt fuhr Sabine fort:

»Leider hat es mit einer Schwangerschaft immer noch nicht geklappt, obwohl wir uns sehnlichst ein Kind wünschten. Na ja, ich wüsste zurzeit ohnehin nicht, wie ich beides unter einen Hut bringen könnte, darum ist es wohl gut so.« Sie seufzte. »Wenn dann im Geschäft alles rundläuft und ich weiß, dass ich mich beruhigt in den Mutterschutz begeben kann, dann klappt es bestimmt.«

Marietta war nicht diejenige, die gerne Ratschläge gab, doch hier musste sie feststellen, dass ihre Tochter sich nicht bewusst war, dass sie sehr viel Energie in ihren Beruf hineingab und kaum genügend Entspannungsphasen hatte. Und so schlug sie Sabine vor, doch mit ihrem Mann eine längere Reise zu machen, an einen Ort mit viel Natur und welcher der Liebe zuträglich war.

»Fahrt doch irgendwohin, wo ihr Ruhe und Muße habt. Ich weiß ja nicht, was euch zusagt, aber es würde euch sicher sehr guttun. Mir scheint Schottland eine gute Möglichkeit zu sein. Island, wo die Nächte im Sommer so lange hell sind, ist auch etwas Besonderes. Ihr seid Nordländer und mögt die Hitze nicht so sehr, also wäre ein nördlich gelegenes Land doch ideal.«

Sabine hatte den Kopf aufgestützt und aufmerksam zugehört und nickte gedankenvoll.

»Ich werde mit Matthias mal darüber reden. Du hast sicher recht.«

Dann erzählte Marietta von Viktor. Sabine fand ihre Mutter ganz schön mutig, weil man schließlich nie wusste, was als Nächstes passieren würde.

»Hoffentlich ist in deinem Haus nachher nicht alles drunter und drüber.«

»Ach, Liebes, in fünf Tagen wird schon nicht viel passieren. Ich mache mir da keine weiteren Gedanken.«

Langsam wurde es Zeit, sich auf den Heimweg zu begeben, da sie noch ein paar Lebensmitteleinkäufe tätigen wollten. Zu Hause begannen sie das Nachtessen zuzubereiten. Die Küche war knapp bemessen, aber groß genug für zwei. Sie arbeiteten gut Hand in Hand. Marietta schnippelte Gemüse und machte die Salatsauce und Sabine stellte den Backofen an, würzte das Fleisch, um es später anzubraten, und bestrich die Ofenkartoffeln mit Öl, streute etwas Rosmarin und Salz darauf. Währenddessen berieten sie, was sie noch unternehmen wollten. Sabine machte Vorschläge und ihre Mutter freute sich, Neues kennenzulernen.

Die Wohnungstür ging und ein »Hallo« klang ihnen vom Eingang her entgegen. Sie hörten, wie Matthias seine Schlüssel und die Mappe hinlegte, und nachdem er seine Jacke aufgehängt hatte, kam er in die Küche und umarmte zuerst seine Schwiegermutter und küsste seine Frau. Marietta hatte schon immer Gefallen an ihm gefunden. Er war ein gutaussehender Mann mit seinem rasierten Kopf und gleichgroß gewachsen wie Sabine. Als Architekt, der manchmal spontan auf Baustellen oder zu Kunden mit ihren Extrawünschen gerufen wurde, war er meist sportlich bis praktisch gekleidet, was ihm sehr gut stand. Er erklärte, er käme direkt von einer ziemlich intensiven Besprechung und freue sich, dass endlich Wochenende sei. Tatsächlich wirkte er etwas abgekämpft. »Seid ihr einverstanden mit einem Aperitif?«, fragte er in die Runde und war mittlerweile ins Wohnzimmer gegangen und hantierte offensichtlich mit Gläsern.

»Oh gerne, mein Schatz.«

»Ein kleiner Sherry oder eher ein Glas Wein?«

»Ich möchte gerne schon ein Glas Wein vorher – und du, Mama?«

Marietta war eher durstig und entschied sich für einen Saft.

»In einer halben Stunde können wir essen. Wir haben noch genügend Zeit.« Matthias ging in den Keller und holte den Wein, öffnete die Flasche, schenkte sich und Sabine ein und stellte seiner Schwiegermutter ein Glas Apfelsaft hin. Marietta deckte derweil den Tisch. Dann setzten sie sich, jeder mit einem Glas in der Hand, und stießen auf eine schöne Zeit an, bis aus der Küche der Timer klingelte. Nach dem Essen erzählte Matthias auf Anfrage von Marietta von seinem neuen Projekt. Es handelte sich um den Umbau eines einzelnen Hauses in einer Häuserzeile und musste sorgfältig geplant werden. »Deswegen war heute der Stadtplaner da, denn es muss harmonisch ins Gesamtbild des Viertels passen. Wir müssen auch auf die Statik achten, sodass das Nebenhaus nicht in Mitleidenschaft gezogen wird. Es ist eine ziemlich herausfordernde Aufgabe. Außerdem gibt es noch erhaltenswerte Bausubstanz, wir kämpfen uns da regelrecht durch, um den historischen Stil nicht zu durchbrechen.«

Die Frauen erzählten ihm, dass sie daran dachten, am Sonntag zum Fischmarkt zu gehen. Er lachte auf:

»Fischmarkt? Das ist wirklich für Augen, Ohren und Nase beste Unterhaltung! Apropos, gehen wir morgen Abend aus, vielleicht ins Theater?«

Sie besahen sich das Programm auf dem IPad und besprachen die Möglichkeiten.

»Gut. Ich werde versuchen, noch Tickets für ein Stück zu kriegen. Wenn es klappt, heute noch online oder morgen telefonisch«, erbot sich Sabine.

Es war so richtig gemütlich mit ihren beiden, fand Marietta. Sie war glücklich. Kerzenschein beleuchtete die vom guten Essen und dem Wein zufriedenen Gesichter.

Als Marietta zu Bett ging, schaute sie noch auf ihr Handy und sah, dass Viktor eine SMS geschrieben hatte:

»Hier alles in Ordnung, genieße die Tage.«

»Danke, das mach ich. Gute Nacht.«

So war sie zumindest beruhigt und hoffte, dass alles gut gehen würde. Sie schlief bald fest und tief.

Samstag/Sonntag

Am Samstag freute sie sich darauf, mit ihrer Tochter als Insiderin in kleine Galerien und schöne Boutiquen zu gehen. So bummelten sie vormittags gemeinsam die malerischen Ecken ab, gingen über kleine Rundbogenbrücken und an Konfiserien und hübschen Kleidergeschäften vorbei. In einem der Kaufhäuser kauften sie tüchtig ein. Marietta fand einen kastanienbraunen flauschigen Pullover, der ideal zu ihrer Hose passte und zudem ihre grünen Augen betonte. Und sie fand ein Top, das ihre Figur optimal unterstrich. Auch bei den Kosmetika schlug Marietta zu, da sie in Deutschland viel billiger waren. Natürlich testeten sie hier und da noch eine Creme und besprühten Plättchen mit Parfüm, um sie zu beschnuppern. Am Ende ließen sich nicht lumpen, auch wenn das eine über 50 € kostete: Es wurde gekauft.

Danach gingen sie noch in ein Reformhaus. Dort kosteten die Spezialitäten und getrocknete Früchte ebenfalls viel weniger als in der Schweiz. Marietta mochte die gedörrten Mangos und Papayas, Nüsse und die speziellen Streichpasten. So langsam füllten sich die Einkaufstaschen. Nach einem kurzen Mittagessen fuhren sie zur Speicherstadt, einer sehr beeindruckenden Ansammlung von wilhelminischen Lagerhäusern aus Backstein. Die einen gut erhalten, die anderen wieder aufgebaut, waren sie eine Augenweide und gehörten inzwischen zum Weltkulturerbe. Sie bummelten die Häuserzeilen entlang, deren Gebäude auch heute noch teilweise als Lager dienen, und schauten in die eine oder andere Galerie hinein. Die Zeit verging im Nu. Irgendwann erinnerte Marietta daran, dass sie ja am selben Abend noch ins Theater wollten, darum entschieden sie, nach Hause zu gehen.

Dort angekommen fühlte Marietta sich so gut und frei wie schon lange nicht mehr. Es war eine gute Entscheidung gewesen, hierher zu kommen. Um für den Abend fit zu sein, legte sie sich in ihrem Zimmer zum Ausruhen hin.

Matthias, der es vorgezogen hatte, ins Fitnesscenter zu gehen und dann zu Hause nach dem Rechten zu sehen, hatte für den Abend einen tollen Kartoffelsalat zubereitet, den sie mit Würstchen aßen, bevor sie sich umzogen.

Sabine trug ein enganliegendes schwarzes Kleid. Matthias, diesmal elegant gekleidet, sah sehr gut aus. Marietta hatte ihre graue Hose und eine passende Seidenbluse mit dezenten Blumen darauf angezogen.

Ein Taxi brachte sie zum Theater. Sabine hatte tatsächlich noch Karten für die Hamburger Kammerspiele erhalten.

»Das Haus hat sogar eine besonders interessante Geschichte«, erzählte Sabine während der Fahrt. »1945, fast direkt nach Beendigung des Zweiten Weltkrieges, war es in der Hartungstraße das einzige nicht zerstörte Hamburger Theater. Deswegen wandte sich die Hamburger Kulturverwaltung an die Britische Militärkommandantur mit der Bitte, es für Kammerspiele freizugeben. Angeregt wurde die Verwirklichung von einer Jüdin, die das KZ überlebt hatte. Sie schlug als Motto vor, 'menschliche Probleme und Probleme der Welt' auf die Bühne zu bringen, Dinge, von denen man vorher zwölf Jahre lang nichts wissen durfte.«

»Das war mutig«, warf Marietta ein.

»Ja, und auch sehr erfolgreich mit 300 Vorstellungen pro Jahr während 35 Jahren. Schau, da sind wir schon.«

Als das Taxi hielt, bezahlte Matthias, während die Damen ausstiegen. Ein renoviertes und gut beleuchtetes Haus lud zum Eintreten ein.

»Ich dachte, das Haus sei alt?«, staunte Marietta.

»Vor etwa zehn Jahren wurde es umgebaut. Inzwischen ist es ein Glanzstück der Hamburger Theaterszene«, informierte Matthias sie. »Wie du siehst, wurde es gründlich modernisiert. Kommt, gehen wir rein.«

Im Foyer des Theaters glitten sie, als seien sie wichtige Persönlichkeiten, über den roten Läufer, Sabine und Marietta Arm in Arm. Matthias lief voraus und kaufte ein Programm. Es blieb noch genügend Zeit und sie besahen sich die Fotos berühmter Schauspieler. Einige kannte sogar Marietta vom Fernsehen. Rechtzeitig bezogen sie ihre Plätze im Zuschauerraum, der modern war, einem Kinosaal ähnlich, und alle Sessel waren in Rot gehalten. Das Stück war modern, ebenso das Bühnenbild, ohne Firlefanz, zeitkritisch, unterhaltsam und gleichzeitig skurril: Zwei Paare treffen in einer Wohnung aufeinander zum berufsbedingten Wohnungstausch. Doch die Schlüsselübergabe gerät zum Drama: Weltanschauungen, Lebensentwürfe und Beziehungskonzepte prallen aufeinander. Das war natürlich passend zu Mariettas Leben, wenn auch vom Thema her anders gelagert.

In der Pause tranken sie ein Gläschen Sekt und beobachteten die anderen Besucher. Es war ein sehr gemischtes Publikum mit vielen jungen Leuten darunter. Nach dem Theater fuhren sich gleich heim, denn die beiden Frauen wollten ja am Sonntag zum Fischmarkt und möglichst früh dort sein.

Fischmarkt
Am nächsten Tag folgte also das Kontrastprogramm zum vorherigen Abend: Von schick und gesund ging es zu urig und deftig. Es lockte der Fischmarkt, der frühmorgens begann. Marietta hatte herausgefunden, dass es diesen schon seit 1723 gab und er immer noch nach demselben Muster ablief. Nun ja, nicht ganz, denn es waren keine Verkaufsstände mehr, sondern verschließbare Verkaufswagen mit Präsentationsflächen für den Fisch. Ein stabiles Vordach schützte die Kunden vor dem Regen. Früher war da höchstens ein Stoffdach über einem Stand, doch die Leute waren damals hart im Nehmen, da Regen nun mal in Hamburg öfter fällt. Heute war ihnen das Wetter jedoch milde gestimmt.

Es roch nach gebratenem Fisch. Vor lauter Ständen und Marktschreiern war es schwierig, sich zu entscheiden, wo man hingehen sollte. Die Verkäufer quatschten die Kunden voll, verteilten kleine Proben von getrocknetem Fisch. Einige der Marktschreier kamen schon seit 40 oder 50 Jahren hierher. Die Besucher fühlten sich offenbar gut unterhalten und blieben stehen, einfach weil's manchmal so lustig war, zuzuhören:»Na, min Deern, probier ma 'n Stück Aal oder willste lieber Lachs?« Auch Marietta und Sabine traten neugierig näher.

»Kommt her, ich geb dir 'n Spezialpreis. Kannst auch zwei haben. Schlaf nicht ein, kuck ma, meine kleine Zuckerschnute. Komm ma ran, komm ran, du bist schon fünfmal hier vorbeigegangen.« Das Letzte sagte er gerade zu einem Mann, der amüsiert und interessiert das Ganze verfolgte, und dann zum Rest gewandt:

»Also, ich bin der Dieter! Ich bin seit 50 Jahren hier und hab noch keine Kunden gefressen. Kuckt euch mal den Aal an, wirkliche Spitzenqualität! – He, du da hinten: Schnauze! Jetzt red ich. Schau dir die Bewegung an, die sieht man, wenn man den Aal ausgepackt hat, schau dir den schönen Glanz von der Haut des Aals an«, hielt ihn am hintersten Teil und wedelt mit ihm herum. Zum Mann in der vordersten Reihe:»Hast dir schon mal überlegt, was sich bei dir so schön bewegt? So elegant sicher nicht!« Die Zote wurde mit einem Lacher quittiert.»Ich nehm den immer raus aus der der Hülle, sonst wird das nix.« Dieter zog ihn raus und strich liebevoll darüber:»Das ist Qualität, unerreicht und statt 33 nur 25 Euro für dich. He, halt die Schnauze da hinten oder komm her, du kleiner Sabbelarsch, ich zeig dir was.«

Wieder Lachen.»Also, mein Aal ist hervorragend. Dabei hat mir mal einer gesagt – ja, der sah so aus wie du –, der Aal sei schon gut, nur die Haut so zäh gewesen. Da stellt sich raus, die Frau und er haben den Aal mit Hülle und Etikett fressen wollen.«

Wieder wartete er ab, bis sich das erstaunte Gelächter legte. –»So, jetzt wieder ernst: Also ganz konkret, lass ihn immer in Zimmertemperatur ruhen, Räucherfisch muss Wärme kriegen. Wenn du unterkühlt bist, geht ja auch nix mehr.«

Und so ging das immer weiter. Viele kriegten sich nicht mehr ein vor Lachen bei der Show, die er abzog, und auch Marietta konnte sich das Lachen nicht verkneifen. Der war wirklich einmalig.

Die ganze Atmosphäre dieses Marktes war schon etwas ganz Besonderes. Jeder versuchte, den andern zu übertönen mit seinen Sprüchen, die Luft, die man einsog, roch bei jedem Atemzug anders, mal nach Feuchtigkeit, nach Fisch, nach Gebratenem, nach Fischsuppe und anderem mehr. Man gewöhnte sich schnell daran, und obwohl Dieter sein Bestes gegeben hatte, kaufen wollten die beiden Frauen trotzdem keinen Fisch. Sie bummelten zu einer der Buden am Rande des Marktes und gönnten sich ein deftiges, dickes Hamburger Fischbrötchen. Die letzten Bissen kauend und immer noch lachend, wenn sie an den Dieter dachten, spazierten sie weiter.

Anschließend fuhren sie nochmals zur Speicherstadt und besichtigten das Speicherstadtmuseum, da Marietta so fasziniert davon war. Nach einem einfachen Salat im Museumscafé wollte Marietta eine Hafenrundfahrt machen. Sie hatten Glück: Sie mussten nur eine halbe Stunde warten, bis das nächste Boot ablegte. Es war ziemlich mild, also standen sie bald draußen an der Reling. Als das Schiff sich in Bewegung setzte, hörten sie das beruhigende Rauschen des aufgewühlten Wassers und das Brummen des Motors unter sich. Aus dem Lautsprecher erhielten sie Informationen über das, was sie gerade sahen. Sie fuhren an diversen Containerschiffen vorbei und sahen die vielen riesigen Container, die auf das Verladen warteten. Beeindruckend war auch die enorme Baustelle der Elbphilharmonie. An diesem Sonntag waren einige private Boote unterwegs, die neben den Kreuzfahrtenriesen winzig wirkten, auch die Museumsschiffe weckten Bewunderung.

Erholt beschlossen sie, gemeinsam noch eine Fotoausstellung in den Deichtorhallen zu besuchen. Marietta genoss es, sich über das eine oder andere Foto auszutauschen, sich zwischendurch mal gemütlich davor hinzusetzen und es auf sich wirken zu lassen. Im Innenhof gab es die Möglichkeit, eine Tasse Tee zu trinken, und danach fuhren sie heim. Müde nach diesem intensiven Tag, blieben sie am Abend zu Hause. Sabine machte einen maritimen Salat mit Meeresfrüchten und frischem Brot und dazu tranken sie einen leichten Weißwein.

Am Montag
Sabine ging wieder arbeiten – war Marietta bei den Schwiegereltern ihrer Tochter eingeladen. Morgens hatte sie es sich erst in der Wohnung gemütlich gemacht und zog nach dem Mittagessen los. Sie hatte unterwegs noch einen Kuchen gekauft und nahm dann den Bus. Grete und Kurt wohnten in einem der nobleren Vororte von Hamburg. Marietta genoss die Fahrt und als sie ausstieg, war es nicht mehr weit, bis sie vor dem ehrwürdigen Haus, das eher einer Villa mit einem schönen Garten glich, stand. Leider begann es zu nieseln, aber sie war ja bereits angekommen. Sie klingelte. Der Schwiegervater, ein eher untersetzter Mann mit grauen Schläfen, öffnete:
»Moin, moin, tritt ein.« Er schüttelte Marietta die Hand und half ihr aus dem Mantel und deutete Richtung Wohnzimmer.
Marietta war vor längerer Zeit schon einmal hier gewesen. Die Einrichtung wirkte immer noch sehr gutbürgerlich und etwas steif auf sie. Nun erschien auch die Schwiegermutter und drückte ihr links und rechts einen angedeuteten Kuss auf die Wangen.
»Komm nur herein, ich habe uns Tee gemacht, wenn's recht ist. Bei dem Wetter kann man den brauchen.«
Der Tisch war gedeckt und die Schwiegermutter hatte natürlich auch einen Kuchen gebacken, der schon auf dem

Tisch stand. Egal, Marietta hätte sonst nicht gewusst, was passen könnte, und überreichte ihr das Mitbringsel.

Matthias' Mutter ging in die Küche und kam mit der gefüllten Teekanne zurück.

»Schön, dass du mal bei uns vorbeikommst, an den Feiertagen klappte es ja bisher nie.«

»Nein, solange Nick und Mirjam noch mit mir feiern wollen, finde ich es gut, während dieser Tage in der Schweiz zu bleiben.«

Das beginnt ja schon gut und kaum hier, glaube ich, mich rechtfertigen zu müssen, dachte Marietta und musste sich zusammennehmen, um nicht schnippisch dranzuhängen: »Für Euch sind ja die Reisekosten zu hoch.« Aber sie enthielt sich einer Bemerkung. Als sie am Tisch saßen und alle ihren Tee und Kuchen vor sich hatten, versuchte Grete, das Gespräch in Gang zu bringen:

»Erzähl, was habt ihr unternommen, seit du hier bist?«

Marietta erzählte vom Fischmarkt und begeistert vom Theater. Dann aber brachten die Schwiegereltern das Gespräch auf mögliche Enkelkinder. Marietta war etwas genervt. Die konnten es einfach nicht lassen: »Könnt ihr nicht geduldiger sein? Sabine stresst das jedes Mal, wenn das Thema aufs Tapet kommt. Und wenn keine Enkel kommen, könntet ihr euch nicht damit abfinden? Bei Matthias und Sabine scheint doch sonst alles gut zu laufen, also was wollen wir mehr?«

»Du hast gut reden, du hast drei Kinder und mehr Möglichkeiten auf Enkel, wir haben nur einen Sohn.«

»Ich denke, unsere Kinder sind zu nichts verpflichtet, nur damit wir Eltern zufrieden sind. Für mich ist die Hauptsache, dass sie wissen, was sie wollen, und dann haben wir kein Recht mehr, ihnen reinzureden. Ich bitte euch wirklich, Sabine und Matthias nicht mehr unter Druck zu setzen.«

Jetzt blickte Grete etwas pikiert drein, schien sich aber zu besinnen. »Wenn du meinst, ich wusste nicht, dass das so rüberkommt.«

Dann gingen sie über zu Tagesthemen, dem Wetter, und Marietta erklärte, dass sie am folgenden Tag wieder heimfliegen werde, darum auch nicht allzu lange bleiben wolle.

Sie war tatsächlich froh, nach zwei Stunden den Rückweg anzutreten.

»Dann grüße Mirjam und Nick von uns, Kontakt haben wir ja keinen. Aber sie sind jederzeit willkommen bei uns.«

»Danke, das richte ich gerne aus, das ist nett von euch.«

Sie umarmte Grete kurz und Kurt begleitete sie noch bis zur Bushaltestelle. Dann beeilte sie sich, in die Stadt zu kommen, um noch einen letzten Abend mit Tochter und Schwiegersohn zu verbringen.

Es wurde noch einmal so richtig gemütlich und scheinbar wollten die Kinder nicht wissen, wie der Besuch bei den Eltern gewesen war, sondern nur, ob sie den Weg gut gefunden hatte. Den Rest konnten sie sich bestens vorstellen. Bevor sie einander gute Nacht wünschten, verabschiedete Marietta sich von Matthias, der am frühen Morgen schon weg sein würde.

Schnell war alles gepackt. Nach dem gemeinsamen Frühstück mit Sabine würde sie diesmal Bus und S-Bahn zum Flughafen nehmen, denn offensichtlich rief die Arbeit wieder.

25. Kapitel

Wo die Liebe hinfällt

Zu Hause angekommen schien alles soweit in Ordnung zu sein. Die Katzen waren wohlauf, das war schon mal gut. Viktor hatte Marietta kurz begrüßt und sich mit zwei Sätzen erkundigt, wie es in Hamburg gewesen war. Als sie sagte, es habe ihr gutgetan und sei abwechslungsreich gewesen, hatte er nur gerade ein »Na, dann ist ja gut« auf Lager und war wieder verschwunden. Die erste Woche verlief ohne besondere Vorkommnisse, außer dass Viktor abgelenkt schien. Kurz vor dem Wochenende rückte er endlich raus mit der Sprache:

»Ich möchte dir morgen jemanden vorstellen. Sie wird auch bei mir übernachten.«

»Da bin ich gespannt, danke für die Vorwarnung.«

Viktor brachte eine junge, afrikanische Frau mit, die er als Rosanna vorstellte. Der Stadtkreis, in welchem er hauptsächlich verkehrte, war ein Sammelpool verschiedenster Nationalitäten. Marietta hätte also mit einer Ausländerin rechnen können.

Rosanna war eine adrette Erscheinung mit gepflegten Rastazöpfen. Sie war groß gewachsen und hatte, typisch für viele Frauen aus Nordafrika, einen Körperbau mit langen Beinen, jedoch einer fülligen Oberweite und einem sehr weiblich gerundeten Becken. Ihre Zähne strahlten schneeweiß, wenn sie lachte.

»Hallo Rosanna, es freut mich, dich kennenzulernen.« Beide Frauen musterten sich und Marietta war echt gespannt, wen Viktor da aufgabelt hatte.

»Danke, ik lernen Deutsch, sprechen English, poco Italian and Arabic. Do you speak English?«

»Yes I understand English. Wie lange sind Sie schon in der Schweiz?«

»Zwei Monat and I want to stay here.«

»Ich verstehe, vielleicht klappt es ja.«

Marietta fand es besser, möglichst Deutsch zu antworten, obwohl sie gut English sprach.

Insgeheim fragte sie sich, ob Rosanna Viktor nur angeln wollte, um ihn später zu heiraten. So etwas war in der Schweiz sehr oft der Fall. Das wusste sie von ihrer Bekannten, die beim Einwohnermeldeamt arbeitete. Ausländer heirateten Schweizer und lebten dann doch nicht zusammen, damit die andere Person in der Schweiz bleiben kann, und das wurde von den Behörden oft kontrolliert. Doch das ging sie ja nichts an.

»Ich werde kochen und wir essen dann in meinem Zimmer«, informierte sie Viktor.

Etwas enttäuscht war sie schon, dass sie jetzt außen vor war und man nicht gemeinsam im Esszimmer aß. Wenn sie das Funkeln in Viktors Augen sah, dann war der ganz offensichtlich entbrannt und wollte Rosanna für sich alleine haben.

Während die Frau im Zimmer unten wartete, bereitete Viktor ein warmes Nachtessen vor. Er nahm ein Bier aus dem Kühlschrank und verschwand, nachdem er ihr zugerufen hatte, er sei jetzt fertig mit Kochen. Später hörte sie, wie er zusammen mit Rosanna die Küche aufräumte, aber sonst hatten sie auch am Sonntag keinen weiteren Kontakt. Am frühen Abend war Rosanna dann wieder weg. Marietta fragte sich besorgt, ob das nun jedes Wochenende so ablaufen würde.

Kontakt

In der nachfolgenden Woche traute sie ihren Augen kaum, als sie ihren Laptop startete: Sie fand in ihrer Mailbox eine Nachricht von Luis. Endlich! So lange hatten sie weder voneinander gelesen noch gehört! Wie lange war die letzte

E-Mail her? Marietta konnte sich bei alldem, was bei ihr los gewesen war, nicht einmal mehr daran erinnern.

Liebe Marietta

Wie geht es dir? Du denkst bestimmt, ich hätte Dich vergessen, weil ich so lange nicht von mir hören ließ. Dem ist nicht so.

Natürlich könnte ich die Herausforderungen im Job nennen, die mich voll in Anspruch nehmen, aber das wäre etwas zu einfach. Nein. Was uns anbelangt, war ich in einem ziemlichen Dilemma, obwohl Du eine wunderbare Frau bist. Ich wollte Dich nicht verletzen oder falsche Erwartungen wecken, ehe ich mit mir selbst nicht im Reinen war. Oft habe ich mich gefragt: Bin ich überhaupt fähig, noch einmal eine Beziehung einzugehen?

Hinzu kam die Unsicherheit bezüglich meines künftigen Aufenthalts: Was, wenn ich in den Staaten bliebe? Oder monateweise wieder dorthin reisen müsste? Die Arbeit hier hat sich so rasant entwickelt und lässt mir wenig Freizeit. Ich merke, dass Silicon Valley nahe ist, und dadurch entsteht eine unglaublich inspirierte bis prickelnde Atmosphäre. Im Nu verging Monat um Monat. Inzwischen hat man mir angeboten, noch sechs weitere Monate anzuhängen. Du siehst, ich bin beruflich richtig eingespannt, fühle mich gefordert, aber auch super dabei.

Du tauchtest oft in meinen Gedanken auf und ich sah Dein Bild ganz klar vor mir. Aber meine Gefühle zu Dir vermischten sich immer wieder mit den Gefühlen meiner Frau gegenüber, so dass ich Angst hatte, Dir nicht gerecht zu werden. Ich habe das nicht verstanden, weil ich dachte, es wäre für mich inzwischen abgeschlossen. Und das hat mich fast verrückt gemacht.

Ich hatte Dir beim letzten Mal geschrieben, dass ich in San Francisco überfallen worden war. Obwohl die körperlichen Wunden gut verheilt sind, habe ich öfter mit Panikanfällen gekämpft. Ich bin nachts manchmal schweißgebadet aufgewacht, als würde ich wieder angegriffen. Deswegen bin ich regelmäßig in einem Institut in Therapie gewesen, wo solchen Themen bearbeitet werden. Anstelle vergnüglich Ferien zu machen, habe ich mich also zweimal wochenweise in Behandlung begeben. Langsam lösten sich die Traumata auf und ich

durfte feststellen, wie geschickt die menschlichen Verdrängungsmecha-
nismen funktionieren – aber eben nicht auf Dauer, ohne dass man
darunter leidet. Ich fühle mich jetzt echt geläutert und darum finde ich
den Mut, Dir zu schreiben, um Dir zu sagen, dass meine Gefühle für
Dich stärker sind als zuvor.

Ich weiß ja gar nicht, ob Dich das alles noch interessiert, nachdem
ich so lange nichts von mir hören ließ. Also beende ich diese Zeilen und
hoffe, Du hast etwas Verständnis für mein langes Schweigen und mei-
ne Situation und bist mir nicht böse. Ich würde mich sehr freuen, von
Dir zu hören.

Mit einer herzlichen Umarmung
Luis

Es war Marietta, als ob sie ohnmächtig würde. Alles, was sie
versucht hatte zu vergessen, übermannte sie mit der Wucht
eines Tornados. Sie wagte zuerst nicht, sich zu freuen, doch
dann wurde etwas in ihr lebendig, das, wie es schien, für
eine Zeit eingeschlafen war. Das Blut war ihr aus dem Gesicht gewichen und sie war ganz blass geworden. Beim
nochmaligen Lesen bekam sie Herzklopfen und fühlte, wie
ihr jetzt das Blut wieder in die Wangen schoss, und endlich
brachen die Gefühle auf, die sie zu fühlen vermieden hatte.
Es war unbeschreiblich. Sie las wieder und wieder, was da
stand.

Er hatte mich nicht vergessen! Und er hat noch Gefühle für mich.
Oh, wie schön.

Nachdem sie die E-Mail wohl zehnmal gelesen hatte, beschloss sie, gleich zu antworten.

Lieber Luis,
Du weißt gar nicht, wie sehr ich mich gefreut habe, von Dir zu lesen.
Es gab Momente, da dachte ich, es gehe mich ja nichts an, was bei Dir
läuft. Aber gehofft habe ich, dass Du Dich irgendwann wieder melden
würdest. Dass der Überfall in San Francisco solche Folgen hatte,
wusste ich zum Glück nicht. Ich hätte mir wohl große Sorgen gemacht.

Nachdem ich aber so lange nichts mehr gehört hatte, hinterfragte ich, ob die Empfindungen, die ich zwischen uns gespürt habe, nur Einbildung waren. Jetzt weiß ich: Es war keine Einbildung. Was ich gefühlt habe, bevor du verreist bist, wurde durch deine Zeilen sofort reaktiviert. Soll ich sagen: Du bist ein Zauberer und unterschätzt Deine Wirkung? Ich vermisse Dich!

Wie es mir geht? Nachdem ich kürzlich ein paar Tage in Hamburg mit meiner Tochter Sabine verbrachte, geht es mir sehr gut. Es war ein schöner Kurzurlaub. Mein Sohn Nick, der gerade in London arbeitet, ist noch jemand, den ich vermisse. Was im Hause läuft, empfinde ich gerade als ziemlich anstrengend, aber ich halte noch durch. Vor Kurzem musste ich einen jungen Mann richtiggehend rausschmeißen. Irgendwann ist sogar meine Gutmütigkeit erschöpft. Momentan wohnt noch ein manisch-depressiver Mann hier, also erlebe ich seine emotionalen Extreme. Du merkst, langweilig wird es nicht.

Ich freue mich, wenn wir jetzt in Kontakt bleiben und umarme Dich.

Marietta

Eine Woche später antwortete Luis:

Liebste Marietta,
Du hast mich mit Deinen Zeilen glücklich, aber auch nachdenklich gemacht. Ich freue mich sehr, dass Du meine Gefühle erwiderst, und möchte jetzt am liebsten bei Dir sein.

Nachdenklich macht mich, was Du Dir alles aufhalst mit Deinen Untermietern. Da musst Du ja echt viel durchmachen. Muss das wirklich sein?

Ich bin letzte Woche einen Tag in San Francisco gewesen und begab mich bewusst an den Ort des Überfalls und konnte damit endlich abschließen. Um den Heilungsprozess abzurunden, fahre ich im Dezember nochmals für ein Wochenende nach Mount Shasta in die Pension von Valery. Ihre ruhige Anteilnahme war für mich damals sehr wichtig. Es ist wie ein innerer Ruf, nochmals dahin zu gehen. Diese zutiefst spirituelle Frau würde Dir gefallen. Ich denke, ein Austausch mit ihr wäre auch für Dich interessant.

Ja, und danach heißt es packen und ab in die Schweiz. Ich verspreche Dir, mich zu melden, sobald ich da bin.

Vielleicht klappt es ja, dass Du mich nächstes Jahr in den USA besuchen kommst, solange ich noch da bin. Dann müssen wir unbedingt zusammen nach Mount Shasta gehen, es ist ein fantastischer Ort.

Ich freue mich riesig, Dich bald in die Arme schließen zu können. Also hab noch ein wenig Geduld. Wir sehen uns bald wieder. Ich umarme Dich innigst in Gedanken.

Luis

Marietta war überglücklich, als sie das gelesen hatte.

Liebster Luis,
ich kann es tatsächlich kaum erwarten, Dich wiederzusehen. Am liebsten würde ich sofort packen und mit Dir nach Mount Shasta gehen. Ja, das machen wir mal gemeinsam.

Was die Mieter anbelangt, muss ich mir klarer werden, was zu tun ist. Du hast ja recht: Viel länger kann ich mir das nicht antun, Menschen aufzufangen, die Probleme haben. Das ist im selben Haus allzu nah.

Ich umarme und küsse Dich – bald in echt.
Marietta

Rosanna

Am darauffolgenden Wochenende tauchte Rosanna schon am Freitag auf und blieb bis Montag. Dasselbe am nächsten Wochenende und am übernächsten. Langsam nimmt das überhand, dachte Marietta. Hinzu kam, dass sie das Untergeschoss nicht mehr betreten sollte, wenn Rosanna da war, um die beiden nicht zu stören. Das hatte Viktor so gewünscht. Ein bisschen vermessen war das schon, wie sie fand, denn immerhin befanden sich im Keller ihre Waschküche und ihr Vorratsraum.

Bisher war es kein Thema gewesen, dass sie nach einem kurzen Anklopfen meistens willkommen war. Traurig war zusätzlich, dass Viktor überhaupt kein Interesse mehr zeigte, auch wieder einmal mit ihr zusammen zu essen.

Rosanna lebte ursprünglich in Afrika, bis sie nach Italien geflüchtet war. Sie hatte dort einen Asylantrag gestellt und ein Aufenthaltsvisum erhalten. Arbeit fand sie sofort in einem Putzinstitut. Als sie die Stelle dort verlor, beschloss sie, in die Schweiz zu reisen und sich hier umzusehen. Etwas naiv hatte sie gedacht, in der Schweiz könne man besser und mehr verdienen, wenn man tüchtig war, musste aber feststellen, dass es für sie unmöglich war, offiziell Arbeit zu finden, weil ihr Flüchtlingsstatus für Italien galt. Sie musste regelmäßig nach Italien, um ihren Ausweis zu erneuern. In der Schweiz verdiente sie, wie sie erklärte, unter der Hand etwas mit der Herstellung von Rastafrisuren. Marietta ahnte, dass das wohl nicht ihr Hauptjob war. Eine aufwändige Rastafrisur brachte zwar ganz schön Geld, doch das reichte wohl kaum zum Leben in der Schweiz. Sie teilte, als sie Viktor kennenlernte, ein Zimmer mit drei anderen Frauen aus dem horizontalen Gewerbe. Allerdings hieß das nun, dass sie immer an den Wochenenden hier sein würde, da Viktor nicht bei Rosanna übernachten konnte. Möglich war ja auch, dass Rosanna ebenfalls anschaffen ging. Viktor schien damit kein Problem zu haben.

Rosanna war eine energische, tatkräftige Frau, die auch mal lautstark ihren Standpunkt vertrat. Marietta kam nicht umhin, eine gewisse Bewunderung für ihren Weg und ihren Mut zu haben, und sie wollte nicht vor Viktors Glück stehen. Trotz allem Verständnis kam sie an ihre Grenzen, denn sie fühlte sich in ihrem eigenen Haus nicht mehr frei. Es musste etwas geschehen, also sprach sie Viktor bei der nächsten Gelegenheit darauf an:

»Viktor, ich muss dich unbedingt sprechen. Jetzt sofort.«

Widerwillig, als ahnte er etwas, kam er zu ihr ins Wohnzimmer.

»Unser Mietvertrag sieht nicht vor, dass du regelmäßig mit einer Freundin hier wohnen darfst. Mich stört vor allem, dass ich am Wochenende nur beschränkt Zugang zum Keller habe, wenn Rosanna da ist. Ich kann meine Wäsche nicht mehr waschen, keinen Wein mehr holen, und ich kann überhaupt nicht mehr in den Vorratsraum wie vorher. Ständig muss ich mich nach euch richten. Wir sind auch keine WG mehr, wie vorher und wie ich sie gerne hätte, weil auch du dich seither absonderst. Obwohl ich eure Situation verstehe, brauchen wir eine andere Lösung.«

Viktor sah das ein.

»Ich werde versuchen, das zu ändern«, meinte er und tatsächlich aßen er und Marietta wieder ab und an zusammen und tranken sogar gelegentlich zu dritt einen Tee.

Zu der Zeit bekam Viktor erneut einen manischen Schub. Er sprach von Heirat und dass er sein Studium, das er nicht beendet hatte, nachholen wolle. Anschließend werde er ein eigenes Geschäft eröffnen und wenn er genug verdiene, könne er für sich und seine Frau ein Haus kaufen.

Das waren Wunschschlösser und zu viele Ideen auf einmal, die er mit seiner Labilität erst recht nicht hinkriegen würde, dessen war sich Marietta sicher aber sie sagte nichts dazu, weil es nichts nützen würde. Wie es schien, hatte auch Rosanna inzwischen ihre Mühe mit ihm und Marietta hörte durch die geschlossene Türe, wie sie ihm die Meinung geigte. Inzwischen sprach sie schon etwas mehr Deutsch, doch ihr Englisch war immer noch besser, und wenn sie wütend war, wurde es zu einem einzigen Kauderwelsch. An einem Tag klagte sie Marietta ihr Leid, wie schwierig es momentan sei, Viktor auszuhalten, der ständig mit neuen Ideen kam.

Marietta riet ihr zwar, ruhig zu bleiben und zu insistieren, dass er seine Medikamente nahm, fand aber, dass es doch an der Zeit war, auch mal wieder Klartext mit ihm zu sprechen:

»Viktor, du MUSST deine Medikamente wieder nehmen, sonst verbaust du dir so vieles. Mit deinem Tempo kann keiner mithalten und wie du weißt, kommt nachher das Tief. Unannehmlichkeiten willst du doch Rosanna ersparen?« Vor allem Letzteres schien ihn zu überzeugen und er versprach, die Medikamente zu nehmen.

Diese Phase ging glimpflich vorüber, dank seiner Freundin, die ihn maßregelte, wenn es ihr zu viel wurde, und auf sie schien er zu hören. Sie wusste, dass Viktor inzwischen das Leben von Rosanna mitfinanzierte, also würde er kaum mehr Miete bezahlen wollen oder können, darum erwartete sie da kein Entgegenkommen. Aber sie war der Situation überdrüssig. So nahm sie ihn eines Tages beiseite:

»Ich bitte dich dringend, dir eine andere Bleibe suchen. Die Kündigung werde ich noch schreiben. Obwohl für ein Zimmer nur eine Woche Kündigungsfrist notwendig ist, lasse ich dir bis Ende November Zeit.«

Zuerst brauste er auf und erklärte ihr, Rosanna müsse bald wieder für eine Weile nach Italien und dann sei sie für drei Wochen wieder weg. Marietta blieb konsequent:

»Und danach ist sie für drei Monate ständig hier im Haus und das Untergeschoss ist für mich nicht zugänglich, weil ihr eure Privatsphäre wollt. Nein, das will ich nicht mehr mitmachen.«

Vielleicht kam ihm in den Sinn, wieviel sie in dem Jahr mit ihm durchgestanden hatte, und muckte nicht weiter auf.

»O.K., ich werde mich umschauen.«

Zwei Wochen später war er fündig geworden, in einem Nachbarort, wo die Mieten nicht so hoch waren wie in der Stadt. Es war ein Studio mit Kochgelegenheit, das ihm mit Rosanna zusammen ideal schien.

Marietta war froh, dass es so schnell geklappt hatte.

Ende November war er mit seinem gesamten Krempel draußen. Dank Rosanna hatte er alles sauber hinterlassen, ja sogar den Teppich schamponiert, nachdem sie das Gerät dafür geholt hatte. Zehn Tage später rief er an und erzählte begeistert, dass die jetzige Lösung für sie beide ideal sei. Seine Freundin könne im Haus so unter der Hand putzen und einen Teil der Miete dazuverdienen. Das Haus, wo sie jetzt lebten, sei ein Mehrfamilienhaus mit drei Wohnungen, wo es immer etwas zu tun gab, das einer alten Dame gehörte.

Diese Sache war ja mal für beide Seiten positiv ausgegangen! Marietta war sehr erleichtert und beschloss, ihr Helfersyndrom nun endgültig abzulegen, sich wieder mehr auf sich selbst zu besinnen und eher problemlose Mieter aufzunehmen.

26. Kapitel

Rückschau

Irgendwie war sie ganz zufrieden mit sich. Sie hatte Klartext gesprochen und doch Unterstützung geben können. Jedes Mal, wenn sie an Luis dachte, klopfte Mariettas Herz vor lauter Vorfreude. Der Dezember hatte begonnen und sie hatte Muße, während der langen Abende einiges, was ihr widerfahren war, Revue passieren zu lassen. Sie saß gemütlich auf dem Sofa und nippte an einem Glas Wein. Vor ungefähr einem Jahr hatte sie harmonisch mit Thomas den Meditationsabend organisiert und abgehalten. Die Zeit danach, während er bei ihr wohnte, war sehr angenehm gewesen. Die Zimmervermietungen an die psychisch angeschlagenen Menschen waren jedoch zu echten Herausforderungen geworden. Sie war stolz auf sich, besonders dass sie sich auf solche Abenteuer eingelassen hatte, und was sie in der Zwischenzeit so alles mit den Untermietern auf die Reihe gekriegt hatte, durfte sich sehen lassen. Für einige von ihnen hatten sich neue Horizonte aufgetan.

Von Ursula hatte sie per Mail erfahren, dass diese im Januar endlich wieder in eine eigene, glücklicherweise preiswerte Zweizimmer-Wohnung ziehen konnte.

Max hatte Marietta vor einiger Zeit eine Postkarte geschickt. Er sei mit dem Wohnwagen in Wales mit seiner neuen Partnerin auf Reisen. Inzwischen war er geschieden und seine Frau hatte ebenfalls einen neuen Partner gefunden.

Mit Thomas hatte sie erst vor Kurzem wieder geskypt. Er erzählte, wie schön sich alles entwickelte und dass trotz der unterschiedlichen Mentalität sich eine schöne Beziehung aufgebaut hatte und wie die Familie seiner neuen Freundin auf den Philippinen ihn sofort akzeptierte. Er hatte dort den Familienanschluss, der ihm in der Schweiz fehlte, und er erzählte auch von lustigen Begebenheiten, wenn plötzlich im gemieteten Häuschen ein Haufen Gäste unterzubringen war. Glücklich über die momentane Ruhe im eigenen Haus beschloss sie den Abend.

Sohnemann

Doch bald kam Leben in die Bude. Sie stand früh auf, denn Nick würde heute ankommen, um seine Ferien und die Festtage zu Hause zu verbringen. Er hatte ein Auto gemietet, um beweglicher zu sein. Und so fuhr er rasant mit einem kleinen Mitsubishi vor, stürmte ins Haus und überrannte seine Mutter fast. Lachend fielen sie sich in die Arme.

»Hallo Nicki«, sie sah ihn an und fügte hinzu: »Aber so darf man dich ja gar nicht mehr nennen, du bist erwachsen geworden.«

Die kindlichen Gesichtszüge hatten sich vollständig verflüchtigt. *Ein schöner junger Mann ist er geworden*, dachte sie stolz.

»Hallo Mama, ich finde es sehr nett, dass du mich aufnimmst, ich bin auch bestimmt nicht mehr so unordentlich wie früher.«

So viel Respekt von seiner Seite war sie nicht gewohnt.

»Mein Junge, das ist doch selbstverständlich. – Und solange ich weiß, dass du wieder gehst, genieße ich es sogar«, fügte sie mit einem Augenzwinkern hinzu.

»War das Fahren auf unseren Straßen eine große Umstellung?«

»Ach was, mit etwas Konzentration gelingt es gut und hier ist es ja eher so wie ich es gewohnt bin. Ich hole noch den Rest meines Gepäcks aus dem Wagen.«

»Natürlich, und dann komm aber erst mal richtig ins Haus. Dein Zimmer ist für dich bereit.«

»Oh, ich wohne in meinem alten Zimmer, da habe ich ja Glück, dass es mal niemand anderer in Anspruch nimmt. Und natürlich, ich kann dich beruhigen, am 7. Januar bin ich bestimmt wieder weg«, rief er lachend aus, »aber ich werde die Zeit hier genießen. In London ist schließlich keiner, der für mich auch nur das Geringste macht. Da habe ich jedenfalls gemerkt, was für ein gutes Umfeld und Zuhause ich hatte. – Ich war wohl nicht immer der einfachste Sohn?«

Jetzt musst Marietta lachen und strich ihm dabei über die Wange.

»Man kann von den eigenen Kindern auch nicht erwarten, dass alles wie am Schnürchen läuft.« Und liebevoll fügte sie hinzu: »Ich bin zufrieden und jetzt freue ich mich, dich ein wenig zu verwöhnen.«

Nick war wirklich erwachsen geworden. Am selben Abend bedankte er sich, bevor er sich setzte, dafür, dass sie für ihn gekocht hatte, und langte dann kräftig zu. Es schmeckte ihm wunderbar, das merkte sie. Sie hatte ein richtig schweizerisches Nachtessen gekocht mit Kartoffel-rösti, Zürcher Geschnetzeltem und Salat.

Als sie fertig gegessen hatten, wollte sie mehr über sein Leben in London wissen, und er erzählte bereitwillig, wie ihm die Stadt gefiel, deren Flair, aber auch die Arbeit. Bei Google zu arbeiten sei phänomenal, das Büro modern, die Pausenräume seien richtige Oasen und Teamarbeit werde großgeschrieben.

»Ich arbeite im Bereich Retail-Online und habe einige Analysen übernommen, die ich dann auch vorstellen durfte. Natürlich war ich aufgeregt, aber es ist ganz gut gelaufen. Im neuen Jahr komme ich in eine andere Abteilung. Manchmal stehen wir schon unter Erfolgsdruck, aber da ich ja Praktikant bin, werde ich eher gefördert, und man sieht mir nach, dass ich noch nicht perfekt bin. Es ist großartig, weltweit vernetzt und an diesen wichtigen Entwicklungen beteiligt zu sein.«

Marietta staunte, wie ihr Jüngster vor Begeisterung übersprudelte. »Vielleicht werde ich mich danach in Hamburg oder Zürich bei Google um eine feste Stelle als Programmierer bewerben.«

»Solange es nicht Amerika ist, das dich lockt, bist du ja in Reichweite.« Allein der Gedanke, dass Nick auf unbestimmte Zeit so weit weg gehen könnte, versetzte Marietta einen Stich. Also seufzte sie erleichtert, dass er nicht vom Silicon Valley sprach.

»Wir werden sehen. Tja, ich sollte es wirklich gelegentlich ausnützen, solange du in London wohnst, und dich besuchen. Als ich bei Sabine in Hamburg war, habe ich doch gemerkt, wie schön es ist, wenn meine Kinder mir die tollen Städte, die zur zweiten Heimat geworden sind, zeigen.«

»Ja, mach das, komm doch mal für ein verlängertes Wochenende. Wie geht es denn dem Schwesterherz im hohen Norden?«

»Soweit ich es beurteilen kann, ist sie erfolgreich und plant neuerdings für die Firma eine Art Onlinestrategie für das Homeoffice der Mitarbeiter. Ich denke, ihr solltet öfter mal miteinander reden und euch darüber austauschen. Sabine und Matthias haben eine sehr schöne Wohnung und übrigens: Du wärest auch als Gast bei ihren Schwiegereltern willkommen. Also könntest du ja mal einen Besuch einplanen.«

»Gute Idee, ich werde mal mit ihr skypen.«

Dann fügte er noch fast entschuldigend hinzu: »Ich werde übrigens nicht so oft hier sein, sondern möchte einige ehemalige Kollegen und Kumpels besuchen, will auch mit ihnen noch Skifahren gehen. Du musst also nicht groß auf mich schauen wegen Essen und so. An Weihnachten will ich aber bestimmt mit euch feiern.«

Marietta freute sich über die klare Ansage.

Endlich

Ein paar Tage später, als es an der Türe klingelte, dachte sie zuerst, es sei der Postbote. – Sie öffnete die Türe und traute ihren Augen kaum: Da stand Luis strahlend vor ihr.

»Gestern bin ich angekommen und wie versprochen gilt mein erster Weg dir.«

Marietta bekam weiche Knie und sie fielen sich in die Arme und küssten sich leidenschaftlich. Als sie wieder zu Atem kamen, wurde ihr bewusst, dass sie immer noch in der Haustüre standen.

»Komm doch herein, ich freue mich riesig! Die Überraschung ist dir gelungen! Ich wusste ja, dass du noch vor den Festtagen kommst, aber dass du jetzt gleich leibhaftig vor mir stehst! Wow!«

Kaum hatte sie die Türe hinter sich geschlossen, nahm er sie erneut in seine Arme. Es schien, als wolle er sie nie mehr loslassen. Und es fühlte sich so gut an!

»Du nimmst mir ja die ganze Luft«, japste sie glücklich, nicht ohne den Kuss im nächsten Moment zu erwidern.

»Es tut so gut, dich zu sehen und zu spüren.« Sie legte ihren Kopf an seine Schultern und er drückte sie fest an sich. Nach einer Weile:

»Komm, lass dich anschauen!« Er schob sie ein Stück von sich weg, um ihr Gesicht betrachten zu können. »Ich glaube, du hast da ein paar Sorgenfalten.« Er küsste sie mehrmals auf die Stirn. »So, jetzt siehst du wieder blendend aus.«

»Oh Luis, noch vor ein paar Wochen hätte ich nicht zu hoffen gewagt … Und jetzt bist du hier …!«

»Ja, jetzt bin ich hier und sehr glücklich darüber.»

»Wo steht mir nur der Kopf? Wir stehen immer noch im Flur rum! Komm doch rein!» Marietta zog ihn ins Wohnzimmer und er schaute sich neugierig um.

»Hier hat sich nichts verändert.«

»Tja, das Wohnzimmer wird ja nicht vermietet, nur gemeinsam genutzt. Wir sind auch allein, keine Untermieter wohnen mehr hier – wobei, stimmt nicht ganz: Nick ist zurzeit zu Besuch hier. Du wirst ihn bestimmt bald kennenlernen. Ich gehe mal davon aus, dass du nicht gleich wieder verschwindest?« Ein klein wenig Besornis schwang in ihrer Stimme mit.

»Wo denkst du hin? Natürlich verschwinde ich nicht so schnell wieder. Oh, es freut mich, deinen Sohn kennenzulernen. – Warte mal. Ich will dir etwas zeigen.«

Er holte die Tasche, die er im Flur hatte zu Boden gleiten lassen, als sie sich küssten. Sie folgte ihm neugierig mit den Blicken.

»Ich habe dir etwas mitgebracht«, rief er über die Schulter und griff vorsichtig mit beiden Händen in die Tasche und überreichte ihr eine herrliche Amethystdruse.

»Die passt doch gut hierher, findest du nicht auch? Sie stammt übrigens direkt aus Arizona und hat mich das ganze Jahr begleitet.«

Marietta schluckte. »Ich bin überwältigt – die ist wirklich wunderschön. Und sieh mal, wie sie von innen leuchtet, wenn man sie gegen das Licht hält. Danke, danke tausend Mal.«

Sie fiel ihm um den Hals und küsste ihn wieder und wieder. Sie wusste gar nicht, wohin mit ihrer Freude.

Als beide sich etwas gefasst hatten, lösten sie sich voneinander und setzten sich. Er legte einen Arm locker auf die Sofalehne und berührte dabei leicht ihren Nacken.

»Wie kommt es, dass kein Mieter mehr hier wohnt?»

Marietta fasste in wenigen Worten zusammen, was sich ereignet hatte, und schloss: »Ich habe dem letzten gekündigt, weil er ständig seine Freundin hier hatte und ich mich wie das fünfte Rad am Wagen fühlte in meinem eigenen Haus. Weißt du, das alles liegt hinter mir und ich denke, dass ich einen ziemlich guten Job gemacht habe, aber jetzt reicht es mir. Es war teilweise echt anstrengend, ein zusätzliches Lehrstück. Ich bereue nichts, doch vorerst brauche ich eine Auszeit. Irgendwann werde ich wohl wieder Untermieter aufnehmen müssen, denn sie sind doch eine zusätzliche Einnahmequelle, die ich brauche.«

Er hatte ihr aufmerksam zugehört und schien da zu sein, einfach ganz da. In Gedanken nur bei ihr. Es fühlte sich so gut an. Als sie geendet hatte, besann sie sich auf ihre Gastgeberpflichten: «Jetzt sitze ich hier und rede ... Möchtest du vielleicht einen Kaffee?«.

»Oh ja. Gerne! Guten Kaffee habe ich öfters vermisst.«

Marietta stand auf und ging in die Küche. Als sie zurückkam, standen auf dem Tablett nicht nur zwei einladend duftende Tassen Kaffee, sondern auch etwas Schokolade und zwei Gläser mit Wasser. Dann bat sie ihn, zu erzählen.

»Die Rundreise war sehr schön bis San Francisco. Das heißt, die Stadt hat mir auch gefallen, bis sich das Blatt gewendet hat. Ich flanierte eines Nachts gutgelaunt in China Town und geriet in eine etwas unsichere Gegend. Aus dem Hinterhalt überfielen mich zwei Typen und weil ich instinktiv versuchte, sie abzuschütteln, wurde ich niedergestochen und zusammengeschlagen und dann auch noch bestohlen. Das geschah so schnell, dass ich gar nicht wusste, wie mir geschah. Ich blutete so stark und hatte große Schmerzen, dass ich unfähig war, mich zu bewegen. Außerdem stand ich unter Schock, hatte aber Glück: Sofort kümmerten sich Leute um mich. Ich ließ einfach alles mit mir geschehen, und bald wurde ich in einen Krankenwagen verfrachtet. Obwohl die Wunde erstmal versorgt war, wurde sie im Krankenhaus dann doch genäht und ich gründlich untersucht, um zu sehen, ob ich innere Verletzungen hatte. Zum Glück waren es, außer einer gebrochenen Rippe, nur Prellungen und eben diese tiefe Schnittwunde. Am darauffolgenden Tag, als ich die Kraft fand, rief ich meinen Schweizer Chef an, der wiederum rief in unserer amerikanischen Niederlassung an, und die garantierten für die Bezahlung. So erhielt ich die beste Betreuung, die man sich denken konnte. Um die Kostengutsprache der Krankenkasse musste ich mich auch nicht kümmern. Ich sollte vorläufig ruhig liegen und mich auch nach der Entlassung noch schonen. Jedenfalls wurde mir bewusst, wie schnell mein Leben hätte vorbei sein können.«

Marietta war blass und nachdenklich geworden.

»Schau, ich kann dir die Narbe zeigen, die wird mich ständig daran erinnern, wie wertvoll das Leben ist.«

Er öffnete sein Hemd und sie sah unter seiner Brust seitlich die Narbe, die – mittlerweile verheilt – anscheinend gut vernäht worden war und bestimmt acht Zentimeter maß.

»So schlimm habe ich mir das wirklich nicht vorgestellt. Ich bin froh, dass du so wohlbehalten hier vor mir sitzt. Darf ich?«

Er nickte und sie strich sanft über seine Narbe Er legte seine Hand über ihre und ließ sie nicht mehr los, während er weitererzählte.

»Glücklicherweise war kein Organ verletzt worden, denn die Wunde ging nicht so tief, wie es zuerst schien. Viel schlimmer waren die Schläge, die man mir verabreichte, weil ich nicht sofort zusammenbrach.«

Marietta schluckte hörbar und verzog das Gesicht.

»Nach dem Krankenhausaufenthalt habe ich mir angewöhnt, wieder zu meditieren.«

Marietta hing jetzt sprichwörtlich an seinen Lippen.

»Als ich wieder einigermaßen beieinander war, wollte ich raus, auch raus aus der Stadt, und floh nach Mount Shasta. Der Ort ist nicht sehr groß, aber die Atmosphäre dort ist heilsam, mit viel Natur, einem See und dem sehr bekannten Vulkanberg. Ich fand eine Unterkunft in einer Pension und wie es der Zufall wollte, ist die Frau, die sie leitet, eine spirituelle Lehrerin und Heilerin. Valery führt Gruppen an spezielle Orte und stimmt sich dort mit ihnen auf die Schwingungen ein, die, wie sie mir erklärte, sehr lichtvoll und kristallin seien. Es gäbe im Mount Shasta außerdem eine unterirdische Stadt, die viele Menschen feinstofflich wahrnehmen könnten, und da ist man Lemuria sehr nah. Ich war aber so sehr mit meinen Problemen konfrontiert, dass ich nicht offen für solche Erlebnisse war.

Mount Shasta ist ein sonst eher touristischer Ort, doch als ich dort war, hielten sich wenige Ausländer dort auf. Es war also ziemlich ruhig im Ort. Valery erklärte, sie erwarte erst einen Monat später wieder eine Gruppe. Es war wie eine Vorsehung, dass ich der einzige Gast bei ihr war.«

Marietta atmete endlich tief durch auf und wusste, dass auch sie diese Atmosphäre voll gefangen genommen hätte, denn sie hatte im Internet Bilder von Mount Shasta gesehen. Luis holte sein Handy hervor und zeigte ihr Fotos vom Ort und vom Berg:

»Siehst du diese herrlichen Wolkenformationen? Manchmal leuchten sie rosa, dann wieder orange, dann regenbogenfarben. Man ist richtig geflasht. Wandern war ja bei mir noch nicht drin, denn wenn ich tief atmete, schmerzte es zu sehr. Also verbrachte ich unzählige Stunden draußen, nur mit Sitzen, bewusst Atmen und Beobachten. Valery sah ich regelmäßig zum Frühstück. Sie leistete mir dann Gesellschaft und manchmal auch beim Abendessen. Wir führten keine langen Gespräche und es war oft ein einfach friedliches Schweigen. Es war sehr wohltuend und ich glaube, sie wusste genau, was in mir vorging.«

»Wolltest du dir von ihr nicht helfen lassen? Sie ist doch, wie du sagst, auch eine Heilerin, die medial arbeitet?«

»Ich wollte damals hauptsächlich Heilung für meine körperlichen Wunden. Sie hat mir Cranio-Sacral-Behandlungen gegeben und das half, die Gehirnströme zu beruhigen, sodass ein Teil des Schocks aus dem System verschwand. Aber es hätte mehr als nur zwei Behandlungen gebraucht. Doch die Zeit drängte und ich musste bald meine Arbeit beginnen. Sie sagte mir aber noch etwas, bevor ich ging, nämlich dass ich wiederkommen solle, es warte noch ein Geschenk auf mich. Das hatte ich aber bald wieder vergessen. Erst nachdem ich mit dir Kontakt aufgenommen hatte, dachte ich, du seist doch ein Geschenk für mich, und erinnerte mich an ihre Worte.«

Die Haustüre ging und Nick trat ein. Marietta stellte die beiden Männer einander vor und sie begrüßten sich freundschaftlich per Händedruck.

»Ich glaube, Mama hat schon mal von dir erzählt. Schön, dich kennenzulernen.«

»Gleichfalls«, konterte Luis und lachte. »Ich komme nur kurz, ich habe am Nachmittag einen Termin in der Stadt, bin also gleich wieder weg.«

Marietta freute sich, dass das Kennenlernen so unkompliziert verlaufen war.

»Luis erzählt mir gerade von seinem Überfall in San Francisco, wo er niedergestochen und bestohlen wurde.«

»Oh, das ist ja schrecklich! Ich dachte, die Kriminalität in Kalifornien sei nicht so groß, dort boomt doch alles und die Stimmung ist gut?«

»Sie ist bestimmt nicht vergleichbar mit der Kriminalität in Chicago, aber Schwamm drüber. Ich habe es ja überlebt und verbuche es als wichtige Erfahrung.«

Nach ein paar weiteren Worten ging Nick in sein Zimmer und war eine Viertelstunde später schon wieder aus dem Haus.

Das Mittagessen bereiteten Luis und Marietta gemeinsam zu. Sie kochte ein Thaicurry mit Gemüse und er half ihr wie selbstverständlich dabei. – Nach dem Essen nahm Marietta noch einmal den Gesprächsfaden von vorhin auf:

»Und was war nun dieses Geschenk, von dem Valery gesprochen hat?«

Sie bemerkte, dass er lächelte.

»Du bist doch das Geschenk!« Er wurde wieder ernst: »Natürlich bist du auch mein Geschenk. Aber in der Tat meinte Valery etwas anderes. Also, wie du bereits weißt, plante ich nochmals ein paar Tage bei ihr ein. Obwohl sie diesmal andere Gäste hatte, wollte sie mich auf einem meiner Spaziergänge begleiten. Also spazierten wir gemütlich am Fuße des Mount Shasta, wo weiter oben an den Hängen schon Schnee lag, und setzten uns bei einer Baumgruppe nieder, die den Blick auf einen großen Teil des Vulkans bis zur Bergspitze frei ließ. Sie bat mich, langsam und so tief wie möglich ein- und auszuatmen und die Augen zu schließen und sie erst zu öffnen, wenn ich bereit sei. Plötzlich versank ich in eine Art Trance und lauschte auf die Stille um uns herum. Als ich die Augen öffnete, verschwamm der Berg vor mir und es war, als blendete mich ein gleißendes Licht, sodass ich die Augen sofort wieder schloss und in das Licht eintauchte. Nun bekam ich ein inneres Bild vom Berg, wie er durchsichtig, regelrecht kristallin wurde. Da Valery hellsichtig ist und wusste, was mit mir geschah, sagte sie: »Geh ganz hinein, zweifle nicht.«

So etwas hatte ich noch nie erlebt, mir erschien alles echt und gleichzeitig unwirklich. Ich lief in Gedanken auf den Vulkan zu und war sofort drin, lief einen Korridor entlang. Es war total hell und ich gelangte in eine Kammer. Plötzlich waren da lauter Kristallspitzen, wie ich sie von Arizona her kannte. In der Kammer war ein starker weißer Lichteinfall, der alles taghell beleuchtete. Ich musste mich wohl jetzt im Zentrum des Vulkans befinden. Man sagt, dass unter dem Vulkan eine unterirdische Stadt ist, und wäre ich weitergegangen, vielleicht wäre ich dahin gelangt. Aber etwas bremste mich und plötzlich tauchte im großen Lichtstrahl eine weibliche Gestalt auf. Ich war so erschrocken, dass ich zurückweichen, sogar wegrennen wollte, aber ich sah eine segnende Handbewegung und alles wurde wieder ruhig in mir. Ich weiß noch, dass die Gestalt ganz freundlich aussah und wunderschön war, bevor sie kurz darauf verschwand. Ich öffnete die Augen und fand mich sitzend neben Valery wieder.«

Luis machte eine Pause und nun atmete er tief durch.

»Erzähl weiter, was war dann?« Etwas ungeduldig und neugierig forderte sie ihn auf, weiterzuerzählen.

»Valery ließ mir Zeit, mich zu sammeln, und als ich sie fragend anschaute, sagte sie: ›Du hast die Seelenformation deiner inneren Frau gesehen. Und nun entspanne dich wieder vollständig und lass den Berg zu dir sprechen. Vertrau mir.‹

Ich weiß nicht, ob ich die Augen geschlossen hatte oder ob ich mit offenen Augen träumte. Ganz plötzlich war da eine Wolke um die Bergspitze, wie ich sie oft gesehen hatte. Mir war, als ob diese ganz langsam an den Wänden herunterschwebte, bis die Vulkanspitze wieder sichtbar wurde. Sie bildete ein eine Art Band um den Berg. Ich wusste nicht, was davon zu halten war, bis Valery sagte: ›Schau mit dem 3. Auge hin.‹

Das schien plötzlich ganz einfach. Ich wusste sofort, was ich tun sollte, und das verdankte ich wohl auch der geistigen Begleitung von Valery. Urplötzlich sah ich ein Gesicht im Wolkenband und erkannte in Umrissen die Züge meiner Frau. Ich dachte, jetzt bin ich wirklich übergeschnappt. Es war, als wollte sie mir etwas sagen. Ich war aber zu betroffen, um etwas zu hören, und zu überwältigt, um zu glauben, was ich sah.

Nach einer Weile fragte Valery: ›Weißt du, was das war, was du gesehen hast?‹

Ich antwortete: ›Es war so unglaublich. Vielleicht war es Wunschdenken, weil ich immer noch wissen will, ob die Entscheidung meiner Frau die richtige war. Das Gesicht am Berg war wohl eine Halluzination.‹

›Ich habe diese Erscheinung, die sich mittels feinstofflicher Wahrnehmung der Seelenebene zeigt, auch gesehen. Ich hörte ihre Botschaft, die ich dir mitteilen soll, wenn du bereit bist, sie zu hören.‹

Ich konnte nur nicken:

›Dann höre: ʻLiebster, ja, ich bin bei dir und ich möchte dir sagen, dass es mir jetzt gut geht. Ich hatte damals genau diese Brücke gewählt, weil ich dort viele glückliche Stunden am Fluss alleine und mit dir verbracht habe, und mit diesen Gedanken stürzte ich mich hinunter. Ich bin meiner inneren

Stimme gefolgt und in meine wahre Heimat zurückgekehrt. Und du sollst jetzt deiner Bestimmung folgen. Du bist auf einem guten Weg.‹

Valery machte eine Pause. Mir schossen Tränen in die Augen. Wie konnte Valery sie von dieser Brücke wissen? Ich hatte schon lange nicht mehr daran gedacht, geschweige denn davon gesprochen. Das sollte wohl für mich ein Beweis sein, dass sie klar gesehen und gehört hatte.

Als ich akzeptierte, dass sich solche Erscheinungen bilden können, nahm Valery den Faden wieder auf: ›Das Geistwesen sagte auch: ‚Geh deinen Weg, folge deiner Bestimmung. Ich werde immer ein Teil von dir sein!‘‹«

Luis schwieg und lehnte sich auf dem Sofa zurück, als wartete er auf eine Reaktion.

Marietta hörte voller Hingabe zu. *Seine Bestimmung?* Fragte sie sich innerlich.

Als sie weiterhin nichts sagte, fuhr er fort:»Ich fragte nach, was es mit ‚meiner Bestimmung‘ auf sich habe. Ihre Antwort war verblüffend: ›Deine Bestimmung ist es, glücklich zu sein.‹ Und dann, Marietta, tauchte kurz dein Gesicht vor meinem inneren Auge auf aber das genügte. Jetzt wusste ich, dass wir beide auf dem richtigen Weg sind. Es war nur noch der letzte Schubs, den ich gebraucht hatte, um an eine Zukunft mit dir zu glauben. Jetzt bin ich frei für dich. Meine Frau wird immer ein Teil von mir sein, das weißt du. Dank ihr habe ich mich auf den Weg der Spiritualität begeben und mein Denken und Fühlen ist dadurch reicher geworden, das werde ich ihr nie vergessen, und dank dessen bin ich ja auch dir begegnet.«

Marietta lehnte sich an ihn. Sie hatte Tränen in den Augen, sank an seine Brust und ein tiefes Schluchzen erfüllte die Luft. Er hielt sie fest. Sie weinte und wusste nicht mehr, ob vor Freude oder weil endlich all die Unsicherheiten oder Anspannungen von ihr abfielen. Sie war bei ihm angekommen.

Er blieb zum Essen und blieb auch über Nacht. Er war sehr einfühlsam und sie wollte nicht zu leidenschaftlich sein, weil sie nicht wusste, ob er nicht doch noch Schmerzen spüren würde. Doch genau dieses langsame Annähern schien zu funktionieren. Keine Eile, wenig Erwartungen. Ihn zu lieben war mit einer solchen Innigkeit verbunden, dass sie glaubte, sich aufzulösen, mehr noch, dass sie sich ineinander auflösten. Es war ein ganz ähnliches Gefühl, wie sie es in der einen Nacht im Retreat gehabt hatte. Ja, das war es gewesen! Jetzt wusste sie: Ihre Seele hatte seine Seele damals schon erkannt.

Als sie ganz entspannt nebeneinanderlagen, erzählte sie ihm davon.

Nachdenklich meinte er:

»Ich erinnere mich auch an den Moment im Retreat, als ich dich beim Baum sah und unsere Verbindung spürte. Das war sehr stark. Leider waren meine Ängste und Schuldgefühle damals noch zu präsent, als dass ich dem Gefühl hätte nachgeben können.«

Am darauffolgenden Morgen, als Nick zum Frühstück auftauchte, staunte er nicht einmal, dass Luis noch da war, sondern begrüßte ihn, als sei es das Natürlichste von der Welt.

Es war ein glücklicher Moment für Marietta mit diesen beiden Männern, die schon begannen, sich rege auszutauschen. Luis erzählte während des Frühstücks von seiner Arbeit und Nick hörte aufmerksam zu:

»Das klingt großartig, und dass sie dich noch länger haben wollen, ist doch mega. Für mich ist es auch ein Glücksfall, dass ich nach London durfte.«

Marietta fand es nicht so erhebend, dass Luis wieder weggehen würde, aber sie sagte nichts dazu.

Nach dem Frühstück verabschiedete Luis sich und erklärte, er werde nun in seine Wohnung gehen, aber er wolle so viel Zeit wie möglich mit ihr verbringen. Von nun an sahen sie sich jeden Tag, manchmal nur am Abend und dann blieb er auch über Nacht. Einmal lud er sie zu sich ein: »Ich will dir zeigen, wie ich wohne. Zurzeit lebt noch ein Mitarbeiter der Firma in meinen vier Wänden. Der ist über die Feiertage nach Hause gefahren.«

Luis' Wohnung war groß und modern, mit nur wenigen Möbeln eingerichtet, so dass sie leer wirkte und in ihrer Kargheit an Zen erinnerte. Er bemerkte Mariettas Erstaunen.

»Es sieht nicht sehr gemütlich aus, nicht wahr? Bald nach dem Retreat habe ich ganz vieles an Bildern und Krimskrams, was an meine Frau erinnerte, in das Gästezimmer geräumt und dachte, damit sei das Problem gelöst oder werde abgeschwächt. Das funktionierte natürlich nicht, mir wurde die Leere nur noch stärker bewusst und genau zu dem Zeitpunkt, als ich es erkannte und verzweifelt war, hast du mich angeschrieben und gefragt, ob wir uns treffen könnten. Das war wie ein Zeichen, das mich damals sehr berührt hat. Dass da jemand an mich denkt, war sehr tröstlich. Wie du dich vielleicht erinnern kannst, habe ich mich wirklich über deinen Anruf gefreut. Ich habe nicht viel Zeit verwendet, mich mit äußeren Dingen zu beschäftigen, und so blieb die Wohnung eben spartanisch eingerichtet. Damit mein jetziger Mieter sich eher wie Zuhause fühlte, erlaubte ich ihm, persönliche Dinge mitzubringen und sich wohnlich einzurichten, aber wie du siehst, legte er wenig Wert darauf. Ich schlafe auch im Gästezimmer, wenn ich mal hier schlafe.«

Er lachte. »Er fährt an den Wochenenden zu sich nach Hause, also lebt er, ähnlich wie ich es tat, hier vor allem für die Arbeit.«

Er sah sich um und wirkte, als schien ihn plötzlich zu frösteln. Er nahm Marietta beim Arm:

»Komm, wir gehen auswärts essen. Hier ist es nicht gemütlich.«

Er führte sie in ein chinesisches Restaurant. Luis kannte sich mit deren Speisen aus und empfahl das eine oder andere. »Ich bin in Amerika sehr oft chinesisch essen gegangen und ich finde es toll, dass wir hier immer mehr internationale Küche genießen. Das hier ist ein sehr gutes Restaurant«, erklärte er.

Die roten Hängelampen, das Gold und die Holzornamente, alles wirkte sehr edel. Bald hatten sie die üblichen, kleinen blauweißen Porzellan- und Blechplatten gefüllt mit Köstlichkeiten vor sich stehen, auf einer brutzelte es, eine andere dampfte über dem Rechaud und es roch verführerisch gut. Sie stießen mit heißem Reiswein an und tranken zum Essen Tee.

Marietta beschloss, Luis zum Weihnachtsfest mit den Kindern einzuladen. Eigentlich war es gar keine Frage, es war die logische Folgerung aus dem Verlauf ihrer Liebe. Er nahm die Einladung sofort dankbar an. Nach dem Essen gingen sie wie selbstverständlich wieder zu Marietta.

Zusammen feiern
Kurz vor Weihnachten rief Sabine an. Sie erzählte aufgeregt, sie hätten ganz kurzfristig geplant, über die Festtage zu verreisen. Sie würden per Schiff zu den Lofoten fahren und dort wirklich Zeit für sich haben. Sie freue sich riesig darauf. Marietta gratulierte Sabine zu diesem Entschluss und erzählte ihr dann ausführlich von Luis und Nick und dass alle miteinander Weihnachten feiern würden.

Am 24. kamen Nick, Mirjam und Luis bei Marietta in einem schön geschmückten Haus zusammen, um gemeinsam Weihnachten zu feiern. Marietta hatte ihre berühmte Lachsterrine gemacht und beim Fleischer einen Truthahn bestellt, den sie am Nachmittag nur noch in den Ofen schieben musste, und der langsam vor sich hin garte. Passend dazu gab es verschiedene bunte Gemüse. Luis hatte die Getränke besorgt und Nick wollte gemäß Londoner Tradition einen Plumpudding zur Nachspeise, den sie flambieren wollten.

Den hatte er bei Globus in der Feinkostabteilung bestellt und am Nachmittag abgeholt.

Es wurde ein sehr schöner, gemütlicher Abend. Luis verstand sich auch mit Mirjam gut. Marietta hatte ihrer Tochter nach seinem letzten Besuch von ihm erzählt und diese kannte ihre Mutter gut genug, um zu sehen, dass sie überglücklich war. Nick sprach nicht über sein Gefühlsleben und wollte sich auch nicht in das der Frauen einmischen. Man wusste also nicht so genau, woran man bei ihm war, doch es war einfach schön, ihn dabeizuhaben. Mirjam ging ganz auf bei der Betreuung der Kinder und erzählte wieder die eine oder andere Episode.

Als Sabine anrief, war Mariettas Glück vollkommen. Der Stimme ihrer Tochter war zu entnehmen, dass es ihr sehr gut ging. Nachdem Sabine ein wenig vom Schiff, auf dem sie weilten, erzählt hatte, riefen die Geschwister von weitem ‚Frohe Weihnachten' und Marietta richtete Grüße von Luis aus.

Und wie es Sitte war, hörten sie anschließend einige Ausschnitte aus der *Zäller Weihnacht* und Mirjam las eine moderne Weihnachtsgeschichte vor. Luis schien das Familienleben zu genießen. Nachdem Mirjam heimgefahren war und sie mit Nick noch einen Absacker genossen hatten, gingen Luis und Marietta wie selbstverständlich gemeinsam ins Schlafzimmer und schliefen, als sei es das Normalste von der Welt, Arm in Arm ein.

Am 25. waren sie beide alleine, und was sie sich an diesem Abend und in dieser Nacht schenkten, war jenseits von Worten: Es war ein Miteinanderschwingen, Haut an Haut, pulsierende Liebeskraft. Als sie auf ihm saß und sie sich in die Augen schauten, bewegten sie sich langsam und genüsslich und beide kamen gleichzeitig zum Orgasmus. Es war wie eine Hochzeit. Sie wusste, was auch immer noch kommen würde, diese Augenblicke waren unvergesslich in ihr Herz gebrannt.

Zwischen den Feiertagen musste Luis arbeiten und hatte also wenig freie Zeit. Anfang Januar musste er ja noch einmal für zweieinhalb Monate nach L.A. und dann würde er definitiv zurückkommen. Das hatte er ihr versprochen.

Neue Aussichten

An Silvester trafen sie sich in der Stadt und feierten gemeinsam in einer Bar und genossen um Mitternacht das Feuerwerk über dem See. Schon am 1. Januar war Luis in Gedanken oft in Amerika und auf dem Sprung, das merkte sie und es machte sie traurig. Als er dies wahrnahm, riss er sich zusammen und verbrachte in den Januartagen noch Zeit, um mit Marietta kleinere Ausflüge zu machen. Es war sehr harmonisch, auch wenn es nun Marietta war, die ständig daran denken musste, dass er bald wieder abreiste.

Am zweitletzten Abend lud er Marietta in die Pizzeria ein, die sie schon vor seinem letzten Abflug besucht hatten, und bevor das Essen auf dem Tisch stand, erzählte er, wie seine Arbeit ab März in der Schweiz aussehen werde. Er habe beschlossen, seinen Arbeitsalltag anders zu gestalten, und hatte mit der Firma vereinbart, 70 % im Büro und 30 % zu Hause zu arbeiten. Doch Marietta konnte sich nicht einmal vorstellen, dass er in zwei Tagen wieder wegmusste, und hörte nur mit halbem Ohr zu. Sie interessierte sich gerade überhaupt nicht für irgendwelche Geschäftskonzepte.

Als ihre Pizzen kamen, aßen sie schweigend und jeder hing seinen Gedanken nach. Beim Espresso angelangt, wartete Luis jedoch mit einer Überraschung auf: »Liebste, ich möchte, wenn ich zurück bin, bei dir einziehen, damit wir uns noch besser kennenlernen. Ich will dein neuer Untermieter sein.«

Er wartete einen Augenblick und musste lächeln, als er ihre groß auf ihn gerichteten Augen sah. Nicht im Geringsten hatte sie mit so etwas gerechnet. Seltsamerweise war ihr nicht einmal der Gedanke gekommen, dass er bei ihr einziehen könnte. Alles, was sie sich bisher gewünscht hatte, war, dass diese Liebe Bestand haben würde.

»Ja, ähm, du… Uff… Ich bin platt.«

Sie war überwältigt. Sie lachte und weinte, beides zusammen. Sie war vollkommen durcheinander. Und gleichzeitig machte ihr Herz vor Glück einen Sprung.

Auch Luis freute sich sichtlich: Die Überraschung war ihm gelungen! Als sie sich beruhigt hatte, sprach er – deutlich ernster – weiter:

»Weißt du, ich habe lange nachgedacht und möchte einfach nicht mehr ohne dich sein. Und es soll auch nicht jemand anderes mehr bei dir einziehen, darum würde ich dir bereits ab jetzt die Miete, die du brauchst, bezahlen. Wenn du einverstanden bist, will ich gerne das untere und das obere Zimmer gleichzeitig mieten, und natürlich bezahle ich für beide. Auf jeden Fall bin ich entschlossen, nicht mehr in meine Wohnung zurückzukehren, und werde sie in jedem Fall kündigen. Was sagst du dazu? Könnest du dir vorstellen, mich als Untermieter bei dir aufzunehmen?«

Marietta musste nicht lange überlegen.

»Ich glaube, das ist schon im Himmel so entschieden worden, auch weil ich gerade niemanden sonst im Hause habe. – Meine Antwort lautet ganz klar: Ja und ich freue mich sehr.«

Sie nahm seine Hand, die auf dem Tisch lag, und drückte sie. Er schlug einen geschäftsmäßigen Ton an:

»Es gibt natürlich noch einiges zu bedenken. Du kannst selbstverständlich auch eine Kaution als Garantie haben. Sag mir dann was du noch brauchst.«

Und etwas scherzhaft fügte er hinzu: »Wenn du mich dann rauswirfst, hättest du zumindest etwas Schmerzensgeld. Vielleicht bin ich ja auf Dauer unmöglich!» Er zwinkerte ihr zu und wollte weitersprechen.

Jetzt unterbrach sie ihn: »Ich merke schon, du hast das alles fein säuberlich geplant: WG mit Beziehungsthemen! Das wollte ich ja eigentlich nicht mehr, aber so wie das Leben dich mir zugespielt hat, bleibt mir ja wohl nichts anderes übrig.« Sie seufzte theatralisch und fügte ganz ernst hinzu:

»Also, ich könnte mir keinen lieberen Untermieter vorstellen. Eine Kaution brauche ich nicht von dir und der Rest wird sich ergeben.«

Auch Luis wurde noch einmal ernst:

»Ich denke, wir werden gut miteinander auskommen.« Er nahm zärtlich ihre beiden Hände in seine. Nach einer Weile, während der sie sich einfach nur angeschaut hatten, holte er ein Schmuckschächtelchen aus seiner Jackentasche hervor, öffnete es und steckte ihr einen Ring mit einem sehr schön gefassten Opal an den Finger:

»So vielfarbig wie unsere Leben bisher gewesen sind, so soll dieser Ring dir sagen, dass ich dich mit all deinen Facetten schon jetzt über alles liebe.«

Da der Ring einen kleinen Federmechanismus hatte, passte er wie angegossen. Marietta kam aus dem Staunen nicht mehr heraus.

»Luis!« Ihre Augen glänzten und sie musste schlucken. »Danke, danke. Das ist ein wunderschöner Ring, du überraschst mich immer wieder. Und das hast du schön gesagt. Ich freue mich jetzt schon auf unser Zusammenleben. Ja, komm in mein Haus! In meinem Herzen bist du schon lange angekommen.«

Der Ober hatte auf ein Zeichen von Luis Champagner gebracht. Sie erhoben sich und nach einem langen Kuss, bei welchem sie alles um sich herum vergaßen, stießen sie auf eine gemeinsame Zukunft an. Als sie später aus dem Lokal heraustraten, blinkten am Himmel Abermillionen Sterne. Marietta hatte sich bei Luis eingehängt und bevor sie zum Auto gingen, blieb sie stehen und blickte nach oben.

»Schau nur, was für ein herrlicher Nachthimmel! Diesen Augenblick mit all den Sternen möchte ich dir zur Erinnerung mitgeben, wenn du weg bist. Und wenn du abends gen Himmel schaust, wirst du wissen, dass da einer ist, der dir

zuflüstert: Ich bin von Marietta gesandt und soll dir sagen:
Ich liebe dich.«

ENDE — oder auch nicht!

Glossar

Das 3. Auge
Es sitzt unsichtbar oberhalb der Nasenwurzel und ist eine Drüse, die mit der Hirnanhangdrüse verbunden ist. Sich auf das 3. Auge zu konzentrieren, fördert Hellsichtigkeit und Intuition.

„
Yogananda
war ein indischer Yogi, der als einer der ersten in Amerika sein Wissen verbreitet hat. Das **Buch „Autobiographie eines Yogi"** beschreibt sein Leben.

Channeln
Die Fähigkeit, etwas geistig abzurufen und auszusprechen, das neu oder noch nicht bekannt ist. In der Regel geschieht das in einer meditativen Sitzung.
Ein Channel ist jemand, der in Halbtrance oder Trance Informationen bekommt, die aus unterschiedlichen geistigen Quellen stammen können.

Cranio-Behandlungen
Bei Cranio-Behandlungen handelt es sich um eine Therapie, die mittels Berührung und Einstimmung auf Gehirnströme arbeitet. Es benötigt dafür eine lange, sehr exakte Ausbildung, die viele anatomische Kenntnisse verlangt. Es ist normalerweise eine sehr stille und ruhige Arbeit.

Dynamische Meditation
Eine Meditation, bei welcher man sich schüttelt und ständig bewegt. Die Absicht ist es, Anspannungen im Körper loszuwerden.

Geistführer
Eine Stimme, die innerlich von einem Medium gehört wird.
Ein Medium ist ein Vermittler, männlich oder weiblich, das
auf Fragen antwortet. Meistens lassen sich medial arbeitende
oder spirituell geschulte Menschen von Geistführern leiten.
Sie haben einen Namen dazu oder wissen einfach, wer da
mit ihnen „spricht".

Große und kleine Arkana
Beim Tarot werden die Karten in eine große und eine kleine
Arkana unterteilt. Die großen Karten sind den kleinen über-
geordnet und je nach Gebrauch den Lebensthemen, Le-
bensabschnitten oder den momentanen Befindlichkeiten
zugeordnet.

Goldvreneli
Das ist eine speziell geprägte Goldmünze, die es in 10er-
und 20er-Ausführungen gibt. Vreneli, als Kurzform vom
Namen Verena, werden zu einem aktuellen Marktpreis ge-
handelt. Das Goldvreneli ist die bekannteste Goldmünze
der Schweiz.

Die Harmonische Konvergenz
Ein astronomisches Ereignis mit einer außergewöhnlichen
Stellung der Himmelskörper, mit starken, globalen Auswir-
kungen, worauf sich Menschen rund um den Erdball, mittels Meditation, eingestimmt haben um geistig mitzuwirken.

Klangschale
Die offene Schale wird für Rituale in Tibet, Indien und in-
zwischen auch in Europa für Meditationen oder meditative
Musik benutzt. Sie besteht aus diversen Metallen und kann
mittels eines Klöppels angeschlagen oder am Rand zum
Klingen gebracht werden.

Meditationshocker
Ein kleiner, eckiger Holzhocker, dessen Seitenklappen sich
bei manchen einklappen lassen. Sie dienen dem bequemeren
Sitzen am Boden und zur Schonung der Knie.

Osho
Mit bürgerlichem Namen: Rajneesh Chandra Mohan Jain,
geboren am 11.12.1931 in Madhya Pradesh, Indien, war ein
indischer Philosoph. Er hat viele Texte und Bücher veröffentlicht und unzählige Vorträge, auch in englischer Sprache, gehalten. Er war der Begründer der Neo-Sannyas-
Bewegung und leitete einen riesigen Ashram in Indien, der
auch großen Zulauf aus dem Westen hatte. Seine Thesen
waren umstritten und wurden oft kritisiert, doch er schien
das zu genießen. Er hatte sehr viele Anhänger. Erst im letzten Lebensjahr nannte er sich Osho.

Sozial-Detektive
Sie sind spezialisiert auf die Überwachung der Invalidenren-
te- und der Sozialhilfe-Empfänger.
Dabei geht es um die Aufdeckung von missbräuchlichen
Bezügen, ob zum Beispiel jemand schwarz arbeitet etc. Es
ist 2018 immer noch ein strittiges Thema, inwieweit Detektive zur Kontrolle eingesetzt und wen sie, wie kontrollieren
sollen.

Vollordinierte Nonne
Mönch und Nonne sind in diversen Traditionen nicht den-
selben Regeln unterstellt. Das Wort Mönch bedeutet „alleine". Lange Zeit galten Frauen im tibetischen Buddhismus
nur als Novizinnen (Schülerinnen). Ihnen war es verwehrt,
vollordinierte Nonne zu werden. In China, Korea und Thai-
land 1971 und Sri Lanka 1998 wurde es möglich. Um ordi-
niert zu werden, müssen Frauen mindestens 20 Jahre alt
sein, sich einer strengen Schulung unterzogen haben, sich
der vollkommenen Askese (Verzicht auf Eigentum, Ehe,

Sexualität) verschreiben und ein langjähriges Studium von Schriften nachweisen. Umstritten ist, ob diese Frauen von einem vollordinierten Mönch oder einer Nonne aus einer anderen Tradition ihre Ordination erhalten sollen. Der Dalai Lama befürwortet Letzteres als Gleichstellung von Mann und Frau.

Zäller Wienacht
Sie wurde als geistliches Krippenspiel von P. Burkhard für Kinder und Jugendliche komponiert.
Paul Burkhard (* 21. Dezember 1911 in Zürich, † 6. September 1977 in Zell) war ein Schweizer Komponist, der vornehmlich Oratorien, Musicals und Operetten schrieb. Er lebte ab 1960 in Zell im Tösstal, nahe der Stadt Winterthur.

Zimbeln
Ein Instrument aus zwei kreisrunden, leicht schalenartig gebogenen Metallplatten (meistens aus Bronze), die an einer Schnur hängen und zur Klangerzeugung gegeneinander geschlagen werden. Zimbeln werden in Südostasien in Tempeln und auch bei Tänzen benutzt. In Europa sind sie ebenfalls seit der Antike bekannt.

Literatur

Marietta zitiert im Retreat Auszüge aus dem Buch:
OSHO: Das Buch der Geheimnisse. 112 Meditations-
Techniken zur Entdeckung der inneren Wahrheit. Deutsche
Erstausgabe/2. Auflage München 2009
Zur weiteren Information: www.osho.com

Paramahansa Yogananda
Autobiographie eines Yogi
Deutsche Erstausgabe München-Planegg, 1950 Die be-
schriebene Episode befindet sich in der 13. Ausgabe 1983,
Kapitel XXXVII, Seite 360 (Ich gehe nach Amerika),.

Danksagung

Ich freue mich, dass Du dieses Buch bis hierher gelesen hast und danke Dir für Dein Interesse.

Es gab im Vorfeld des Schreibens immer wieder Freunde und Bekannte, die wissen wollten, wie ich das Zusammenleben mit psychisch beeinträchtigten Menschen erlebt habe. Das hat mich motiviert, ein Buch darüber zu schreiben. Ich danke den Betroffenen, die hier nicht namentlich genannt werden können, für die Erfahrungen, die ich mit ihnen machen durfte.

Weiter bedanke ich mich herzlich bei Rosemarie Zingg. Sie hat mir immer wieder Mut gemacht, weiterzuschreiben und mir zugehört, wenn ich den Text laut vorlas. Gemeinsam haben auch wir um gewisse Formulierungen gerungen. Ebenfalls danke ich den vielen Facebook-Freunden, die mir mit Tipps und Kritik weitergeholfen haben. Besonders aus den Autorengruppen bekam ich oft wichtigen Input. Besten Dank für die gute Zusammenarbeit sage ich insbesondere meiner Lektorin Stephanie Freienstein und auch meinem Korrektor Ulf Schumann. Das Cover ist von Ralf Zahn. Es hat Spaß gemacht, dieses gemeinsam zu erarbeiten. Vielen Dank allen anderen Freunden und Bekannten, die ich hier nicht namentlich erwähnt habe und die jedoch auch zum Gelingen beigetragen haben.

Solltest Du eine Rezension schreiben, oder meinen Roman auf andere Weise weiterempfehlen, danke ich Dir bereits im Voraus. Wenn Du Fragen oder Anmerkungen hast, kannst Du mir gerne eine E-Mail schicken unter
Sofia@facettenderliebe.ch.
Mit herzlichen Grüßen und vielleicht bis bald
Sofia Velin

Weitere Bücher

Unter dem Sammeltitel
Facetten der Liebe sind erschienen

Die Autobiografie
Band 1: „Befreit/Vereint"
Band 2: "Reisen und L(i)eben mit Spirit"
Gedichtband: „Lichtvoll sei Dein Denken"

Webseiten

Informationen zu mir und meinen Büchern, findest Du auf
meiner Homepage www.facettenderliebe.ch

Lektorin/Korrektorin:
Stephanie Freienstein,
  www.stephanie-freienstein.de

Korrektor
Ulf Schumann, www.textbauer-berlin.de

Freier Autor/Coach
Ralf Zahn, www.ralfzahn.de